CW01510159

LES MORTS NOUS PARLENT, 2

Le père François Brune, diplômé de latin et de grec en Sorbonne, a suivi des études de philosophie et de théologie à Paris et à Tübingen, ainsi que des études d'Ecriture sainte à l'Institut biblique de Rome. Il a enseigné ces matières dans les grands séminaires. Le père Brune s'intéresse également depuis plus de trente ans aux mystiques des grandes religions.

Paru dans Le Livre de Poche :

LES MORTS NOUS PARLENT, t. 1

PÈRE FRANÇOIS BRUNE

Les morts nous parlent

Tome 2

OXUS

ISBN : 978-2-253-12592-1 – 1re publication LGF

SOMMAIRE

III
LE DÉFI DES RATIONALISTES

IV
LE MYSTÈRE DE LA PERSONNE

Introduction

Dans un livre intitulé *Nouvelles révélations sur la Vie après la Vie*, le docteur Moody dénonce les réactions suscitées par son premier ouvrage. Il les répartit en trois groupes : les sceptiques, les parapsychologues et les fondamentalistes chrétiens. Voyons plus en détail, car cela en vaut la peine. Je lui laisse la parole :

« Beaucoup de ces sceptiques appartiennent à un mouvement marginal qui se proclame être une organisation scientifique mais qui, sournoisement, s'érige en institution parapolicière. Je n'invente rien. Aux Etats-Unis, ses membres s'appellent eux-mêmes *psiflics*. »

(Cette catégorie me rappelle en France ceux qui se nomment eux-mêmes les « zététiciens ». Ils sont d'autant plus enragés qu'ils restent malgré tout assez isolés.)

« Les parapsychologues se déguisent en scientifiques sous prétexte qu'ils peuvent étudier en laboratoire et par des procédés rationnels la télépathie, la voyance, la vie après la mort... Je les rangerais dans la catégorie des songe-creux, des penseurs chimériques, des doux rêveurs... » Je connais en effet bien des parapsychologues qui ont un tel souci d'arriver à se faire reconnaître par les scientifiques officiels qu'ils se montrent encore plus rigoureux et sceptiques qu'eux.

Le troisième groupe, religieux, est certainement beaucoup moins virulent chez nous. Mais il s'en trouve quand même quelques exemples, chez certains fondamentalistes, catholiques ou protestants. Voyez comment Moody les traite :

> « Ce sont les culs-bénits effarouchés et autres psy-chorigides, paranos de l'Apocalypse, dogmatiques enfonceurs de portes ouvertes, mous du bulbe sinon d'autre chose, que, par pure bonté d'âme, je me bornerai à nommer *fondachrétiens*, autrement dit chrétiens fondamentalistes[1]. » On devine combien le docteur Moody a dû en souffrir !

Hélas ! Les choses ne sont pas tellement différentes en France et en Europe. Et pourtant !

> « Etre un scientifique ordinaire, doublé d'un chrétien ordinaire, me semble naturel. Cela semble tout aussi naturel à de nombreux scientifiques que je connais qui sont également de vrais croyants[2]. »

Qui a écrit cela ? William D. Phillips, prix Nobel de physique en 1997[3]. On attendait la convergence entre

---

1. Raymond Moody, *Nouvelles révélations sur la Vie après la Vie*, Presses du Châtelet, 2001, p. 13-14.

2. William D. Phillips dans l'ouvrage collectif publié sous la direction de Jean Staune, *Science et quête de sens*, Presses de la Renaissance, 2005, p. 263.

3. W. Phillips a reçu le prix Nobel pour ses travaux sur la capture et le refroidissement des atomes par rayon laser. Il est professeur de physique à l'université de Maryland.

foi et science du côté de la biologie. En fait, c'est du côté des sciences réputées « dures », physique, cosmologie, astrophysique qu'elle apparaît.

Ces savants nous expliquent que la vie, et donc ensuite la conscience, n'ont pu se former sur notre planète que grâce à des conditions extrêmement précises qui devaient être là dès le début du monde. Si la densité initiale de la matière ou la vitesse de la lumière, la constante gravitationnelle, etc., avaient été un tout petit peu différentes, si peu que ce fût, nous n'avions plus aucune chance d'apparaître en ce monde. Pour nous donner une idée de la précision de réglage nécessaire dès le début, l'astrophysicien Trinh Xuan Thuan[1] la compare au tir d'un archer qui viserait « une cible carrée d'un centimètre de côté qui serait placée aux confins de l'Univers, à une distance de 15 milliards d'années-lumière… Un changement infime, ajoute-t-il, entraînerait la stérilité de l'Univers[2] ».

Il semble donc que, dès le début, tout ait été calculé pour permettre un jour, si lointain fût-il, cette apparition de l'homme et donc de la conscience. C'est ce qu'on appelle le « principe anthropique[3] ».

Ce point de vue est partagé aujourd'hui par de nombreux savants comme, par exemple, Paul Davies[4] qui n'hésite pas à aller jusqu'au bout de cette conviction :

---

1. Trinh Xuan Thuan est vietnamien et bouddhiste, professeur d'astronomie à l'université de Virginie. Il est spécialiste de la structure de l'Univers et de la formation des galaxies.
2. Trinh Xuan Thuan dans l'ouvrage collectif, publié sous la direction de Jean Staune, *Science et quête de sens, op. cit.*, p. 252.
3. Du grec « anthropos », homme au sens générique (homme et femme).
4. Paul Davies est professeur de philosophie au Centre australien d'astrobiologie à l'université Macquarie, à Sydney. Il a reçu la médaille Kelvin de l'Institut anglais de physique, a enseigné à Cambridge et à Londres…

« Si nous pouvions tripoter un bouton et changer les lois existantes, ne serait-ce que de façon infime, nous aurions beaucoup de chance d'assister à la décomposition de l'Univers tel que nous le connaissons et à sa chute dans le chaos. »

Paul Davies en arrive alors à cet aveu étonnant que tout se passe presque comme si, selon le mot d'un autre scientifique, Freeman Dyson, « l'Univers savait que nous allions venir ». D'où la conclusion qui pour lui s'impose : « Cet Univers n'est pas le jouet d'une déité capricieuse, mais une expression cohérente, rationnelle, élégante et harmonieuse d'un sens profond et intentionnel[1]. »

Le physicien William D. Phillips en conclut qu'« il pourrait arriver que la croyance en Dieu devienne, de loin, la conclusion scientifique la plus raisonnable ». On comprend, dès lors, qu'il puisse déclarer tranquillement : « Je tiens à souligner le fait que ma connaissance scientifique soutient ma foi. Si cette dernière est non scientifique (je ne dis pas antiscientifique), elle n'en est pas irrationnelle pour autant[2] ! »

Même bouleversement en physique avec le triomphe de la mécanique quantique en 1927. Le changement est si radical que quelqu'un comme sir Arthur Eddington put dire : « Depuis 1927, un homme intelligent peut de nouveau croire en l'existence de Dieu[3] ! » La découverte de la complexité fantastique de la matière laissait entrevoir qu'un autre niveau de la réalité existait, obéissant à des lois bien différentes de celles que nous connais-

---

1. Paul Davies dans *Science et quête de sens, op. cit.*, p. 48 et 52.

2. William D. Phillips dans l'ouvrage collectif *Science et quête de sens, op. cit.*, p. 279 et 268.

3. Cité par Jean Staune dans sa préface à *Science et quête de sens, op. cit.*, p. 9-10.

sons par la science classique. C'est ainsi, par exemple, qu'un atome, un photon ou un électron peuvent se trouver en deux lieux différents au même moment.

De même, le temps et l'espace ne correspondent plus à ce que nous observons dans la vie courante. Cet autre niveau de la réalité ou cet autre réel derrière le réel, les mystiques en avaient eu depuis toujours l'intuition à travers leurs expériences spirituelles. Toute la théologie repose sur ces expériences. J'ai déjà développé ces thèmes dans d'autres ouvrages, mais nous redécouvrirons ici la communion des saints par des voies nouvelles[1].

Curieusement, le danger pour la foi viendrait plutôt aujourd'hui, nous le verrons, des sciences de la vie et surtout des sciences du cerveau. W. Phillips, lui-même physicien, l'a bien remarqué : « Les physiciens, reconnaît-il, sont plus enclins à devenir croyants que ne le sont les biologistes[2]. » Ces spécialistes des neurosciences, ou sciences de la cognition, continuent à développer leurs raisonnements comme si la physique quantique n'interférait jamais avec l'objet de leurs recherches. Ils n'en tiennent aucun compte, ne l'évoquent jamais.

Mais ils ignorent aussi tous les travaux accomplis par des savants, aussi diplômés qu'eux, sur les expériences aux frontières de la mort (ou EFM). Ils ignorent bien plus encore les recherches effectuées par d'autres savants sur les communications avec cet autre niveau de réalité où vivent les morts. Là, le rejet *a priori* est

---

1. François Brune, *Pour que l'homme devienne Dieu*, Dangles, 1992, *Christ et Karma*, Dangles, 1995 et *Saint Paul, le témoignage mystique*, Oxus, 2003.

2. W. Phillips dans *Science et quête de sens*, *op. cit.*, p. 268, en note.

d'autant plus absolu que tous ces scientifiques, toutes disciplines confondues, sont presque tous farouchement hostiles à tout ce qui, de près ou de loin, sent le « paranormal ».

Il y a cependant quelques exceptions, même en France, tel le professeur Olivier Costa de Beauregard. Ce grand physicien, spécialiste de physique quantique, nous confie ainsi ses convictions profondes : « Parvenu laborieusement à accepter au fil des ans les phénomènes *paranormaux* comme exhibant *la trame psychique du cosmos*, je ne m'attendais pas du tout à une découverte de plus... Mais il arriva ceci : passant sur plusieurs témoignages relevant de l'anecdote j'en viens à un dialogue avec un prêtre shintoïste rencontré dans un congrès et devenu mon ami. Il engagea le dialogue suivant :

– *Vous êtes intéressé par la psychokinèse ?*

– *Oui, en liaison avec ma réflexion sur la probabilité, l'information, la relativité, les quanta.*

– *Faites attention, c'est très dangereux.*

– *Pourquoi ?*

– *Si l'on n'aborde pas cette pratique avec un cœur très pur on est rapidement aux prises avec les esprits maléfiques.*

– *Est-il pourtant légitime de s'en occuper ?*

– *Oui, si c'est pour convaincre les matérialistes que la matière n'est pas tout...*

Ce que m'a dit ce prêtre shintoïste m'a été très exactement confirmé par plusieurs témoignages non sollicités. Je n'en dirai pas plus, sinon que le devoir d'état d'un physicien des quanta me semble être de prendre toute l'affaire en considération. S'il est chrétien, il acceptera aisément d'admettre que l'au-delà psychique du réel, postulé par le formalisme quantique, est en rela-

tion avec le monde angélique, le bon – et le mauvais[1]. »
On voit donc que l'opposition entre foi et science est
en train de disparaître.

Malheureusement aussi, il faut bien le reconnaître,
certains vendent le « paranormal » comme, sur les trot-
toirs, on vend des cravates dans un parapluie. Ils sont
si maladroits, si passionnés, si peu rigoureux, inventant
des résultats extraordinaires, citant des laboratoires qui
n'existent pas, invoquant des voyages « en astral »,
que plus ils s'agitent, plus ils déconsidèrent ce qu'ils
prétendent défendre ! Par contraste, combien j'appré-
cie la prudence avec laquelle d'autres abordent ces problèmes, comme Marc Menant[2] ou Eric Raulet[3], même
si j'ai parfois tendance à être moins réservé qu'eux sur
certains phénomènes. Dans ce domaine, mieux vaut
être trop prudent que pas assez.

Ce livre n'est pas la suite du premier tome.

Les morts nous parlent se terminait par l'union
à Dieu. On ne peut pas aller au-delà. On ne trouvera
donc pas dans ce nouvel ouvrage une reprise, chapitre
par chapitre, de ce qui a été déjà dit dans le premier,
mais un complément nécessaire. En partie parce que
les recherches ont avancé dans les différents domaines
déjà étudiés. En partie aussi parce que des pistes entièrement nouvelles se sont ouvertes et qu'il faut absolument
en parler. Le but de l'ouvrage reste le même : présenter
à un public, le plus large possible, toutes les informa-

---

1. Olivier Costa de Beauregard, article « Rationalité du paranormal »
dans le *Dictionnaire des Miracles et de l'Extraordinaire chrétiens*, publié
sous la direction de Patrick Sbalchiero, Fayard, 2002, p. 662, 2ᵉ colonne.

2. Marc Menant, *J'ai vécu le surnaturel*, Edition° 1, 2003.

3. Eric Raulet, *Lumières obscures*, Dervy, 2003 et *Paranormal entre
mythes et réalités*, ouvrage publié sous la direction d'Eric Raulet et
d'Emmanuel-Juste Duits, Dervy, 2002.

tions qui peuvent soutenir la foi en une vie immédiate après la mort et nous donner une idée de ce qui nous attend dans cette nouvelle vie, jusqu'à ce que nous puissions vraiment partager la gloire de Dieu, c'est-à-dire son Amour.

I

Les EFM
(Les expériences aux frontières de la mort)

Résumé des épisodes précédents

Il s'agit des expériences aux frontières de la mort (EFM), vécues par des personnes qui ont présenté tous les symptômes de la mort, appelée « mort clinique », avec arrêt de la respiration, du cœur, et, si les circonstances le permettaient, vérification par un électroencéphalogramme plat, au niveau zéro.

Je constate que ce terme d'EFM commence à s'imposer comme correspondant au terme anglais, encore souvent utilisé, de NDE. Ce n'est pas moi qui l'ai créé[1], mais je pense qu'il est plus exact que les autres équivalents essayés çà et là. On peut en effet connaître une telle expérience sans qu'il y ait eu traumatisme, opération chirurgicale, angoisse devant une mort inévitable et imminente, etc. Les exemples sont aujourd'hui nombreux de gens qui ont fait exactement cette même expérience avec tous ses développements, au cours

---

1. Je l'ai emprunté à la traduction en français par Colette Vlérick de l'ouvrage de Michael B. Sabom, *Souvenirs de la mort*, Robert Laffont, 1983.

d'une simple relaxation, d'un moment de fatigue, d'assoupissement, de méditation, autrement dit, lorsqu'ils commençaient à se déconnecter du monde matériel ambiant.

Plusieurs schémas ont été proposés pour distinguer les différentes étapes de ces expériences. Mais il s'agit d'un découpage artificiel. Elles se déroulent évidemment en continu. Certaines expériences ne comportent que quelques-unes de ces étapes, d'autres vont jusqu'au bout du développement dont je vous propose ici un résumé, afin que ceux qui ne seraient pas encore au courant de ces EFM puissent suivre l'exposé que je ferai des dernières recherches en ce domaine.

1. Perte du contact avec l'entourage. Ceci vaut surtout pour les malades en hôpital. Impossibilité de remuer, puis la vue qui se brouille et enfin l'ouïe qui ne capte plus qu'un bruit confus, puis, plus rien. Souvent sentiment d'isolement, mais qui ne durera pas.

2. Sortie du corps, le plus souvent par la fontanelle. Mais de nombreuses variantes sont possibles. Marie-Anne Lindmayr, mystique allemande du début du XVIIIe siècle, sortait et rentrait dans son corps par la bouche, ce qui correspond aux représentations des mourants les plus fréquentes dans nos cathédrales[1].

3. Flottement à faible hauteur et vision de son propre corps, inerte, sur le lit, la route ou tout simplement sur le divan sur lequel on s'est assoupi.

4. Vision de l'entourage, médecins, infirmières, secouristes, ou gens de la famille et amis. Mais il s'agit d'une vision différente de la nôtre, d'une

---

1. Voir tome I, p. 108-109.

vision totale. On entend leurs pensées avant même qu'ils n'aient le temps de les exprimer. Mais on ne peut se faire ni voir ni entendre d'eux. Si on essaie de les toucher, on a l'impression de les traverser.

5. Déplacement immédiat. Il suffit de penser à quelqu'un pour se trouver dans le même lieu que lui, quelle que soit la distance.

6. Après quelque temps, s'ouvre un tunnel, ou couloir, tube… le plus souvent sombre, mais parfois coloré, généralement en pente douce vers le haut. On s'y sent attiré, aspiré, on y glisse à très grande vitesse.

7. Au bout du tunnel, on aperçoit une petite lumière, minuscule, comme une étoile lointaine. En en approchant, elle devient immense et, en débouchant hors du tunnel, c'est la rencontre, la fusion avec cette lumière, une lumière ressentie comme amour.

8. Dans cette lumière, il y a un être, lumière dans la lumière. Il connaît tout de notre vie, et pourtant, on se sent aimé par lui d'un amour infini, inconditionnel. C'est certainement, comme je l'ai montré ailleurs, une expérience semblable que fit saint Paul et qui domina toute sa théologie[1].

9. Alors, on commence à voir toute sa vie, découpée scène par scène, mais le plus souvent en commençant par la dernière, puis l'avant-dernière, l'antépénultième, etc. Mais on se voit de l'extérieur, tout entier, et on ressent intérieurement non seulement tout ce qu'on a éprouvé lors de chacune de ces scènes, mais aussi ce que l'on a fait éprouver aux autres, en peine comme en joie.

---

1. Cf. François Brune, *Saint Paul, le témoignage mystique*, Oxus, 2003.

10. Pendant cette révision de vie, on ne voit plus l'être de lumière mais on sent sa présence. Il commente les scènes par télépathie, mais toujours avec amour. La grande question qu'il nous pose est « qu'as-tu fait de ta vie » ? C'est-à-dire : qu'as-tu fait pour les autres ?

11. On retrouve généralement ses proches, parents, conjoints, amis…

12. On a le sentiment d'avoir accès à une connaissance totale. Il suffit qu'une question surgisse en nous pour avoir la réponse.

13. Certains aperçoivent au loin, très loin, une cité de lumière.

14. Une limite apparaît au-delà de laquelle ce serait la mort définitive. Ce peut être un sillon dans le sol, une barrière dans une prairie, un cours d'eau, parfois même un lac comme le Styx des anciens.

15. Malheureusement, l'heure définitive n'est pas arrivée. L'être de lumière ou des parents ou amis renvoient le mort provisoire à sa vie terrestre. Il n'a pas encore achevé sa mission sur terre.

16. Le retour est généralement extrêmement rapide, presque brutal.

17. La réadaptation à la vie de ce monde est très difficile et demande de nombreuses années. Souvent des dons paranormaux se développent, lecture des pensées des autres, prémonitions, lecture des organes malades à travers le corps des gens, blocage des appareils électroniques…

Ce résumé n'est cependant qu'un schéma. De nombreuses variantes sont possibles, à chacune de ces étapes. Il y a aussi les expériences « négatives », beaucoup moins nombreuses et moins bien étudiées. Il semble que dans certains cas il s'agisse d'EFM, interrompues avant la fin de leur développement normal, car nous avons plusieurs exemples de ces expériences qui commencent de façon très pénible mais finissent par devenir aussi merveilleuses que les autres. Dans d'autres cas, il s'agirait plutôt d'expériences différentes mais présentant quelques points communs avec les EFM.

De tous ces témoignages nous avions retiré un certain nombre d'enseignements : d'abord, que la vie continue à travers la mort, sans aucune interruption ; ensuite, que l'identité de chacun se trouve préservée en arrivant dans l'autre monde ; enfin, que nous étions attendus par un Amour infini qui semblait irradier l'univers et que tout le sens de cette vie sur terre était d'apprendre à aimer comme cet Amour lui-même, inconditionnellement.

Ce sont, évidemment, des découvertes fantastiques, un progrès colossal pour toute l'humanité. En tant que croyant, je pense même personnellement que la multiplication de ces expériences fait partie du plan de Dieu, tout comme les deux bombes à retardement que j'ai eu la chance de pouvoir longuement exposer, la tunique de Juan Diego auquel la Vierge est apparue en 1531, au Mexique[1], et le linceul de Turin avec tout l'ensemble des autres linges de la Passion du Christ[2]. Les empreintes de la Vierge et du Christ étaient déposées là depuis des siècles, mais seules notre science et notre technique modernes pouvaient les déchiffrer, en ce temps qui est le nôtre, où il est devenu si difficile de croire.

Nous avons là chaque fois autant de « preuves » de la survie mais aussi de l'Amour de Dieu et donc du sens

---

1. Cf. *La Vierge du Mexique*, Le Jardin des Livres, 2002.
2. Cf. *Dieu et Satan*, Oxus, 2004.

de notre vie. J'emploie ici le terme de « preuve », très consciemment. Je n'ignore pas toutes les objections et même les indignations que suscite l'usage d'un tel mot. Je crois à ce sujet nécessaire de reprendre brièvement ce que j'ai déjà dit ailleurs. Les scientifiques voudraient réserver ce vocabulaire à leurs seules sciences. Mais le terme est aussi d'usage courant devant les tribunaux. Les scientifiques ont souvent tendance à opposer ces deux emplois. La preuve juridique est toujours « subjective », prétendent-ils. La preuve scientifique serait, elle, au contraire, « objective », ce qui lui conférerait un caractère quasi absolu. Or, il n'en est rien. Les preuves scientifiques, reconnues comme telles par tous les savants d'une époque, paraissent bien souvent insuffisantes à ceux de la génération suivante. C'est qu'en réalité toutes les preuves sont toujours subjectives. C'est toujours une conscience humaine qui reconnaît à certains documents, certains faits, certains témoignages, la valeur de « preuve ». C'est dans ces limites que j'emploie et emploierai dans cet ouvrage le terme de « preuve ».

On voit donc combien les EFM et leur étude peuvent transformer le monde. Il s'agit d'expériences qui constituent une révolution colossale dans la manière dont la plupart des hommes de notre époque envisagent leur existence. Leur échelle de valeurs devrait en être complètement bouleversée, on pourrait presque dire « inversée ».

EFM chez des musulmans, avant Moody

Il est toujours intéressant de retrouver des témoignages antérieurs aux enquêtes réalisées par Raymond

Moody, Elisabeth Kübler-Ross ou Christoph Hampe. Plusieurs ouvrages récents en mentionnent de fort anciens.

Je voudrais en présenter brièvement ici quelques exemples moins connus et pourtant particulièrement intéressants. Il s'agit de sept cas recueillis de 1956 à 1965 par un médecin italien, anesthésiste, qui avait donc une grande expérience de la réanimation, le docteur Giorgio Fonso. Ses observations sont de plus de dix ans antérieures à la publication des ouvrages des auteurs cités précédemment[1]. Ces témoignages, que je vais résumer, sont importants, non seulement en raison de cette antériorité, mais parce qu'il s'agit de musulmans et viennent ainsi confirmer, une fois de plus, le caractère universel de ces expériences. En outre, ayant été notés par un médecin, ils comprennent un certain nombre de caractéristiques précises que l'on ne retrouve guère dans les récits plus anciens. J'ajouterai que le docteur Fonso se veut encore aujourd'hui simplement témoin et se refuse à entrer dans les querelles d'interprétation. Il n'est pas dans ses intentions de renforcer aucune thèse, que ce soit l'explication de ces phénomènes par des hallucinations ou par une authentique expérience des premiers pas dans la vie de l'au-delà. En tant que médecin il s'est trouvé devant des cas étranges dont il n'avait jamais entendu parler et pour lesquels il n'avait aucune explication. Son mérite a été de prêter attention aux discours de ces rescapés de la mort et d'en noter les traits essentiels, comprenant bien qu'il ne s'agissait pas d'affabulations

---

1. Giorgio Fonso, « Sette casi di NDE in paesi musulmani : testimonianza e analisi » dans l'ouvrage collectif, *Visioni oltre il reale, Atti del 2° Congresso Internazionale di studi delle esperienze di confine*, San Marino, 1998, p. 37-40

volontaires. Dans ces conditions, il n'est pas étonnant que l'on ne trouve pas dans chacun des témoignages rapportés la totalité des caractéristiques d'une EFM. Le docteur Fonso ne disposant pas du schéma que l'on connaît bien aujourd'hui, a fort bien pu ne pas noter certains détails qui sont pour nous importants. Il ne pouvait pas non plus poser quelques questions complémentaires ou solliciter des précisions. Enfin, il faut tenir compte de ce que la plupart de ces témoins ne disposaient certainement pas d'un vocabulaire très riche. Cependant, tels qu'ils sont, chacun de ces récits comporte plusieurs des éléments d'une authentique EFM.

CAS N° 1

Mustapha, Libyen, tombe à l'eau à Bengazi en s'embarquant pour La Mecque. On le tire de l'eau, inanimé. Quand il reprend connaissance, il raconte avoir traversé une longue galerie ou tunnel et avoir vu une lumière extrêmement vive, mais non aveuglante. Il insiste sur ce contraste qui l'étonne beaucoup. Il affirme aussi qu'il a revécu des épisodes de sa vie de valeurs opposées, aussi bien des moments où il avait été charitable que d'autres où il avait trompé les gens. Il explique que c'était très différent de simples souvenirs. Il avait vraiment revécu ces scènes.

Nous retrouvons donc là : le tunnel, la lumière très vive qui n'aveugle pas, et la révision de vie.

CAS N° 2

Un Arabe d'origine crétoise a subi un choc anaphylactique et fait un arrêt cardiaque. Il a vécu alors ce que l'on appelle normalement dans le langage psychiatrique une « expérience autoscopique ». Il s'est retrouvé parfaitement conscient et dans un état de bien-être, au-dessus de son corps. Il avait suivi toutes les phases de sa réanimation et en avait donné une description précise qui put, par la suite, être confirmée.

Nous retrouvons : la sortie du corps, décrite comme « expérience autoscopique », l'état de paix profonde et la vision précise de ce que l'on fait à son corps. L'expérience, apparemment, n'est pas allée jusqu'au tunnel.

CAS Nº 3

Lotfia est conduite en urgence à l'hôpital de Jefren, en Libye. Le Dr. Fonso en est alors le directeur. Elle vient d'avoir un écoulement de placenta et un choc amniotique avec arrêt cardiaque. Aussitôt, on lui administre une transfusion pour la réanimer. Revenue à elle, elle raconte que, hors de son corps, elle a vu une petite rue droite avec, de chaque côté, des colonnes bleues et blanches. Elle voyait tout d'en haut, un peu en dessous d'elle. Le médecin n'a pas de peine alors à comprendre que ces colonnes étaient en réalité des bonbonnes d'anesthésie, blanches si elles contenaient de l'oxygène, bleues pour le protoxyde d'azote. Ces bonbonnes étaient normalement invisibles, rangées entre deux cloisons.

Lotfia raconte en outre qu'elle avait vu sa mère, morte avant elle, qui l'avait renvoyée pour s'occuper de ses cinq enfants. Elle lui avait dit textuellement : « Nezahet est trop petite. » Il s'agissait de sa petite dernière qui n'avait encore que deux ans. Lotfia ajoutait que, maintenant, la vie lui apparaissait comme un devoir bien pesant.

La sortie du corps n'est évoquée qu'indirectement, par ce que Lotfia a vu et qu'elle n'aurait jamais pu voir si elle était restée dans son corps. Il y a eu rencontre de décédé (sa mère) et injonction du retour. Enfin, le bonheur vécu dans cette expérience est évoqué indirectement par la difficulté à continuer à vivre dans ce monde.

Cas n° 4

Le Dr. Fonso est chargé des préparatifs pour organiser le départ d'un groupe de pèlerins pour La Mecque. Il part en voiture avec un assistant et deux infirmiers. La jeep a des pneus trop usés. Elle sort de la route et c'est l'accident. Le chauffeur, le docteur Fonso et un des infirmiers s'en sortent indemnes. L'autre infirmier a été projeté hors de la voiture et a subi une commotion cérébrale. G. Fonso l'emmène en observation à l'hôpital. Revenu à lui, cet infirmier raconte comment il a vu, hors de son corps, que la jeep a été retenue par un énorme olivier, à 200 mètres du précipice vers lequel elle se dirigeait tout droit. Il s'est retrouvé ensuite dans un tunnel, mais il n'est pas allé jusqu'au bout de ce tunnel. À un certain moment, il a rencontré dans le tunnel un mufti qui lui a dit que son heure n'était pas venue et qu'il devait retourner. Cet infirmier parle aussi d'un détail rarement observé, mais très important : il a observé un cordon lumineux comme un rayon de soleil qui le reliait à son corps de chair, inanimé.

Il y a sortie du corps puisque cet infirmier a vu l'accident alors qu'il était déjà éjecté de la voiture. Nous retrouvons aussi le tunnel, rencontre d'une entité correspondant à sa religion dans le tunnel lui-même, avec injonction de retour sur terre. Mais surtout nous avons ici l'observation du fameux « cordon d'argent » reliant le corps de chair au corps spirituel. Ce détail est précieux, car il n'est que rarement noté par ceux qui ont vécu cette expérience à tel point que certains, même parmi les meilleurs chercheurs, n'y voient qu'une théorie ésotérique sans fondement[1]. Il n'y a pourtant ici aucune raison de soupçonner cet infirmier d'avoir inventé ce détail.

CAS Nº 5

Un jeune Arabe d'environ 12 ans, Mouktar, monte sur un palmier dattier pour en cueillir les fruits. La corde qui relie ses chevilles se rompt et il tombe d'environ 20 mètres. Polytraumatisme, coma et reprise de conscience au bout de 24 heures. Il décrit alors des prairies merveilleuses. Détail qui l'étonne beaucoup, ces prairies n'étaient pas entourées par le désert. Il a entendu aussi une musique très belle, mais sans flûtes ni tambourins. Il a vu une lumière très intense, mais qui ne le blessait pas. Enfin, il a rencontré son grand-père et son petit frère, pourtant bien morts, et ils se sont parlé, mais sans remuer les lèvres.

Les prairies dont ce jeune Arabe se trouve entouré correspondent à de nombreux récits d'EFM où il est question de parc, de prés, de jardin merveilleux. Cette expérience se situe à la sortie du tunnel.

Il se peut que ce jeune garçon n'ait pas mentionné le tunnel. Il ne dit pas non plus qu'il ait flotté au-dessus de son corps et l'ait vu d'en haut. Il a peut-être eu l'impression de déboucher immédiatement dans ces prairies.

---

1. Ian Wilson, *Enquête aux Frontières de la Mort*, Editions Exergue, 1998, p. 111-112.

Il se peut aussi que le docteur Fonso n'ait pas, sur le moment, noté tous les détails.

Il semble bien qu'à la sortie du tunnel chacun se retrouve, provisoirement, dans un monde correspondant à ses désirs les plus profonds, à ses frustrations. Les habitants des petites îles du Pacifique nous ont laissé des récits dans lesquels ils décrivent d'immenses cités à l'américaine, pleines de lumières et de trafic[1]. Loin de toute terre habitée, c'est ce qui les faisait rêver. Pour un Africain habitué au désert, une prairie immense, sans désert autour, est bien un petit paradis. C'est probablement une expérience semblable qui est à l'origine du jardin d'Eden ou Paradis perdu.

Mais nous avons aussi la rencontre de parents décédés avec cette notation précise : ils se parlaient sans remuer les lèvres, par télépathie.

CAS N° 6

Un garçon de 17 ans, neveu d'un infirmier de l'hôpital de Beyrouth, tombe du môle du port. Il souffre de graves traumatismes crâniens. Son oncle, immédiatement alerté, se précipite pour le secourir, tandis que l'on appelle le Dr. Fonso. Le garçon reprend connaissance pour quelques instants. Il raconte alors qu'il avait vu que son oncle, en courant pour le secourir, avait failli tomber, lui aussi. Enfin, il avait vu sa grand-mère, morte, qui l'avait soutenu. En disant cela, il s'écrie soudain : « Ah ! la grand-mère m'appelle. » Il perd à nouveau connaissance et, cette fois, définitivement, du moins dans ce monde.

---

1. Melvin Morse, *Transformed by the Light*, p. 154.

Dans ce récit très bref, nous avons, là encore, la preuve indirecte de la sortie du corps, puisque ce garçon a vu son oncle encore loin de lui, au moment où, dans sa hâte, il a failli tomber. Enfin, nous avons la rencontre de décédés, ici sa grand-mère, et il la revoit juste au moment de mourir.

CAS N° 7

Un pillard du désert et assassin est condamné à la pendaison. L'exécution a lieu au crépuscule. Or, d'après la tradition berbère, on ne peut pas procéder à une inhumation après le crépuscule. Le Dr. Fonso était alors médecin légal et judiciaire pour la police et les prisons. Quand on décroche le condamné, on s'aperçoit qu'il n'est pas complètement mort. On arrive à le réanimer. Il raconte alors qu'il a vu d'en haut quelque chose comme une charrue que l'on n'aura pas de peine à identifier à tout autre chose, mais qui pouvait, effectivement, vu d'en haut, donner l'impression d'une charrue. Mais surtout, note le Dr. Fonso, si cet assassin musulman avait seulement projeté en images ses propres fantasmes en fonction de sa culture musulmane, il aurait dû se voir, en tant que criminel, entouré de démons et de bourreaux. Or, il s'était seulement retrouvé dans un état de grande solitude et d'abandon, dans un lieu nébuleux et obscur.

Nous avons encore la notation indirecte de la sortie du corps, puisque ce pillard a vu quelque chose « d'en haut » que l'on a pu identifier par la suite, même s'il s'était trompé sur la nature exacte de cet objet. Le sentiment d'abandon, de solitude, se retrouve assez souvent lors de l'EFM de sujets moralement peu évolués. Le fait qu'il n'ait rien vu de ce à quoi sa culture le préparait montre bien qu'il ne s'agit pas d'une projection de son subconscient.

Rencontres paranormales de mourants en train de mourir

Les témoignages que vous allez lire ne constituent certainement pas une preuve absolue de la survie. Je ne sais d'ailleurs pas ce qui pourrait bien en constituer une preuve « absolue ». De toute façon, je l'ai déjà souligné au début de ce livre, ce sont toujours des consciences humaines qui reconnaissent ou non la valeur de « preuves » à des faits, des événements, des documents ou des témoignages. Prenez donc les récits suivants comme il vous plaira. Personnellement, je les trouve très intéressants.

Voici donc un témoignage recueilli par le docteur Moody et que j'emprunte à Erik Pigani. C'est le cas de quelqu'un qui, au cours d'une EFM et donc hors de son corps de chair, a assisté à la mort d'un autre :

« Il s'agit d'un officier américain qui, déjà inconscient, avait été transporté à l'hôpital. Alors qu'il était dans le coma, raconta-t-il plus tard, "à un moment donné, je me suis retrouvé hors de mon corps, flottant dans ma chambre. Je regardais l'équipe médicale en train de s'occuper de moi. Puis j'ai vu ma sœur, et nous avons commencé à discuter sur les raisons de notre présence à l'hôpital. Nous étions très proches l'un de l'autre. Elle a commencé à s'éloigner. J'ai voulu la suivre, mais elle m'a demandé de rester là. 'Ce n'est pas ton heure', a-t-elle dit. Comme j'insistais, elle a répété : 'Tu ne peux pas venir avec moi parce que ce n'est pas ton heure.' Elle a alors reculé et s'est éloignée à travers une sorte de tunnel.

Je l'ai regardée partir et suis resté seul. Quelques instants plus tard, je me suis réveillé. J'ai immédiatement dit au médecin que ma sœur venait de décéder. Il m'a affirmé que non, mais une infirmière a quand même voulu vérifier. Effectivement, elle venait de mourir"[1]. »

Après l'admission à l'hôpital de cet officier, sa sœur était tombée dans un coma diabétique et avait été reçue aux urgences. Or cela, l'officier ne pouvait le savoir. Il semble difficile qu'il puisse s'agir d'un simple phénomène de télépathie ou d'empathie puisque cet officier a d'abord eu l'impression de sortir de son corps, a eu le temps de se voir flotter et d'observer le personnel médical s'occupant de lui, toutes perceptions sans rapport avec le drame de sa sœur. Le lien affectif qui pourrait expliquer une communication télépathique n'est donc pas premier dans son expérience.

Voici un deuxième cas, tout à fait semblable, qui m'a été raconté à plusieurs reprises par mes amis allemands. Il s'agit d'un couple de jeunes mariés en voyage de noces. Ils ont choisi de passer leur lune de miel dans des îles de rêve, à l'autre bout du monde. Ils se sont baignés déjà plusieurs fois et, en fin d'après-midi, un peu las, ils se sont étendus sur le sable chaud. Passe alors un jeune garçon de leur âge dont ils ont fait la connaissance à leur hôtel et qui tente de les entraîner pour un dernier bain. La jeune femme, fatiguée, y renonce mais laisse son compagnon totalement libre de retourner à

1. Erik Pigani, *Psi, enquête sur les phénomènes paranormaux*, Presses du Châtelet, 1999, p. 208.

l'eau s'il en a envie. Précisons que le jeune marié avait été scout marin et était donc bon nageur. Mais voilà que survint une énorme vague de fond, phénomène assez fréquent paraît-il dans cette région, qui emporta le scout marin. Lorsqu'on parvint à ramener son corps au rivage, il était trop tard, le jeune marié était mort. Choc terrible pour la jeune épousée qui, de douleur, perdit connaissance.

Quand elle revint à elle, elle raconta l'histoire suivante, à la fois terrible et belle :

« En réalité elle n'avait jamais "perdu connaissance" mais était sortie de son corps. Se trouvant alors au même niveau de réalité que son mari, elle l'avait aussitôt retrouvé. Rires et embrassades. "Je te croyais perdu ! mais non, c'est formidable !" Cependant au bout de quelques instants, une sorte de tunnel s'était ouvert près d'eux. Se tenant par la main, ils s'y engagèrent tous deux. Mais à mi-pente de ce tunnel, le garçon lui lâcha la main et continua son chemin. C'est alors qu'elle "reprit connaissance", c'est-à-dire, se retrouva dans notre niveau de réalité et d'existence ! »

Si nous nous dégageons de l'aspect affectif intense de ce récit pour l'analyser, je dois dire, connaissant les témoins, que je ne vois aucune raison de croire qu'il s'agisse d'une belle histoire inventée pour se rendre intéressant ou en tirer de l'argent. Donc, bien qu'elle soit relativement récente et postérieure aux premiers ouvrages sur les EFM, je ne vois aucune raison d'en douter.

Voici un troisième témoignage, une autre variante de ce genre d'expérience, puisqu'il ne s'agit pas d'une rencontre au cours d'une EFM mais seulement lors d'un voyage hors du corps.

« Anne-Marie Moulin avait vécu une EFM en 1970 et, comme il arrive assez souvent après ce genre d'expérience, elle sortait parfois à nouveau spontanément de son corps. Un été, installée sur la plage de Saint-Brévin, à l'ombre d'un parasol, elle contemple le vol des mouettes et, sans l'avoir voulu, se retrouve bientôt au milieu d'elles. Entraînée plus loin par le vol d'un cerf-volant, elle poursuit jusqu'au-dessus de la baie du Mont-Saint-Michel, puis survole le petit port de Pornic. "Mais ma vision arrière, raconte-t-elle, si je puis ainsi la désigner, est soudain attirée par un attroupement sur une plage. Je l'atteins en quelques secondes, réduisant mon altitude jusqu'à trois mètres du sol pour observer la scène. Personne ne s'aperçoit de ma présence, si ce n'est un berger allemand, qui, à la surprise de son maître, lève la tête en aboyant dans ma direction. Sur le sable gît une jeune fille brune, livide, d'une vingtaine d'années environ, que les sauveteurs viennent d'arracher à l'océan et tentent de réanimer.

Déconcertée, j'aperçois soudain au-dessus du corps une forme éthérique légèrement bleutée, rattachée au véhicule charnel par une sorte de corde mince et transparente, vibrante d'énergie et fixée semble-t-il à la base du cou. J'essaie de me manifester auprès de cette forme troublante, mais je n'enregistre aucune réaction. Alors, je me sens tout à coup si bouleversée que je suis aspirée en arrière à une vitesse foudroyante. Quelques secondes d'un froid glacial et je réintègre sans délai mon corps physique toujours en position assise, dans le transat, sur la plage de Saint-Brévin"[1]. »

Il ne s'agit pas là d'un rêve un peu vif. Le lendemain, la presse régionale confirmait la mort de cette jeune fille de vingt-deux ans, qui s'était noyée à l'endroit et à l'heure où Anne-Marie Moulin l'avait vue. La photo publiée dans les journaux correspondait aussi. Nous avons dans ce récit la confirmation de la formation du double du corps physique, comme une « forme éthérique », ainsi que l'attestation concernant le cordon d'argent, perçu comme « vibrant d'énergie » et il s'agit bien de quelqu'un en train de mourir.

Voici maintenant quelques cas semblables, mais où la rencontre avec le mourant ne se fait pas au cours d'une EFM ni même d'une EHC (expérience hors corps), mais plus simplement pendant le sommeil, dans une sorte de rêve, au moins en principe.

Jugez-en plutôt vous-même par l'histoire suivante que j'emprunte à Eric Raulet[2] :

« Sylvie rentrant chez elle en bus, un vendredi soir, s'assit pendant le trajet en face de Céline, originaire du même village. La nuit du samedi au dimanche suivants elle fit un "rêve" très étrange. Elle s'était vue en voiture, avec à ses côtés des gens dont elle voyait très bien le visage mais qu'elle ne connaissait pas. Cependant, dans son rêve, elle sentait qu'ils devaient être de ses amis. Ils sortaient tous d'une boîte de nuit et allaient acheter des croissants.

---

1. Anne-Marie Moulin, *Le Papillon libéré*, Editions Patrick Lannaud, 2004, p. 53-54.

2. Eric Raulet, *Lumières obscures. Enquête sur les phénomènes inexpliqués d'après des témoignages inédits*, Dervy, 2003, p. 188-191.

"Soudain, raconte-t-elle, un virage, des tonneaux, un champ. La voiture s'immobilise. Mes amis semblent secoués. Moi, je vais bien… Et pourtant… Je me vois, ou plutôt je me vois à travers Céline. Je vois ma tête penchée à travers la vitre, du sang partout, mes amis qui s'affolent. Puis tout va très vite. Je me retrouve dans un tunnel sans fin, un peu comme celui d'un film dont j'ai oublié le nom. Au bout, il y a une merveilleuse lumière, une lumière vive et à la fois douce, une lumière qu'à ce jour je n'ai jamais pu retrouver. Et arrive ce qui reste de moi (je n'ai plus de corps ; je suis en quelque sorte une entité de l'univers, dans la lumière) dans un monde irréel puisque non palpable.

"En arrivant dans ce monde, c'est là que j'ai ressenti ce sentiment de bien-être, de paix et d'amour. Mes mots sont fades et ternes en comparaison de ce que j'ai pu ressentir à cet instant…

"Je me suis réveillée sans avoir compris, sans avoir réalisé. Je n'ai osé en parler à personne de ma famille. J'avais peur de leur réaction."

C'est seulement le lundi que l'histoire prit tout son sens, lorsque Sylvie apprit de sa mère que Céline était "décédée dans un accident de voiture, dans la nuit de samedi à dimanche, en allant chercher des croissants". »

Nous avons donc là les éléments essentiels d'une parfaite EFM : l'accident au cours duquel Sylvie s'identifie curieusement à Céline, mais en voyant son corps de l'extérieur comme il est normal au cours d'une EFM : « je vois ma tête penchée… », « arrive ce qui reste de moi » ; le tunnel, avec l'impression de longueur (sans fin) ; et la lumière, à la fois vive et douce, comme on n'en voit jamais sur terre ; enfin le sentiment de paix et d'amour, mais d'un amour au-dessus de tous les termes humains. Mais, en réalité, il ne s'agit pas d'une EFM, mais d'une véritable mort. Sylvie a donc vécu une véritable mort, mais celle d'une autre. Elle l'a vécue pendant son sommeil, mais non pas « en rêve », comme s'il s'agissait de la formation d'images symboliques, reflets d'une angoisse inconsciente. Sylvie a vraiment vécu la mort de Céline par une sorte d'empathie. Mais nous avons ainsi, à travers Sylvie, la « preuve » que la mort définitive se déroule bien comme une EFM.

J'ai rencontré aussi personnellement quelqu'un qui, au moment de la mort de sa mère, avait vécu lui-même, dans une sorte d'état second dû à la fatigue et au chagrin, une partie de l'expérience de la mort de sa mère. Il n'y avait pas eu d'accident. Sa mère était morte de maladie et, au moment où elle s'engageait dans le tunnel, son fils avait partagé son expérience. Un élément cependant avait été incomplet. En vivant la vie de sa mère au moment où celle-ci revivait la sienne, il avait l'impression qu'il n'avait vu et vécu qu'une partie des scènes de la vie de sa mère, comme si une sorte de censure était intervenue.

Voici maintenant un cas où l'empathie ne va pas aussi loin. On n'y trouve ni la sortie du corps, ni le tunnel ou la lumière. Mais cet exemple permet de comprendre que ces EFM vécues par empathie ne sont pas forcément très différentes de simples communications télépathiques. J'emprunte ce récit à Djohar Si Ahmed, docteur en psychologie et psychanalyste[1] :

---

1. Djohar Si Ahmed, *Parapsychologie et psychanalyse*, Dunod, 1990, p. 115-118 et 140-141.

« Danièle D., 50 ans, en vacances sur la Côte d'Azur, fait vers 3 heures du matin un cauchemar au cours duquel elle a la vision d'un jeune homme s'enfonçant dans la boue. Elle ne distingue pas son visage, mais entend une voix lui dire : "Il est mort, il est mort", ce à quoi Danièle D. répond : "Mais non il n'est pas mort, ce n'est pas possible." Cette vision réveille brusquement Danièle D. qui se trouve en proie à une angoisse si grande qu'elle ne peut se rendormir.

Elle est frappée par la précision extrême des détails de son rêve et par sa qualité sensorielle. La vision de ce noyé et de la vase continue à la hanter les jours suivants.

Ayant déjà vécu des expériences analogues, Danièle est absolument certaine de la qualité télépathique ou prémonitoire de son rêve. Elle pense, dans un premier temps, que cet homme jeune pourrait être l'un de ses fils ; elle n'est rassurée que lorsqu'elle peut, le lendemain, les joindre au téléphone.

Huit jours se passent. Elle rentre à Paris. Le cauchemar s'éloigne. Elle apprend alors la disparition de Georges O., fils d'une de ses amies proches. Disparition contemporaine de son rêve comme elle le saura par la suite. Quelques jours plus tard, le corps de Georges sera retrouvé… Dans la nuit où Danièle D. fit son rêve, vers 2 heures 30 du matin, Georges s'était levé, était sorti en pyjama, une radio autour du cou, et était allé se jeter dans la Seine toute proche, avant que sa compagne, qui l'avait entendu sortir dans un demi-sommeil, n'ait pu réagir. Il avait 30 ans et n'avait jamais eu jusque-là la moindre attitude suicidaire. »

L'analyse de ce cas révèle que Danièle et Mme O., la mère de Georges, étaient amies, qu'elles avaient vécu pendant longtemps dans le même immeuble et que, tout petit, Georges avait eu une affection particulière pour Danièle, qu'il considérait comme une seconde mère.

Le plus intéressant, c'est que ces cas de morts, vécues par empathie, semblent se multiplier. En 1997, au cours d'un congrès, le docteur Moody signalait le phénomène :

« Depuis quelques mois, je commence à recevoir des dizaines de témoignages de personnes qui participent par empathie à l'expérience de la mort d'une autre personne : elles me racontent que, lors du décès d'un proche, elles sont sorties hors de leur corps et ont accompagné le mourant vers la lumière, ou même qu'elles ont vu des parents décédés venir accueillir et aider le mourant. Ce phénomène, qui semble de plus en plus fréquent, se produit même avec des médecins et des infirmières qui se trouvent au chevet de la personne : ils sont intimement convaincus qu'ils participent simultanément et de façon intuitive à l'expérience transcendante de la mort[1]. »

Cette contagion peut donc s'exercer, même sans lien affectif ancien, lorsqu'il y a courte distance et simple sympathie, mais probablement très vive, comme dans le cas des médecins ou des infirmières qui assistent le mourant. Mais s'il y a lien affectif fort et ancien, cette contagion semble pouvoir atteindre même des personnes géographiquement très éloignées. On peut peut-être

---

1. Erik Pigani, *Psi, enquête sur les phénomènes paranormaux*, Presses du Châtelet, 1999, p. 207.

même parler d'épidémie, car de tels cas sont de plus en plus fréquents. Les événements vécus au moment de sa mort par quelqu'un semblent pouvoir être vécus simultanément par des proches. Mais pour l'un il s'agit de sa véritable mort, pour l'autre d'une sorte d'EFM.

Dans son dernier ouvrage sur les EFM, le professeur Kenneth Ring s'intéresse à une autre forme de contagion, non plus par empathie directe avec les mourants au moment de leur mort, mais par une sorte d'empathie à l'audition ou à la lecture des récits d'EFM. Après une expérience de centaines de cas et des années d'exposés et d'enseignement en université, il est persuadé que les effets positifs des EFM sont transmissibles, disons même « contagieux ». Il emploie le terme poétique de « virus bénin ». Ceux qui entendent le récit de ces témoins, ceux même qui lisent des ouvrages d'étude sur ces aventures spirituelles que sont les EFM finissent par attraper le virus. Leur vie en est peu à peu transformée, comme s'ils avaient vécu eux-mêmes une expérience semblable. « J'ai rencontré quelques-uns de ses étudiants, confirme Bruce Greyson, et peux témoigner qu'ils avaient réellement attrapé le virus EFM et se trouvaient profondément et définitivement transformés[1]. »

Il est évident que de tels témoignages tendent à confirmer que les EFM sont bien des morts provisoires et que les morts définitives se déroulent de la même façon que les morts provisoires. Lisez donc tous ces témoignages de rescapés de la mort. Ils vous apporteront tellement plus que la plupart des discours philosophiques ou théologiques sur le mystère de la mort

---

1. Bruce Greyson dans son avant-propos du livre de Kenneth Ring et Evelyn Elsaesser-Valarino, *op. cit.*, p. XI. B. Greyson est un des grands chercheurs en ce domaine. Je l'avais rencontré à l'université de Hartford dans le Connecticut.

et de la vie. Loin de toutes les abstractions et de l'éru-
dition colossale de tous ces théoriciens, ils vous apporteront la réalité, beaucoup plus simple, plus logique,
plus riche et plus belle.

Mais attention ! Vous voilà prévenu : à lire tous ces
témoignages vous courez le risque de devenir meilleurs !

EFM chez des aveugles

Les preuves sont déjà innombrables que lors des
EFM il s'agit bien d'une véritable sortie du corps. Ce
que ces rescapés de la mort ont vu était très souvent
hors de leur portée, loin de leur corps physique et la
précision des détails rapportés et vérifiés ensuite ne
peut pas s'expliquer par la télépathie. La télépathie
existe, son fonctionnement a été souvent vérifié, mais il
s'agit d'un autre phénomène qui n'atteint jamais cette
ampleur ni cette netteté.

Cependant, pour vaincre l'aveuglement (sans jeu de
mots) de tous ceux qui veulent réduire les EFM à des
phénomènes de conscience modifiée, des études ont été
entreprises depuis quelques années auprès d'aveugles
ayant vécu une EFM. C'est peut-être, « paradoxalement », comme le dit le professeur Kenneth Ring, « le
test le plus rigoureux » en faveur de la réalité des affirmations de ceux qui prétendent avoir vraiment « vu »
pendant qu'ils étaient hors de leur corps[1].

Le docteur Kenneth Ring avait été mis sur cette piste
par une femme qui n'était pas complètement aveugle
mais ne commençait à distinguer qu'à cinq mètres ce
que les autres voyaient déjà à plus de cent mètres. Or,

---

1. Kenneth Ring et Evelyn Elsaesser-Valarino, *Lessons from the Light*,
Moment Point Press, Needham, Massachusetts, 2000, p. 73.

sortie de son corps au cours d'une EFM, voilà qu'elle pouvait voir correctement. « Ils me branchaient sur une machine située en arrière de ma tête, raconte-t-elle. Ma première pensée fut « Jésus, je vois, c'est incroyable, je vois. Je pouvais lire les chiffres sur la machine[1]... » Intrigué par ce témoignage, K. Ring commença à chercher si d'autres cas semblables avaient déjà été repérés.

De fait, des rumeurs couraient déjà depuis quelque temps à ce sujet. En 1981, le Dr. Schoonmaker avait fait état, au cours d'une conversation téléphonique avec K. Ring, de trois de ses patients, aveugles, qui avaient « vu » pendant leur EFM. L'un d'eux, une femme aveugle de naissance, avait été capable de voir les membres de l'équipe médicale et de décrire une partie des soins auxquels on l'avait soumise.

De même, Elisabeth Kübler-Ross affirmait avoir déjà rencontré quelques-uns de ces cas. Dans *La Mort et l'enfant*, elle insistait sur le fait que, le temps de leur EFM, les gens se retrouvaient libérés de toutes leurs infirmités : « Les amputés avaient retrouvé leurs jambes, les infirmes en fauteuil roulant pouvaient danser sans effort, les aveugles voyaient. Ce dernier fait, nous l'avons testé avec des patients totalement aveugles depuis des années. À notre stupeur, ils ont pu décrire la couleur et le dessin de vêtements et de bijoux portés par des personnes présentes[2]. »

Le docteur Moody, lui-même, avait signalé le cas d'une femme de 70 ans, aveugle depuis ses 18 ans, qui avait pu donner de nombreux détails de son opération. Ce qui l'avait le plus étonné, c'est que beaucoup des

---

1. Kenneth Ring, *En route vers oméga*, Robert Laffont, 1991, p. 55.
2. Elisabeth Kübler-Ross, *La Mort et l'enfant*, Editions du Tricorne, 1986, p. 172.

instruments qu'elle avait décrits n'existaient même pas du temps de sa jeunesse. Malheureusement, aucun de ces chercheurs n'avait jamais pris le temps d'établir un protocole scientifique de ces témoignages.

K. Ring cite quelques autres cas, d'un officier britannique qui perdit la vue au combat lors de la Première Guerre mondiale, d'un vétéran américain qui sauta sur une mine, au Vietnam... mais ces témoignages ne sont appuyés par aucune étude sérieuse. Il faut donc reconnaître, avec K. Ring qui le déplore vivement, que dans de telles conditions ces cas ne sont pas exploitables. Quelques recherches sur les cas de sortie spontanée du corps ou EHC (expérience hors corps), n'ont pas été conduites de façon plus rigoureuse. Il ne s'agit tout au plus que d'enquêtes exploratoires préliminaires pour voir s'il y aurait là une piste intéressante à exploiter.

Ceci est d'autant plus regrettable que, comme le pense Stanislav Grof, nous pourrions tenir là la meilleure preuve de survie : « On rapporte des cas, dit-il, de personnes qui étaient aveugles à cause de dommages organiques, médicalement confirmés, de leur système optique qui, lors d'une mort clinique, voyaient leur entourage... Des cas de ce genre, à la différence de la plupart des autres aspects des EFM, peuvent être soumis à une vérification objective. Ils représentent ainsi la preuve la plus convaincante que ce qui se passe pendant une EFM est plus qu'une fantasmagorie hallucinatoire d'un cerveau endommagé[1]. »

Il n'en fut que plus heureux de découvrir un cas, particulièrement éclatant, dans les travaux d'un col-

---

1. Kenneth Ring et Sharon Cooper, *Mindsight, Near-Death and Out-of-Body Experiences in the Blind*, William James Center for Consciousness Studies, 1999, p. 1-10.

lègue, le Dr. Larry Dossey. Cette aveugle de naissance avait fait une EFM au cours d'une opération de la vésicule biliaire. Elle avait ainsi « vu » non seulement son propre corps en entier, mais « la disposition du bloc opératoire ; les gribouillis sur le tableau de planning des interventions chirurgicales dans le couloir du dehors ; la couleur des draps couvrant la table d'opération ; la coiffure de l'infirmière en chef… et même le détail trivial que son anesthésiste ce jour-là portait des chaussettes dépareillées[1] ».

Que rêver de mieux ? L'ennui, c'est que lorsque le professeur Ring voulut en savoir davantage en demandant les coordonnées de ce témoin au Dr. Dossey, celui-ci, un peu penaud, dut lui avouer qu'il avait inventé toute cette histoire, convaincu que de tels cas devaient bien exister et qu'ils devaient certainement se présenter à peu près ainsi. Il s'agit là, évidemment, d'une méthode catastrophique, tout à fait propre à déconsidérer tous les travaux sérieux en ce domaine. Susan Blackmore, célèbre pour ses positions réduisant les EFM à des phénomènes psychologiques, reçut à ses demandes auprès du Dr. Dossey la même réponse. On ne sert jamais la vérité par des mensonges, même bien intentionnés.

Dans leur ouvrage intitulé *Mindsight*, K. Ring et S. Cooper signalent un autre cas de figure un peu différent. La malhonnêteté n'y est pas du côté du chercheur mais du « témoin ». L'enquête avait été menée par Tricia McGill, psychologue, qui l'avait communiquée à K. Ring et S. Cooper. Le résultat en semblait si inté-

---

1. Larry Dossey, *Recovering the Soul, A Scientific and Spiritual Search*, Bantam, New York, 1989, p. 18 ; traduction en français : *Ces mots qui guérissent*, Lattès, 1995 ; cité par Ian Wilson dans *Enquête aux Frontières de la Mort*, Editions Exergue, 1998, p. 116.

ressant que ces auteurs avaient publié ce témoignage en annexe à leur propre étude. Malheureusement, peu de temps après cette publication, T. McGill se rendit compte qu'il y avait eu au moins partiellement super-cherie. Aussitôt, les auteurs de *Mindsight* firent coller un papillon d'avertissement en tête de cet appendice pour mettre en garde le lecteur. Tout cela montre à quel point les avancées sont délicates en ce domaine, mais aussi qu'il y a tout de même des chercheurs auxquels on peut se fier[1].

Le professeur K. Ring procéda heureusement avec plus de rigueur. Il s'adressa à plusieurs associations d'aveugles et de malvoyants, au niveau national et régional, et entra ainsi en contact avec plusieurs aveugles qui avaient effectivement vécu une EFM. Il sélectionna ainsi, avec Sharon Cooper, doctorante à l'université de New York, 31 cas (20 femmes et 11 hommes, âgés de 22 à 70 ans). Parmi ces personnes, 14 étaient aveugles de naissance, 11 avaient perdu la vue après l'âge de 5 ans et 6 avaient une vue sérieusement réduite. 21 d'entre elles avaient vécu une EFM (16, seulement une EFM et 5 autres, une EFM, puis une ou plusieurs EHC, sans lien avec leur EFM). Enfin, 10 autres n'avaient connu qu'une ou plusieurs expé-riences hors du corps (EHC). Parmi les EFMistes, 13 avaient connu leur expérience au cours d'une maladie ou d'une intervention chirurgicale, 6 au cours d'un accident, 2 avaient été agressées, 1 frappée presque à mort, 1 avait failli mourir au combat et 1 autre avait survécu à une tentative de suicide.

---

1. Kenneth Ring et Sharon Cooper, *Mindsight, Near-Death and Out-of-Body Experiences in the Blind*, William James Center for Consciousness Studies, 1999, p. XIX et 189.

Si on prend ensemble les témoins d'EFM et d'EHC, 25 sur 31 avaient effectivement vu quelque chose, ce qui représente 80 % d'entre eux. Si l'on s'en tient aux seuls témoins aveugles de naissance, 9 sur 14 avaient vu quelque chose (donc 64 %). Il s'agit d'une étude menée pendant trois ans, de contacts multiples, étalés sur toute cette période, avec chacun des témoins, d'enregistrements, de questionnaires...

Certains pensaient vraiment avoir vu quelque chose et pouvaient le décrire ; d'autres n'en étaient pas certains, ne sachant pas exactement ce que nous appelons « voir ». Trois enfin pensaient clairement n'avoir rien vu[1].

Nous nous contenterons ici de quelques exemples.

Le cas de Vicki Umipeg

Voici donc, d'après l'enquête menée par K. Ring et Sharon Cooper, le cas de Vicki Umipeg.

Vicki est née en 1950. Elle était mariée, mère de trois enfants, et avait 43 ans lorsqu'elle fut amenée à témoigner de son expérience. Prématurée, elle avait été mise sous incubateur et, comme on le faisait alors fréquemment, on lui avait envoyé de l'oxygène. Malheureusement, la dose fut trop forte et lui détruisit le nerf optique. Elle fut donc totalement aveugle dès sa naissance. « Je n'ai jamais eu le moindre concept de lumière ou d'ombre, expliquait-elle, rien, ni de couleur, rien du tout. » Elle vécut, en fait, deux EFM. La première, le 12 février 1963, alors qu'elle était âgée

---

1. Kenneth Ring et Sharon Cooper, *Mindsight, op. cit.*, p. 17-19 ; Evelyn Valarino, *NDE e soggetti non videnti : La vista nel buio della pre-morte* dans les « Atti del 4° Congresso Internazionale di studi delle esperienze di confine », San Marino, 2000, p. 105-113.

de 12 ans, à la suite d'une appendicite et d'une périto-
nite. La deuxième, plus intense, eut lieu dans la nuit
du 2 février 1973, à 22 ans[1]. Au début de 1973, elle
avait commencé à travailler occasionnellement en chan-
tant dans un night club à Seattle. Une nuit, n'ayant
pu trouver un taxi pour la ramener chez elle, elle dut
accepter l'offre de deux clients assez éméchés. L'accident la projeta hors de la voiture. On l'emmena en
urgence à l'hôpital le plus proche, le crâne fracassé.
C'est alors qu'elle sortit de son corps et fit une nouvelle
EFM. Dix ans séparaient donc ces deux expériences
mais les deux se déroulèrent selon le schéma le plus
classique et bien connu, avec flottement au-dessus
du corps, révision de la vie passée et passage par le tunnel pour déboucher sur une autre dimension. Or, lors
de ces deux EFM, Vicki avait vu aussi bien les choses
de ce monde, même brièvement, que celles de l'autre
monde. « Ces deux expériences ont été les seules fois
où je pouvais dire que j'avais vu et ce qu'était la lumière
parce que j'en avais fait l'expérience. Je pouvais voir ! »

Sa deuxième expérience ayant été plus intense
et plus récente, pour éviter toute répétition inutile,
K. Ring s'en tient principalement à celle-ci :

Sur le lieu même de l'accident, ses souvenirs sont
un peu brumeux. Mais elle se rappelle très nettement
avoir vu la voiture toute ratatinée et affirme qu'elle
avait alors un autre corps « comme fait de lumière ».
Elle n'a aucun souvenir de son transport à l'hôpital.

« La première chose que j'ai remarquée est que je
me trouvais au plafond et que j'entendais parler le

---

1. K. Ring et E. Elsaesser-Valarino, *op. cit.*, p. 75 donne 20 ans pour la
première EFM, mais il s'agit évidemment d'une erreur. Je complète mes
sources les unes par les autres et ne peux donner chaque fois le détail des
références, mais on trouvera ces textes dans les ouvrages cités.

médecin – c'était un homme – et je regardais en bas et vis ce corps et d'abord je n'étais pas certaine que ce fût le mien. » Elle le reconnut, en premier lieu, à la longueur de ses cheveux, étendus le long de son corps jusqu'à la taille, puis aux bagues qu'elle portait, notamment à sa bague de mariage. « Je pense que je portais la bague en or massif sur mon annulaire et l'anneau nuptial de mon père à côté. Mais ma bague de mariage, je la vis bel et bien. C'était celle que je remarquai le plus, car elle sort vraiment de l'ordinaire, avec ses fleurs d'oranger dans les coins. »

« Je pouvais me déplacer si librement… Je n'avais jamais rien connu de tel. Pour la première fois, je comprenais ce que "voir" voulait dire, je sus ce qu'était la lumière, parce que je la vivais. Je pouvais voir…

« Ils parlaient de moi quand je fus amenée et je pouvais les voir s'occuper de moi, et je les entendais dire : "Bon, si elle s'en sort, elle sera peut-être dans un état végétatif, la blessure à la tête est assez sévère, et nous savons qu'il y a du sang dans le tambour de l'oreille…" Et ils parlaient de tout cela. Et je pouvais les entendre dire que peut-être, je ne pourrais plus parler. Et je continuais à hurler pour leur dire : "Je suis ici, ça va, vous ne pouvez pas m'entendre, je suis ici." Et je criais de toutes mes forces et ils ne pouvaient pas m'entendre, mais je pouvais les entendre. Cela me frustrait tellement et je ne pouvais communiquer avec eux. Et j'éprouvai, un moment, un terrible sentiment de désespoir et de frustration de ne pouvoir les atteindre[1]. »

---

1. Tiré de l'enregistrement d'un témoignage de Vicki donné à un groupe de soutien à Seattle, en février 1994. Extrait cité par Ian Wilson dans *Enquête aux Frontières de la Mort*, *op. cit.*, p. 117-118.

« Je percevais aussi leurs sentiments. De là-haut, au plafond, … je pouvais voir que ma tête était ouverte. Je pouvais voir beaucoup de sang. » C'est alors, à sa grande surprise, qu'elle s'élève encore plus et traverse le toit, se retrouvant au-dessus de l'hôpital. Elle a alors une brève vue panoramique des alentours.

« Qu'avez-vous remarqué à ce moment-là ? » lui demande K. Ring.

« Des lumières, et les rues en dessous, et tout. J'étais très troublée par tout ça. » Tout cela allait effectivement trop vite pour elle, note le professeur. À un moment elle dit même que cela l'« effrayait ».

Le Dr. Ring fait remarquer que cette réaction est confirmée par celle d'aveugles de naissance auxquels on parvient, par une opération, à donner la vue. Certains n'arrivent pas à s'adapter à ce monde nouveau pour eux et finissent par regretter qu'on leur ait imposé ce cadeau[1].

Très vite, elle éprouva un extraordinaire sentiment de liberté de mouvement, accompagné d'une joie intense. Elle commença aussi à entendre une musique merveilleuse. Mais cela ne dura pas longtemps car, presque aussitôt, elle fut aspirée dans une sorte de tube. Elle remarqua que l'intérieur en était sombre, mais elle y était propulsée, tête en avant, vers la lumière. Quand elle arriva au bout du tunnel, la musique se transforma en chants comme ceux qu'elle avait entendus lors de sa première EFM.

Elle culbuta hors du tunnel et se trouva allongée sur l'herbe, dans un champ lumineux avec des arbres et des fleurs. Il y avait aussi une lumière extraordinaire qu'elle

---

1. Kenneth Ring et Evelyn Elsaesser-Valarino, *Lessons from the Light*, Moment Point Press, 2000, p. 307, note 4.

pouvait sentir aussi bien que voir. Il y avait là beaucoup de monde. Même les gens étaient lumineux :

« Là-bas, ils semblaient tous faits de lumière. Et j'étais faite de lumière. Ce que la lumière transmettait, c'était de l'amour. L'amour était partout. L'amour semblait provenir de l'herbe, des oiseaux, des arbres. »

Vicki remarqua alors plus particulièrement la présence de certaines personnes qu'elle avait connues sur terre et qui étaient là pour l'accueillir. Debby et Diane étaient d'anciennes camarades, aveugles comme elle. L'une était morte à l'âge de onze ans et l'autre à six ans. Toutes deux avaient été, non seulement aveugles, mais retardées. Elles apparaissaient ici lumineuses, en pleine santé. Ce n'étaient plus des enfants. Elles étaient dans la fleur de l'âge. Elle reconnut aussi d'autres personnes qu'elle avait bien connues sur terre mais qui étaient depuis décédées : Mr. et Mrs. Zilk qui s'étaient occupés d'elle pendant son enfance et surtout sa grand-mère, morte deux ans auparavant.

Vicki connut aussi cette impression, souvent décrite dans les récits d'EFM, d'un accès direct à la connaissance totale. Elle sentit qu'elle pouvait avoir là toutes les réponses, aussi bien sur le sens de la vie que sur l'univers et sur Dieu. Elle est inondée d'informations de toutes sortes, religieuses, scientifiques, mathématiques...

C'est alors qu'elle remarqua près d'elle un personnage dont la radiance était bien plus lumineuse que celle de toutes les autres personnes. Elle reconnut immédiatement Jésus, qu'elle avait déjà vu lors de sa première EFM. Elle fut capable de donner une description précise de son visage et de ses vêtements. Elle le reconnut immédiatement, intuitivement. Mais il lui dit aussi, par télépathie : « Tu ne peux pas aller maintenant dans la maison de mon Père. » Jésus l'accueillit tendrement mais insista : « Tu ne peux pas rester ici maintenant. Ce n'est pas le moment pour toi de rester, tu dois retourner. » Vicki essaya de résister, mais Jésus lui révéla qu'elle devait revenir sur terre pour y mettre au monde ses enfants. Vicki, alors, le désirait tellement qu'elle y consentit. De fait, d'ailleurs, elle a eu trois enfants. « Mais avant, lui dit Jésus, regarde ceci. » En sa présence, elle revit ou plutôt « vit » pour la première fois toute sa vie, avec sa famille, ses amis.

Comme dans les EFM des voyants, elle éprouvait en même temps les sentiments qu'elle avait eus à ces divers moments de sa vie passée et ceux de ses inter-locuteurs. De même percevait-elle les commentaires pleins de bienveillance et d'humour de l'être de lumière près d'elle, qu'elle identifiait à Jésus. Avant son retour sur terre on lui recommanda d'apprendre à aimer et à pardonner.

Le retour dans son corps fut brutal, comme très sou-vent dans les EFM, et elle retrouva malheureusement toutes les limites de son infirmité[1].

Ce que Vicki a vécu correspond donc en tous points au schéma d'une EFM chez les gens « normaux ». Elle a pu voir, hors de son corps, aussi bien quand elle était encore dans notre dimension qu'après le tunnel, là où commence l'au-delà. Seule différence avec les récits habituels : elle ne mentionnait jamais les couleurs de ce qu'elle voyait. Elle parlait plutôt de « différentes nuances de brillance », ce qui est normal puisqu'elle ne savait pas ce que nous désignons par les différents noms que nous donnons aux couleurs.

En bon scientifique rigoureux, K. Ring se demande alors si ce qu'a vécu Vicki ne pourrait pas s'interpréter tout simplement comme un rêve. Mais sur ce point elle

---

1. J'ai emprunté l'essentiel de ces informations à l'ouvrage *Mindsight*, *op. cit.*, p. 22-28.

est formelle. Dans un rêve, elle ne « voit » jamais rien. Ses rêves sont faits d'impressions de touchers, de sons, de goûts, d'odeurs, jamais d'images. Elle ne voit jamais en rêve ni forme ni couleur. Son expérience étant antérieure aux travaux de Moody et des autres chercheurs en ce domaine, il ne peut être question non plus d'une sorte de reconstruction, même involontaire, à partir d'autres récits entendus à la radio ou de conversations qui l'auraient marquée.

Quand Vicki décrit la révision de vie liée à sa première EFM, elle donne des précisions importantes qui montrent bien la différence entre ce qu'elle vivait en tant qu'aveugle et ce qu'elle vivait pendant son EFM. Revoyant sa vie passée, elle se voyait circulant dans les pièces en tâtonnant, en cherchant à heurter les objets pour les situer dans l'espace, les touchant pour en éprouver la forme. Au contraire, voyant ces scènes à nouveau, elle percevait directement la situation des différents meubles dans l'espace, la distance qui les séparait les uns des autres, la nature des objets qu'elle n'avait plus besoin de toucher pour savoir en quoi ils étaient faits[1]... Il est intéressant aussi de noter que la vue de Vicki semble avoir été encore beaucoup plus nette dans l'autre monde, après le tunnel, que dans notre dimension.

LE CAS DE BRAD BARROWS

Un autre cas étudié par K. Ring est celui de Brad Barrows, qui avait 33 ans lorsqu'il donna son témoignage, mais avait fait son EFM beaucoup plus tôt, lorsqu'il avait seulement 8 ans. C'était pendant l'hiver

---

1. K. Ring et S. Cooper, *Mindsight, op. cit.*, p. 50.

de 1968, alors qu'il vivait dans un institut pour jeunes aveugles à Boston. Comme Vicki, il était aveugle de naissance, mais pas pour les mêmes raisons. Il avait été, lui aussi, prématuré et ses yeux ne s'étaient pas développés correctement. Il avait bien des yeux, mais sans couleur, seulement une sorte de blanc opaque et, à l'intérieur, les tissus ne s'étaient pas mis en place correctement. Tout le reste de son corps était normal, le cerveau aussi. Mais il était complètement aveugle.

En février 1968, une semaine avant son EFM, il se sentait très fatigué et avait du mal à respirer. Il pensait seulement avoir pris froid et ne prenait aucun médicament. Cependant ses difficultés respiratoires le gênaient et l'empêchaient de dormir normalement. Une nuit où il se sentait particulièrement fiévreux, « à un moment, au milieu de la nuit, je commençai à me sentir engourdi et rigide. Je m'étonnais d'avoir tant de peine à respirer. Cela commença à devenir dangereux et à m'effrayer. J'ai vraiment cru que j'allais mourir. Je me rappelle que ma respiration s'était pratiquement arrêtée. Je ne pouvais plus respirer du tout. » D'après les infirmières, il eut un arrêt cardiaque qui dura au moins quatre minutes.

C'est alors qu'il commença à quitter son corps. Il se rappelle très bien qu'il flotta vers le plafond et vit son corps, apparemment sans vie, gisant sur le lit. Il aperçut aussi son compagnon de chambre qui se levait pour aller chercher du secours. Celui-ci confirma par la suite. Comme l'enquêteur voulait plus de précisions sur ce que Brad avait véritablement perçu, celui-ci précisa qu'il avait vu son compagnon de chambre s'asseoir sur son lit, puis se lever. Ses draps s'étaient ainsi trouvés à moitié entassés au pied du lit et à moitié par terre. Mais étant aveugle, lui aussi, il se mouvait lentement, en tâtonnant.

Puis Brad traversa le plafond et se trouva au-dessus de la toiture. Il était environ entre 6 h 30 et 7 h du matin. Il remarqua que le ciel était nuageux et sombre. Il y avait eu la veille une tempête de neige et Brad pouvait voir de la neige partout. Il remarqua même les congères que les chasse-neige avaient formées en dégageant les rues. Il vit aussi passer un trolleybus. Il découvrit dans la cour de son école la petite butte sur laquelle il aimait grimper pour jouer. Il vit même quelques-uns de ses compagnons de jeu[1]. À la question : l'avez-vous « vu » ou « su », il répondit : « Je les ai vus clairement. Je pouvais tout d'un coup remarquer leur présence et les voir... Je me rappelle avoir pu voir très clairement. »

Vint ensuite pour lui l'expérience du tunnel incliné vers le haut d'environ 45 degrés. Il eut l'impression qu'il était très sombre et se demanda si ce n'était pas ce que nous appelons « l'obscurité ». Puis, il se retrouva dans un immense champ lumineux, avec de grands arbres aux larges feuilles. Brad chemina sur un sentier au milieu d'herbes hautes. À la différence de Vicki, Brad ne remarqua pas de nuances de brillance. Tout lui parut également lumineux. Mais comme pour Vicki, sa vue était encore beaucoup plus nette depuis qu'il se trouvait dans l'autre monde, après le tunnel. De plus, voir lui paraissait absolument naturel, comme s'il avait toujours vu, sans aucune phase d'adaptation ou d'apprentissage.

Il ressentit une grande harmonie et éprouva une joie intense, l'impression de revenir à la maison.

---

1. K. Ring et Sharon Cooper, *Mindsight*, *op. cit.*, p. 28-30 ; K. Ring et E. Elsaesser-Valarino, *op. cit.*, p. 79 et Ian Wilson, *Enquête aux Frontières de la Mort*, Éditions Exergue, 1998, p. 120.

Notons, au passage, que cette impression est un classique que l'on retrouve aussi dans nombre d'expériences mystiques. Le « chant du désespéré avec son âme », poème égyptien datant d'environ 2200 avant J.-C., évoquait déjà la mort comme le « retour dans ses foyers ». La lumière englobait, pénétrait tout, l'herbe, les feuilles des arbres, tout. Il n'y avait pas d'ombre.

Il commença aussi à percevoir comme des milliers de milliers de voix qui semblaient chanter dans une langue qu'il ne connaissait pas ou, peut-être, dans plusieurs langues. Le rythme ressemblait un peu à de la musique « New Age ». En s'approchant de la source de ces chants il ressentit une attirance irrésistible comme s'il était sur le point de rencontrer Dieu. « J'avais envie de le voir, expliqua-t-il, et de rester pour toujours avec lui. »

Il se trouva alors devant un édifice de pierre tellement brillant qu'il eut peur d'être brûlé par sa lumière. Il y pénétra quand même mais, soudain, un bras le saisit et l'arrêta. Il ne sait toujours pas qui c'était, seulement qu'il se sentait aimé. « Je sentis une présence d'amour formidable émanant de cet être. » Il n'y eut aucun mot échangé. Brad comprit qu'il devait revenir. La dernière chose dont il garde le souvenir est cet être lui faisant gentiment signe d'avoir à repartir. Il se retrouva alors catapulté à nouveau à travers le tunnel et se réveilla dans son lit.

Interrogé plus tard, au cours de l'enquête rigoureuse menée par K. Ring et S. Cooper, Brad reconnut qu'il avait d'abord été surpris par cette lumière. Il ne comprenait pas ce qui lui arrivait. Mais il s'habitua très vite et bientôt « voir » lui parut très naturel. Répondant à des questions précises, il fut amené à souligner que, dans ses rêves, il n'avait jamais eu aucune perception visuelle. Il n'y a donc pas de confusion possible.

Ces cas, que nous avons résumés un peu longuement, ne sont pas les seuls. Voici un homme, aveugle de naissance, qui raconte s'être trouvé, au-delà du tunnel, dans une immense bibliothèque où il pouvait voir « des milliers, des millions et des milliards de livres, aussi loin qu'il pouvait voir ». Pouviez-vous vraiment les voir nettement ? lui demanda-t-on. « Pas de problème ! » Étiez-vous étonné de pouvoir voir ? « Pas le moins du monde. Je me suis dit "hé, tu ne peux pas voir" et je me suis répondu "mais si, bien sûr, je peux voir. Regarde tous ces livres. C'est bien la preuve que tu peux voir". »[1]

Les témoignages résumés ici venaient d'aveugles de naissance. Comme ils n'avaient eu aucune expérience de la vision avant leur EFM, on comprend qu'ils n'aient pas pu toujours affirmer qu'ils avaient vraiment « vu », au sens où nous l'entendons. C'est pourquoi les témoignages de personnes qui avaient d'abord vu normalement, pendant des années, avant de devenir aveugles, sont particulièrement intéressants. Ils constituent une confirmation irréfutable.

C'est ainsi qu'une jeune femme qui était myope devint aveugle à l'âge de vingt-deux ans, à la suite d'un coup violent. Pendant son EFM, elle voyait son corps, son docteur, assistait à son opération. « Je sais que je pouvais voir et pourtant j'étais censée être aveugle... Je sais que je pouvais voir tout... Tout était très clair

---

1. K. Ring et S. Cooper, *Mindsight*, *op. cit.*, p. 76-77 ; K. Ring et E. Elsaesser-Valarino, *op. cit.*, p. 82.

quand j'étais hors de mon corps. Je pouvais voir les détails et tout. »

Voici un autre cas, celui d'un jeune homme, qui perdit la vue dans un accident de voiture, quand il avait dix-neuf ans. Au cours de son EFM, il vit sa grand-mère, décédée, dans une vallée. « Bien sûr, reconnaît-il, je ne voyais pas, puisque mes yeux ont été complètement détruits par l'accident, mais ma vision était claire et distincte… J'avais une vision parfaite pendant cette expérience[1]. » Il s'agit donc là de quelqu'un qui sait parfaitement ce que nous entendons par « voir ». Quand il dit qu'il voit, c'est qu'il voit vraiment. Mais en même temps il sait que ce qu'il vit est impossible puisque ses yeux sont détruits. Et là, il a certainement raison, car ce n'est évidemment pas avec ses yeux de chair qu'il peut voir ce qu'il voit.

K. Ring expose un peu plus longuement un cas très voisin, celui d'une femme à laquelle il donne le nom de Marsha et qui, au moment de son EFM, n'était pas complètement aveugle, mais avait quelque vision par son œil gauche. Elle avait vécu une EFM le 16 janvier 1986, à l'âge de trente-deux ans, lors de complications survenues pendant sa grossesse et elle avait quarante ans lorsqu'elle fut contactée par le professeur Ring.

Comme Vicki, elle avait été victime d'une naissance prématurée, après seulement six mois de gestation et avait développé une rétinopathie qui ne l'avait pas laissée complètement aveugle. « Je vois un peu de l'œil gauche, mais pas beaucoup. Je ne vois pas assez pour lire. Je ne peux pas du tout lire ce qui est imprimé, mais je vois des gens et des choses, seule-

---

1. K. Ring et S. Cooper, *Mindsight, op. cit.*, p. 76 ; K. Ring et E. Elsaesser-Valarino, *op. cit.*, p. 81-82.

ment ils ont l'air brouillés. » Précisons que sa vue est si limitée qu'elle ne peut circuler qu'avec un chien d'aveugle.

Son EFM eut lieu chez elle. Elle perdit conscience pendant une demi-heure. Elle eut l'impression de s'enfoncer dans son lit et de tomber toujours plus bas. « Et alors, raconte-t-elle, les choses commencèrent à s'estomper. Je n'avais plus mal, tout était devenu différent. Puis, au lieu de descendre j'eus l'impression de monter. J'étais comme dans un tunnel, un long tunnel, noir. » Elle gardait un souvenir très vif de ce tunnel, insistait sur le fait qu'il était étroit et comprenait qu'il y en avait beaucoup d'autres, chacun avait son propre tunnel. Comme il arrive souvent à cette étape de l'EFM, elle entendit comme un carillon dans ce tunnel, mais des sons très agréables. Puis elle perçut la lumière au bout du tunnel, de plus en plus grande et brillante au fur et à mesure qu'elle y avançait. Elle connut, elle aussi, après tant d'autres, cette lumière extraordinaire, blanche, légèrement dorée, que décrivent souvent les mystiques, avec l'impression que c'était comme Dieu et qu'elle finissait par faire partie de lui. Puis, elle vit aussi des anges, totalement lumineux, presque transparents. Enfin, elle perçut la présence d'une foule immense, parmi eux sa grand-mère et sa tante, décédées, un vieil ami qui était lourdement handicapé sur terre mais se trouvait maintenant totalement régénéré. Tous lui disaient qu'elle devait retourner. Elle eut alors l'impression d'apercevoir la terre et de voir les étoiles, comme de petites lumières bleues, clignotantes. C'est alors qu'elle vit son corps.

Interrogée plus précisément au cours de l'enquête pour savoir comment elle avait pu voir son corps, « il avait mon aspect, répondit-elle. Il était comme moi, mais endormi ».

Et, à propos de l'autre monde perçu pendant son EFM, K. Ring poursuit :

« Pouviez-vous voir mieux que vous ne le faites dans le monde physique ? Quelle était votre vision ? »
« Chaque chose, je voyais tout... les gens... C'était parfait. Ce n'était pas comme ici. Il n'y avait pas de problème... Je ne sais pas ce qu'est la vision normale. Ce n'était pas comme on voit avec ses yeux. Ça ne pouvait pas être mes yeux, puisque mes yeux étaient restés en bas dans ce monde-ci. Je pouvais voir de l'or. Les murs étaient dorés. Il y avait des oiseaux blancs, des anges et tous ces gens. »

K. Ring insiste alors sur la perception des couleurs :

« Pouviez-vous les voir clairement pendant cette expérience ? »
« Oui. Tout était comme cela doit être normalement... Mais, bon, c'était une vision, mais je ne pense pas que c'était avec mes yeux. Je ne sais pas comment ça fonctionne, puisque mes yeux étaient en bas, ici, et puisqu'ils ne sont pas corrects et que je pouvais voir tout correctement. Ce devait être une sorte de vision spéciale. »[1]

Évoquons rapidement quelques autres cas semblables en ne prenant en compte que ce qui concerne leur vision.

---

1. K. Ring et S. Cooper, *Mindsight*, *op. cit.*, p. 34-38 ; K. Ring et E. Elsaesser-Valarino, *op. cit.*, p. 82-84.

« Debbie était une femme de quarante-huit ans, prématurée, dont les nerfs optiques avaient été endommagés par excès d'oxygène, comme ce fut le cas pour Vicki. Elle voyait quand même un peu, suffisamment pour distinguer la lumière de l'obscurité et se rendre compte qu'une présence se trouvait devant elle, mais sans pouvoir savoir s'il s'agissait de quelqu'un ou de quelque chose.

Alors qu'elle venait de faire un séjour à l'hôpital à la suite de brûlures et que, rentrée chez elle, elle se lavait les dents, elle tomba inconsciente sur le sol et sortit de son corps. Au cours de son EFM, elle put voir pendant un temps des choses qui se déroulaient sur deux plans différents, ce qu'elle appelait sa vision "en stéréo" : elle voyait son corps étendu sur le sol, sa mère se penchant sur elle, et elle voyait en même temps ses grands-parents, décédés. Et pourtant sa vision était assez précise sur les deux niveaux. Elle vit que sa mère était en peignoir de bain, de couleur sombre (il était effectivement noir) et découvrit sa grand-mère comme une femme jeune d'environ trente ans. Elle reconnut parfaitement une ancienne amie, dont les enfants se moquaient souvent parce que ses problèmes de santé l'avaient rendue trop grosse. Elle était maintenant mince et jolie. Elle rencontra, elle aussi, un être de lumière qu'elle prit pour Dieu. Celui-ci lui annonça qu'elle devait retourner sur terre, qu'elle se marierait bientôt et donnerait naissance à une belle petite fille (ce qui, effectivement, se réalisa)[1]. »

---

1. K. Ring et S. Cooper, *Mindsight*, *op. cit.*, p. 80-86.

« Carla est une femme de quarante-deux ans qui souffrit, elle aussi, d'une destruction de ses nerfs optiques. Elle pouvait cependant, d'un de ses yeux, distinguer certaines formes. Elle vécut une EFM en 1972, à la suite d'une hystérectomie. Au cours de son EFM, elle vit fort bien que son chirurgien et tout le personnel soignant autour d'elle étaient habillés de vert. Comme les enquêteurs lui demandaient comment elle avait pu reconnaître la couleur, elle répondit : "Je ne peux pas le décrire. C'est plus sombre que le blanc ; c'est moins brillant que le rouge ; c'est entre les deux. C'est tout ce que je peux dire". »

Autre détail intéressant, lorsqu'elle découvrit le déroulement de sa vie, elle s'aperçut que, petite, elle n'était pas si mal que ça. Ses camarades, qui voyaient un peu, se moquaient d'elle en l'appelant quelque chose comme « gros tas ». Mais en voyant maintenant toutes ces scènes, elle trouvait que certains de ceux qui s'étaient moqués d'elle étaient en réalité plus gros qu'elle ne l'était[1].

Malheureusement, dans la plupart des cas que nous venons de voir en résumé, il a été impossible aux enquêteurs de retrouver des personnes pouvant confirmer de l'extérieur ce que ces témoins avaient vécu. Les médecins ou infirmières qui auraient pu confirmer ce qu'ils avaient vu et entendu avaient été déplacés, étaient décédés depuis, ne se rappelaient pas avec assez de précision, etc. C'est en partie pourquoi K. Ring s'est intéressé à une autre série de témoins qui confirment

---

1. K. Ring et S. Cooper, *Mindsight, op. cit.*, p. 86-91.

la réalité de cette vision hors-corps. Ce sont ceux qui se sont arrêtés avant le « tunnel » et qui donc n'ont pas fait une véritable EFM, mais qui étaient déjà sortis de leur corps, la plupart du temps sans qu'il y ait eu ni accident ni opération.

Le problème a toujours été discuté entre spécialistes pour savoir si on devait assimiler ces expériences hors corps (EHC ou en anglais OBE) à des EFM incomplètes ou s'il s'agissait véritablement d'un autre phénomène. Je suis de ceux qui pensent que la distinction est souvent difficile à faire mais qu'il y en a une quand même. Les EHC ou « voyages en astral » entraînent souvent dans des univers parallèles étranges qui ne correspondent plus au schéma habituel d'une EFM. Ceux qui les vivent n'en tirent pas non plus les mêmes leçons sur le sens de la vie et ne s'en trouvent pas bouleversés de la même façon. La différence essentielle étant que les EHC ne comportent pas la rencontre de la Lumière/ Amour inconditionnel. Il semble bien cependant que, dans leur première étape, ces deux types d'expériences répondent aux mêmes mécanismes.

Le Dr. K. Ring a donc entrepris d'examiner de près aussi les témoignages de ceux qui n'avaient fait qu'une EHC. Il cite plusieurs cas que nous évoquerons ici rapidement.

Les expériences hors corps ou EHC

Le premier concerne un homme complètement aveugle. Une amie devait passer le prendre pour l'emmener en voiture chez des amis communs. Elle était d'abord passée chez lui pour l'aider à s'habiller correctement et lui avait fait mettre une cravate de son choix, mais sans lui en avoir fait la description ni lui en avoir indiqué la couleur. Comme elle devait d'abord repasser chez elle avant de venir le prendre, il s'était allongé sur son lit. C'est alors qu'il se vit sortir de son corps et put voir sa cravate. Elle était rouge avec des cercles gris et des points dans les cercles.

Sharon Cooper parvint à retrouver cette amie pour essayer d'obtenir confirmation de l'incident. Malheureusement ses souvenirs étaient trop vagues pour qu'on puisse tirer de ce témoignage une preuve absolue[1].

Le deuxième cas a été fourni par un chercheur suédois, Ingegard Bergström. Il s'agit d'une femme qui était aveugle depuis au moins dix ans lorsqu'elle vécut une EHC. Elle était tout simplement assise dans sa cuisine quand elle eut un arrêt cardiaque au cours duquel elle sortit de son corps et remarqua alors l'évier et la pile d'assiettes sales qui s'y trouvait. Le mari, qui était normalement chargé de laver la vaisselle, n'était pas très heureux d'entendre sa femme raconter ça devant des étrangers et lui reprochait vivement de ne le lui avoir jamais dit[2].

Le troisième cas est plus intéressant, bien qu'il soit lié à une opération et un accident. Il s'agit d'une femme de quarante-six ans sur laquelle on pratiqua une biopsie à cause d'un soupçon de tumeur cancéreuse à un sein.

« Durant l'opération, le chirurgien sectionna par erreur sa veine cave supérieure [la grosse veine menant au cœur], puis aggrava son erreur en la recousant fermée, ce qui entraîna une série de catas-

---

1. K. Ring et S. Cooper, *Mindsight, op. cit.*, p. 105-107.
2. K. Ring et S. Cooper, *Mindsight, op. cit.*, p. 108-109.

trophes médicales dont la perte de la vue, situation qui n'apparut que peu après l'opération, en salle de réanimation.

À ce moment-là, elle fut transportée sur un chariot dans un couloir, pour qu'on lui fasse une angiographie. Malheureusement, dans sa hâte, l'agent hospitalier heurta son brancard contre une porte d'ascenseur en train de se refermer. C'est à ce moment que la dame vécut une expérience de sortie hors du corps. Selon le récit qu'elle nous en fit, elle flottait au-dessus du brancard et pouvait voir son corps en dessous. Ce qui attira le plus son attention fut la lumière fluorescente du plafonnier. Elle remarqua même que le dessus était sale, crasseux, et se promit de le signaler plus tard aux infirmières. Mais elle affirma aussi avoir vu deux hommes au fond du couloir : son ancien mari (le père de son fils), et son compagnon d'alors, tous deux en état de choc.

Pour tenter de confirmer ses dires, on a interrogé les deux hommes. Le premier ne put se souvenir des détails précis de cet incident particulier, mais le second, son compagnon, confirma de façon indépendante tous les faits essentiels de cet épisode[1]. »

Même en supposant qu'elle n'était pas encore aveugle à ce moment-là, le masque respiratoire appliqué sur son visage durant l'épisode occultait son champ visuel, empêchant le genre de vision latérale nécessaire pour qu'elle pût voir ces hommes au bout du couloir. Mais le fait est que, d'après les indications de son dossier médical et d'autres sources que nous avons rassem-

1. K. Ring et S. Cooper, *Mindsight*, *op. cit.*, p. 110-120 ; cité par Ian Wilson dans *Enquête aux Frontières de la Mort*, *op. cit.*, p. 121-122.

blées, il semble bien qu'elle était déjà complètement aveugle quand cet incident se produisit.

Voici, rapidement quelques autres cas :

Cheryl, jeune femme de 37 ans au moment de l'enquête et aveugle de naissance, vécut plusieurs sorties du corps au cours desquelles, tout normalement, elle pouvait chaque fois voir le corps inanimé qu'elle venait de quitter. Un jour, par exemple, se trouvant dans la maison de ses parents, elle s'était allongée sur le dos. En une minute, elle flottait à faible hauteur au-dessus de son corps et pouvait le voir d'en haut. Elle put préciser qu'elle portait un jean et un t-shirt, pas de chaussettes, mais elle avait les cheveux longs et une montre au bras gauche. Mais, précisait-elle, « je ne sais pas si vous diriez que c'était vraiment voir ».

Helen, une femme de 45 ans, aveugle de naissance, sortit également plusieurs fois de son corps.

Non seulement elle le vit sans véritable surprise mais elle se retrouva dans la rue avec des arbres, des plantes et surtout des gens qui marchaient tout autour d'elle. Et elle pensa « Oh ! ai-je retrouvé la vue ? »[1]

Le grand problème est pour nous de savoir si ce qu'ils ont vécu correspond vraiment à notre vision et si l'on peut en tirer quelque preuve ou du moins indice d'une vie possible hors du corps. On trouve dans leurs récits toutes les indications communes à tous les témoignages d'EFM sur les facilités de déplacement, la traversée de tous les obstacles, la possibilité de tout entendre, mais sans parvenir à se faire entendre, de tout voir, mais sans se faire voir… On retrouve également dans leurs récits le passage à travers le tunnel,

---

la rencontre de trépassés, l'être de lumière... Mais, malgré toutes ces indications K. Ring et S. Cooper continuaient à se demander si cette façon de « voir » était bien la nôtre.

Certains de ces témoins, en effet n'étaient pas sûrs d'avoir vraiment « vu » :

— soit parce qu'aveugles de naissance, ils n'avaient aucune expérience de ce que nous appelons voir ;

— soit parce qu'ils savaient que, normalement, il leur était physiquement impossible de voir, puisqu'ils n'avaient plus les organes nécessaires. « N'ayant pas d'yeux, dit l'un d'eux, j'ai vu avec toute ma conscience ».

— soit encore parce qu'ils ne pouvaient pas toucher ce qu'ils voyaient. Il leur arrivait même de comparer ce qu'ils avaient vécu à une nouvelle sorte de toucher, la seule façon qu'ils aient connue jusqu'alors de reconnaître les objets.

Pourtant, il s'agit bien d'une vision, puisque dans le premier cas que nous avons évoqué ici cette femme, presque complètement aveugle, était tout étonnée de pouvoir lire les chiffres sur la machine que l'on avait disposée derrière sa tête. D'autres insistent sur la clarté et la netteté de cette vision : « ma vision était très claire et nette... dans cette expérience j'avais une vision parfaite. »

Mais il est vrai qu'il s'agit d'une vision qui dépasse nos propres possibilités. Elle est « omnidirectionnelle », à 360 degrés, « sphérique » disent même certains témoins. Une femme qui a vécu une EFM, au cours d'une pneumonie contractée lors de sa deuxième grossesse, raconte qu'elle voyait très bien le brancard sur lequel se trouvait son corps, ainsi que l'infirmière qui se tenait debout, à côté. Elle pouvait voir, prétendait-elle chacun des cheveux de la tête de cette infirmière

et même chacun des follicules d'où partaient ses cheveux. Elle savait en même temps le nombre exact de
ses cheveux. Elle vit aussi l'infirmière enfiler des bas
blancs d'un nylon scintillant. Elle voyait chacun des
éclats brillants de ces bas et savait exactement combien
il y en avait[1].

Il est évident qu'avec nos yeux nous n'en voyons
pas tant ! Ce n'est donc pas avec leurs yeux que ces
aveugles ou malvoyants pouvaient voir tout cela, ni
avec les yeux d'un corps « spirituel » ou « éthérique,
énergétique » qui serait tout à fait semblable au nôtre
car, alors, leur vue serait aussi limitée que la nôtre.
Il s'agit donc d'un autre corps, aux propriétés fort
différentes. Ainsi, par exemple, Anne-Marie Moulin,
qui voyait normalement dans son corps de chair, note-
t-elle la différence lors de son EFM, survenue en
1970 : « Je découvre alors combien l'intensité de
mon acuité visuelle et auditive a augmenté. Je vois
comme par l'intermédiaire de verres grossissants, et,
à la manière des yeux d'insectes, de tous les côtés à
la fois, l'effet est fascinant. Les sons, quant à eux, me
parviennent amplifiés comme ceux d'une radio au
volume mal réglé[2]. »

Cette vision ne doit donc pas être isolée des autres
aspects des EFM. Les autres sens sont aussi sollicités
avec souvent une tendance à une sorte de synesthésie
où les couleurs sont des sons et où les sons ont des couleurs, une sorte de perception totale.

Ceci apparaît particulièrement dans un certain
nombre d'autres cas.

---

1. E. Elsaesser-Valarino, *NDE e soggetti non vedenti...*, *op. cit.*, p. 109.
2. Anne-Marie Moulin, *Le Papillon libéré*, Editions Patrick Lannaud,
2004, p. 21.

Voici, par exemple, le témoignage de Marilyn. Elle avait 59 ans au moment de l'enquête. Déjà née avec un problème de cataractes, à partir de sa dix-neuvième année un glaucome lui fit perdre peu à peu complètement la vue. À 57 ans, une attaque cardiaque lui fit vivre une EFM. Il semble qu'elle ait eu plus de peine que la plupart des autres témoins à rendre compte de ce qu'elle avait vécu. Lors d'un premier entretien, elle semblait très réticente à parler vraiment de « vision » pour décrire ce qu'elle avait vécu. Elle donnait l'impression de s'être surtout fait une mise en images de ce qui avait dû se passer. Mais, un peu plus tard, elle voulut elle-même reprendre le problème à partir de notes qu'elle avait rédigées juste après son EFM. Là, elle insistait au contraire sur le fait qu'elle avait tout vu et enregistré comme une caméra qui aurait été accrochée en haut, un peu au-dessus de la table d'opération où gisait son corps. Interrogée à nouveau pour résoudre cette contradiction, elle finit par employer l'expression d'« impression semi-visuelle »[1].

Cette difficulté à déterminer s'il s'agit vraiment de vision ou d'une autre sorte de perception se retrouve chez d'autres témoins[2]. Ainsi même Brad, dont nous avons déjà résumé le témoignage, finit par préciser, en parlant de ses sensations : « Je ne pourrais pas dire vraiment qu'elles étaient visuelles par elles-mêmes parce que je n'avais jamais rien éprouvé de tel auparavant. Mais je pourrais dire que tous mes sens semblaient très actifs et très vifs. J'avais une sensation nette de toucher, d'odeur et même de goût. »

---

1. K. Ring et S. Cooper, *Mindsight*, *op. cit.*, p. 91-96.
2. *Ibid.*, p. 146-157.

Encore plus net est le témoignage de Carla : « Je me demande si je ne suis pas au bord de la synesthésie ou de quelque chose comme ça, car aux différentes couleurs correspondent pour moi différents sons… J'entends toujours les couleurs. Pour moi, c'est tellement naturel… Comme des gens voient des mots. J'entends les couleurs[1]. »

Cependant, malgré les cas de « vision » nébuleuse et imprécise, K. Ring et S. Cooper le soulignent, les affirmations de vue claire, précise, détaillée, sont trop nombreuses pour que l'on puisse nier qu'il y avait un aspect de leurs expériences correspondant à notre vision. Mais il faut bien qu'ils aient vu par des moyens autres que leurs yeux de chair puisque ceux-ci ne fonctionnaient plus. K. Ring et S. Cooper étudient alors les différentes hypothèses possibles qui pourraient expliquer l'impression d'avoir vu de tous ces EFMistes sans qu'ils aient réellement pu voir quelque chose : le rêve, la reconstruction involontaire à partir de perceptions inconscientes, la faculté de certains aveugles de se situer spontanément dans l'espace, la vue à travers la peau, selon les recherches de Jules Romains, d'Yvonne Duplessis et de Paul Bach-y-Rita.

Dans la mesure où ces phénomènes de vision en EFM sont exactement les mêmes chez les « voyants » que chez les aveugles, ces hypothèses concernent, en fait, toutes les EFM. K. Ring et S. Cooper n'ont pas de peine à montrer qu'aucune de ces hypothèses ne tient devant les faits. Il s'agit donc bien d'une forme de vision, même si elle est beaucoup plus que la nôtre. Ces deux auteurs récusent les notions de « corps subtil » ou « éthérique, énergétique, etc. », pour expliquer

---

1. *Ibid.*, p. 165.

ces perceptions. Ils reconnaissent que cette explication par l'existence d'un autre corps et peut-être même de plusieurs, emboîtés comme des poupées russes rendrait pourtant parfaitement compte de tous ces phénomènes.

Mais le contexte ésotérique, New Age, de ce schéma d'explication provoque chez eux une réaction de rejet. « Mais la vérité ésotérique est une chose, et la vérité scientifique en est une autre, et les règles d'acceptation ne sont pas les mêmes. À nos yeux, il vaut mieux ne pas faire de mélange et il est préférable, quand cela est possible, de chercher une voie d'explication qui soit en accord avec les critères de base sur lesquels la science moderne insiste pour construire ses modèles d'explication. » Puis, ils enchaînent immédiatement, de façon un peu contradictoire, en ajoutant : « Et nous croyons qu'une telle perspective maintenant existe, bien que, certainement, on ne puisse la trouver dans la science conventionnelle d'aujourd'hui[1]. »

Ils préfèrent donc attribuer cette perception « transcendantale » au « moi intérieur » ou à la « conscience ». Ce détail importe peu, en soi, pour notre sujet, car il n'empêche pas qu'il y ait là véritable survivance. Ils insistent donc sur l'aspect de « savoir » ou de « conscience » que ces témoins expriment d'ailleurs souvent eux-mêmes. Mais cette conscience serait non locale, non enfermée dans le cerveau de l'individu, elle transcenderait l'espace et le temps. Ils se réfèrent alors à des théories fort intéressantes, que je partage partiellement, à cette nuance près qu'ils en suivent la variante bouddhisante où la personne tend à disparaître complètement, ce que semblent plutôt contredire précisément toutes ces EFM. En outre, ils ne semblent pas

---

1. *Ibid.*, p. 170.

se rendre compte que les discours ésotériques du style New Age, qu'ils refusent avec raison, ne sont que la version dénaturée et abâtardie de ces nouvelles théories, à la fois scientifiques et philosophiques qu'ils acceptent et que je défends souvent moi-même par ailleurs, dans *Christ et Karma* ou dans *Saint Paul, le témoignage mystique*[1].

Mais l'essentiel est là : à travers toutes ces EFM de voyants et encore plus d'aveugles ou malvoyants, nous avons vraiment la preuve que cette conscience doit pouvoir fonctionner indépendamment du cerveau, même si la verbalisation des expériences vécues suppose un lien avec celui-ci, dans le corps finalement retrouvé[2].

J'insisterai seulement ici sur ce qui concerne notre sujet :

La vision de tous ceux qui font une EFM, aveugles ou non, présente toujours toutes ces caractéristiques communes : vision à 360 degrés, accompagnée d'un savoir intérieur et, en outre, vision de nuit comme de jour, possibilité de zoom fantastique, etc. Puis, si l'expérience va au-delà du tunnel, vision d'autre monde, rencontre de trépassés, etc. Les EFM des aveugles ne diffèrent donc en rien de celles de tous les autres témoins, leur vision non plus, ce que reconnaît à plusieurs reprises K. Ring et qui est stupéfiant. Certes, il s'agit d'une vision qui dépasse de loin la nôtre mais qui inclut toutes les possibilités de la nôtre, clarté, mais

---

1. François Brune, *Christ et Karma* ou *Saint Paul, le témoignage mystique*.
2. E. Elsaesser-Valarino, *op. cit.* Pour plus d'informations, voir Kenneth Ring et E. Elsaesser-Valarino, *Lessons from the Light, op. cit.* et Kenneth Ring et Sharon Cooper, *Mindsight*, William James Center, Palo Alto, Californie.

en mieux, netteté, mais encore plus fine, etc.[1] Cette femme presque aveugle pouvait lire les chiffres. Certains parlent d'une netteté « cristalline ». Il semble cependant, d'après de nombreux témoignages venus directement de l'au-delà, qu'il y ait à chaque étape de notre évolution dans les autres dimensions l'équivalent de ce qu'est pour nous actuellement notre corps ; mais même lorsque les trépassés se manifestent à nous avec un corps semblable à celui que nous leur avons connu, ce n'est pas avec les yeux de ce corps « spirituel » qu'ils voient, mais plutôt, comme les médiums dès ce monde, peuvent voir ce que nous ne voyons pas. K. Ring, lui-même, reconnaît d'ailleurs qu'il y a une certaine relation entre ces deux types de vision. Mais ce corps, par ailleurs, est appelé, d'étape en étape, à se faire sans cesse plus spirituel, jusqu'au moment, comme le dit Roland de Jouvenel à sa mère, où il n'a plus vraiment de forme, où il n'y a plus que le Tout dans le Tout et l'Infini dans l'Infini.

Les EFM confirmées par les morts

Si importantes soient toutes les observations et les études rigoureuses que nous venons de voir, il n'en reste pas moins vrai qu'il reste une énorme objection à lever pour y reconnaître des preuves de la survie après la mort. Cette objection vient le plus souvent de médecins et force est de reconnaître qu'elle est justifiée. « Oui, nous disent-ils en substance, vous avez

---

1. Voir entre bien d'autres livres François Brune, *Les morts nous parlent*, tome I.

parfaitement raison d'étudier ces expériences aux frontières de la mort. Il s'agit de phénomènes passionnants qui peuvent nous aider à mieux comprendre toutes les ressources cachées qui se trouvent en l'homme. Mais reconnaissez que si ces gens sont revenus à la vie, c'est qu'ils n'étaient pas vraiment morts. Donc, si intéressantes que soient ces expériences, elles ne nous apprennent toujours rien sur ce qu'est vraiment la mort. » Objection, à première vue, imparable car elle découle automatiquement d'une évidence.

C'est probablement pourquoi Raymond Moody lui-même, dans un ouvrage récent, a tenu à mettre les choses au point. « Les personnes qui ont narré leur extraordinaire aventure, explique-t-il, l'ont fait comme s'il allait de soi qu'après la mort il y avait une vie. Aussi en avons-nous inféré qu'il existait bel et bien une vie après la mort. Pourtant, les visions des mourants ne constituent aucunement des preuves absolues, simplement des données propres à élargir le champ de la réflexion. » Le docteur Moody raconte comment son premier livre, *La Vie après la vie*, a été amputé par son éditeur de toute une partie où il avait déjà voulu marquer nettement les limites de ses recherches. « Je crains, écrit-il aujourd'hui, d'avoir conforté les gens dans leur certitude qu'il existe une vie après la mort. Ironie vertigineuse, puisque je n'en ai moi-même jamais été sûr[1]. »

Notons que les études sur les EFM chez des aveugles sont tout de même un indice très fort (pour éviter le terme de « preuve absolue »), qu'une certaine vie est

---

1. Raymond Moody, *Nouvelles révélations sur la vie après la vie*, Presses du Châtelet, 2001 (original américain de 1999).

possible indépendamment de notre corps actuel. Dès lors, l'hypothèse d'une vie, sous une forme nouvelle, après la mort, s'en trouve considérablement renforcée. Mais ce n'est pas encore, il faut le reconnaître, la preuve que cette vie existe effectivement. Pour avoir cette preuve, il faudrait que des morts viennent eux-mêmes nous le raconter.

Or, cette preuve existe. Effectivement, des morts, complètement morts, définitivement morts, sont arrivés à transmettre à des parents ou amis sur terre, bien avant les travaux de Moody, leurs impressions pendant ce passage et à leur arrivée dans l'autre monde et ces descriptions correspondent à ce que nous trouvons dans les EFM. Nous avons donc là un deuxième indice, encore plus fort, qu'il y a bien une vie après la mort.

Naturellement, si l'on est *a priori* convaincu qu'il n'y a pas de vie possible après la mort, on refusera catégoriquement non seulement de prendre en compte ces témoignages, mais même d'en prendre connaissance. On ne risquera pas ainsi d'être obligé de changer d'avis. Si vous ne voulez pas être contraint de remettre en question vos convictions sur ce sujet, n'allez pas plus loin. Mais si vous cherchez la vérité avant tout, dites-moi comment ceux qui ont reçu ces messages auraient pu consigner tant de détails précis sur le processus de la mort, s'ils ne les avaient pas reçus vraiment de personnes ayant franchi les portes de la mort. Les travaux de Moody et des autres n'avaient pas encore été publiés. Les récits anciens d'EFM n'avaient pas encore été rassemblés. Tout cela était encore complètement inconnu. Les érudits eux-mêmes ne connaissaient qu'un cas ou deux, comme le célèbre récit d'Er le Pamphylien dans la *République* de Platon, mais ils n'y voyaient qu'un « mythe », habilement composé en fonction de l'enseignement à en tirer, comme « le mythe de la caverne ». Où ces gens simples auraient-ils pris tous ces détails précis, s'ils ne les avaient reçus de ceux qui venaient de les vivre parce que, précisément, ils étaient morts ?

À vous d'examiner le dossier et d'en tirer les conclusions que vous voudrez.

Les témoignages que je vais citer ont été reçus en « écriture automatique ». Il ne s'agit pas de textes écrits en laissant simplement monter ses émotions et son imagination, tout contrôle de la raison mis hors service. Dans sa forme la plus aiguë, le transcripteur ne fait que tenir à peine le crayon, tandis qu'une force de l'au-delà le met en mouvement[1].

Voici donc le témoignage d'un jeune médecin, Jean Winter, mort à trente ans, en 1939, d'une maladie pulmonaire mal identifiée. Les messages ont été reçus en « écriture automatique » par sa grand-mère, mais, à travers celle-ci, c'est à sa mère dite « Mamita » qu'il s'adresse. Inutile de préciser qu'à cette époque rien de ces expériences aux frontières de la mort n'était connu. Les travaux des Moody, Kübler-Ross et Hampe ne seront publiés que beaucoup plus tard. Précisons encore que ni sa mère ni ce jeune médecin n'ont jamais songé à composer une sorte de traité complet de ce qui se passe au moment de la mort. C'est donc au hasard des questions de sa mère que sont venus peu à peu en réponse les principaux éléments correspondant à ces expériences. En voici donc l'essentiel :

---

1. Pour plus de détails, voir le tome I, p. 116-117.

Jean Winter : 31 mai 1939

« Mon départ ? Un enchantement ! Attiré, aspiré, fondu dans la lumière... porté par les nôtres, ne comprenant plus et me trouvant si bien que je me sentais pris sans chercher à comprendre. »

Nous avons donc là déjà la mention de la lumière. Notez la force des mots et leur progression : « attiré, aspiré, fondu dans la lumière » et, dès le premier mot, le bonheur : l'« enchantement ». Quant aux « nôtres » qui le portent, ce ne sont pas les infirmières, mais déjà ceux qui l'aimaient et l'ont accueilli dans l'au-delà.

Jean Winter : 10 juin 1939

« Chaque étape me conduit en enchantements nouveaux. Je suis comme un aveugle-né qui, brusquement, voit ! Il ne comprend pas. L'éblouissement de la lumière lui semble si beau qu'il ne peut croire que cela existe. »

À nouveau l'enchantement et au pluriel, une succession d'enchantements. La lumière ! Ici le mot « éblouissement » ne suggère pas une lumière si forte qu'elle l'aveuglerait. Il est seulement l'expression de l'admiration. Le terme « beau » le confirme.

Mamita (mère de Jean) : 26 novembre 1939

« Peux-tu me dire si tu as senti de la fatigue, un sentiment de fatigue plutôt, au moment de ta mort ?
– *Jean* : Non, aucunement, étonnamment. On m'a enlevé, mais j'étais, au moment de l'enlèvement, dans une sorte d'assoupissement, qui fait que le voyage s'est passé presque inconsciemment... Je me suis éveillé dans la lumière. Avant ma mort, au

moment de ma mort, j'ai vu cette lumière, j'en ai été irradié. Puis, sorte de sommeil très court, puis le grand réveil dans la lumière ! »

Le terme « irradié » exprime merveilleusement l'intensité de cette lumière ressentie comme pénétrante. Quant à cette impression de « voyage », elle revient souvent dans les témoignages que nous avons déjà vus, chez d'autres messagers de l'au-delà, par exemple chez Roland de Jouvenel. On sait également, par ces mêmes messagers, qu'il y a généralement à l'arrivée dans ce nouveau monde « une sorte de sommeil » plus ou moins long, mais cela dépasse le cadre des EFM. Nous n'insisterons donc pas ici sur ces deux éléments. Ils appartiennent déjà à la nouvelle vie, au-delà des EFM.

Le dialogue continue :

« *Mamita* : Est-ce toi qui as donné à ton visage cette expression souriante ?
– *Jean* : Mais lis ce que je viens de t'écrire ! En mourant, j'ai été ébloui par la lumière, par les miens qui me tendaient les bras. Alors, j'ai souri... j'ai compris, et j'ai perdu momentanément conscience. Je suis parti ébloui et heureux ! »

Souvent, en effet, le visage des mourants reflète une grande paix. La souffrance et quelquefois l'angoisse sont évacuées et les muscles du visage se détendent. Mais il y a parfois plus ; comme un mystérieux sourire, un peu comme sur certaines statues des Bouddhas. Notez alors la légère impatience du mort, bien vivant : « *mais lis ce que je viens de t'écrire !* » Et, à nouveau, la lumière et la présence aimante de ceux qui lui font fête.

Jean Winter : 8 septembre 1954

    « Père regrette déjà, par à-coups. Il arrivera un instant où il assistera à une sorte de défilé de ses erreurs. À ce moment, il sera sauvé… »

En effet, le père de Jean, Maurice Winter, était encore de ce monde lorsque son fils Jean était passé dans l'au-delà. Mais, en septembre 1954, le temps de sa vie sur terre arrivait à sa fin. Comme souvent au moment de faire le grand passage, il faisait des aller et retour, semblant par instants perdre connaissance, du moins pour nous dans ce monde, pendant qu'en réalité il émergeait déjà dans l'autre monde, puis revenait un moment sur terre, ce que nous appelons « reprendre connaissance ». Il faut dire qu'il s'était passé un certain nombre de drames dans la famille, comme dans bien des familles, et son fils savait que son père avait bien des choses à regretter. Mais si son fils pouvait annoncer que son père connaîtrait « une sorte de défilé de ses erreurs », c'est que lui-même avait traversé cette épreuve. Nous retrouvons là la révision de vie que rapportent tous les témoins d'EFM, si leur expérience est allée assez loin. Notez aussi le terme « erreur » et non « péché » ou « faute ». Il ne s'agit pas de nier la responsabilité de chacun, mais de compatir à ses faiblesses. Le terme d'« erreur » est ici plein de tendresse[1].

D'autres trépassés nous livrent, dans le même recueil de messages, confirmation de plusieurs des éléments

---

1. *Dites-leur que la mort n'existe pas, messages de l'au-delà,* par Jean Winter et Gérald de Dampierre Éditions Exergue, 1997, p. 26, 31, 62-63, et 121.

que l'on trouve dans les EFM. Ainsi, Audouin de Dampierre, tombé en combat aérien en 1940, raconte-t-il son arrivée dans l'au-delà. Il s'agit bien d'une arrivée définitive dans l'au-delà, de sa mort, mais les premiers instants correspondent tout à fait à ce que l'on trouve dans nombre d'EFM. Il compare le choc subi à un sommeil et semble répondre à une question orale qui n'est pas transcrite dans les manuscrits :

« Comment, "en me réveillant"? Quelles sont vos impressions, à vous, lorsque vous vous réveillez? C'est la même chose. J'ai pensé immédiatement : Ah, j'ai bien dormi !

Puis je me suis, petit à petit, souvenu que j'étais tombé et que je devais être mort. Alors me retrouvant vivant j'ai été très satisfait. Ensuite, par ma pensée que je sais maintenant être créatrice (mais fait que j'ignorais), je suis parti au champ d'aviation, j'ai vu les camarades et là a commencé la surprise, l'ahurissement, la réelle souffrance "terrienne"; parce que remuant, parlant, questionnant, aucun ne me répondait, aucun ne me voyait. J'étais au milieu d'eux… mort !

Alors, j'ai commencé à comprendre, j'ai souffert et, d'un élan de pensée, je suis remonté. Là, j'ai également commencé à être entouré de guides, ensuite mon père est venu, après, votre Jean. Enfin, je suis maintenant très heureux et conscient de mon nouvel état[1]… »

Nous retrouvons donc là l'impression très forte de se sentir vivant bien que mort, de voir les autres vivants

---

1. *Dites-leur que la mort n'existe pas…*, *op. cit.*, p. 81-82.

restés dans ce monde (« j'ai vu les camarades ») et de ne pas arriver à se faire voir d'eux, ni entendre. Puis, le passage, par un simple « élan de pensée » à un autre niveau d'existence, avec la présence d'entités (« guides ») et, finalement, de parents (son père et son beau-frère).

Seize ans après son père, Gérald de Dampierre devait périr, lui aussi, en combat aérien, mais cette fois pendant la guerre d'Algérie, le 11 novembre 1956, donc longtemps encore avant la publication des travaux de Moody. En voici quelques extraits concernant notre sujet :

Gérald, 1er décembre 1957
Sa mère lui ayant demandé ce qu'il fallait faire de son corps ou plutôt de son « enveloppe », comme elle le dit, adoptant le vocabulaire de son fils, celui-ci répond :
« Je m'en fous complètement ! Ce n'est pas moi, je vous l'ai déjà dit. Je suis parti avec mon corps et mon âme… mon corps *divin*, vous comprenez ? Le *double*, quoi… Mais faites ce que vous voulez du reste… »

Notons au passage qu'il a un « corps », très ressemblant à son corps terrestre, puisqu'il le qualifie de « double », mais d'une autre texture, très supérieure, puisqu'il le considère, en comparaison, comme « divin ».

Gérald, 8 mars 1958 :
« C'est drôle – comment vous expliquer ? – notre endroit, à nous, du moins le mien, entoure cette planète de très près. Comme dans une espèce de dédoublement qui épouserait toutes les formes mêmes de

la terre. C'est ce qui me permet d'être si proche, tout en goûtant une température exquise, et une lumière qui ne revient, pour vous, qu'avec le soleil. »

Nous avons donc là confirmation de ce que nous rencontrons si souvent dans les EFM et qui déroute bien des chercheurs en ce domaine : l'étrange ressemblance entre les premiers niveaux de l'au-delà et notre monde terrestre, avec des arbres, des fleurs, des prairies. Ailleurs, il est plus précis et nous laisse entrevoir le mécanisme de cette ressemblance.

Gérald, le 16 septembre 1957 :
« Je me suis promené car, si je travaille, mon travail ressemble plutôt à une promenade d'agrément, parmi les fleurs, les arbres, des prairies toujours vertes… et de sacrées maisons aussi ! Car il y en a qui s'imaginent qu'ils ont besoin d'un lit pour se coucher le soir, quels idiots ! »

Gérald, le 26 octobre 1957 :
« Je me promène dans des lieux merveilleux, mais je les connais de pensée. Tout ce monde est si proche du vôtre !… Il y a tout un monde, ici : Alors oui, des villages, des villes, des maisons, des boutiques… et tout disparaît en un clin d'œil dès qu'ils ont compris, pour faire place à une lumière radieuse. Ils sont portés alors, et dans une lumière indescriptible… » C'est donc que ces premiers niveaux ne sont que des projections en harmonie avec ce que nous sommes. Ceci nous explique aussi la situation de ces égarés que l'on rencontre assez souvent dans ces EFM.

Gérald a été le témoin d'une de ces formes d'égarement : « Il y en a tant ici qui continuent la vie qu'ils avaient sur terre, sans rien comprendre de plus. On croit qu'ils sont avec nous, mais ils sont séparés par un mur opaque, le mur de leurs pensées. Nous devons, sans cesse, les aider à percer ce mur afin qu'ils puissent constater qu'il y a autre chose, et que cette *autre chose* est ce qui leur manque pour être enfin délivrés[1]. »

Voici maintenant un autre témoignage, extrait des mêmes manuscrits, mais qui n'avait pas été publié.

C'est qu'il comporte des indications pénibles qui peuvent impressionner. Il semble qu'il s'agisse d'une mort par suicide, ce qui ne veut pas dire que tous les suicides soient aussi pénibles. Il s'agit également de quelqu'un qui n'était certainement pas préparé à la mort et s'est trouvé dans un premier temps profondément dérouté :

« Mourir ne peut se comparer à aucune autre chose. Ton imagination ne peut concevoir les affres qui suivent immédiatement le dernier soupir. On se croit encore dans son corps, on assiste à tout ce qui suit la mort. On voit son corps se décomposer et l'on ne peut rien empêcher. On ne peut crier à tous, mais je suis là, je pense, je vois, j'entends. Il faut tout laisser faire, il faut assister au chagrin de ceux qui vous adoraient, il faut voir arriver les indifférents. Oh oui ! la mort est cruelle, abominable pour ceux qui ne s'y sont pas préparés et qui comme moi ne l'ont pas vue venir. Il faut, pour ne pas souffrir, s'être fait à la pensée de tout quitter, ne rien laisser en souf-

1. *Ibid.*, p. 215, 221, 191, 203 et 164.

france, être tranquille pour ceux qui vous aiment et qui, eux, vont pleurer si affreusement. Alors, on part heureux, on sait où l'on va, on subit la période d'indécision avec calme, on attend. Moi, je ne savais rien, je voulais rentrer en mon corps et il me répugnait. J'étais perdu, affolé, terrifié. Maintenant, le calme est revenu, j'ai vu, je sais et je ne plains plus que ceux qui sont encore attachés à la terre...

Mourir, crois-moi mourir est affreux et beau ! Mourir te sera doux à toi car tu seras préparée et rien ne t'arrêtera dans ton envolée dernière. »

Il y a la vision de son propre corps, la perception de la pensée des autres, vision et audition de l'entourage et, en même temps, sentiment d'impuissance totale, ce qui veut dire qu'il ne peut se faire ni voir ni entendre et ne peut agir physiquement autour de lui. Quant à l'horreur de ce départ, on est là très près des EFM négatives qui commencent souvent ainsi, quitte à évoluer ensuite, si l'expérience se prolonge, et à devenir positives[1]. La difficulté à « tout quitter » nous rappelle les naufragés du Titanic, passés dans l'au-delà, mais n'ayant en tête que de pénétrer dans le navire pour y récupérer leurs bijoux et leurs valeurs[2].

Nous disposons heureusement de témoignages beaucoup plus anciens.

Voici, par exemple, celui d'Albert Pauchard, mort en 1934 et dont les messages, reçus en écriture automatique aussi, s'échelonnent de 1935 à 1937, donc bien

---

1. Voir, par exemple, Angie Fenimore, *Au-delà des ténèbres*, Filipacchi, 1996.
2. *Les morts nous parlent*, tome I, p. 264-265.

longtemps avant toutes les études que nous connaissons sur les EFM. Albert Pauchard était un Genevois,
protestant, attiré dès son enfance par le spiritisme. Des
liens d'amitié étroits l'unissaient à Léon Denis et à
Gabriel Delanne, autres pionniers du spiritisme. Il tra-
vailla aussi avec le célèbre Papus (le Dr. Encausse). Il
fut le président d'honneur de la Société d'Etudes Psychiques de Genève. Cependant, après sa mort, ce n'est
pas directement avec sa sœur, Antoinette, restée sur
terre, qu'il parvint à communiquer, mais avec un petit
groupe de spirites de Hollande, à charge pour eux de
faire parvenir ensuite ses messages à sa sœur. Dès le
début, il annonça clairement le sens de sa démarche :
« Comme j'ai pu prendre facilement contact avec vous,
je serais heureux de faire part à Antoinette et à vous-
mêmes, de mes premières impressions ici. Voudriez-
vous m'en donner la possibilité de temps en temps. »
Le 4 mars 1935, les communications commencèrent
donc[1].

« Je veux te raconter exactement comment les choses
se sont passées :
J'étais conscient de me retirer de mon fourreau physique. C'était un petit moment plus ou moins désa-
gréable… Un petit moment d'angoisse tout corporel.
Ensuite, la sortie du fourreau et – un immense soulagement…
Remarquable est l'impression du temps, qui n'est
pas mesuré comme sur terre. Ainsi, il m'a semblé
avoir passé des mois, au moins, dans les "Champs

---

1. Albert Pauchard, *L'Autre Monde, ses possibilités infinies, ses sphères de beauté et de joie*, Les Éditions Amour et Vie, 1979.

Élysées" – ou ce que je prenais pour tels. C'était un état de béatitude sereine, une détente absolue. »

La différence du temps est bien notée. On la retrouve très souvent dans les récits d'EFM. Le séjour dans un lieu idéal est évoqué ici par l'image des « Champs Élysées ».

« J'étais plus ou moins conscient, au début, de présences chéries autour de moi. Figures familières et aimées. Je me sentais reçu avec joie au sein de ma famille, après un très long voyage... » L'accueil dans l'au-delà par ceux que l'on a aimés est un des éléments essentiels des EFM. Plus loin, vient la remarque très caractéristique aussi des communications qui se font par télépathie : « Les conversations prennent place sans parole articulée – télépathiquement – n'oubliez pas ce fait important ; et chacun des interlocuteurs a entièrement l'impression d'entendre sa propre langue[1]. »

« J'avais un immense besoin d'être seul avec l'Infini – et l'Infini prenait la forme de prés fleuris et sans horizon pour les borner. Pour parler plus exactement, je ne sais s'il y avait réellement des fleurs et des prés, mais l'ambiance me paraissait être celle de prairies larges, fraîches et fleuries. J'étais constamment entouré de cette brume dorée. Mais je pressentais plutôt que je ne voyais quelque chose[2]. »

---

1. *Ibid.*, p. 187.
2. *Ibid.*, p. 42-43.

Cette immense prairie pleine de fleurs est très caractéristique de l'arrivée dans l'au-delà dans tous les témoignages d'EFM.

C'est alors qu'il est amené à faire une expérience
extraordinaire qu'il ne détaille que plus loin :

> « Je souhaite beaucoup pouvoir vous donner une
> idée de cette expérience que, du reste, chaque être
> humain doit faire à un moment donné – soit dans un
> monde, soit dans l'autre…
> C'était, pour commencer, une "confrontation". Je
> voyais, d'abord, Albert Pauchard… tout comme s'il
> était en dehors de moi, extérieur à moi-même. Je
> l'observais dans toutes ses particularités et, tout en
> faisant cela – tout en observant cet individu particu-
> lier qui portait le nom d'Albert Pauchard – Je me
> rendais compte que le Moi qui regardait ainsi n'était
> pas "Albert Pauchard".
> En cet instant, j'ai peu à peu reconnu Qui j'étais. Je
> ne voyais pas ce véritable Moi, mais je le réalisais
> par une chaleur intérieure qui allait en s'intensifiant
> et en augmentant de lumière[1]. »

Cette vision de soi-même comme un double qui
se trouverait hors de nous-même est également très
typique de l'étape de la révision de vie.

Reprenons le récit dans l'ordre chronologique :

> « Après cette confrontation avec le *Dieu-en-nous*,
> je levai instinctivement mon regard vers le haut
> – et voilà que mes yeux plongeaient dans les Yeux

---

1. *Ibid.*, p. 229-230.

les plus radieux qu'on puisse imaginer! Un sourire rayonnant et bon, bon, bon, plongeait en mon être dans un bain vivifiant. Mon être tout entier n'était qu'exaltation[1]! » Un peu plus loin A. Pauchard revient sur cette expérience en précisant ce qu'étaient ces yeux. « C'étaient les Yeux de Celui qui est le Représentant, pour chacun de nous, du Père céleste... »

Le Père céleste se montre, quand le moment en est venu – à chacun de nous – sous la forme qui est notre propre Plus Haut Idéal.

Chez beaucoup de personnes, cette forme est celle du Christ, tel qu'Il a généralement été représenté par les artistes. Le sentiment d'adoration qui jaillit alors dans leur cœur change tout, pour eux, en une lumière absolument impossible à concevoir et exprimer sur terre! » Là, c'est la rencontre de l'Amour inconditionnel, souvent la rencontre du Christ comme dans l'expérience de George Ritchie[2]. Nous trouvons là aussi la mention de cette lumière extraordinaire, impossible à décrire. C'est bien là le cœur de toute EFM.

Puis vint le désir de revoir ses parents. Mais, cette fois, au lieu de les rencontrer dans le monde de l'audelà où ils vivent maintenant, ce désir fait remonter ses souvenirs, et même beaucoup plus que ses souvenirs :

« Il me suffira de vous dire que ce n'étaient pas seulement des figures vivantes auxquelles j'avais affaire, mais que tout était historiquement exact dans les moindres particularités, et en ordre chronologique inversé.

1. *Ibid.*, p. 43-44.
2. George Ritchie, *Retour de l'au-delà* , Robert Laffont, 1986, p. 64-66.

Une chose importante que j'ai alors apprise par découverte personnelle, c'est que ce qu'on appelle généralement *souvenir*, sur terre, n'est pas simplement un phénomène cérébral. C'est une vérité objective. On dirait que la Terre a sa mémoire à elle qui retient tout – tout ! – dans les moindres détails et ne s'efface jamais.

Bref, il ne se passe rien sur la Terre dont il n'existe ici ce que je pourrais le mieux comparer à un film cinématographique. Chaque scène, chaque événement, chaque image, cri, parole, etc., est conservé ici, dans le monde où je suis. C'est ce qui fait que certains clairvoyants peuvent voir le passé, et que je puis parler d'exactitude historique à propos de faits – comme l'enfance de mes parents – que je n'ai pourtant pas personnellement connus[1]. »

On retrouve ici la révision de vie, revécue, non comme un souvenir, mais comme une plongée dans ce qu'elle fut vraiment avec la notation très révélatrice du déroulement des événements dans l' « ordre chronologique inversé ». Qui aurait pu, avant la publication de ces ouvrages sur les EFM, inventer un détail pareil ? L'insistance sur la conservation totale de chaque fait, comme sur un film cinématographique, suggère déjà les fameuses Chroniques Akashiques. J'ai montré dans mon livre, *Le Chronoviseur, machine à explorer le passé*, que ce phénomène était à la base de l'appareil développé par le Père Pellegrino Ernetti avec toute une équipe scientifique[2].

---

1. Albert Pauchard, *L'Autre Monde…*, *op. cit.*, p. 50.
2. François Brune, *Le Chronoviseur, machine à explorer le passé*, Oxus, 2004.

Albert Pauchard note même le mécanisme de « purgatoire » que constitue cette révision de vie. Il prend,
pour le faire comprendre, le cas d'une patronne qui
était pourtant « aimable et bonne » mais qui ne s'était
pas rendu compte de la dureté des conditions de vie
qu'elle imposait à ses employées : « Son Purgatoire
actuel consiste à sentir par elle-même tout ce à quoi
elle a exposé les gens qui travaillaient pour elle, sur
terre... Car un moment vient pour chacun, ici, où il
doit prendre vivement conscience non seulement de
ce qui est bien et de ce qui est mal, mais aussi de
chaque joie – comme de chaque souffrance – qu'il a
causée à un autre[1]. » Cela aussi est un des éléments
essentiels d'une EFM.

Voici maintenant un autre témoignage encore beaucoup plus ancien puisque le médium qui l'a reçu donne
la date de 1896, à Londres, dans la postface qu'il a rédi-
gée en fin de volume.

Le médium porte le nom d'une famille célèbre :
Farnese. Du défunt, nous ne savons que son prénom,
Franchezzo, et le texte montre clairement qu'il s'agit
bien d'un Italien de cette époque-là, né dans une
famille privilégiée[2]. « J'appartenais à une lignée qui
ne s'était jamais prosternée devant quiconque », dit-il
encore après sa mort, non sans un rien de fierté... « Par
ma mère, j'étais apparenté à des grands personnages de

1. Albert Pauchard, *L'Autre Monde...*, *op. cit.*, p. 72-74.
2. *Franchezzo, mes aventures dans l'autre vie*, Éditions Pierre d'Angle,
1996. Il en existe une autre version, mais plus loin du texte original, tournant parfois à la paraphrase, sous prétexte d'en mieux rendre le « rythme »
et « la fluidité ». L'ouvrage a paru sous le nom de ces adaptateurs : Pierre
Jovanovic et Anne-Marie Bruyant, *L'Explorateur de l'au-delà*, Le Jardin
des Livres, 2004.

la Terre, ceux dont l'ambition personnelle suffisait à
ébranler des royaumes. »

Son enfance fut trop privilégiée peut-être. Il mena
une vie de futilités et de débauche, jusqu'au jour où il
rencontra l'amour pur et généreux d'une femme dont il
se sentait indigne. Lorsqu'il fut emporté brutalement
par la mort, il connut d'abord un court sommeil sans
rêve :

> « Quand je m'éveillai, raconte-t-il, j'étais seul et
> dans une totale obscurité ; je pouvais me lever, me
> mouvoir ; pour sûr, j'allais mieux, mais où étais-je ?
> Pourquoi cette obscurité ?... Pas le moindre objet.
> Autour de moi il n'y avait que vide et ténèbres. Fina-
> lement, pris de panique je me mis à crier ; je hurlai
> mais aucune voix ne me répondit[1]. »

Ce début de récit me rappelle l'EFM vécue par
Howard Storm, telle qu'il la rapporta en 1989 lors
du congrès d'IANDS, à Philadelphie. Vie très superfi-
cielle où il était simplement fier de tout ce qu'il possédait : belle maison, belle femme, beaux enfants, belle
voiture. Mais aussi même début dans l'au-delà : obscurité totale, solitude absolue, même sentiment d'abandon, jusqu'à ce qu'il tombe sur le sol et se mette à
hurler de désespoir : « Jésus, sauve-moi ! » On notera
aussi chez Franchezzo l'allusion indirecte à une sorte
de nouveau corps, puisqu'il note qu'il peut « se lever »
et « se mouvoir ».

Un peu plus tard Franchezzo retrouve sa bien-aimée,

> « triste, pâle et vêtue de noir... Elle se pencha au-
> dessus d'un monticule de terre fraîche...

---

1. *Franchezzo...*, *op. cit.*, p. 18.

Comme je m'étais agenouillé moi-même, je regardai vers le monticule allongé. Un frisson de terreur
me parcourut, car je découvris que c'était ma propre
tombe. Mort! Mort! m'écriai-je, épouvanté...
Comme je m'approchais davantage de ce monticule
de terre, il devint transparent à mes yeux et, plus bas,
je vis un cercueil avec mon nom et la date de ma
mort. À travers le cercueil, je vis un visage pâle et
immobile que je reconnus comme le mien. Je remarquai avec horreur que ce corps avait déjà commencé
à se décomposer. Il offrait un spectacle répugnant.
Sa beauté était fanée. Bientôt personne n'en reconnaî-
trait plus les traits[1] ».

On sait par de nombreux récits d'EFM, qu'effectivement, le corps spirituel est doué d'une vue qui, à
volonté, peut traverser tous les obstacles et franchir les
distances. Il en est de même, semble-t-il, après la mort
définitive, puisque Franchezzo put voir son cercueil à
travers sa tombe et même son visage.

Franchezzo tente alors de s'approcher davantage de
sa bien-aimée :

« Je pouvais me mouvoir à ses côtés mais non pas la
toucher. Tous mes efforts en ce sens étaient vains.
Alors je lui parlai, je l'appelai par son nom, je lui dis
que j'étais là, conscient de sa présence, toujours le
même, mais mort. Elle ne paraissait ni m'entendre
ni me voir[2]... »

---

1. *Ibid.,* p. 20-22.
2. *Ibid.,* p. 24.

Tout cela confirme encore ce que nous savons par les récits des rescapés de la mort. Il va de même découvrir rapidement une autre particularité de ce nouveau corps : ce corps peut se trouver instantanément à l'endroit qu'il souhaite rejoindre. En voici quelques exemples cités ici sans leur contexte :

« Je décidai alors de revenir chez le brave homme et de voir s'il pouvait m'aider. Mon désir parut me ramener en arrière car, bientôt, je me retrouvai chez lui. » Ou encore : « Je me sentais si solitaire et si abandonné que je songeais à rejoindre ma tombe, l'endroit qui m'était le plus familier jusqu'ici. Cette pensée parut m'emporter, car bientôt je me retrouvai à cet endroit[1]. »

Nous savons que c'est également une constatation faite par tous ceux qui ont vécu une EFM. Le récit de ce mort, définitivement mort, confirme donc, sur ce point aussi, que les EFM sont bien des morts provisoires semblables à la mort définitive. Mais reprenons le récit, là où nous l'avions laissé.

Voilà que sa bien-aimée s'éloigne de sa tombe.

« De toutes mes forces, j'essayai de la suivre. En vain ! Je ne pouvais m'éloigner que de quelques pas de ma tombe et de mon corps. Je compris bientôt pourquoi : une chaîne, semblable à un fil de soie noire, pas plus épais qu'un fil d'araignée, me retenait à mon corps. Il m'était impossible de rompre ce fil. Si je me déplaçais, il s'allongeait comme un

---

1. *Ibid.*, p. 34 et 35.

élastique et me rappelait en arrière. » À propos de ce « fil de soie noire », notons tout de suite ce qu'il remarque un peu plus loin : « Pendant que je m'éloignais, le fil qui m'avait si fermement retenu parut s'étirer tellement que je sentais à peine sa résistance. Attiré toujours plus loin, je me retrouvai finalement dans une chambre que je reconnus, malgré l'obscurité qui m'entourait toujours, comme étant celle de Bianca[1] [sa bien-aimée]. »

Notons, encore un peu plus loin, une troisième référence à ce cordon d'argent :

« En partant, je ne sais comment, je sentis se rompre le cordon qui m'attachait à ma tombe et à mon corps terrestre[2]. »

Nous avons donc là confirmation du cordon d'argent sous la variante de ce « fil de soie noir ». Les EFM ne durent jamais que quelques minutes, au plus, mais les voyages hors du corps montrent que ce cordon peut maintenir le lien entre le corps spirituel et le corps de chair assez longtemps. Nous avons donc là confirmation, non seulement d'un élément important des EFM, mais également des voyages « en astral ». Encore une fois, ce témoignage recueilli vers le milieu du XIXe siècle ne peut pas avoir été influencé par les enquêtes de Moody et autres chercheurs.

Revenons au récit de Franchezzo :

---

1. Le texte original en anglais ne comporte qu'une initiale. Le traducteur a préféré lui donner un nom.
2. *Franchezzo…*, *op. cit.*, p. 24, 27 et 32.

« Jour après jour – car je sentais le temps s'écouler – mon esprit s'éveillait. Je revoyais les événements de ma vie défiler devant moi, de plus en plus clairement. Tout d'abord à peine discernables, ils devenaient progressivement plus distincts et plus clairs. Et je m'inclinais plein de honte et d'angoisse, sentant qu'il était maintenant trop tard pour effacer ne serait-ce qu'un seul de ces actes[1]. »

Voilà donc également cette fameuse révision de vie dont témoignent tous ceux qui ont vécu une EFM. Pierre Monnier, ce jeune officier tombé à la Grande Guerre et qui communiquait avec sa mère par écriture automatique, avait beaucoup insisté sur cette épreuve que constituait le défilé devant nous, après la mort, de toute notre vie. Il avait même précisé, ce qui semble suggéré ici par Franchezzo, que cette révision se faisait en plusieurs fois, nous permettant ainsi de poursuivre notre évolution, les premières révisions n'étant qu'une sorte de dégrossissement concernant les fautes les plus graves, les suivantes nous aidant à regretter peu à peu même les plus petites indélicatesses. Nous retrouvons donc là aussi un des éléments les plus importants des récits d'EFM.

Découvrons maintenant dans le récit de Franchezzo les « êtres de lumière » qui jouent un si grand rôle dans tous les témoignages d'EFM :

Il est dans la chambre de sa bien-aimée alors qu'elle est « assise à une table, une feuille de papier devant elle et un crayon à la main ». Elle appelle Franchezzo et le

---

1. *Ibid.*, p. 26.

supplie, s'il le peut, de lui donner un signe, ne serait-ce qu'en faisant écrire à sa main « oui » ou « non » en réponse à ses questions.

« Puis je vis auprès d'elle trois autres personnages que je reconnus comme étant des esprits, mais très différents de moi. Ils semblaient si brillants et si rayonnants que c'est à peine si je pouvais supporter de les regarder. Leur vue me brûlait les yeux. L'un était un homme grand, tranquille et d'un aspect très digne. Il se penchait au-dessus d'elle pour la protéger comme s'il avait été son ange gardien. Deux beaux jeunes gens se tenaient auprès de lui. En eux, je reconnus aussitôt les deux frères dont elle m'avait souvent parlé et qui étaient morts avant même d'avoir pu profiter de leur jeunesse. Leur souvenir était toujours resté dans son cœur et elle pensait à eux comme à des anges[1]. »

Nous avons donc ici ces êtres de lumière dont l'un est identifié spontanément, d'après son attitude, à un « ange gardien » tandis que les deux autres sont reconnus comme des défunts. Dans les récits d'EFM les témoins rencontrent souvent dans l'au-delà des gens de leur famille ou des amis proches. Ici, ce ne sont pas directement des membres de la famille de Franchezzo mais tout de même des défunts et leur présence se justifie pleinement en raison des circonstances particulières.

On découvre alors, dans la suite immédiate du récit, comment les messages de Franchezzo nous sont parvenus. Ce détail ne figure pas dans les récits d'EFM, mais

---

1. *Ibid.*, p. 26.

il est trop important pour ne pas profiter de l'occasion pour le transcrire. Franchezzo essaie donc de saisir la main de sa bien-aimée, pour lui donner le signe qu'elle avait demandé, mais en vain. Celui qui paraissait l'ange gardien intervient alors pour l'aider :

« Indique-moi ce que tu veux dire et je le ferai écrire par sa main. Je fais cela dans son intérêt et pour l'amour qu'elle a pour toi. »

Nous nous trouvons donc là devant une variante d'« écriture automatique » et nous apprenons ainsi comment le récit de Franchezzo nous est parvenu. Le récit de ce malheureux Italien nous confirme un autre élément, noté un peu plus rarement, dans les témoignages d'EFM rapportés par Raymond Moody, dans son deuxième ouvrage sur le sujet[1] : la rencontre d'âmes en peine.

L'épisode se situe au début du récit :

« Je commençais à prendre vaguement conscience que d'autres êtres évoluaient autour de moi, que je ne percevais qu'à peine… Me sentant seul, je me levai et me déplaçai parmi les ombres noires qui circulaient. La plupart n'élevaient pas le regard vers moi, comme si elles ne pouvaient pas me distinguer[2]… »

On retrouve les mêmes expressions dans les témoignages recueillis par le Dr Moody :

1. Raymond Moody, *Lumières nouvelles sur la vie après la vie*, Robert Laffont, 1978, p. 54-59.
2. *Franchezzo…*, *op. cit.*, p. 34 et 35.

« Ils paraissaient tristes, déprimés, traînant la savate comme des forçats à la chaîne… Pendant que je passais près d'eux, ils ne levaient même pas la tête pour voir ce qui arrivait[1]. »

Cependant, Franchezzo est encore loin d'être au bout de ses découvertes. Il rencontre dans l'au-delà des esprits qui essaient de l'entraîner en lui expliquant :

« Viens avec nous, nous te montrerons comment jouir encore de la vie bien que tu sois mort. Puisque nous n'avons plus de corps pour nous divertir, nous pouvons en emprunter un à un mortel quelconque durant quelque temps. Viens avec nous, nous te prouverons que toutes les joies ne sont pas encore perdues[2]. »

Plus tard, appelé à assister des esprits incarnés, donc vivant sur terre, pour les aider à résister à des tentations charnelles, il confirme d'expérience cette possibilité :

« Ce qui jadis aurait été une tentation pour moi ne l'était plus. Je connaissais trop le prix à payer pour ce genre de satisfactions. C'est pourquoi, en contrôlant des mortels, comme j'eus souvent à le faire, je pouvais résister à la tentation d'utiliser leur corps pour ma propre gratification. Très peu de gens dans leur enveloppe charnelle, poursuit-il, comprennent que des esprits parviennent à prendre complètement possession du corps d'un homme ou d'une femme au point que tout se passe momentanément comme si le corps n'appartenait plus à l'esprit incarné mais bien plutôt

---

1. Moody, *Lumières nouvelles*, *op. cit.*, p. 55 et 56.
2. *Franchezzo…*, *op. cit.*, p. 35-36.

à l'esprit désincarné. Beaucoup de cas de prétendue démence sont à imputer à l'influence de bas esprits aux désirs vils qui, profitant de la faible volonté d'une personne terrestre, parviennent à dominer l'esprit de cette personne et à utiliser son corps[1]. »

Or, ce mécanisme étrange, on le trouve déjà dans l'EFM rapportée par George Ritchie, lors du fantastique voyage initiatique qu'il fait en compagnie de l'Être de lumière qui, en l'occurrence, semble bien être le Christ. Ils pénètrent alors tous deux, invisibles, dans un bistrot crasseux, au bord d'un grand fleuve, et George Ritchie observe comment certains esprits désincarnés arrivent à s'infiltrer dans le corps des buveurs, dès que ceux-ci ont une faiblesse, pour pouvoir retrouver, à travers le corps des vivants, le plaisir de l'alcool[2].

La suite de l'histoire de Franchezzo n'offre plus de rapports directs avec les EFM et donc nous l'abandonnerons là. Il s'agit d'épisodes assez semblables à plusieurs récits très classiques de la littérature sur l'au-delà, où chacun vit dans un monde correspondant à son niveau spirituel et à ses habitudes passées, jusqu'à ce que finissent par venir la lassitude et le désir d'autre chose, d'un monde moins matériel encore, plus spirituel.

Voici encore quelques traits glanés ici ou là dans cette immense littérature, œuvres de décédés, transmises par ces moyens paranormaux qui ne sont toujours pas assez reconnus en France, mais bien davantage en Angleterre.

---

1. *Ibid.*, p. 54.
2. George Ritchie, *Retour de l'au-delà, op. cit.*, p. 80-82. Cité dans le tome I, p. 360-361.

En mars 1917, Wellesley Tudor Pole reçut en écriture automatique des messages émanant d'un jeune soldat anglais, Thomas Dowding, ancien maître d'école,
mort sur le front. Je vous en transcris quelques passages
essentiels pour notre sujet :

« La mort physique n'est rien. Il n'y a là vraiment
pas de quoi avoir peur... Je me rappelle parfaitement comment ça s'est passé. J'attendais à l'angle
d'un carrefour (dans les tranchées) pour prendre
mon tour de garde. C'était une belle soirée. Je ne
pensais pas du tout au danger, lorsque j'entendis le
sifflement d'un obus, puis une explosion, quelque
part derrière moi. Je me jetai instinctivement par
terre, mais c'était trop tard. Quelque chose me
frappa, très très durement sur la nuque... Je tombai
et, apparemment sans passer par aucune perte de
conscience, je me retrouvai hors de moi-même.
Représentez-vous ça ! À un moment j'étais vivant, au
sens terrestre, regardant par-dessus le parapet d'une
tranchée, tranquille, normal. Cinq secondes plus tard
je me tenais hors de mon corps, aidant deux de mes
compagnons à transporter mon corps, à travers le
labyrinthe des tranchées, vers un poste de secours. Ils
pensaient que j'étais inconscient, mais vivant. Je ne
savais pas si j'avais giclé hors de mon corps pour un
moment ou pour toujours... Comme dans mon cas,
des milliers de soldats passent de l'autre côté sans
s'en apercevoir... Quand je vis que mes deux compagnons pouvaient porter mon corps sans mon aide, je
décrochai. Je suivais seulement avec un curieux sentiment d'humilité. Humble ? Oui, parce que j'avais
l'impression de ne servir à rien. Mon corps fut hissé
sur un brancard. Je me demandais si je pourrais le

réintégrer. Voyez-vous, j'étais si peu "mort" que je m'imaginais que j'étais encore en vie... Je veux vous dire comment je me sentais. C'était comme si j'avais couru jusqu'à ce que, brûlant et essouflé, je me sois débarrassé de mon manteau. Le manteau, c'était mon corps... c'était comme si mon être, mes sentiments et mes pensées, avaient été suspendus par quelque Pouvoir hors de moi-même... Puis je perdis conscience et dormis profondément.

Quand je m'éveillai, mon corps avait disparu. Mon corps avait été enterré ou brûlé... J'ai de toute évidence une sorte de corps, mais je ne peux pas vous en dire grand-chose. Ça ne m'intéresse pas. Il est pratique, n'éprouve ni douleur ni fatigue, semble avoir la même forme que mon ancien corps. Il y a une différence subtile, mais je ne peux pas essayer de l'analyser. »

Le soldat Dowding nous apprend encore bientôt qu'il n'est plus seul. Son frère, mort trois ans avant lui, est venu lui rendre visite et l'aider. La fonction de son frère est d'ailleurs d'accueillir les nouveaux arrivants. Il l'a entraîné dans une sorte de grand centre de repos couvert d'une coupole. Il s'y trouve une fontaine dont les bruissements le détendent. Cette fontaine « joue » à la fois musique, couleurs, harmonie, félicité. Il regrette maintenant d'avoir vécu en égoïste et souffre de ses fautes. « Chacun crée son propre purgatoire... je me suis créé mon propre purgatoire[1] ! »

---

1. Wellesley Tudor Pole, *Private Dowding*, 1re édition 1917, 7e édition 1984, Pilgrims Books Services, Tasburgh, Norwich, Grande-Bretagne, p. 14-17, 19, 20, 21-22 et 24.

On retrouve là de nouveau un certain nombre des éléments caractéristiques des EFM. Le passage se fait sans aucune perte de conscience. Dowding est devenu invisible à ses compagnons et pourtant il n'a pas l'impression d'être vraiment mort, ou « si peu » ! Il a un nouveau corps qui ne présente plus les inconvénients du corps terrestre. Il retrouve quelqu'un de sa famille. Il expérimente une curieuse fontaine où tous les sens semblent se confondre, phénomène de synesthésie très fréquent dans les EFM. Enfin, sans qu'une révision de vie soit évoquée, les effets habituels de ce genre d'expérience se retrouvent : il regrette de ne pas avoir su donner de l'amour autour de lui durant sa vie sur terre.

Cette revue de la vie passée est mentionnée ailleurs, et cette fois explicitement, à propos d'un officier dont W. Tudor Pole a capté aussi les messages au moment de sa mort, juste avant et juste après :

« Je peux me voir enfant, adolescent, homme mûr et c'est comme si je me voyais moi-même sur une scène[1]... »

Cette évocation de scène de théâtre montre bien que, lors de sa révision de vie, cet officier se voyait lui-même, de l'extérieur.

Autre témoignage semblable, toujours en Angleterre, mais durant la Seconde Guerre mondiale.

Mrs. R.M. Tristram a eu quatre enfants, quatre fils. Le premier, Lancelot, était mort à l'âge de huit ans. Le deuxième, Philippe, souffrait d'une encéphalite léthargique. Le troisième, Christopher, disparut en mer en

---

1. *Ibid.*, p. 88.

mars 1943, avec le navire qui le ramenait d'Amérique en Europe. Seul le dernier, David, eut une vie « normale ». C'est encore l'écriture dite « automatique » qui permit à Mrs. Tristram de recevoir les messages, d'abord de Christopher, puis aussi de Lancelot.

Ce recueil s'ouvre par un avant-propos de Lord Dowding, Air Chief Marshall, commandant de la RAF (Royal Air Force), pendant ce que l'histoire a retenu sous le nom de « bataille d'Angleterre », c'est-à-dire, lorsque après la défaite de la France, l'Angleterre se trouva quelque temps seule à résister à l'Allemagne nazie, mais soumise à des vagues de bombardements incessants, nuit et jour.

Voici donc quelques extraits des messages de Christopher, concernant notre sujet :

« Je peux commencer par vous raconter notre aventure quand le bateau a été torpillé… Je dormais et j'ai été réveillé par un coup si fort que cela m'a jeté hors de ma couchette, puis l'eau a envahi la cabine avant que je puisse en sortir et je me suis trouvé sur le pont qui était déjà sous l'eau… J'ai crié vers Jésus-Christ et je me suis apaisé : j'ai eu l'impression de dormir. Bientôt, je me suis réveillé loin de tout cela, dans un endroit spacieux et paisible où il y avait de l'herbe et des arbres ; je m'y suis promené, en me demandant ce qui avait bien pu m'arriver… Je me suis assis sous un arbre tout pareil à un arbre terrestre, pour me reposer, et au bout d'un certain temps, j'ai vu Marie. Maintenant je sais qui Elle était ; mais à ce moment-là, j'ai seulement été ébloui par Sa lumière et assez perplexe. »

Nous avons donc là « l'herbe et les arbres » qui correspondent aux prairies ou aux jardins que l'on trouve dans de nombreux récits d'EFM. Nous avons aussi la présence de cet être de lumière, d'une lumière éblouissante, que Christopher n'identifiera que plus tard à la Vierge Marie.

Voici encore quelques détails caractéristiques :

> « Je suis toujours la même personne, pas du tout changé ; j'ai même l'impression que je porte encore les mêmes vêtements, seulement je sais qu'ils ne sont là que parce que je crois les avoir encore. Il fait si bon, tout est si libre, il n'y a pas de mots pour l'exprimer... Nos corps actuels ne sont soumis à aucune gravitation, alors je peux aller n'importe où simplement en le voulant[1]. »

Vous aurez remarqué ce sentiment de liberté et cette faculté de se transporter par le simple désir.

De la Première Guerre mondiale nous sont venus d'autres messages, d'un jeune Allemand tombé sur le front de l'Est en 1915. C'est une de ses sœurs qui reçut les messages en écriture inspirée. Elle entendait les mots dans sa tête et les écrivait avec sa propre écriture. Sigwart est né à Munich en 1884. À 8 ans, il composait des Lieder et de petites pièces pour piano. Avant la guerre, il avait eu le temps d'écrire un opéra qui fut monté avec succès, six mois après sa mort. Outre la musique, il avait étudié le bouddhisme, la théosophie, l'anthroposophie et faisait partie des amis proches de Rudolf Steiner. Sigwart n'est pas pour nous un inconnu. C'est à l'une de ses sœurs, Dagmar, passée à son tour

---

1. R.M. Tristram, *Lettres de Christopher*, La Colombe, p. 26, 27, 32.

dans l'autre monde, que l'on doit cette extraordinaire description d'une immense cérémonie qui réunit dans l'au-delà tous les combattants des deux camps auprès du Christ[1].

Voici donc comment Sigwart décrit ses derniers instants en ce monde et son passage dans l'au-delà :

6 août 1915 :
« Je le savais : tout est dans la main de Dieu. Pas un seul instant je n'ai eu de regrets. Ça devait arriver, c'était mon destin ! J'avais toujours senti que je ne deviendrais pas vieux, mais je n'en étais pas moins serein et joyeux. Je jouissais de la vie à pleins traits, car je le savais : tout est déterminé et je ne peux moi-même rien y changer.

Quand la mort arriva, je fus quand même surpris parce qu'à ce moment-là je ne m'y attendais pas. Pendant les longs temps de repos, j'avais toujours fait des plans d'avenir et l'espoir de rentrer à la maison me soutenait et me donnait du courage. Parfois cependant la voix intérieure me disait : "Prépare-toi, tu dois passer de l'autre côté." – Je n'y croyais pas vraiment mais, soudain, je vis ma vie devant moi et alors je sus que c'était la fin ! – La dernière minute fut terrible, mais un instant seulement et c'était déjà passé ; c'est-à-dire que je me suis endormi, ce qui m'a libéré de toutes les souffrances du corps.

Sans m'en rendre compte je m'étais préparé à la mort. Ce fut mon bon karma que, trois semaines après ma blessure, je restai allongé et commençai à me détacher peu à peu de mon enveloppe terrestre.

---

1. *Les morts nous parlent*, tome I, p. 471 et suiv.

C'est bien pire pour les hommes qui meurent tout d'un coup, car ils ne peuvent pas comprendre qu'ils sont morts. J'ai d'ailleurs moi-même parfois pensé "je vis encore" car, au début, on est dans un état très semblable.

Mais, Dieu merci, je m'apercevais toujours aussitôt que je n'avais plus de corps physique. Alors, ce fut la séparation d'avec le corps éthérique et je compris ce qui m'était arrivé[1]. »

Nous avons déjà ici l'allusion rapide à la révision de vie, la constatation qu'au début on se trouve dans un état semblable à celui de la terre et, enfin, l'observation du changement survenu sur son corps. Il n'a plus de corps « physique », ce qui ne veut pas dire qu'il soit tout à fait sans corps. D'autres notations à ce sujet précisent les choses :

29 juillet 1915 :
« Qu'il est facile de mourir ! Je n'ai pas le droit de tout vous dire encore mais pour moi tout va très bien, très bien et vous devez penser à moi comme à une forme de lumière qui n'a plus à souffrir. »

31 juillet 1915 :
« Les idées que vous vous faites de moi ne sont pas justes. Je ne me suis pas encore complètement dépouillé de l'enveloppe terrestre du monde matériel, d'où la facilité avec laquelle je communique avec vous. Plus tard ce sera différent, beaucoup

---

1. *Brücke über den Strom, Mitteilungen aus dem Leben nach dem Tode,* Novalis Verlag, 2e édition, 1985, p. 27.

plus beau, plus spirituel, car j'abandonne toujours un peu plus de matière… »

Il revient sur ce sujet, plus en détail, *le 15 mars 1916 :* « Naturellement, j'ai toujours pour vous exactement les mêmes visage, mains, silhouette que j'avais du temps où j'étais parmi vous. Donc voyez-moi dans vos pensées comme j'étais, mais sans matière ; mais autrement avec exactement les mêmes traits, car je les ai toujours. C'est comme un double astral qui reproduit exactement le corps physique mais qui n'est pas physique lui-même. Cela doit vous rassurer[1]. »

Il a donc encore une sorte de corps, mais déjà tout spirituel. Il s'agit donc certainement d'un corps que nos yeux matériels ne pourraient pas voir. Voici, entre autres, un épisode qui le confirme :

« Je voulais vous voir toujours gais et me donnai beaucoup de peine pour vous convaincre que j'étais heureux et que vous deviez l'être aussi. Un jour, par exemple, vous étiez allongés sur l'herbe et j'étais au milieu de vous. Vous parliez si sérieusement de choses qui me paraissaient invraisemblables ; soudain, alors, l'un de vous fit une plaisanterie. Je bondis de joie et vous criai : "Restez comme ça, riez encore, vous ne savez pas tout le bonheur que cela me donne." Vous semblez l'avoir entendu, car vous avez continué à rire et nous sommes restés ainsi quelque temps, joyeux tous ensemble, jusqu'à ce que je ne sais quoi se produisît entre nous et alors vous êtes peu à peu redevenus plus sérieux

---

1. *Ibid.*, p. 21, 23 et 146.

et plus déprimés, ce qui a renouvelé mon inquié-
tude[1]. »

Il était donc au milieu d'eux et personne ne le voyait.
Je doute de même qu'ils l'aient vraiment entendu, mais
peut-être effectivement ont-ils pu percevoir confusé-
ment sa présence. Ce phénomène est assez fréquent.
Autre phénomène très caractéristique :

« Si vous pouviez voir seulement comment tout est
ici ! Un monde qui, comparé au vôtre, est plus juste,
plus vrai, car chez vous tout n'est qu'apparence et
les gens ne se voient pas comme ils sont vraiment.
Ici on ne peut pas faire illusion car on voit à travers
les gens. »

Dans son monde, chacun peut lire les pensées et
les sentiments des autres. Cette dernière remarque correspond tout à fait, elle aussi, aux témoignages des
EFMistes. Une autre constatation va dans le même
sens : il n'a plus besoin des mots. Les communications
se font par une sorte de télépathie[2].

Le *4 février 1916*, il raconte comment il a retrouvé
sa grand-mère.
Le 12 avril 1917, il a reçu dans l'au-delà un ami :
« Je dois te dire quelque chose à propos de D. Je l'ai
vu, je lui ai tendu la main ! Un geste d'accueil n'avait
jamais été pour moi une expérience aussi intense.
C'était la première fois que quelqu'un de chez vous

1. *Ibid.*, p. 178.
2. *Ibid.*, p. 23 et 151.

venait directement à moi et me racontait votre amour pour moi avec les mots des humains[1]. »

Revenons vers des cas plus récents. J'ai fort bien connu le professeur Werner Schiebeler.[2] Je l'ai rencontré chez lui ou lors de différents congrès, et je lui ai même servi d'interprète à Saint-Sébastien, en Espagne. Or, ce scientifique, professeur de physique et d'électronique dans une grande école d'ingénieurs, a fait partie pendant des années d'un cercle dont le but était d'aider certains défunts en difficulté dans l'au-delà. Ce groupe comportait huit à dix personnes, dont deux médiums. Lorsqu'un trépassé voulait entrer en communication pour trouver de l'aide, l'un des médiums entrait en demi-transe. Il restait donc conscient de ce qu'il disait et faisait, mais n'était plus maître ni de ses propos, ni de ses actes.

Voici donc quelques extraits d'un cas recueilli le 5 avril 1976, alors que les travaux de Moody n'étaient pas encore connus.

« Ce jour-là, l'un des médiums était professeur et l'autre ingénieur. Comme d'habitude, la réunion avait commencé par des prières et de la musique. C'est la musique qui avait attiré un garçon, mort à l'âge de quinze ans, en 1915. Au moment de sa mort, ses parents étaient près de lui. "Il y avait également d'autres personnes, raconte-t-il, mais que je ne comprenais pas. Ma chambre était pleine à craquer; moi, j'avais peur, j'étais angoissé. Je ne connaissais

---

1. *Ibid.*, p. 131-132 et 241.
2. Le professeur Werner Schiebeler est Diplomphysiker, Prof. Dr. rer. nat. Il a enseigné la physique et l'électronique à l'École d'ingénieurs de Ravensburg-Weingarten.

pas tous ces gens. Comme c'était étrange! Ils se trouvaient tantôt au-dessus de moi, tantôt à côté de moi... Tout à coup, je me suis vu moi-même allongé là. Ma mère pleurait, elle m'a secoué une dernière fois... Ce qui s'est passé ensuite, je ne m'en souviens plus. Et pourtant, j'y pense tout le temps. Je me rappelle seulement que j'étais debout près de la tombe au moment de mon enterrement. Mes parents pleuraient beaucoup... Les musiciens autour du cercueil jouaient lamentablement faux et je n'appréciais pas du tout ce que disait le prêtre. En revanche, je n'ai aperçu personne de l'au-delà. Après l'enterrement, le cimetière s'est vidé. Tout le monde est parti et je me suis retrouvé tout seul... Je vois bien de temps en temps des êtres dont je suppose qu'ils sont également morts. Mais nous ne parlons pas ensemble. Je n'ose pas les aborder, car ils ne me prêtent aucune attention"[1]. »

Nouveau cas, enregistré dans le même cercle, le 10 septembre 1976. Je réduis la citation au minimum.

« J'ai été longtemps malade ; j'avais un cancer des poumons. Je délirais... Je ne me suis pas rendu compte du moment où je suis réellement mort. Je me suis seulement étonné de ne plus ressentir de douleurs. Et brusquement, je n'ai plus vu mon corps terrestre dans mon lit. Il était parti, on l'avait déjà enterré. Je ne me suis pas non plus aperçu de l'enterrement. J'ai essayé de parler avec mes enfants... mais ce n'était plus possible ; à cet indice, j'ai compris que j'étais bien mort... J'avais un nouveau corps et me sentais

1. Werner Schiebeler, *La Vie après la mort terrestre*, Robert Laffont, 1992, p. 71-73.

en bien meilleure forme. J'allais et venais dans mon ancienne chambre ; je pouvais même passer à travers les murs... Soudain, j'ai aperçu plusieurs personnes qui se déplaçaient comme moi... Je leur ai demandé s'ils étaient morts eux aussi. Ils m'ont répondu que oui et ont expliqué qu'ils étaient venus pour me chercher. »

Le 26 novembre 1976, c'est un maçon qui se manifeste. Il est mort à la suite d'un accident.

« Je suis sorti de mon corps d'alors. Mais c'était très étrange. J'y étais toujours rattaché par un lien qui s'est brusquement rompu... Je ne me suis pas rendu compte du moment où s'est produite la rupture du cordon... Puis j'ai rencontré d'autres êtres, morts eux aussi... Un jour, j'ai entendu une conversation qui décrivait la beauté de la vie d'ici. Mais moi, je ne vois que de la grisaille[1]... »

N'oublions pas que ce sont surtout des âmes en peine qui étaient attirées ou conduites vers ce groupe !

Voici un témoignage encore plus récent, celui d'un homme assez connu, Compagnon de la Libération, titulaire des plus prestigieuses décorations militaires et homme de presse et de communication. Il s'agit de Philippe Ragueneau ou, plutôt, des communications qu'il a reçues de sa femme, Catherine Anglade, décédée d'un cancer, le 4 juin 1994. Son départ, comme vous le verrez, a comporté une petite variante. Elle n'a pas eu conscience de passer par un tunnel. Les choses se sont passées ainsi :

---

1. *Ibid.*, p. 76-77 et 80.

« Quand tu m'as dit, à une heure du matin : "Ne lutte plus… Laisse-toi aller…", je t'ai écouté. Et, soudain, je me suis comme dédoublée… Je ne souffrais plus. J'avais quitté mon corps et je le voyais, de très haut, comme quelque chose qui m'était étranger, mais toujours moi cependant…

— Étais-tu allongée au-dessus de lui ?

— Je ne sais pas… Je ne crois pas… Il me semblait que je n'étais qu'un regard. Je me voyais, je te voyais, je voyais Thérèse qui ne pouvait pas s'empêcher de pleurer… Je me sentais incroyablement légère, mais aussi j'étais affreusement triste. Pour toi qui connaissais les premières minutes d'une vraie solitude. Et je ne pouvais pas te parler, te consoler, te dire que je resterais près de toi comme je te l'avais promis. Je ne parvenais pas non plus à me détacher tout à fait de mon corps. Comme si un fil me retenait à lui – un fil de vie… Quand je levais les yeux, je ne voyais pas les poutres du salon mais une blancheur nacrée, un peu laiteuse, comme je n'en ai jamais vu. J'avais aussi perdu la notion du temps.

J'ai vu le matin éclairer doucement les meubles et les objets, au-dessous de moi, et toi qui venais voir si cette enveloppe où je n'étais plus respirait encore… Mais tu avais compris. Tu savais que j'étais ailleurs…

— Que s'est-il passé ensuite ?

— L'éclair… La vitesse de l'éclair… Je n'ai eu conscience de rien, me semble-t-il. Je me suis retrouvée ici… Mais, à partir de là, je ne peux pas t'en dire davantage, mon Philippe. Tu le comprends ?… »

Le moment où elle n'a conscience de rien correspond au tunnel, au passage à « l'autre côté de la vie ». Quant à son nouveau corps qu'elle semble ici nier (« Je n'étais qu'un regard »), elle s'en est mieux expliquée ailleurs, lorsque son mari voulait la traiter comme un pur esprit :

> « Mais je ne suis pas un pur esprit ! En tout cas, pas encore. J'ai une apparence corporelle qui t'est invisible, certes, mais qui est dotée de toutes les fonctions d'un corps physique. Je peux voir, entendre, toucher, sentir un parfum. Et, bien sûr, je peux aussi rire ou sourire, je peux aimer, je peux communiquer et me faire comprendre. Ce corps très particulier que j'habite est libéré des servitudes, des déchéances et des pesanteurs de mon corps physique, mais c'est tout[1]... »

Il est vrai que dans ces divers cas rapportés et résumés ici nous n'avons pas le déroulement chronologique ordonné que nous trouvons généralement dans les récits d'EFM rapportés par les chercheurs en ce domaine. Mais c'est aussi qu'il n'était pas dans l'intention de ces témoins de nous présenter un schéma construit de leurs découvertes dans l'au-delà. Même chez Pauchard règne dans son exposé un certain désordre qui nous a obligé à puiser souvent dans son livre sans suivre l'ordre des pages.

Il n'en reste pas moins qu'il semble difficile de croire que tous ces messages, d'origines si différentes, et pourtant si concordants, aient pu être le fruit de la seule imagination des transcripteurs. Certains détails ne peuvent pas avoir été inventés, comme la vision de

---

1. Philippe Ragueneau, *L'Autre Côté de la vie*, Éditions du Rocher, Pocket, 1997, p. 261-263 et 173.

soi-même, vu de l'extérieur, qui, dans ce contexte, n'a rien à voir avec le phénomène bien connu d'autoscopie ; ou la révision de vie se déroulant en remontant le temps ; ou encore la mention du cordon d'argent réunissant le corps de chair au corps spirituel. De tels récits ne peuvent provenir que de ceux qui ont vécu ces événements, bien avant les études conduites depuis quelques années sur les EFM. La conclusion semble s'imposer : ces morts confirment pleinement que les EFM sont bien des morts provisoires et que la mort définitive se déroule bien comme les EFM. Pour échapper à cette conclusion, il faudrait supposer que les auteurs de ces récits avaient d'abord vécu eux-mêmes, personnellement, une EFM et qu'ils auraient ensuite inventé un récit comportant une vraie mort se déroulant sur ce modèle. Je peux attester, connaissant un témoin direct, Madame Catherine Taittinger, qu'en ce qui concerne les messages de Jean Winter et de Gérald de Dampierre, pourtant parmi les plus probants, cette hypothèse ne tient pas.

Mais, si les morts, complètement morts, confirment la réalité vécue par les témoins d'EFM, ceux-ci corroborent, à leur tour, la valeur des messages reçus de nos morts et ceci aussi est d'une importance capitale.

La divine connexion

Nous avons évoqué dans le bref résumé des différentes étapes des EFM la révision de vie à laquelle on se trouve invité ou plutôt soumis assez rapidement. Certains revivent ainsi toute leur vie, minute par minute, d'autres seulement les principaux événements de leur existence, certains depuis leur naissance, d'autres depuis trois, cinq ou sept ans. Cette révision de vie est généralement découpée en scènes, chacune se déroulant selon le sens normal du temps, mais le plus souvent en commençant par la dernière scène pour remonter peu à peu, scène par scène, jusqu'au début de notre vie terrestre.

Mais un autre aspect était apparu aussi, dès les récits les plus anciens. Lors de cette révision de vie, le mourant se revoit de l'extérieur. Il se voit tout entier.

Il ne revit pas les scènes de sa vie terrestre du point de vue qu'il occupait dans l'espace pendant son existence terrestre. Il ne s'agit donc pas de souvenirs réanimés, d'images ou de sons qui seraient engrammés quelque part dans le cerveau et ramenés au niveau conscient au moment de mourir. D'où viennent alors ces images ?

Un des principaux chercheurs américains dans ce domaine, a poussé plus loin que les autres la réflexion sur cet aspect. C'est le docteur Melvin Morse, l'un des meilleurs chercheurs américains, spécialiste des EFM chez les enfants, et considéré par ses pairs comme l'un des meilleurs médecins des États-Unis[1]. Je l'ai rencontré personnellement à plusieurs reprises lors de congrès organisés par l'Association Internationale des Études sur l'Approche de la Mort (IANDS), à Philadelphie, Washington et Charlotesville, ainsi qu'à Paris pour la sortie de l'édition française du livre qui porte précisément ce titre : *La Divine Connexion*.

Or, étudiant ce qui se passe lors de cette révision de vie, au moment de mourir, il en est venu peu à peu

---

1. Cf. la liste des meilleurs médecins américains dans le dictionnaire *Best Doctors in America*, en 2001. Il a été également élu l'un des meilleurs pédiatres américains en 2002.

à considérer que la trace de ce que nous vivons ne se trouve pas dans notre cerveau mais dans une sorte d'autre dimension. Pour s'assurer que son intuition n'était pas absurde il est allé consulter les spécialistes de physique théorique du laboratoire de Los Alamos et du National Institute of Discovery Science qui en étaient arrivés, par d'autres voies, aux mêmes conclusions. Ils lui ont expliqué qu'à leur avis « les énergies que nous dégageons sous forme de pensée et de comportement ne disparaissent pas, mais survivent quelque part dans la Nature. »

Pour Melvin Morse, il y aurait peut-être plusieurs étapes. Dans un premier temps, nos souvenirs seraient stockés dans le cerveau, dépendants des interactions électrochimiques neuronales et triés en permanence par l'hippocampe comme nos sensations et nos pensées.

Ils seraient ensuite « mélangés par le système limbique à des souvenirs et des émotions plus anciens ». Enfin, ils seraient transférés au lobe temporal droit qui les connecterait à une sorte de banque de données universelle. « L'existence possible d'une "usine de souvenirs" universelle, fait-il remarquer, explique comment dans l'examen de la vie d'une EFM, tous les souvenirs et sentiments sont ressentis simultanément. Ceux-ci sont stockés ensemble. Cela explique aussi pourquoi différents types de souvenirs sont rappelés lorsque le même endroit du lobe temporal droit est stimulé à répétition. Ce lobe agit plus comme un récepteur-transmetteur que comme une zone de stockage…. Le stockage des informations sous forme holographique est fondamental à l'univers. Le temps, disent certains physiciens, n'est pas. Ils affirment que le temps n'existe pas et que tout ce qui s'est passé et va se passer, se passe en même temps dans cette "usine de souvenirs" universelle. »[1]

Je me permettrai tout de même de souligner qu'à mon avis le vocabulaire et même la pensée du docteur Morse tâtonnent un peu et se cherchent encore. Il me semblerait plus juste de dire qu'il y a, d'une part, nos « souvenirs » que nous pouvons évoquer à volonté et qui comportent toujours une part importante de déformations et de reconstructions. Ceux-là restent probablement liés à notre cerveau, tant que nous vivons. Lorsque nous les évoquons, d'ailleurs, les événements se déroulent autour de nous, nous en sommes tout naturellement le centre géographique et nous n'éprouvons que les émotions que nous avions nous-mêmes lors de l'événement. Mais il y aurait aussi, par ailleurs, stockage des événements eux-mêmes que nous vivons, avec nos vraies pensées et impressions du moment, sans déformation possible.

Ce sont ces événements qui se déroulent devant nous au moment de la mort et nous n'en sommes plus le centre. Nous nous voyons de l'extérieur. Et nous éprouvons alors, non pas seulement nos émotions du moment mais aussi celles de notre entourage.

C'est ce stockage objectif, automatique, de tous les événements qui se produisent sur notre planète qui rend possible parfois leur captation, plus ou moins parfaite de la part de certains médiums, parfaite dans quelques cas de mystiques extraordinaires comme sainte Anna-Maria Taïgi[2], et encore par un procédé rigoureusement technique comme avec le « chronoviseur » construit par le Père Pellegrino Ernetti, entouré

1. Melvin Morse, *La Divine Connexion*, Le Jardin des Livres, 2002, p. 61 et 76-77.

2. Albert Bessières SJ, *La Bienheureuse Anna-Maria Taïgi*, Éd. Résiac-Marie Médiatrice, 1964.

de tout un groupe international de savants. Il est vrai que je n'ai jamais vu personnellement cet appareil. Lorsque j'ai rencontré ce moine bénédictin, homme de Dieu et homme de science, il avait déjà été convenu par le Vatican et une commission de scientifiques de le démonter, l'humanité ne semblant pas encore prête pour supporter le choc d'une telle découverte avec toutes ses conséquences. Mais au terme d'une longue enquête, je suis arrivé à rencontrer assez de proches témoins pour n'avoir plus aucun doute sur le fait de son existence[1].

C'est seulement à ce niveau-là, en tant que lieu de connexion avec cette banque de souvenirs universelle, que le lobe temporal droit jouerait un rôle particulier et se révélerait comme le lieu de la « divine connexion ». On sait que l'importance de cet endroit très précis de notre cerveau a été mise en évidence surtout par Wilder Penfield. Ce neurochirurgien ne croyait pas d'abord à l'existence d'une âme ou d'une conscience indépendante du corps. Pour lui, tous nos comportements devaient pouvoir s'expliquer au niveau des neurones sans faire intervenir un « esprit » indépendant. Il avait découvert, en plaçant des électrodes dans le lobe temporal droit, juste au-dessus de l'oreille (dans la scissure de Sylvius) d'un épileptique pour tenter de le délivrer de ses crises, qu'on provoquait chez le malade l'impression qu'il sortait de son corps, revivait sa vie et rencontrait des personnes décédées. Le professeur Olaf Blanke, neurochirurgien à l'Hôpital universitaire de Genève, constata le même phénomène, alors qu'il opérait une épileptique.

---

1. François Brune, *Le Chronoviseur...*, *op. cit.*

D'autres expériences peuvent également déclencher des effets très semblables à ceux des EFM. Par exemple, lors de leur entraînement, les pilotes de chasse sont souvent soumis à des accélérations gravitationnelles dans des centrifugeuses. Ils peuvent alors s'évanouir et connaître plusieurs des éléments d'une EFM : sortie du corps, rencontre de décédés, impression de paix profonde qui supprimera définitivement en eux toute peur de la mort[1].

À première vue, ces constatations auraient pu amener le docteur Penfield à persister dans sa conviction que toutes nos pensées, émotions, sentiments, n'étaient que le résultat de mécanismes physiologiques.

Or, il n'en est rien. Au terme de cinquante ans de recherches sur le cerveau, sa position s'était profondément modifiée : « J'avais fini par prendre au sérieux l'hypothèse selon laquelle la conscience de l'homme, sa pensée, ne se réduirait pas à un mécanisme cérébral : c'était même la seule hypothèse, désormais, à laquelle je croyais[2]. »

Les preuves de la réalité de la sortie du corps, lors des EFM, sont un argument capital pour parvenir à cette conclusion. Pour Melvin Morse, ce phénomène de décorporation ne fait aucun doute. Il s'appuie d'abord sur l'enquête menée avant lui par le Dr. Michael B. Sabom pour vérifier si cette sortie était réelle. Il avait demandé à des gens qui avaient vécu une EFM de faire le récit de leur réanimation. Il avait demandé, parallèlement, à un autre groupe de malades, qui n'avaient pas connu d'EFM, d'imaginer une réanimation. Ce

---

1. Melvin Morse, *La Divine Connexion, op. cit.*, p. 70 ; *Le Contact divin, op. cit.*, p. 172-176.
2. Cité par Melvin Morse dans *Des enfants dans la lumière de l'au-delà, op. cit.*, p. 148.

groupe témoin comportait seulement des malades ayant connu des hospitalisations lourdes, avec arrêt cardiaque, moniteur cardiaque, défibrillateur, etc.; plusieurs d'entre eux avaient également vu de nombreuses émissions télévisées sur la vie d'hôpital. Or, le récit de ceux qui n'avaient pas vécu une EFM, malgré leurs expériences de l'hôpital n'avaient fourni que des récits très fantaisistes, comportant de nombreuses erreurs grossières. Les récits de ceux qui avaient vraiment vécu une EFM correspondaient parfaitement à ce que contenait le compte rendu médical de leur opération[1].

Melvin Morse confirma ensuite l'enquête de M. Sabom par ses propres expériences : J'ai pu « constater, affirme-t-il, que, chaque fois que des enfants m'avaient donné des renseignements sur ce qui était censé s'être produit pendant qu'ils avaient perdu conscience, leurs récits s'étaient révélés étonnamment précis et détaillés : la petite fille qui m'avait confié que deux médecins de sexe féminin avaient procédé à sa réanimation ne s'était pas trompée, de même que les enfants qui avaient mentionné des intubations nasales ou m'avaient affirmé avoir été conduits dans d'autres salles pour y passer des radios m'avaient dit la vérité ».

Pourtant, reconnaît Morse, « l'exactitude de leurs témoignages ne constituait pas une preuve absolue de leur décorporation, car on peut aussi supposer que les patients comateux perçoivent mieux leur environnement depuis leur corps physique que leur état ne le laisserait croire ». Ce grand spécialiste des EFM chez

---

1. Michael B. Sabom, *Souvenirs de la mort, op. cit.*, p. 134-137 et 178-181.

les enfants rapporte alors un peu longuement un des cas qui lui ont apporté la « preuve absolue » qu'il cherchait[1].

Or, pour Melvin Morse, l'excitation électrique du lobe temporal droit ne produit pas seulement une illusion de sortie du corps mais provoque vraiment cette sortie.

Notons au passage qu'un spécialiste des neurosciences aussi reconnu que Vilayanur Ramachandran, lorsqu'il évoque le cas des EFM, semble ignorer complètement tous les travaux menés depuis tant d'années sur ce sujet par tant de chercheurs. En conséquence, pour lui, cette sortie du corps n'est qu'une illusion. Il confond les phénomènes d'autoscopie où le sujet se voit en face de lui-même comme dans un miroir, et les véritables sorties du corps. Encore une fois, un peu plus de communication entre chercheurs de différentes disciplines pourrait souvent aider au moins à éliminer les fausses solutions[2].

Poursuivant sa réflexion et son enquête, Melvin Morse s'attacha de plus en plus à consigner les transformations survenues dans la vie et le comportement de ceux qui avaient vécu une EFM. L'expérience de la Lumière lui parut avoir une influence décisive. Se faisant plus attentif sur ce point aux récits de ses témoins, il finit par se rendre compte qu'on ne pouvait pas réduire cette lumière à un produit du cerveau. Cette lumière n'était pas seulement dans leur tête. Parfois d'autres personnes se trouvant près du témoin principal l'avaient même aperçue. C'est ainsi qu'il finit par

---

1. Melvin Morse, *Des enfants dans la lumière de l'au-delà*, *op. cit.*, p. 156-157.
2. Vilayanur Ramachandran, *Le Cerveau, cet artiste*, Eyrolles, 2005, p. 115-116.

écrire : « J'ai progressivement acquis la conviction que cette Lumière est bien localisée à l'extérieur de nos corps… Les témoignages des enfants que j'ai interrogés aussi bien que certains détails de leurs inexplicables rencontres m'ont irrésistiblement conduit vers cette conclusion[1]. » Si donc cette Lumière n'est pas dans le corps, étant donné que les personnes présentes autour du mort provisoire ne voient pas cette Lumière, il faut bien que cette rencontre avec la Lumière se fasse dans une autre dimension.

Melvin Morse précise en conséquence que, pour lui, cette découverte du rôle du lobe temporal droit « ne veut pas dire pour autant que la foi soit juste un mélange de chimie et de physiologie cérébrale, bien au contraire : cela désigne simplement la région exacte du cerveau impliquée dans la foi[2] ».

D'ailleurs, souligne Melvin Morse, ceux qui, au cours de leur EFM, n'ont fait qu'une sortie du corps, sans passer par l'expérience du tunnel, n'ont pas rencontré cette lumière. De même, l'excitation du lobe temporal droit par des électrodes, ne provoquant que la sortie du corps et non le passage par le tunnel, ne permettrait pas non plus cette rencontre de la Lumière. Autrement dit, cette excitation pourrait provoquer la sortie du corps, mais en restant dans notre monde, et ne donnerait pas accès à une autre dimension. C'est pourtant dans cette autre dimension et dans cette rencontre avec la Lumière que se trouve le cœur même de l'EFM[3].

---

1. Melvin Morse, *Des enfants dans la lumière de l'au-delà*, *op. cit.*, p. 181.
2. Melvin Morse, *La Divine Connexion*, *op. cit.*, p. 41.
3. Melvin Morse, *Transformed by the Light*, *op. cit.*, p. 46, 80, 236.

EFM et expériences mystiques

J'avais déjà fait une conférence sur la convergence entre les expériences mystiques et les EFM lors d'un congrès organisé par IANDS, à Washington. Quelques pages en ont été publiées dans l'ouvrage collectif édité par la branche française d'IANDS[1]. Bien entendu, j'avais déjà étendu cette comparaison à tous les mystiques, non pas seulement aux mystiques chrétiens, mais aussi à ceux de l'Inde ou de l'Islam. Les EFM mises en comparaison étaient alors empruntées dans leur majorité aux témoignages recueillis aux États-Unis.

J'ai repris depuis cette comparaison à propos de l'expérience mystique de saint Paul, mais en empruntant les récits d'EFM à des témoins français, aujourd'hui plus nombreux[2]. J'ai essayé de démontrer dans cette étude que la plupart des théologiens, en Occident, n'avaient pas osé suivre saint Paul dans ses affirmations mystiques et l'avaient réduit à un enseignement très raisonnable, mais assez banal, parce qu'ils n'avaient pas compris que toute la pensée de saint Paul ne faisait qu'essayer de traduire en langage humain ce qu'il avait entrevu lors de ses extases. On ne peut rien comprendre en profondeur de saint Paul si on ne part pas de là. Il le dit pourtant lui-même avec insistance, presque avec arrogance : « Il ne tient sa doctrine de personne, pas même des apôtres, mais directement de Dieu. »

La similitude avec les récits d'EFM devient évidente dès qu'on rapproche les textes et, à leur tour, ces récits jettent une vive lumière sur la théologie de

1. François Brune, « L'union à Dieu et à l'univers chez les témoins d'EFM et chez les mystiques », dans *La Mort transfigurée*, L'Age du Verseau, 1992, p. 387-398.
2. François Brune, *Saint Paul, le témoignage mystique, op. cit.*

saint Paul en la confirmant. Toute la clef est là, et c'est certainement la même qui vaut pour l'interprétation de saint Jean, même si celui-ci a été encore plus discret que saint Paul sur ses expériences mystiques. La tradition des Églises d'Orient est restée jusqu'à aujourd'hui beaucoup plus fidèle à cette expérience mystique fondamentale. Mais ce n'est pas le lieu ici de reprendre cette comparaison entre les EFM et les expériences mystiques des saints. Je voudrais seulement signaler que je suis lentement moins seul à soutenir l'importance de cette voie.

La comparaison, en effet, semble aujourd'hui peu à peu s'imposer. Elle a été particulièrement développée par Danielle Vermeulen, anthropologue, dans un ouvrage qui reprend l'essentiel d'une thèse soutenue en Sorbonne en 1994[1]. Il est très intéressant à cet égard de noter l'évolution des positions de Danielle Vermeulen au cours de son travail sur les EFM. Je la cite :

« Au début de notre recherche, l'hypothèse posée était que ces expériences agissaient sur les personnes qui les avaient ressenties comme un médicament anxiolytique, évacuateur de la peur de la mort en l'ayant rendue acceptable par la connaissance de son "au-delà". Nous étions loin de penser que nous allions nous trouver, au fil des témoignages recueillis, en face d'une expérience dont le contenu, par son aspect transcendantal, allait provoquer des répercussions d'une tout autre nature se révélant peu à peu au fur et à mesure que nous en approfondissions le sens, au travers des entretiens renouvelés avec les témoins. »

---

1. Danielle Vermeulen, *Récits de l'entre-deux-vies*, Albiana, 2002.

C'est donc surtout la profondeur des transformations psychiques et spirituelles provoquées par ces expériences qui a conduit D. Vermeulen à changer complètement son angle de vue :

« L'hypothèse que nous avons alors posée était que c'était parce qu'elle présentait l'essentiel des caractéristiques d'une véritable expérience mystique, tant dans sa phénoménologie, que dans ses conséquences. »

D. Vermeulen reconnaît à la fois différence et similitude entre les deux types d'expérience. Le mystique se trouve, au plus fort de son expérience, « en extase », c'est-à-dire, en vocabulaire médical, en état de « stupor cataleptique ». Le témoin d'EFM se trouve en état de coma profond, ou même de mort clinique, avec arrêt cardiaque et respiratoire et, si les circonstances permettent de le vérifier, électroencéphalogramme plat, au niveau zéro.

« Donc, insiste-t-elle, La *révélation* [que constitue l'expérience de l'EFM] est donnée à un corps présentant tous les attributs de la mort clinique, déclaré comme tel et dont le psychisme n'a pas la possibilité d'intervenir, compte tenu de ce qu'il est reconnu, actuellement, du fonctionnement cérébral. Force nous est d'admettre que l'expérience a sa *vie* propre et que le psychisme de l'individu qui la reçoit ne peut la construire. Comment expliquer que cette expérience, avec son scénario de base toujours le même, puisse se produire de façon identique chez une personne déclarée *morte* dont le cerveau, si l'on se fie aux appareils, ne réagit plus et chez une personne ayant eu brutalement une coupure avec son monde

sensible habituel, présentant les signes d'un état cataleptique de *stupor* mais dont le cerveau demeure en
état vigile ? Pour l'instant, aucune explication n'est
en mesure d'être fournie avec une rigueur scientifique suffisante. La seule certitude que nous ayons
est que le contenu de ces expériences ne peut être
mis en doute[1]. »

Je ne suivrais pas personnellement D. Vermeulen lorsqu'elle assimile aux EFM les expériences
de « rêve éveillé », de régressions hypnotiques, de
voyages chamaniques, d'états de conscience modifiés ou même de « rêves lucides[2] ». Des similitudes
formelles et partielles ne suffisent pas à prouver qu'il
s'agisse vraiment des mêmes phénomènes. Il ne faut
pas tout mélanger. Je me méfierais beaucoup aussi des
EFM retrouvées sous hypnose, surtout si celles-ci sont
censées avoir été vécues lors d'une « vie antérieure ».
Les études sur les faux souvenirs ont montré à quel
point ils peuvent être le résultat de manipulations,
même involontaires.
Dès 1995, le Père Marie-Émile Boismard avait pris
très au sérieux les EFM et noté leur convergence avec
l'enseignement, non seulement de saint Paul, mais
aussi de saint Jean et des Évangiles eux-mêmes[3] :

« Beaucoup de gens se demandent : s'il existe vraiment une vie après la mort, pourquoi ceux qui vivent
cette vie nouvelle, spécialement nos proches, ne

1. *Ibid.*, p. 136-138.
2. *Ibid.*, p. 225-226, 250, 254-258, 46-48 et 57-58.
3. Marie-Émile Boismard, *Faut-il encore parler de « résurrection » ?*,
Le Cerf, 1995.

nous font-ils pas "signe", d'une façon quelconque pour nous l'annoncer ? En d'autres termes, plutôt que de faire confiance à l'amour de Dieu pour nous, qui nous promet une immortalité bienheureuse, nous préférerions le témoignage d'au moins quelques "âmes" qui nous feraient connaître ce qui se passe *de l'autre côté*... Nous ne ferons évidemment pas œuvre d'exégète en abordant le problème de ce que l'on appelle les *expériences aux portes de la mort*, ou si l'on préfère *les expériences de ceux qui ont frôlé la mort.*

Nous voudrions seulement montrer combien elles pourraient, si on les admettait, illustrer tout ce que nous avons dit sur l'état des êtres qui vivent leur immortalité auprès de Dieu. »

Le Père Boismard se réfère alors aux enquêtes menées aux États-Unis qui font ressortir qu'en 1986 on estimait, sur 8 millions de personnes interrogées, que 60 % d'entre elles avaient connu l'impression de sortir de leur corps, 37 % l'avaient vu et observé le personnel qui s'en occupait, que 23 % avaient fait la traversée du « tunnel », 16 % avaient vu la lumière et 10 % avaient eu l'impression de se fondre en elle.

Il faudrait aujourd'hui, sans modifier sensiblement ces proportions, ajouter que le nombre d'Américains qui ont vécu au moins la première étape de cette expérience a considérablement augmenté. Lors du dernier congrès de IANDS auquel j'avais pris part, à Charlotesville en 1991, il était déjà estimé à 13 millions de personnes.

« Quand on compare ces expériences, poursuit le Père Boismard, avec ce que nous lisons dans le Nou-

veau Testament, on est frappé par un certain nombre
de coïncidences. On peut d'abord se demander si
Paul n'aurait pas éprouvé au moins une fois dans sa
vie une telle expérience. Il nous dit lui-même... qu'il
a été près de mourir[1]. »

Le Père Boismard cite alors le célèbre texte où,
très clairement, saint Paul « a conscience d'avoir en
quelque sorte quitté son corps, comme dans les expériences faites aux portes de la mort. Il est ravi jusqu'au
troisième ciel et il entend là des paroles ineffables, qu'il
n'est pas permis à un homme de redire »... Plus important pour nous est le thème de la lumière... Non seulement l'homme entre dans un monde de lumière, mais il
a conscience de devenir lui-même lumière. Or lorsque
Paul est terrassé sur le chemin de Damas, il est entouré
de lumière, une lumière qui est le Christ lui-même.
Lorsqu'il veut nous décrire la nature des ressuscités,
il les compare à l'éclat lumineux des étoiles[2]. Tout le
monde eschatologique sera transformé en *gloire*[3], cette
gloire qui n'est rien d'autre que la lumière même de
Dieu qui transforme les hommes.
De même, lorsqu'il décrit la Jérusalem messianique,
Jean, l'auteur de l'Apocalypse, écrit :

« Et la ville n'a pas besoin du soleil ni de la lune pour
l'éclairer, car la gloire de Dieu l'illumine et l'Agneau
est son flambeau[4]. » Et cette lumière est pénétrée
d'amour, c'est l'expérience majeure de ceux qui

---

1. Deuxième Épître aux Corinthiens, chap. 1, versets 9-10.
2. Première Épître aux Corinthiens, chap. 15, versets 40-42.
3. Épître aux Romains, chap. 8, versets 18-23.
4. Apocalypse, chap. 21, verset 23.

sont *presque morts*. Or saint Jean nous donne deux définitions de Dieu dans sa première lettre : *Dieu est lumière* et *Dieu est amour*[1]. »

Ce sont sans doute ces EFM qui ont amené le Père Boismard à faire une avancée considérable pour la théologie en admettant enfin que la mort et la résurrection coïncident.

« Il faut reconnaître que, du point de vue de la révélation, la solution la mieux attestée est celle que nous proposent le Christ et saint Paul en 2 Corinthiens[2] : c'est dès la mort que nous obtenons notre état définitif, sans que l'on ait à attendre la fin des temps pour retrouver un corps… Au terme de notre vie terrestre, l'âme, grâce à la puissance de l'Esprit qui l'a transformée, se reforme un corps "glorieux", lumineux, qui est l'empreinte en elle du corps matériel, "terreux", qu'elle a laissé sur la terre et qui disparaît. »

C'est dans cette perspective, il a raison de le dire, que le mot de *résurrection* ne convient pas parfaitement car il suggérerait plutôt par lui-même la réanimation d'un cadavre. Il est à noter d'ailleurs que la nouvelle traduction du Credo en français ne parle plus de « résurrection de la chair » mais de « résurrection des morts ». Ce n'est donc plus la résurrection des corps qui se trouve ainsi affirmée, mais celle des personnes. Il n'en est malheureusement pas de même pour la version brève, appe-

---

1. Saint Jean, Première Épître, chap. 1, verset 5 et chap. 4, versets 8 et 16.
2. Deuxième Épître aux Corinthiens, chap. 5, verset 1.

lée habituellement « Symbole des apôtres » où l'on a gardé la « résurrection de la chair[1] ».

Cependant, les raisonnements du Père Boismard montrent à quel point il reste empêtré dans les catégories de Platon, d'Aristote et de saint Thomas d'Aquin. Il attribue d'ailleurs le même embarras à saint Paul luimême, guettant dans l'emploi des moindres mots des influences sémitiques ou grecques qu'il essaie d'identifier et qui trahiraient une évolution dans la pensée de saint Paul. Lui non plus n'a pas compris que saint Paul n'avait que faire de toutes ces théories. Son expérience avait une telle puissance qu'elle lui suffisait pleinement. Les tâtonnements de son vocabulaire, je pense l'avoir démontré dans mon petit livre sur saint Paul, ne viennent que de l'effort qu'il fait lui-même pour mieux comprendre son expérience dans toutes ses implications[2].

S'il avait mieux compris les EFM, le Père Boismard aurait aussi mieux compris les expériences mystiques de saint Paul et donc sa théologie. Il ne se représenterait pas notre corps « glorieux » comme ne se formant qu'« au terme de notre vie terrestre », mais plutôt comme déjà en nous et ne faisant, au moment de la mort, que quitter son enveloppe comme le papillon quitte sa chrysalide. Mais saluons déjà, chez le Père Boismard, cette avancée considérable.

Plus récemment, un autre prêtre, médecin de surcroît, a accordé également beaucoup d'attention aux EFM et fait à son tour le rapprochement avec les expériences

---

1. Le malaise vient d'ailleurs seulement d'une traduction trop littérale, le terme hébreu « bâsar » sous-jacent désignant à la fois la chair, le corps et toute la personne.

2. *Saint Paul, le témoignage mystique, op. cit.*

de nombreux mystiques, en se limitant aux chrétiens, ce qui est normal, évidemment, dans sa perspective et en fonction du public qu'il visait[1].

Il ne s'agit que d'un ouvrage aux dimensions modestes, destiné à un large public. Après avoir rapporté des EFM chez des auteurs très anciens, comme celle de Drythelm, au VIIIe siècle[2], et celle de Guibert de Nogent, au XIIe, le Père Aupetit souligne que ces textes « montrent de nombreux points de convergence » avec les récits d'EFM contemporains. Puis, il reconnaît que « l'expérience des mystiques présente aussi des coïncidences troublantes avec les NDE » (EFM). Il consacre alors plusieurs pages à cette comparaison, en deux chapitres intitulés « *Les expériences aux frontières de la mort et l'espérance chrétienne* » et « *Les expériences aux frontières de la mort et la foi chrétienne* ».

Malheureusement, cette brève étude reste très schématique et prisonnière des vieilles catégories dans leur aspect le plus formel. Ne sont donc retenus comme valables, dans ces expériences, que les éléments qui correspondent à l'enseignement traditionnel de l'Église : la sortie du corps, le sentiment de paix profonde, la lumière, la révision de vie, appelée « jugement particulier », l'amour éprouvé dans une relation personnelle. Est refusée et surtout mal comprise l'impression de fusion avec Dieu et l'univers. Enfin, la glorification du corps est toujours repoussée à la fin des temps, lorsque le temps sera venu de sa réunification avec l'âme : « À la résurrection des morts,... l'âme des défunts sera

---

1. Michel Aupetit, *La Mort, et après ?, un prêtre médecin témoigne et répond aux interrogations*, Salvator, 2003.
2. Saint Bède le Vénérable, *Histoire ecclésiastique des Anglais*. Ce cas est cité aussi par D. Vermeulen, *op. cit.*, p. 24.

réunie à leur corps glorifié et incorruptible. » L'âme, au moment de la mort, « va donc, non pas être libérée (comme le pensait Platon), mais subir un manque, une privation contraire à sa nature[1]... ». Terrible régression par rapport aux positions soutenues par le Père Boismard !

Mais ce blocage sur de vieilles catégories n'a rien d'étonnant quand on constate que le Catéchisme de l'Église catholique ne tient aucun compte, lui non plus, de ce que nous savons maintenant grâce aux EFM.

À la question « Qu'est-ce que *ressusciter*? », il répond selon les vieilles catégories, bien sclérosées :

« Dans la mort, séparation de l'âme et du corps, le corps de l'homme tombe dans la corruption, alors que son âme va à la rencontre de Dieu, tout en demeurant en attente d'être réunie à son corps glorifié. Dieu dans sa Toute-Puissance rendra définitivement la vie incorruptible à nos corps en les unissant à nos âmes, par la vertu de la Résurrection de Jésus. »

À la question « Comment ? », le Catéchisme répond :

« Tous ressusciteront avec leur propre corps, qu'ils ont maintenant, mais ce corps sera transfiguré en corps de gloire. »

Enfin à la question « Quand ? », la réponse est :

« Définitivement *au dernier jour*; à *la fin du monde*[2]... »

---

1. Michel Aupetit, *op. cit.*, p. 34 et 66.
2. Catéchisme de l'Église catholique, 1992, § 997, 999, 1001.

Hélas ! Avec la version abrégée, ça ne s'arrange pas ! Ce catéchisme, pour commenter le Credo, en revient à l'ancienne traduction avec *la résurrection de la chair.*

Je sais qu'on peut parfaitement justifier cette traduction entre spécialistes, mais elle n'en reste pas moins source de confusion pour la plupart des gens et, là, le commentaire aggrave encore ce choix :

À la question : « Que signifie la *résurrection de la chair* ? », voici la réponse :

> « Cela signifie que l'état définitif de l'homme ne sera pas seulement l'âme spirituelle séparée du corps, mais que nos corps mortels sont aussi appelés à reprendre vie un jour. »

On veut bien croire qu'ils ne veulent pas dire par là que nos cadavres se relèveront des tombeaux, mais alors, pourquoi employer de telles expressions ? Un peu plus loin, cette nouvelle version nous parle toujours de séparation de l'âme et du corps et nous annonce que « lors du retour du Seigneur », notre corps sera « transformé », ce qui, tout de même, donne encore l'impression qu'il s'agira de récupérer nos vieux restes (quand il y en aura). S'agit-il seulement de maladresse d'expression ou de véritable faiblesse de la pensée[1] ?

Les auteurs de tels ouvrages peuvent-ils vraiment s'imaginer que les fidèles, même avec beaucoup de bonne volonté, arriveront à prendre une telle doctrine au sérieux ? Une telle caricature de la foi chrétienne ne peut que la ridiculiser. Nos « pasteurs », évêques et théologiens s'aperçoivent-ils seulement qu'ils n'inté-

---

1. Catéchisme de l'Église catholique abrégé, Éditions Bayard, Cerf, Fleurus-Mame, 2005, § 203 et 205.

ressent plus personne ? Quand essaieront-ils de s'informer et de réfléchir ? Mais c'est sans doute trop leur
demander !

Pourtant, même avant les grandes publications sur les
EFM, un théologien comme le Père Gustave Martelet
sentait bien qu'on ne pouvait pas en rester à des représentations aussi simplistes. Il avait bien compris que
cette histoire d'âme sans corps n'était pas défendable.
Il imagine donc une sorte d'état intermédiaire, en attendant la glorification de l'ensemble de la création qui
n'aura lieu qu'avec le retour du Christ, à la fin des
temps.

> « Nos morts, qui vivent dans le Christ, ne sont donc
> nullement sans corps et sans visage. Imparfaitement
> glorifiés en eux-mêmes, puisque le monde de la mort
> dure encore, ils ne sont pas pour autant des "âmes"
> à l'état séparé[1]. »

Le Père François-Xavier Durrwell était encore plus
net, prenant très explicitement le contre-pied de ce
« catéchisme » :

> « La résurrection n'est pas la réanimation d'un
> cadavre, un retour à l'union de deux substances que
> la mort aurait séparées, l'une corporelle, l'autre spi-
> rituelle[2]. »

Il me semble que nos théologiens sont encore loin
d'avoir assimilé le bouleversement provoqué par les
EFM. S'ils acceptaient de ne pas se cramponner aux

---

1. Gustave Martelet, *L'Au-delà retrouvé, Christologie des fins dernières*,
Desclée, 1975, p. 150.
2. François-Xavier Durrwell, *Regards chrétiens sur l'au-delà*, Médias-
paul, 1994, p. 103 ; voir aussi p. 90.

vieilles représentations de la tradition en les confondant avec la Révélation, ils s'apercevraient que ces expériences aux frontières de la mort nous apportent une vision beaucoup plus cohérente et exaltante de l'au-delà.

EFM et psychomanteïon

En 1989, lors d'un congrès organisé par IANDS, l'association internationale pour l'étude des EFM, Raymond Moody exposait le résultat de ses dernières recherches, sur une piste toute nouvelle.

En 1993, il récidivait en publiant un ouvrage intitulé en anglais *Reunions* et en français *Rencontres*[1]. Dans ce livre, toujours pionnier et toujours aussi enthousiaste, le docteur et psychiatre faisait un long exposé des différentes méthodes utilisées par les Grecs, dans l'Antiquité, pour entrer en communication avec leurs morts. Puis, il racontait comment il avait mis au point un système semblable, en donnait la description et en annonçait les premiers résultats.

Scandale ! Les chercheurs de l'ANDS craignaient qu'il ne rendît ainsi leurs témoignages et leurs recherches encore moins crédibles auprès des scientifiques patentés. Depuis, reconnaît Moody lui-même, il est devenu auprès d'eux « persona non grata » et n'a plus jamais été invité à nouveau par cette association.

« Je m'aperçus que ça ne les intéressait pas du tout. Ils ne souhaitaient qu'une chose, qu'on leur serve la

---

1. Raymond Moody, *Rencontres, l'histoire fantastique des contacts avec les disparus : de l'Antiquité aux plus récentes expériences*, Robert Laffont, 1994.

même soupe que d'habitude. Beaucoup d'entre eux estimèrent que j'étais tombé sur la tête[1]. »

Je pense pour ma part que l'on est là à l'extrême limite des possibilités de notre monde et qu'il s'agit d'expériences très complexes dans lesquelles, évidemment, les risques d'illusions sont plus grands que jamais. Je reste cependant persuadé que, resituées dans un ensemble plus vaste d'expériences paranormales, ces rencontres avec l'au-delà retrouvent leur crédibilité. Je suis convaincu que de telles rencontres avec nos morts sont effectivement parfois possibles ainsi.

Voici donc en quoi consiste l'installation conçue et mise au point par Moody selon ses propres termes :

« Une chambre des apparitions a été construite par un artisan d'après un dessin que j'ai exécuté. Elle consiste en une petite pièce fermée, sans lumière, insonorisée, dont les murs sont complètement noirs. Sur l'un d'eux, un miroir carré d'un mètre vingt de côté. Le bas est environ à quatre-vingt-dix centimètres du sol. Devant, à un peu moins d'un mètre, un fauteuil relax dont les pieds ont été sciés et dont l'appuie-tête est légèrement incliné vers l'arrière. Quand on allume, porte fermée, la petite lampe avec une ampoule de 4,5 watts que j'ai placée tout contre le dossier, une lumière diffuse illumine la chambre des apparitions et quelqu'un assis dans le fauteuil ne voit pas son reflet. Dans le miroir, il n'y a qu'une limpide profondeur optique. »

---

1. Raymond Moody, *Nouvelles révélations…*, *op. cit.*, p. 210.

À cet ensemble, Moody a donné le nom qu'utilisaient les Grecs pour désigner ce genre d'installation :
psychomanteïon.

Tout ceci préparé, Moody invita successivement une
centaine de personnes à venir tenter de retrouver ainsi
quelque disparu très cher. Il y avait chaque fois toute
une période de préparation psychologique qui durait
quelques jours. Le tout était installé dans les bois, sans
aucun point de repère spatial ni temporel. Pas d'horloge, pas de montres, mais en revanche des ouvrages
d'art sur différentes civilisations, des recueils de contes
et légendes... Le but de cet entourage étant de faciliter
la déconnexion d'avec ce monde matériel avec toutes
ses exigences concrètes. Moody faisait alors avec ses
candidats quelques promenades dans le bois pour parler avec eux de la personne décédée dont l'apparition
était souhaitée. Certains avaient apporté un objet familier du défunt ou quelque chose susceptible d'attirer
son attention et donc sa présence.

Quant à l'efficacité de ce montage, voici encore le
résumé qu'en donne Moody :

« À peu près la moitié ont senti qu'une réunion s'opérait ; beaucoup virent l'être cher en taille réelle et en
trois dimensions. Parfois celui-ci apparaissait dans
le miroir, parfois en sortait Dans un tiers des cas, les
sujets entendirent la voix tant aimée ; presque tous
ceux qui n'eurent pas de contact sonore eurent le
sentiment d'une communion de l'esprit ou de l'âme.
De longues conversations eurent lieu. Tous, pratiquement, ont ressenti très nettement une présence. À ma
grande surprise, ils ont tous interprété ces réunions
comme étant des faits réels. Des blessures se sont

cicatrisées. Cette expérience a aidé les sujets à surmonter leur deuil[1]. »

Voici maintenant précisément le récit d'une de ces
expériences, mais menée en France, dans le psychomanteïon monté par Évelyne-Sarah Mercier, lorsqu'elle
était encore la présidente de IANDS/France.

Il s'agit bien de surmonter un deuil. Celui qui est dans
l'au-delà s'appelle Emmanuel. Il est parti de l'autre côté
à l'âge de 23 ans, sans accident, sans maladie, tout simplement dans son sommeil, sans aucun avertissement.
Lui, je ne l'ai pas connu. Mais je connais fort bien ses
parents. Je suis leur histoire depuis des années. Je sais
comment ils ont reçu des signes extraordinaires de la
présence de leur fils auprès d'eux, je connais les messages qu'ils ont reçus, que ce soit par écriture inspirée
ou par magnétophone.

Quand sa mère décide de tenter l'expérience de la
rencontre dans le psychomanteïon, elle n'est donc
déjà plus dans le désespoir absolu. Elle a déjà eu tant
de preuves de la survie d'Emmanuel, dans une autre
dimension, et tant de signes de la permanence de son
amour ! Je laisse maintenant la parole à la maman :

« Une journée de plusieurs heures fut nécessaire à
mon expérience... Nous sommes le matin, le programme commence. Je suis attentive et appliquée.
Évelyne me guide et me pose différentes questions :
mon enfance, mon adolescence, ma famille et
d'autres encore...
Je ne dois pas évoquer l'être que je souhaite rencontrer. Je reste dans l'état de perception et de

---

1. *Ibid.*, p. 202 et 204.

communion dans lequel je suis entrée volontairement depuis plusieurs jours.

Je touche en permanence l'anneau d'or que je porte
à l'index de ma main droite. C'est la bague offerte
à Emmanuel pour ses 20 ans. (Il m'avait été recom-
mandé de porter sur moi un *objet* ayant appartenu à
l'être que je voulais rencontrer.) Cet anneau d'or, je
ne le quitte jamais… Je reste seule un moment. Je
médite, je suis bien, comme dans l'attente un peu
fébrile d'un rendez-vous amoureux ! Une musique
de relaxation ou plutôt de méditation m'est proposée. Ensuite, des bougies sont allumées… Je dois
être passive.

Arrive enfin le moment tant attendu !

Je me retrouve installée à l'intérieur du psychomanteïon… Évelyne me laisse après m'avoir dit qu'elle
se trouve dans une pièce tout près, que je peux l'appeler si nécessaire, sortir du psychomanteïon ou même
mettre fin à l'expérience… Je regarde le miroir,
détendue, dans le silence, sans impatience aucune.
Je suis bien, très bien, et je ne vois rien !… Je
regarde… il me semble, au-delà du miroir. J'attendais dans ce bain d'amour. Combien de temps ? Je
ne sais…

Et voici que bientôt, le miroir semblable à un tableau
me propose des images… Je vois des colonnes…
deux colonnes lumineuses comme faites de marbre.
Je sais qu'une troisième est également là, mais je ne
la vois pas !

C'est celle qui se trouve à gauche du tableau.
Comment puis-je savoir qu'elle est là, alors que mes
yeux ne la voient pas ? Je ne cherche pas à répondre.
Une ligne horizontale délimite ce que je vois. Mais
au-dessus de la colonne "manquante", la ligne est

brisée, comme s'il y avait un affaissement d'où s'échappe une lumière. Une lumière d'une densité et d'une couleur inconnues de moi. C'est indescriptible. Je sais alors que c'est par cette brèche-là que je dois passer pour accéder à quelque vision, à quelque rencontre.

Cela me paraît inaccessible ! J'essaye... mais comment ? C'est beau, merveilleux. J'ai conscience que je m'approche... C'est comme une démarche, une "marche d'amour". Suis-je arrivée dans cette lumière ? Je ne saurais le dire, mais à l'instant même où il m'a semblé y parvenir, à côté de moi, là, à ma gauche, se trouve mon fils Emmanuel, mon enfant amour. Il est debout, comme flottant dans une lueur indescriptible, tout nimbé de blancheur, superbe !...

Je suis calme, sans mot pour exprimer ce bonheur inconnu, mais je sais avoir dit, mais dit comment... ? en paroles, en pensée, par télépathie ? Je ne sais, mais en tout cas avoir dit : *Emmanuel, mon fils chéri, comment est-ce possible ?*

Dans un sourire que je n'oublierai jamais, sa réponse fut : *Maman, l'amour peut tout.* Quel est *l'endroit* de moi qui a reçu la réponse ? Le cœur ?... ou bien un endroit de moi dont je n'ai pas conscience ?...

Combien de temps a duré ce contact ? Je ne sais. Puis Évelyne vient me dire qu'il faut arrêter. Je suis restée là, très longtemps paraît-il ! Pour moi, quelques minutes se sont écoulées.

Je raconte à Évelyne ce que je viens de vivre. Puis je veux retourner dans le psychomanteïon. Attirée, comme si je n'avais pas terminé quelque chose. »

Cette fois, la maman met un casque sur ses oreilles pour écouter deux mélodies qu'Emmanuel aimait particulièrement : un extrait de *Heaven and Hell* de Vangelis et un autre de *Jonathan Livingstone le Goéland*. Reprenons le récit :

« Je suis bien, je ressens toujours la présence d'amour. Et voici le miroir qui s'éclaire... Des lumières de différentes couleurs s'y croisent en feux d'artifice ! Je fonds de bien-être. C'est une extase ! J'écoute Jonathan et je dis à Emmanuel : *Et toi, mon amour, mon Jonathan, où es-tu ?*

À cet instant même de ma question, un merveilleux oiseau blanc et lumineux, un Jonathan peut-être, s'envole à côté de moi, traversant de droite à gauche. Je crois même entendre le "murmure" de ses ailes. Je vis un indicible bonheur.

L'écran lumineux du miroir se peuple de visages. Je ne les connais pas. Ils sont tous très beaux, et il émane d'eux une paix et un amour incommensurables.

En haut, à gauche du miroir, brille le visage d'Emmanuel. Ces traits sont ceux que j'aime et que j'aimais lorsqu'il était encore sur le plan physique, mais ils sont comme dessinés avec un crayon doré, et ce visage aimé me renvoie l'expression même de l'amour.

Combien de temps encore se poursuivent la vision, la rencontre ? Je ne sais. Je me sens devenir lumière, amour... Évelyne revient... Il est difficile de sortir... »

Rencontre imaginée, hallucination dues à un état d'émotion intense... ou quoi encore ? Je veux dire seulement ceci : quelles que soient les différentes réflexions, hypothèses, ou conclusions, moi, j'ai une certitude et la voici : il y a eu, certes, un déplacement de conscience, mais je sais avoir eu la grâce de *voir* la Vie qui est hors de l'espace et du temps, et *Ma Vérité* Ô merveille ! C'est qu'il y a eu une rencontre d'âmes, car Emmanuel me l'a dit : *Maman, l'amour peut tout.* Que vouloir de plus ?

Vivre uniquement d'amour... un jour ! »

Il est évident que chacun sera libre d'interpréter selon sa sensibilité de telles expériences. Si je rapporte ici ces rencontres avec des défunts dans le psychomanteïon, c'est que le docteur Moody pense que ces évocations de défunts correspondent à un des éléments essentiels des EFM. Deux des témoins étudiés par Moody lui avaient déclaré que les visions qu'ils avaient eues dans le psychomanteïon étaient tout à fait semblables à ce qu'ils avaient vu lors des accidents qui avaient failli leur coûter la vie[1].

Conclusion provisoire sur les EFM

Ajoutons, pour finir ce chapitre sur les EFM, que si de trop nombreux médecins, psychologues de toutes nuances et autres scientifiques justifient, par leur attitude, la réaction très vive du Dr. Moody, quelque chose semble cependant changer peu à peu dans ce domaine, encore que de façon encore trop souvent souterraine.

Il m'a paru intéressant à cet égard de citer le bilan dressé par le Dr. Melvin Morse sur la réception de ses travaux par ses pairs :

« Quand j'ai commencé à publier mes travaux sur les expériences aux frontières de la mort, je pensais

---

1. *Ibid.*, p. 204.

ne rencontrer chez mes pairs que dérision et franche hostilité. Je craignais que mes travaux soient perçus comme une tentative de prouver l'existence d'une vie après la mort ou comme étant trop *quatrième dimension* pour être acceptables. Je ne soupçonnais guère ce qui allait se passer. Loin de subir un ostracisme, je me retrouvai soudain membre d'une sorte de "club" secret visant tacitement à donner à la médecine la connaissance et la compréhension qui lui font encore défaut.

Combien de thérapeutes compte ce club, je l'ignore puisqu'il est dépourvu de liste officielle... Ces thérapeutes, inutile de les chercher dans des mouvements New Age ; on les trouve au contraire dans des centres médicaux établis et respectés, tels que l'hôpital pour enfants de Chicago, le centre médical de Tolede (Ohio) ou l'hôpital pour enfants de Miami où ils occupent des postes importants.

Dans un monde médical où les technologies coûteuses semblent parfois primer tout le reste, ils s'emploient calmement à renouveler l'esprit de la médecine.

Ce n'est pas moi qui découvris ce club, mais lui qui se présenta à moi. Suite à la publication de mes études sur les expériences aux frontières de la mort et les enfants, je vis venir à moi des confrères dont certains faisaient partie des noms les plus éminents de la médecine américaine. Généralement, ils m'appelaient tard dans la soirée, quand ils pouvaient enfin se laisser aller et réfléchir sur les pratiques de la médecine. C'étaient les mêmes personnes que je croisais dans les couloirs de l'hôpital ou dans les congrès de pédiatrie et il n'était jamais question, dans ces moments-là, de spiritualité. Tout autres étaient nos conversations téléphoniques nocturnes ; car ce que me rapportaient alors ces gens qui côtoyaient journellement la mort et les mourants, c'étaient des récits de première main sur des visions spirituelles[1]. »

Comme vous le voyez, le témoignage du Dr. Morse ne contredit pas vraiment celui du Dr. Moody. Le pédiatre s'attendait à la même réaction de mépris que le psychiatre et le « club » informel dont il parle est encore un club « secret ». Il ne s'agit encore que d'une petite élite qui n'ose pas encore parler de ces problèmes, ni dans les couloirs des hôpitaux, ni dans les congrès, mais seulement le soir, quand enfin ces médecins ont le temps de réfléchir. Mais il y a quand même un petit espoir, et le Dr. Morse lui-même en est tout étonné !

---

1. Melvin Morse, *Le Contact divin*, *op. cit.*, p. 104-105.

II

La Transcommunication ou TCM et TCI

Résumé des épisodes précédents

Le mot de « transcommunication » désigne toute communication avec d'autres niveaux de réalité que le nôtre, le plus souvent avec nos trépassés. Dans le mot « trépassé » le « tré » marque qu'il s'agit d'un passage « à travers » le voile. Dans « transcommunication », « trans » joue le même rôle.

Le sigle TCM désigne toute communication avec l'au-delà par voie mentale[1], médium, typtologie (la table qui se soulève et retombe), planchette (ou oui-ja), écriture automatique, intuitive, inspirée... Il faut encore joindre un cas, sûrement rarissime, peut-être même unique, celui des communications obtenues grâce à l'émission de l'ectoplasme issu d'un médium.

Le seul cas que je connaisse est celui de Leslie Flint, célèbre médium anglais. Ce phénomène d'ectoplasme est bien connu depuis longtemps, mais dans un autre contexte. Les moulages conservés au siège de l'IMI, à Paris, ont été réalisés à partir d'ectoplasmes ayant pris forme humaine, en les invitant à plonger leurs mains dans

---

1. On trouvera une description plus détaillée dans le tome I.

de la paraffine[1]. Lors des séances chez Leslie Flint, les trépassés voulant communiquer avec notre monde utilisaient cette matière légère et malléable pour en former une sorte d'équivalent de cordes vocales et ainsi produire une « voix directe », résonnant dans l'atmosphère, à peu près comme la nôtre. Le son émis était alors si fort et la prononciation des mots si nette, qu'il suffit à George Woods et à Betty Greene, au cours de quinze ans de réunions régulières, de mettre à chaque fois en marche un magnétophone, pour recueillir plus de 500 comptes rendus décrivant le passage dans l'au-delà et les débuts de la vie dans l'autre monde[2].

Le sigle TCI désigne les mêmes communications avec l'au-delà lorsqu'elles sont effectuées à travers des Instruments, le plus souvent électroniques : magnétophone, haut-parleur radio, téléviseur, téléphone, ordinateur, parfois même imprimante toute seule… On en trouvera une description détaillée dans l'ouvrage rédigé avec mon ami le professeur Rémy Chauvin[3].

Nous avons vu plusieurs exemples particulièrement intéressants de TCM avec les messages reçus en « écriture automatique », émanant de morts, complètement morts, ceux de Jean Winter, d'Audouin et de Gérald de Dampierre, d'Albert Pauchard, de Franchezzo, de Sigwart, de Christopher Tristram et de quelques anonymes. J'ai retenu ces messages-là parce qu'ils confirmaient directement que le processus des EFM correspond bien à celui de la mort définitive. Mais

---

1. Sur l'histoire de ces moulages, avec photos, voir Grégory Gutierez et Nicolas Maillard, *Les Aventuriers de l'esprit, une histoire de la parapsychologie*, Presses du Châtelet, 2005, p. 198-223.

2. Nevill Randall, *La mort ouvre sur la vie*, Éditions JMG, 2003.

3. Rémy Chauvin et François Brune, *À l'écoute de l'au-delà*, Oxus, 2e édition, 2003.

dans le premier tome, nous avions souvent vu aussi des extraits des témoignages de Pierre Monnier, Roland de Jouvenel, Paqui, Miss Mortley, Marie-Louise Morton, Arnaud Gourvennec et d'encore beaucoup d'autres. Je ne peux ici que vous renvoyer à ces longues citations ou aux ouvrages eux-mêmes.

Ajoutons encore que l'on retrouve dans la vie de nombreux saints des phénomènes qui, en vocabulaire profane, relèvent de la médiumnité, sous diverses formes, et que l'on peut donc considérer comme des phénomènes de TCM.

Ainsi, à notre époque, trouve-t-on chez Natuzza Evolo, mystique stigmatisée italienne encore trop peu connue en France, un ensemble de phénomènes paranormaux tout à fait exceptionnel. J'en ai donné quelques exemples, avec sa biographie, dans *Dieu et Satan*[1].

Partie d'échecs par TCM

J'avais déjà évoqué brièvement cette histoire extraordinaire dans le premier tome de cet ouvrage[2]. Il s'agissait d'une partie d'échecs entre deux champions, mais avec cette particularité que l'un est dans l'au-delà, depuis longtemps, tandis que l'autre était encore bien vivant sur terre pendant toute cette partie. Quand j'ai rapporté cet exemple exceptionnel de communication avec l'au-delà, la partie n'était pas encore finie. Depuis, le professeur Werner Schiebeler auquel j'emprunte ce cas, vraiment unique, en a publié une relation plus

---

1. François Brune, *Dieu et Satan, le combat continue*, Oxus, 2004, p. 160-208.
2. *Les morts nous parlent*, tome I, p. 442-444.

détaillée dans un ouvrage paru en allemand en 1989. Mais la partie n'était toujours pas achevée[1].

De nombreux lecteurs m'ont prouvé leur intérêt pour cet épisode assez spectaculaire et demandé qui des deux champions avait gagné. Je pense donc répondre à leur attente en reprenant tout ce récit, depuis le début, selon les dernières nouvelles fournies par le professeur Werner Schiebeler, peu avant sa mort[2].

Présentons d'abord les différents protagonistes de cette étrange histoire : le Dr. Wolfgang Eisenbeiss[3] est suisse, joueur d'échecs et passionné par la parapsychologie et tout ce qui tend à prouver la survie immédiate après la mort. C'est lui qui a mis en œuvre cette partie d'un genre très spécial, précisément pour apporter le plus d'indices possible de la réalité de la survie.

Depuis quelques années, il avait fait la connaissance de Robert Rollans (1914-1993), né en Roumanie et immigré en Allemagne de l'Ouest en 1971, grâce à un visa de touriste. Musicien et compositeur, mais aussi médium doué pour l'écriture automatique, il entrait ainsi en relation avec des défunts et sa main, mue par une autre force que sa propre volonté, en transcrivait les messages.

Mais Rollans ne connaissait rien aux échecs et se montra même incapable de placer correctement les pièces sur un échiquier. C'est ce qui donna l'idée au professeur Eisenbeiss d'utiliser les dons de médium de Rollans pour organiser une partie d'échecs entre un mort, vivant dans l'au-delà, et un vivant sur terre.

---

1. Werner Schiebeler, *La Vie après la mort terrestre*, Robert Laffont, 1992, p. 25-37.

2. Werner Schiebeler, *Das Geheimnisvolle in unserer Welt*, Wersch Verlag, 2005, p. 6-18.

3. L'indication « Dr. » signale un doctorat, mais en n'importe quelle matière et pas nécessairement en médecine.

Le but d'Eisenbeiss était d'arriver à prouver, par cette mise en scène, que non seulement les morts continuent à vivre, mais qu'ils n'ont rien perdu de leur personnalité. Cependant, la démonstration ne pouvait être un peu convaincante que si le jeu atteignait un niveau si exceptionnel qu'il ne pouvait plus y avoir de doute sur la qualité de « maître des échecs » du joueur de l'audelà. Il fallait donc pour cela, des deux côtés du voile qui sépare nos deux mondes, des joueurs d'exception.

Le professeur Eisenbeiss parvint à convaincre Victor Kortchnoï, joueur russe, mais vivant alors en Suisse depuis quelques années, de se prêter à cette recherche. Kortchnoï s'était mesuré à deux reprises à son compatriote Karpov, pour le titre de champion du monde, en 1978 et 1981. C'était chaque fois Karpov qui l'avait emporté, mais cela importait peu. Le niveau nécessaire était tout de même largement garanti ! Restait à lui trouver dans l'au-delà un joueur à sa mesure.

Eisenbeiss fournit donc à Rollans une liste d'une douzaine de champions d'échecs décédés, en lui demandant d'essayer d'entrer en contact avec eux et de voir si l'un d'eux ne serait pas disposé à tenter l'expérience. L'un d'eux, effectivement, accepta et même avec plaisir, après avoir obtenu l'accord de son guide spirituel dans l'au-delà. Ce fut Géza Maroczy, ancien champion hongrois (1870-1951). Jeune homme, le futur champion avait fait deux ans d'études au Polytechnicum de Zurich, d'où sa connaissance de l'allemand. Puis il était rentré à Budapest où il avait achevé ses études d'ingénieur. Il était devenu ensuite professeur de mathématique et de géométrie dans un collège et avait travaillé dans une société d'assurances. Il n'avait jamais fait des échecs son occupation principale. Il n'en vivait pas.

Donc, tout était désormais en place.

Mais, avant que la partie ne s'engageât, Eisenbeiss voulait, autant que possible, s'assurer de l'identité de l'individu qui, dans l'au-delà, prétendait être l'ancien champion hongrois.

On sait que, malheureusement, les « esprits farceurs » sont nombreux et nombreux ceux qui essaient de s'attribuer des personnalités prestigieuses. Tous ceux qui s'intéressent de près à la parapsychologie le savent. Eisenbeiss demanda donc à ce prétendu Maroczy, par l'intermédiaire de Rollans, de lui fournir un résumé circonstancié de sa vie sur terre. Cela donna un récit de plus de quarante pages reçu par Rollans, toujours en écriture automatique. Dans le même temps, Eisenbeiss demandait à un historien hongrois, Laszlo Sebestiev, de lui fournir une documentation sur Maroczy, soi-disant pour l'aider dans la rédaction d'un ouvrage qu'il avait entrepris sur ce joueur d'échecs. Laszlo Sebestiev fournit un travail important, pour lequel il eut même la collaboration de deux enfants de Maroczy, alors très âgés, mais encore vivants. Épreuve supplémentaire, Eisenbeiss fit demander à Maroczy, toujours par l'intermédiaire de Rollans, s'il se souvenait de la partie qu'il avait soutenue et gagnée contre un certain Romi, en 1930, à San Remo. Il ne s'agissait pas d'un joueur connu, mais ce match avait comporté des moments intenses avec retournement de situation. Maroczy fit d'abord remarquer que le nom correct de ce joueur était Romih, avec un h à la fin. Puis il confirma :

« J'avais un ami de jeunesse qui s'appelait Romih. C'est lui, alors, qui me battait. Je l'estimais beaucoup, mais par la suite je ne l'avais jamais revu. Et voilà que des décennies plus tard, lors d'un tournoi, à San Remo, en 1930, qui vois-je arriver ? Mon vieil ami Romih. Et c'est ainsi que j'ai joué avec lui une des parties les plus captivantes de toute ma carrière. Il y eut des moments où non seulement ceux qui suivaient la partie me donnaient perdant, mais où moi-même, qui suis pourtant de tempérament optimiste, je me voyais battu. Mais, à la fin, j'ai eu tout à coup une idée et j'ai gagné. À soixante ans, j'ai pris ma revanche sur une partie perdue contre Romih du temps de ma jeunesse. Finalement, je fus neuvième à ce tournoi qu'Aliéchine remporta tandis que mon ami Romih fut seizième et dernier. »

Le doute n'était plus possible. La partie pouvait commencer.

Le 15 juin 1985, Rollans recevait donc en écriture automatique le message suivant, émanant, apparemment, d'autres trépassés qui resteront anonymes :

« Cher ami, nous attendons désormais que tu commences. Nous avons pu enfin amener maintenant Geza Maroczy. Comme c'est le début, deux d'entre nous sont là. Nous servirons d'intermédiaires. Mais il va d'abord essayer lui-même d'écrire avec ta main. Il y est. (*Suit alors en hongrois*) : Je suis Maroczy Geza. Je vous salue. »

Il y avait donc, dans l'au-delà, au moins deux autres entités, probablement déjà habituées aux communications avec notre monde, et prêtes à assister Maroczy s'il avait quelque difficulté technique.

C'est ainsi que la partie commença en 1985. Les choses se déroulaient comme suit : dans le logement de Rollans, il y avait en permanence un petit jeu d'échecs portable, mis en évidence. Les pièces y étaient disposées selon les derniers coups qui avaient été joués. Maroczy, à partir de l'au-delà, voyait où en était le jeu, préparait le coup suivant et le transmettait par écrit, en se servant de la main de Rollans. Celui-ci habitait Bad Pyrmont, en Basse-Saxe. Il communiquait le nouveau coup de Maroczy au Dr. Eisenbeiss, à Saint-Gall, et celui-ci le faisait savoir à Kortchnoï. Kortchnoï, à son tour, calculait un nouveau coup dont il informait Eisenbeiss qui le communiquait à Rollans. Celui-ci alors déplaçait sur son petit échiquier les pièces correspondantes, ce qui permettait à nouveau à Maroczy d'en prendre connaissance et de préparer son coup suivant. Comme Kortchnoï et Rollans étaient tous deux très pris par leurs obligations professionnelles, la réalisation d'un nouveau coup pouvait prendre des semaines et même des mois. Rollans et Kortchnoï ne s'étaient jamais connus auparavant et n'avaient ainsi aucun contact direct.

Après le 27e coup, en septembre 1987, la partie fut interrompue quelque temps, Rollans ayant dû déménager et rester longtemps hors de chez lui pour des raisons professionnelles.

Le 13 septembre 1987, Kortchnoï commentait ainsi la première partie de ce jeu pour le journal zurichois *Sonntags Zeitung* :

« J'ai commencé par gagner un pion et j'ai pensé que la partie serait vite finie. C'est surtout dans la phase d'ouverture que les faiblesses de Maroczy se sont révélées. Il a un jeu démodé. Mais je dois avouer que mes derniers coups n'étaient pas très convaincants non plus. Je ne suis plus aussi sûr à présent de remporter la partie. Maroczy a compensé entre-temps ses erreurs initiales par l'adresse de son jeu final. C'est à la phase terminale que l'on reconnaît la qualité d'un joueur : mon adversaire joue très bien. »

Le 1er août 1991, la partie en était à son 43e coup. Eisenbeiss décrivait alors ainsi comment il voyait le rapport de force entre les deux joueurs :

« Si on examine de près la situation, il est clair que Kortchnoï se trouve en meilleure position. Dans la finale de la tour, il a une tour et trois pions, tandis que Maroczy n'a plus qu'une tour et deux pions. J'ai l'impression que la partie finira en peu de coups, mais je ne veux pas devancer l'événement. Quand la partie sera terminée, une analyse complète permettra d'en suivre le déroulement. »

Le 11 février 1993, Maroczy abandonnait la partie qui en était à son 48e coup. Il n'avait plus que le roi et deux pions, Kortchnoï son roi et trois pions, avec la certitude de pouvoir très rapidement échanger l'un d'eux contre une reine. La victoire lui était donc alors assurée. Ainsi finit cette partie qui dura 7 ans et 8 mois. Quelques jours plus tard, le 2 mars 1993, c'était la fin de la vie de Rollans en ce monde.

Le 29 juillet 1988, le professeur Schiebeler s'était rendu chez Rollans, à Bad Pyrmont, en Basse-Saxe, pour lui demander comment il avait vécu personnellement cette étrange partie d'échecs. Voici ce que Rollans lui répondit :

« Au cours de ma relation médiumnique avec l'au-delà se manifestent deux états : le premier est une demi-transe à laquelle je suis habitué et qui ne me laisse après coup aucun souvenir ; c'est alors que Maroczy prend le contrôle de ma main et met ses pensées sur le papier. C'est le cas le plus fréquent et depuis des années je m'y suis habitué. Le deuxième état est nouveau et ne s'est produit que pendant cette

partie d'échecs. Maroczy réfléchit à plusieurs tac-
tiques possibles. Il m'appelle alors intérieurement et
me montre les différentes possibilités auxquelles je
ne devrais normalement rien comprendre puisque je
n'ai jamais joué aux échecs de ma vie. Je m'assois
alors devant l'échiquier réel et Maroczy me montre
en esprit comment il pourrait déplacer les pièces.
J'ai l'impression alors de comprendre parfaitement
les raisonnements de Maroczy quand il me montre
les coups qu'il envisage et les ripostes possibles de
Kortchnoï. Je me sens dans ces moments-là intelligent, pénétrant et subtil comme si j'étais un grand
joueur d'échecs. Ces sentiments durent le temps que
Maroczy m'explique ses raisonnements.
Mais quand il m'a abandonné, je reste assis devant
l'échiquier, consterné, et je ne comprends plus rien à
la partie et aux coups de Maroczy. Je ne me rappelle
même plus en détail ce que Maroczy m'a raconté.
Il ne me reste plus que le souvenir d'avoir pu,
juste avant, tout comprendre facilement. Pour poursuivre la partie, Maroczy m'appelle par télépathie et
écrit par ma main les combinaisons de lettres et de
chiffres qui indiquent comment déplacer les pièces.
Je le communique ensuite à Eisenbeiss, par lettre ou
par téléphone. »

Lorsque la relation médiumnique est rompue, Rollans ne se rappelle plus rien. Il se souvient seulement
que pendant cette relation il pouvait tout suivre et
comprendre. Ce dernier détail correspond tout à fait à
ce que nous rapportent de nombreux témoins d'EFM.
Ils ont oublié tout ce qu'on leur a montré pendant cette
expérience, mais ils se rappellent quand même qu'à ce
moment-là ils avaient percé tous les secrets de l'existence et de l'univers. Souvent même, on les avait préve-

nus dans l'au-delà qu'en revenant sur terre ils auraient tout oublié.

Ce cas est certainement un des plus convaincants en faveur de la survie. La thèse animiste qui prétend toujours pouvoir expliquer ce genre de situations par des projections du subconscient est difficilement soutenable.

Le Dr. Philippe Wallon essaierait sûrement de démontrer que Rollans, musicien et compositeur, ignorant tout des échecs, a fort bien pu, sans s'en rendre compte, puiser dans l'inconscient universel les lois du jeu d'échecs et donc que son subconscient, sans qu'il sache comment, a très bien pu répondre coup pour coup au jeu de Kortchnoï, sans qu'à aucun moment quelque défunt ait eu à intervenir. C'est par la même méthode, toujours inconsciente, qu'il aurait puisé dans la Mémoire universelle les détails de la vie de Maroczy obtenus par Rollans lors de sa mise à l'épreuve. Mais cette démonstration ne vaudra que pour le Dr. Wallon et les zététiciens.

Plus intéressants sont les commentaires faits par Armin Risi, expert en échecs, sur le déroulement des différentes phases de cette partie. En voici quelques extraits :

« **e2-e4 e7-e6** – ce coup, apparemment réservé, est appelé *ouverture à la française.* Dans l'ouvrage de référence *Das moderne Schachlehrbuch,* Rudolf Teschner écrit : "Les grands maîtres ont toujours eu recours à ce jeu comme à leur défense préférée, de Géza Maroczy à Stahlberg, Botwinnik, Uhlmann et jusqu'à Kortchnoï."

Dans cette liste d'honneur, poursuit Armin Risi, Maroczy et Kortchnoï sont nommément évoqués et voilà que maintenant ces deux champions se retrouvent d'une façon inhabituelle pour une partie commune. Comme cela apparaîtra bientôt, le joueur contemporain a l'avantage de connaissances théoriques, fruits de plus de cinquante ans de recherches, qui sont restées inconnues du défunt. Il semble que dans l'au-delà on ne soit pas mis automatiquement au courant des développements réalisés sur terre. »

Risi signale ensuite toute une série de coups qui sont classiques mais qui, d'après lui, ne sont connus que de joueurs entraînés. Puis, il commente les mots de Kortchnoï trouvant le jeu de Maroczy « démodé ».

« Il ne voulait pas dire que son jeu était ennuyeux ou d'un style poussiéreux. Au contraire, "démodé" fait allusion au style romantique "à la hussarde" de l'attaque précédente, comme, par exemple, cette attaque avec la Reine. Autrefois les noirs ripostaient la plupart du temps avec la petite roquade ou avec **sf5**... mais, depuis, les noirs connaissent une suite qui est risquée, mais aussi très prometteuse, comme de longues analyses, étalées sur plusieurs années, l'ont démontré. »

Un peu plus loin encore, Armin Risi commente les conséquences de la dernière attaque des noirs.

« Les blancs reconnaissent aussitôt la situation inconfortable dans laquelle ils se trouvent et Maroczy trouve une défense qui constitue en fait l'aveu que son ouverture a été malheureuse, mais qui, avant tout, écarte toute menace. Un joueur inexpérimenté n'aurait jamais trouvé cette parade, mais aurait peut-être par orgueil poussé l'attaque plus avant... »

Et Risi de conclure en résumé :

« Par suite de son ignorance des dernières connaissances théoriques, le joueur des blancs s'est trouvé
désavantagé, dès son ouverture ; cependant, maître de
ses nerfs, il a pu soutenir jusqu'au bout le jeu exceptionnel de son partenaire. Cette capacité, ainsi que la
juste appréciation de sa situation et de la valeur de
son adversaire, révèlent la haute qualité du joueur
de l'au-delà qui correspond bien à un grand maître
comme Maroczy[1]. »

J'ajouterai, pour finir, ce que Maroczy lui-même a
tenu à préciser sur le sens qu'il donnait à cette expérience extraordinaire, avant même que la partie ne fût
achevée :

« J'ai été et je reste à la disposition de cette étrange
entreprise de partie d'échecs pour deux raisons :
Premièrement, parce que je voudrais moi aussi
faire quelque chose pour aider l'humanité vivant
sur la terre, afin qu'elle croie enfin que la mort n'est
pas la fin de tout, mais que l'esprit se détache du
corps charnel et monte vers nous, dans le nouveau
monde d'en haut, où la vie de l'individu continue
de se manifester dans une dimension nouvelle et
inconnue.
Deuxièmement, parce que je suis un patriote hongrois et que je voudrais attirer un peu l'attention du
monde sur ma chère Hongrie. Ces deux motifs m'ont

---

1. Les passionnés d'échecs trouveront la partie complète avec d'autres
commentaires, plus techniques dans l'ouvrage de Werner Schiebeler, *Das
Geheimnisvolle in unserer Welt, op. cit.*, p. 16-17.

convaincu de la nécessité de participer à ce jeu, dans l'espoir que je rendrais ainsi service à tous. »

Hélas ! comme le dit sans illusion le professeur Schiebeler, « personne ne s'intéresse à de tels cas. Et donc, ils n'existent pas » !

Une expérience de TCI extraordinaire

Il s'agit d'une expérience absolument extraordinaire, sans aucune fraude possible et tellement fantastique qu'elle constitue vraiment une « preuve ».

Donc, le 5 décembre 2004, a été réalisée, en Italie, dans le « Centro Psicofonia » de Grosseto, dirigé par Marcello Bacci depuis trente ans, une séance où les précautions pour éliminer toute fraude ont été poussées le plus loin possible.

Bacci est actuellement un des meilleurs expérimentateurs au monde. Je l'ai rencontré plusieurs fois, lors de différents congrès, et ai participé personnellement, le 30 octobre 1993, à une séance assez semblable à celle que je vais rapporter. Ses travaux, menés avec un désintéressement financier total, ont été suivis de près par différents chercheurs, comme l'avocat Luciano Capitani, Silvana Pagnotta, Enrico Gullà, ingénieur, diplômé en physique, Carlo Tïajna, ingénieur...

Je connais personnellement tous ces chercheurs et un bon nombre de ceux que je vais bientôt citer et n'ai aucun doute sur leur honnêteté et leur rigueur. J'ajouterai que trois volumes ont résumé les principaux épisodes de ces recherches.

Marcello Bacci a commencé, comme la plupart de tous les chercheurs par les enregistrements sur magnétophone. C'est toujours, de très loin, la technique la plus répandue parce que c'est celle qui permet le plus facilement et le plus rapidement d'entrer en contact avec l'au-delà. Mais, dans les années 70, Bacci parvenait à établir la communication à travers le haut-parleur radio, comme je l'avais vu faire à Luxembourg et à Darmstadt, ce qui permet un dialogue direct et des communications beaucoup plus longues, atteignant facilement 20 à 25 minutes. J'ai eu moi-même la possibilité d'entrer ainsi en communication avec une entité que je ne connaissais pas mais qui semblait savoir parfaitement qui j'étais. Ce fut un véritable dialogue. Personne ne pouvait connaître à l'avance mes questions, puisque j'improvisais, et personne dans l'assistance ne me connaissait suffisamment pour pouvoir me répondre pertinemment. Nous sommes d'ailleurs passés de l'italien au français, puis à l'espagnol. On en trouvera le récit dans un de mes ouvrages[1]. Mais au cours de cette séance, il n'y avait eu aucune expérience scientifique particulière. Celle que je vais vous raconter n'était cependant pas tout à fait la première.

Quelques expériences assez extraordinaires avaient déjà été réalisées.

Une première fois, C. Trajna, ingénieur, avait disposé un second poste de radio, branché sur la même prise électrique que celui de Bacci, mais avec antenne indépendante, et réglé sur la même longueur d'ondes courtes ne donnant qu'un bruit de fond. Or, tandis que l'appareil de Bacci recevait des voix paranormales, celui de Trajna ne recevait toujours que le bruit blanc. Ce montage avait évidemment pour but de rendre toute fraude impossible.

---

1. Pour plus de détails et quelques exemples extraordinaires, voir *À l'écoute de l'au-delà, op. cit.*

Une autre expérience eut lieu le 13 avril 2002, sous la direction de Salvatore Festa et de Franco Santi, technicien de radio, que je ne ferai que résumer très rapidement ici puisque j'en ai déjà rendu compte dans un ouvrage précédent[1]. Le fonctionnement de l'appareil fut d'abord vérifié sur les grandes ondes, courtes et moyennes. Le champ électrique et le champ magnétique furent mesurés et trouvés normaux. Marcello Bacci régla le poste sur ondes courtes et établit le contact avec une entité de l'au-delà, selon le processus habituel, sur un bruit de fond. Or, tandis que la voix de l'au-delà sortait du haut-parleur, Franco Santi enleva les deux lampes correspondant aux ondes courtes sans que la communication avec cette entité en fût le moins du monde perturbée.

Le 5 décembre 2004, les témoins étaient encore plus nombreux et tous parfaitement compétents. Voici l'essentiel de cette expérience, d'après les versions espagnole, anglaise et portugaise qui en ont été publiées[2].

Participaient à cette séance : Anabela Cardoso, ancienne consul du Portugal à Vigo, puis à Lyon. Passionnée par les recherches en TCI, qu'elle poursuit depuis des années, elle édite la revue qui a publié cette expérience ; Mario Salvatore Festa, professeur de physique nucléaire à l'université de Naples ; David Fontana, ancien président de la célèbre « Society for Psychical Research » ; Paolo Presi, ingénieur en aéronautique et expert en l'écoute d'ondes courtes, « *Short Wave Listener* » (licence SWL N° 2330) ; Robin Foy,

---

1. Rémy Chauvin et François Brune, *À l'écoute de l'au-delà, op. cit.*, p. 229-232.

2. *ITC Journal, Cadernos, Cuadernos, op. cit.*, n° 20, p. 14-35. On en trouvera déjà une traduction dans *Le Messager*, n° 50, p. 18-22 et dans *Parasciences et Transcommunication*, n° 57, p. 29-32.

directeur du centre de recherches physico-psychiques de Scole, en Grande-Bretagne et Laura Pagnotta, la fille de Silvana Pagnotta qui fut pendant vingt ans la fidèle collaboratrice de Bacci. Se trouvaient encore là quelques autres observateurs, amis de longue date de Marcello Bacci, en tout 37 personnes. Voici maintenant un résumé du déroulement de cette expérience :

Avant et après cette séance, le petit laboratoire de Bacci fut examiné par les observateurs, ainsi que son poste de radio. Celui-ci était un Nordmende, modèle Fidelio, des années cinquante. L'appareil était posé sur un banc, face aux observateurs, mais pas contre le mur, afin qu'en se penchant par-dessus le poste, Franco Santi pût en atteindre l'arrière. Aucune ouverture, ni dans le banc, ni dans le mur n'aurait permis d'atteindre l'appareil. Une lampe bleutée de 25 watts était fixée au mur juste au-dessus du poste de radio. Elle éclairait donc suffisamment pour permettre aux observateurs de voir parfaitement tout ce que faisait M. Bacci et n'importe qui d'autre dans l'assistance. M. Bacci s'assit directement devant l'appareil, Fontana à sa gauche et Anabela Cardoso immédiatement derrière lui, légèrement à gauche, de telle sorte qu'elle pouvait voir l'appareil en regardant par-dessus l'épaule gauche de Bacci. Salvatore Festa était à la gauche de Madame Cardoso et Robin Foy à la droite de Bacci. Étaient encore présents Laura Pagnotta, Paolo Presi et quelques autres. Franco Santi n'avait pas de place fixe, ce qui lui permit d'intervenir à plusieurs reprises comme on le verra plus loin.

L'expérience commença à 19 h 10. On mit en marche des magnétophones, analogiques et numériques, afin d'enregistrer toute la séance. Bacci alluma le poste et le régla sur les ondes courtes. Selon sa méthode habituelle, il tourna lentement le bouton du synthétiseur entre les longueurs de 7 à 9 mégahertz. Comme c'est normal, on entendit des bribes d'émissions variées entrecoupées de moments de bruit de fond. Bacci expliqua, en italien, qu'il cherchait un bon bruit de fond. Ce processus dura entre 15 et 20 minutes, jusqu'à ce que Bacci déclarât : « Je les sens, ils vont venir. »

À ce moment-là, il cessa de tourner le bouton du synthétiseur et l'on entendit que le bruit de fond se transformait en une sorte de souffle. Bientôt après, ce souffle s'arrêta, encore qu'on l'entendît à nouveau à plusieurs reprises en même temps que les voix, comme si ce souffle était leur porteur.

On commença alors à entendre des voix qui venaient de l'appareil. Les premiers mots furent en italien, suivis d'autres paroles en espagnol. Bacci, toujours en italien, informa nos interlocuteurs invisibles qu'ils pourraient s'exprimer en portugais, anglais ou espagnol. À la suite de quoi, ils s'adressèrent en anglais à David Fontana et à Robin Foy et en espagnol à Anabela Cardoso.

Durant cette séance, qui dura environ une heure, on eut l'impression d'entendre cinq ou six voix distinctes qui parlèrent en anglais, espagnol et italien. Certaines avaient la même netteté que des voix normales, d'autres présentaient la sonorité caractéristique de nombreuses voix paranormales en TCI. Les phrases étaient souvent construites en dehors des lois sémantiques ordinaires, comme on le constate si souvent dans les communications par TCI. Même le rythme des messages correspondait à ce style si particulier. Parfois, l'onde sonore porteuse se déformait mais néanmoins 70 % des voix restaient parfaitement compréhensibles pour tous les observateurs présents.

Les voix s'adressèrent aux participants en les appelant par leurs prénoms. Pour David Fontana, elles utilisèrent son prénom et son nom de famille, peut-être pour le distinguer de David Pagnotta qui était également présent. Quelquefois les voix répondirent dans une autre langue que celle qui avait été utilisée pour la question et il leur arriva même de changer de langue au cours de leurs réponses. Certaines questions restèrent sans réponse et d'autres ne reçurent leur réponse qu'après un bref silence.

Mais ce qui donne à cette séance une valeur tout à fait exceptionnelle, non seulement pour la TCI, mais pour toutes les recherches de preuves de la survie, ce sont les expériences qui ont été menées vers la fin de ces communications.

Comme il l'avait déjà fait lors d'expériences précédentes, Franco Santi retira deux lampes de l'appareil, sans que la réception des voix en fût perturbée. Mais comme certains critiques avaient fait remarquer que l'appareil pouvait quand même fonctionner sur les autres longueurs d'ondes, Marcello Bacci accepta que l'on retirât toutes les lampes de l'appareil. Ainsi, une heure environ après le début de la réception des voix, le technicien de radio Santi se pencha par-dessus le banc, sur le poste et retira successivement quatre autres lampes. Pour la cinquième et dernière, il dut attendre un peu car elle était trop brûlante.

Les cinq lampes étaient des différents modèles suivants : ECC85 et ECH81, les deux lampes qui avaient déjà été retirées lors de l'expérience de 2002. Les autres étaient : une EF89, l'amplificateur de fréquence intermédiaire, une EABC80, le détecteur AM/FM et amplificateur des basses fréquences, enfin une EL84, l'amplificateur de puissance. Les cinq lampes retirées furent exposées à la vue de tous sur le banc, à côté de l'appareil. Cependant, les voix continuaient à se faire entendre avec la même force et la même netteté.

Quand les voix s'arrêtèrent, Marcello Bacci, sans préavis, cédant, semble-t-il, à une impulsion, éteignit le poste et, aussitôt, la lumière qui en éclairait le cadran disparut. Après un silence de 11 secondes, relevé après coup avec précision, grâce aux enregistrements sur magnétophones, les observateurs purent entendre des sifflements, comme des coups de fouet, ainsi que le bruit qui précède habituellement la réception des voix par Bacci, c'est-à-dire, comme nous l'avons vu, un souffle d'air intense.

Vingt et une secondes après la déconnexion de l'appareil de radio, la voix de l'interlocuteur invisible se fit à nouveau entendre, entrecoupée par ces sifflements, et, d'après le chronomètre des enregistrements, elle continua pendant 23 secondes avec la même qualité acoustique qu'auparavant, seulement peut-être un peu plus lente, mais avec la même netteté. Quand cette voix s'arrêta, les sifflements continuèrent pendant encore 6 secondes, tandis que le souffle diminuait progressivement jusqu'à disparaître complètement au bout de 12 secondes.

Mais le contact n'était pas pour autant terminé, car, 53 secondes plus tard, on put entendre à nouveau ce souffle en même temps qu'une voix masculine très faible qui semblait commenter la phrase que Mario Festa venait de prononcer « Siete grandi ! » (Vous êtes grands !). Le phénomène dura 2 minutes et 20 secondes après l'extinction de l'appareil. Pendant que tout cela se produisait, Franco Santi examinait l'intérieur de l'appareil avec une petite lampe de poche, à piles, et, par moments, on pouvait voir son rayon de lumière à travers le verre du cadran du poste de radio.

C'est évidemment la dernière partie de cette expérience qui fut la plus importante et impressionna tous les observateurs.

Pendant les trois périodes de cette séance (poste allumé avec les lampes, en position normale, poste allumé sans ses lampes et poste éteint sans ses lampes), les voix étaient très nettement émises à travers le haut-parleur et, après l'extinction de l'appareil, elles gardèrent la même clarté et le même volume. On ralluma le poste un court moment, mais aucune voix ne se fit entendre et on mit fin à la séance.

On ralluma toutes les lampes de la salle et Franco Santi fit pivoter le poste de 90 degrés pour que chacun puisse voir l'intérieur de l'appareil en pleine lumière. Madame Cardoso et David Fontana photographièrent l'intérieur de l'appareil et les cinq lampes. Amerigo Festa, avocat, qui avait tout filmé avec sa caméra vidéo, dressa un acte détaillé de l'événement qui fut authentifié et signé par tous les participants.

Résumé des différents épisodes relevés sur les bandes des magnétophones :

temps = 0
Bacci éteint le poste de radio
Silence
t = 11 secondes
Les sifflements modulés commencent (bruit semblable à des coups de fouet)
Le signal habituel se fait entendre : souffle d'air intense

t = 21 secondes
   Au milieu des sifflements, on entend une voix
t = 44 secondes
   La voix cesse mais les sifflements continuent
t = 50 secondes
   Les sifflements s'arrêtent
t = 56 secondes
   Le souffle disparaît
   Silence
t = 109 secondes
   On recommence à entendre un souffle
t = 127 secondes
   Voix masculine faible semblant commenter l'exclamation de Mario Festa : « Vous êtes grands ! »
t = 140 secondes
   Fin du souffle et du contact.
   Silence.

<u>Hypothèses explicatives</u>

   En France, Gérard Ferrandi s'est demandé, à la suite de cette expérience, s'il n'y avait pas moyen de « provoquer un tel phénomène avec des moyens basés sur des principes physiques connus. »[1] Il est parti d'un article paru dans *Science et Vie* qui annonçait la disparition peut-être possible un jour des haut-parleurs radio, grâce à l'emploi d'ultrasons. Il s'agirait de deux faisceaux d'ultrasons inaudibles pour nous, mais l'un « à fréquence fixe, l'autre modulé en fréquences par des sons (voix, musique...) donnant naissance à une onde audible. Celle-ci serait directement entendue par l'oreille dans un volume donné, sans aucun secours de pièces mécaniques ».

---

1. Gérard Ferrandi, *Hypothèses explicatives* dans *Le Messager*, n° 51, juillet 2005, p. 10.

Alors, se demande G. Ferrandi, pourquoi cette onde audible, qui correspond nécessairement à des fluctuations de la pression de l'air, ne pourrait-elle pas agir directement sur la membrane d'un haut-parleur ? « Ce phénomène, ajoute-t-il, pourrait aussi expliquer l'audition de sifflements modulés, si caractéristiques de variations (voulues ou incontrôlées) des fréquences de références. »

Cette hypothèse suppose évidemment que les entités de l'au-delà utiliseraient elles-mêmes ces ultrasons, le faisceau à fréquence fixe pouvant venir du poste de radio lui-même, grâce à quelque « phénomène électronique plus ou moins aléatoire ». Il serait évidemment intéressant de tester cette hypothèse en demandant à Marcello Bacci et à son équipe, lors d'une prochaine expérience de placer près de l'appareil un détecteur d'ultrasons.

Un cas exceptionnel de TCM / TCI

Adolf Homes était un homme sans grande instruction, mais un cœur d'or, un homme d'une exceptionnelle sensibilité. Il était brocanteur à Rivenich, non loin de Trèves, en Allemagne.

J'ai eu la chance et l'honneur de le connaître, d'être reçu chez lui avec divers amis, dont une fois le professeur Rémy Chauvin, et de le rencontrer en outre lors de différents congrès en Allemagne, au Luxembourg ou en France. J'ai eu déjà l'occasion d'évoquer ses expériences étonnantes, à plusieurs reprises, dans un autre ouvrage[1].

---

1. Rémy Chauvin et François Brune, *À l'écoute de l'au-delà*, op. cit., p. 184-185, 236-238.

Toutes les formes possibles de la TCI se retrouvaient chez lui, mais avec une fréquence et une amplitude spectaculaire : magnétophone, haut-parleur radio, téléphone, téléviseur, ordinateur. Il finissait par commander son téléviseur, à distance, par sa seule pensée. Il a reçu également de nombreux textes par écriture automatique et parfois TCI et TCM chez lui se combinaient. S'il y a un cas où le phénomène d'imprégnation a pu jouer, c'est certainement chez lui, mais dans toute sa maison.

Les messages reçus de l'au-delà par lui sont d'une richesse exceptionnelle. Ils ont été presque intégralement publiés par mon ami le professeur Senkowski dans sa revue *Transkommunikation* à laquelle j'emprunterai tout ce qui suit, en y ajoutant seulement parfois quelques souvenirs personnels[1].

Je ne peux malheureusement donner dans cet ouvrage qu'un résumé bien trop bref de tout l'ensemble de ces communications. Une traduction intégrale de tous ces documents serait hautement souhaitable. Mais je dois prévenir le lecteur qu'avec ces messages nous entrons dans un domaine d'affirmations totalement incontrôlables et fantastiques.

Il m'a semblé important de faire connaître ce dossier au public francophone. C'est pourquoi je m'y suis attardé un peu longuement.

Il n'y a aucun doute sur la réalité de ces contacts. Le professeur Senkowski a suivi le travail d'Adolf Homes pendant des années. Il y a souvent directement participé et, aussi bien lui-même que tous ceux qui ont approché cet humble brocanteur savent qu'il n'y a pas l'ombre

---

1. *Transkommunikation*, vol. IV, n° 1, 1999, p. 12-31 et vol. IV, Sonderheft, 1999, 110 pages.

d'un trucage de sa part. Mais la réalité de ces communications est une chose, et la vérité de leur contenu autre chose[1] !

Disons que, pour le moins, ces messages nous ouvrent sur un au-delà beaucoup plus complexe que ce que l'on a tendance généralement à imaginer. De nombreux récits d'EFM ou, de même, de nombreux messages reçus par ailleurs en écriture automatique, le confirment très nettement. Cependant, on préfère la plupart du temps ne pas trop insister sur cet aspect. Sans doute d'abord pour ne pas trop inquiéter ceux qui ont perdu un être cher et qui les imagineraient déjà perdus dans un monde hostile. Mais aussi, de façon plus générale, pour ne pas déconsidérer toutes ces communications avec l'au-delà. Inutile, je l'espère, de préciser que je suis loin de prendre pour argent comptant tous les messages que je vais vous présenter. Mais le phénomène de l'arrivée de ces messages est un fait. Le processus même qui a permis leur apparition est souvent sans explication normale possible.

À ce sujet, il faut bien le dire, ceux qui s'intéressent à la TCI se divisent en deux tendances : les uns privilégient à tout prix les contacts entre vivants et morts qui s'aiment et se trouvent pour un temps séparés par la mort. Ceux-là ne veulent pas que l'on dise quoi que ce soit qui pourrait faire douter de l'authenticité de ces messages ; les autres se plaignent au contraire de ce que les messages personnels n'ont rien d'intéressant, en dehors des personnes directement concernées, et cherchent plutôt à mettre en valeur tous les contacts à prétention scientifique ou métaphysique. Il ne faut

---

1. J'ai déjà exposé le problème de la valeur de ces communications longues dans *À l'écoute de l'au-delà, op. cit.*

pas oublier, en outre, que la population de l'au-delà comporte un certain nombre d'âmes, peu évoluées spirituellement, qui cherchent simplement à retrouver un contact avec leur ancien monde, en essayant de se valoriser à nos yeux, profitant de ce que nous n'avons aucun moyen de vérifier leur identité.

De nombreux messages reçus en écriture automatique nous préviennent que des défunts peuvent même sincèrement se prendre pour ceux qu'ils ont admirés sur terre. Nous avons en permanence quelques Napoléon, mais ils se trouvent chez nous dans des instituts spécialisés. Il y a de même, à chaque génération, au Brésil, un assez grand nombre de « réincarnations » de Marie-Antoinette. Quand Adolf Homes nous transmet des messages sous le nom de saint Thomas de Cantorbéry ou d'Einstein, rien ne prouve que ces illustres personnages en soient vraiment les auteurs. Mais le phénomène même de ces messages est un fait qui constitue une indication importante sur le monde de l'au-delà et son fonctionnement.

Il nous faudra cependant un jour affronter cette complexité du monde de l'au-delà. Il semble qu'il y ait vraiment une immense diversité de demeures dans la maison du Père. Chacun y crée probablement son propre univers, se retrouvant avec ceux qui partagent les mêmes envies, comme déjà sur terre certains se retrouvent pour vivre sous des tipis comme les Peaux-Rouges, tandis que d'autres tiennent à revivre le Moyen Age. C'est peut-être ainsi qu'il y a quelque part une planète du nom de Marduk et qu'en d'autres dimensions de l'univers se déroulent des batailles cosmiques mises en scène par Spielberg. Mais il y a aussi probablement quantité d'êtres constitués de vibrations différentes des nôtres et vivant selon d'autres lois.

J'ajouterai, en ce qui me concerne, que ceux qui auront cherché Dieu par-dessus tout, auront, me semble-t-il, la meilleure part et éviteront de nombreux détours. Encore une fois, les récits d'EFM ou des expériences des mystiques sont certainement ce qui nous en donne la meilleure idée.

En avoir été informé, déjà en ce monde, pourra peut-être alors nous être utile. Je me permettrai ici, dans certains cas, de faire quelques commentaires personnels, entre parenthèses et en italique.

Adolf Homes était né en 1935. Sa mère était morte en le mettant au monde. L'espoir d'entrer un jour en contact avec elle fut certainement pour lui un des motifs qui le poussèrent à s'engager dans ces recherches. Il obtint d'ailleurs, non seulement sa voix, mais son image sur son écran de télévision et pendant un temps assez long. Il était marié avec deux enfants. Après une longue maladie, il mourut au début d'octobre 1997.

Ses premiers essais datent de l'automne 1987, sur magnétophone, souvent plusieurs heures par jour et, au début, sans succès. Les premiers signes d'une communication apparurent en décembre. Voici un tableau de ce qu'il obtint à partir de ce moment-là jusqu'à sa mort, en répartissant ces communications selon l'appareil utilisé.

Donc, en tout, une fois tout imprimé, 436 000 signes, ou 242 pages à 1 800 signes par page. Pour les chiffres de 1997, il faut tenir compte de la maladie d'Adolf Homes qui mit fin à toute communication avec l'au-delà, fin septembre de cette année.

Parmi ces communications, 60 % sont des textes arrivés sur ordinateur, 25 % des voix entendues par radio ou téléviseur et 16 % des contacts par téléphone. La moyenne, au cours de toutes ces années, a été d'un contact tous les 10 jours.

Année	Téléphone	Radio et Téléviseur	Ordinateur	Total	Nombre approximatif de signes reçus dans l'année
1989	4	20	33	57	50 000
1990	3	19	5	27	42 000
1991	15	12	0	27	31 700
1992	7	15	12	34	29 700
1993	6	4	25	35	51 200
1994	8	10	39	57	78 800
1995	3	2	32	37	50 200
1996	7	2	28	37	55 300
1997	0	0	21	21	47 100
Totaux	53	84	195	332	436 000

Malgré le nombre et la richesse exceptionnels de ces contacts, ce n'est rien si on les compare à la masse énorme des messages reçus par écriture automatique ou même le oui-ja, depuis tant d'années, à travers le monde entier.

Voici quelques précisions sur la réception de ces messages selon les moyens de réception :

CONTACTS ACOUSTIQUES

Les messages furent reçus surtout par radio ou haut-parleur du téléviseur, parfois par les deux en même temps. Le poste de radio était réglé sur des émetteurs FM ou ondes moyennes, ou encore sur bruit de fond entre deux stations; le téléviseur sur un canal libre. Adolf Homes ne pouvait guère provoquer lui-même le transcontact, ce qui le mettait en mauvaise position lorsque des visiteurs venaient lui demander de faire, en direct, une démonstration. Les contacts par téléphone, attribués en majorité par Adolf Homes à sa mère, Élise Karoline, concernaient des questions personnelles ou annonçaient avec précision quand aurait lieu un contact par radio, téléviseur ou ordinateur.

Contacts par ordinateur

Jusqu'à la fin de 1996, tous les textes furent reçus sur un ordinateur non connecté à internet, un Commodore C 64, avec imprimante. À part quelques interruptions dues à des réparations ou à des temps de vacances un peu longs, l'appareil était continuellement branché sur le courant. En 1997, les messages arrivèrent sur un appareil de remplacement, un PC sans connexion avec Internet. Certains des messages apparaissaient directement sur disquette ou sur le disque dur, d'autres sur l'écran de l'ordinateur, la plupart étaient trouvés imprimés. Dans certains cas, l'appareil s'allumait ou s'éteignait tout seul.

Transimages

Le professeur Senkowski a reçu copie de 15 images paranormales sur écran d'ordinateur, 13 en noir et blanc, 2 en couleurs. Leurs apparitions étaient séparées par des laps de temps très irréguliers et leur durée était également très variable, de 1/50 seconde à 3,5 minutes. Leur conservation était assurée par un Camcorder sans lien avec un téléviseur. Sur cinq de ces images, il s'agissait de visages de défunts parfaitement reconnaissables.

TRANSDIALOGUES

Les premiers contacts par ordinateur, reçus en 1989, permettaient un véritable dialogue. Les questions posées par les chercheurs terrestres, essentiellement Vladimir Delavre et Ernst Senkowski, et enregistrées sur disquette dans l'appareil par Adolf Homes, recevaient leur réponse dans les heures ou les jours qui suivaient, de la part d'entités de l'au-delà. Les dialogues par haut-parleur radio ou téléviseur furent menés exclusivement par Adolf Homes. Les dialogues au téléphone n'ont pas pu toujours être enregistrés intégralement par le répondeur ou le magnétophone.

ÉCRITURE AUTOMATIQUE

Adolf Homes reçut en outre des messages en écriture automatique, mais en moins grand nombre. Il semble même qu'après 1994 ses interlocuteurs invisibles renoncèrent complètement à ce moyen de communication.

LES ENTITÉS

Sans tenir compte des enregistrements sur magnétophone, souvent antérieurs à 1989, on peut dénombrer 28 interlocuteurs de l'au-delà, dont les interventions furent très irrégulières et imprévisibles.

Voyons rapidement les principaux, en suivant de très près le texte de Senkowski :

ÉLISE KAROLINE HOMES, LA MÈRE D'ADOLF

Celui-ci avait entendu parler de ces enregistrements de voix de défunts sur bande magnétique par Rainer Holbe, au cours des émissions intitulées « *Unglaub-*

lichen Geschichten » (Histoires incroyables), sur RTL en langue allemande. C'est ainsi qu'Adolf avait eu l'idée d'essayer d'entrer en contact avec sa mère, décédée en 1935 en lui donnant le jour. Après bien de vains efforts, en janvier 1988, comme il venait, une fois de plus, de lancer un salut à l'adresse de ses parents, une voix féminine très faible lui répondit : « te saluent ». Il attribua cette voix à sa mère et c'est à elle encore que sur plus de trente correspondants dans l'invisible, il attribue environ un quart des messages reçus. Peu après le début des contacts par ordinateur, elle expliqua qu'elle faisait partie d'un groupe appelé simplement « Centrale » qui était responsable des communications avec son fils. Elle eut souvent pour rôle d'annoncer un prochain contact, parfois un ou deux jours à l'avance, précisant le moyen qui serait employé et parfois même l'heure exacte à laquelle il aurait lieu.

Thomas Becket de Cantorbéry (1118-1170)

Ce fut la première « entité » à se nommer, d'abord seulement par son prénom, puis, à partir de mars 1990, comme Thomas de Cantorbéry. Le même, le 22 juin 1996, prétendait avoir vécu autrefois parmi les Ébionites. Dans les années 1991 et 1992, Adolf Homes reçut de lui de nombreux textes en écriture automatique.

(*Je me permets tout de même de signaler que les quelques textes que j'en ai vu ne me donnent pas du tout l'impression de pouvoir venir de ce grand saint. Quant à sa prétendue vie antérieure, je me réserve d'aborder le problème de la réincarnation en général, plus loin dans ce livre.*)

Wernher von Braun

Le 6 mars 1989, ce savant allemand se manifestait chez Adolf Homes par radio pour lui annoncer que depuis 1944 ou 1954 (déchiffrement incertain), les extra-terrestres avaient noué des contacts avec le gouvernement américain.

(*On retrouve cette affirmation très souvent dans les ouvrages des ufologues. Je suis moi-même convaincu qu'il faudra bien un jour reconnaître cet aspect de la réalité. Mais reconnaître l'existence de ces extrater-restres et même leur proximité n'implique pas forcé-ment que l'on croie à ces contacts avec le gouvernement américain.*)

Vers la mi-septembre 1989, W. von Braun, par radio, donnait de nouvelles informations sur les extra-terrestres et leurs intentions. Lors d'une troisième et dernière communication, le 1er juin 1992, l'entité qui se donnait pour W. von Braun intervenait pour dire que des énergies qui nous sont inconnues et des civili-sations étrangères avaient aidé au congrès de Sao Paulo sur la Transcommunication.

Seth 3

Le 9 mars 1989, se manifestait par radio une entité se présentant comme très élevée, sous le nom de Seth, de la 4e dimension. Seth et Thomas assuraient avec quelques autres, disait-il, la direction de la « Cen-trale ». Il précisa encore qu'il n'avait rien à voir avec l'entité du même nom en contact médiumnique avec Jane Roberts. Comme Thomas, il communiqua souvent par écriture automatique.

En 1991, ses messages laissèrent entendre qu'il y avait un lien entre lui et le « Technicien » qui communiquait régulièrement avec mes amis Jules et Maggy Harsch-Fischbach, au Luxembourg.

En février 1993, la mère de Homes lui affirmait que Seth travaillait dans un groupe de l'au-delà appelé « Transgruppe Seth ».

(Les messages de l'au-delà font mention d'un très grand nombre de ces entités mystérieuses. Elles prétendent généralement chaque fois avoir atteint un niveau très supérieur à celui de toutes les autres. Elles fournissent parfois des informations très détaillées sur la structure des différents mondes invisibles, sur la réincarnation, etc. Mais leurs descriptions ne coïncident jamais.)

MANFRED BODEN

Le 25 mars 1990, quelques jours après sa mort, Manfred Boden, depuis l'au-delà, entra en communication avec un médium pour lui demander de dire à Adolf Homes que celui-ci pouvait l'appeler sur son ordinateur. C'est ce que fit Adolf Homes et quelques heures plus tard il trouva sur sa disquette « ici Manfred… connais Thomas ». La signature était « Charly », le surnom de radio-amateur de M. Boden. L'humour bien connu de Manfred se manifesta au matin du 29 mars, par un nouveau message, comme Adolf s'apprêtait à se rendre à son enterrement : « Félicitations pour mon enterrement ». Il fut d'ailleurs en réalité incinéré. Au début d'août 1992, alors qu'Adolf écoutait de la musique à la radio, la musique fut soudain interrompue par un message de Manfred Boden qui disait entre autres : « Les idées vivent, les morts vivent, l'ordinateur vit, tout vit[1]. »

---

1. Sur les phénomènes de TCI chez Manfred Boden voir le tome I, p. 95 et *À l'écoute de l'au-delà*, *op. cit.*, p. 215.

Konstantin Raudive

Ce grand pionnier de la TCI mourut en 1974. Le 12 août 1990, il se manifestait auprès d'Adolf Homes par le haut-parleur du téléviseur. D'autres communications eurent lieu par radio et surtout par téléphone au cours des années suivantes, mais de façon très irrégulière.

Le 7 janvier 1996, il annonça la formation dans l'au-delà d'un groupe sous le nom de « Fédération de la lumière » (FDL). En juin de la même année, il intervint au milieu d'une émission de musique qu'enregistrait le fils d'Adolf Homes, celui-ci étant absent. Le message concernait le groupe de Darmstadt que, depuis la mort de Peter Härting, dirige Jochem Fornoff.

(La voix de Constantin Raudive est la première voix de l'au-delà que j'aie entendue, à Luxembourg, chez mes amis Jules et Maggy Harsch-Fishbach. J'en ai fait le récit dans le tome I.)

Le guide protecteur Jan

En juin 1990, Adolf Homes reçut un message d'une entité qui se présentait comme son guide protecteur dans l'au-delà, sous le nom de Jan. Le 9 novembre 1990, comme Adolf lui demandait « où te trouves-tu ? », la réponse fut « entre l'ici-bas et l'au-delà ».

Le 22 mars 1991, apparaissait une image sur l'écran de télévision pendant une minute environ, tandis que s'engageait le dialogue suivant : « Qu'est-ce qui se passe exactement pendant ce contact ? » demanda Adolf. Et Jan répondit : « Une adaptation de structures psychiques de réalités différentes. »

(Le visage de Jan, apparu sur l'écran, était très net, avec des traits un peu idéalisés.)

ABX-Juno

Il s'agit d'une entité mystérieuse qui, dans le courant de l'année 1987, est entrée en contact avec le groupe de Darmstadt dirigé alors par Peter Härting. C'est elle qui a fourni ce nom étrange, en précisant qu'il désignait une expérience biologique venant de l'extérieur (A comme « ausser » ou « ausserhalb », B comme « biologisch » et X comme « EXperiment ».)

Un jour, Adolf Homes reçut sur magnétophone le message suivant : « Monsieur Juno attend déjà ». Le 24 décembre 1990, Juno envoya un message par radio. Plus de deux ans après, le 25 février 1993 parvint un message par radio, mais avec une vitesse dix fois plus lente que la normale. En mars 93, Adolf reçut par écriture automatique un long texte venant d'ABX et de Doc Mueller : « Tout ce qui existe est fait d'information, l'information, c'est ce que vous entendez par "être". » De nombreux autres textes sont arrivés par ordinateur, presque tous à l'adresse du groupe de Darmstadt.

(*J'ai fait la connaissance de cette entité à Darmstadt, lors d'une séance organisée par Peter Härting. Nous étions six ou sept personnes environ et le dialogue avait lieu directement à travers le haut-parleur radio, comme à Grosseto. C'était alors ABX-Juno qui introduisait auprès des vivants les défunts qui venaient parler à ceux qu'ils avaient laissés sur terre[1]. Il annonçait, par exemple : « Maintenant c'est Heinrich qui voudrait parler avec sa mère... » Suivait alors une autre voix qui dialoguait avec la maman présente ce jour-là. Puis, ABX-Juno interrompait en annonçant un autre défunt venu échanger quelques*

---

1. Voir *À l'écoute de l'au-delà, op. cit.*, p. 204-208.

mots avec une autre personne présente. Mais, après
la mort de Peter Härting, le groupe de Darmstadt
n'eut plus que des contacts par magnétophone et ne
parvint jamais, malgré tous ses efforts, à rétablir le
dialogue par radio.)

Hans Bender

Le professeur Hans Bender dirigeait un Institut
de parapsychologie qui dépendait de l'université de
Fribourg-en-Brisgau. Dès 1964, il avait collaboré aux
recherches entreprises par le Deutsches Institut für
Feldphysik de Northeim pour déterminer le caractère
paranormal des voix enregistrées en TCI. Il avait fini
par conclure à « l'origine paranormale hautement probable » de ces voix[1]. Il mourut le 7 mai 1991. Adolf
Homes n'avait jamais eu de contact avec lui. Cependant, le 18 juin 1991, la « mère » d'Adolf lui annonça
au téléphone que le lendemain il recevrait un message,
mais sans lui en préciser l'heure.

Comme Adolf devait s'absenter le lendemain pour
raisons professionnelles, avant de partir, il mit en place
une cassette pour un éventuel enregistrement. À son
retour, l'appareil s'était éteint et la bande s'était déroulée jusqu'au bout. À l'écoute, on trouva un message de
10,5 minutes émis par une entité qui se nommait Hans
Bender.

Il y eut en tout dix communications. Cinq contacts
radio furent annoncés au téléphone par la « mère »
d'Adolf. Trois d'entre eux furent de vrais dialogues.
L'entité qui se nommait Hans Bender fournit une
grande quantité de détails sur sa vie afin de bien prouver
son identité. Il fut possible de les vérifier d'après une

---

1. *Ibid.*, p. 221 et suivantes.

biographie de Hans Bender qu'Adolf Homes ignorait. Un détail encore est intéressant : lors de ces contacts on entendit un passage de l'ouverture de l'opéra de Wagner « Le vaisseau fantôme » qui faisait allusion au métier des parents de Hans Bender. L'ensemble de ces messages s'étendait sur 10 pages environ.

Cardinal Auguste Hlond

À partir de 1991, Adolf Homes reçut à plusieurs reprises sur son magnétophone le mot isolé et sans aucun sens pour lui de « Cardinal ». Le 2 janvier 1992 après-midi, Adolf se trouvait devant l'écran de son ordinateur, contemplant, tout pensif, la ligne d'état, au haut de l'écran. Soudain, cette ligne disparut et fut remplacée par l'inscription suivante : « Qui Cardinal Auguste Hlond amore Adolf Homes. »

Celui-ci engagea alors un dialogue, inscrivant ses questions sur l'écran et recevant aussitôt les réponses sur ce même écran. Mais il abandonna assez vite, perturbé par les mots italiens qu'il ne comprenait pas. Parmi les mots apparus sur l'écran, le mot « germanski » mit le professeur Senkowski, consulté, sur la piste d'un cardinal polonais. Les livres le confirmèrent. Il s'agissait d'un cardinal archevêque de Wroclaw (autrefois Breslau), après la dernière guerre, et dans ses messages il exprimait, dans un vocabulaire mélangé d'allemand et d'italien, son regret d'avoir été intransigeant envers les Allemands qui s'attardaient trop dans un pays qui n'était plus le leur. Un jour, la « mère » d'Adolf annonça à son fils que le cardinal voulait absolument se montrer à la télévision et tout de suite. Adolf prépara donc immédiatement sa caméra et alluma son téléviseur sur un canal sans programme. Aussitôt, une image apparut pendant six secondes. Mais, comparée aux documents photographiques que Senkowski put trouver, la ressemblance n'était guère convaincante.[1]

(*Le visage, de face, portait une curieuse coiffure, de style un peu médiéval ou arabe.*)

EXTRATERRESTRES

En 1992, trois communications étonnantes sont à signaler, dont les différents auteurs semblent bien être des extraterrestres. Le 16 juillet 1992, ce fut une voix inconnue qui se manifesta au cours d'une émission de radio intitulée « Contact matin ». Le 17, une voix transformée qui intervint pendant une émission de musique et prétendait être celle du « commandant d'un objet... » Ce speaker expliqua que « 2, 4 millions d'années-lumière nous séparent » et affirma que la fin de notre planète était inéluctable.

Le 22 septembre 1992, une séance de oui-ja fut organisée avec un verre et avec la participation de quelques invités. Le verre ordonna, lettre par lettre, d'allumer la « radio rouge ». Le poste réglé en FM, se manifesta alors une « entité venant de HDE 226868. Des recherches entreprises à l'aide du catalogue astronomique Henry-Draper, permirent d'identifier ce nombre à un groupe d'étoiles dans la constellation du Cygne, dans lequel, en 1973, on détecta une émission de rayons X, dénommée Cygne XI, qui fut considérée comme premier candidat à un « trou noir ».

Le message faisait allusion, entre autres, à une gravité fantastique qui entraînait chez nous « une extinction du temps ».

Le troisième cas, le 4 décembre 1992, fut encore plus extraordinaire. L'ordinateur avait été éteint, mais

---

1. Voir *Instrumentelle Transkommunikation, op. cit.*, p. 217.

Homes le trouva allumé. Sur l'écran, il y avait un texte de 26 mots, en cinq langues différentes, nous avertissant, entre autres, que « la vie sur terre ne sera plus longtemps possible ». Adolf Homes recopia ce texte et alors l'ordinateur s'éteignit de lui-même. Le signataire de ce texte se désignait comme « Télémaque 74003177. Le nom propre fait penser au fils d'Ulysse dans l'*Odyssée*. Les chiffres mystérieux suivant son nom semblèrent, à la suite de recherches pleines de coïncidences, renvoyer à un engin parcourant le cosmos.

George Jeffries Mueller

Le 22 avril 1991, le visage d'un homme qu'Adolf Homes ne connaissait pas apparut sur son écran de télévision. Sa « mère » eut beau lui dire qu'il s'agissait de George Mueller, Homes ne vit toujours pas de qui il s'agissait. Il avait complètement oublié ces incidents, mais le 13 octobre 1992[1] (*alors qu'il était en train de faire sa vaisselle dans l'évier de sa cuisine en écoutant de la musique sur son poste de radio, l'émission fut presque complètement couverte par une voix très claire qui se présentait comme Doc Miller.*)

L'entretien dura quatre minutes et se renouvela deux jours plus tard. À la fin de son message, l'entité avait demandé à Homes de transmettre ses salutations à Ernst Senkowski. Celui-ci n'eut pas de peine alors à comprendre qu'il s'agissait de Mueller et non de Miller et que cette entité mystérieuse n'était autre que le physicien américain, ancien de la NASA, mort en 1967, qui avait joué un grand rôle dans la TCI, en 1981, en entrant en communication, à partir de l'au-delà, avec

---

1. Je complète ici le rapport d'Ernst Senkowski par ce que Homes m'a raconté personnellement.

O'Neil, médium et technicien vivant sur terre, qui avait développé le système de TCI du « Spiricom ». Un troisième dialogue précisa : « Doc Mueller : des systèmes de contact entre votre appareil et des centres intuitifs de votre corps et de votre âme créent un couloir ou canal. » Par la suite, Doc Mueller répondit sur l'ordinateur de Homes à des questions posées par le docteur Vladimir Delavre et Ernst Senkowski.

DEVAS

Le 18 février 1993, des chercheurs brésiliens en TCI étaient en visite d'amitié à Rivenich, chez Adolf Homes. Parmi eux se trouvait Clovis Nunes que j'ai fort bien connu pour avoir réalisé avec lui trois séries de conférences à travers tout le Brésil, du Nord au Sud. J'ai eu le plaisir de le retrouver également au congrès international organisé à Houffalize, en Belgique. Or, ce jour-là, on trouva sur une disquette non formatée de l'ordinateur de Homes, un message de sa mère, Élise Karoline Homes, adressé à ces visiteurs. Il y avait en outre une communication enregistrée sous le nom de « Devas » qui, dans une langue un peu enfantine et joyeuse prétendait que c'étaient eux qui avaient attiré Nunes. Ils précisaient qu'ils n'étaient pas des fantômes et dénonçaient « les méchants hommes qui tuent les plantes. Beaucoup de plantes disparaissent », affirmaient-ils. Les noms des gens qu'ils saluaient étaient transcrits à rebours, la date et l'heure de la communication étaient : « 7.7.7777 7, heure. »

BRUNO LEUSCHNER

Le 5 avril 1993, se trouvait, dans un texte émanant de Doc Mueller, le nom de Bruno Leuschner qu'Adolf, ni personne dans son entourage ne connaissait. Les recherches de Senkowski à l'université de Mayence firent apparaître deux personnes portant ce nom. Le professeur Senkowski pria donc Homes de demander sur l'écran de son ordinateur quelques précisions. Le 8 avril 1993, alors que Homes était absent, une voix se manifesta par radio, réclamant l'installation près du poste d'un enregistreur allumé. Le message s'adressait à Senkowski et commençait par ces mots : « Neuf années de souffrance sont mon identification. » Cette indication permit de remonter jusqu'au fils du socialiste Wilhelm Leuschner, Bruno, qui fut arrêté par les nazis en 1936 et libéré par les Alliés en 1945.

(*Une fois de plus, on a l'impression de gens de l'au-delà qui restent plus ou moins prisonniers de leurs souffrances passées et éprouvent le besoin, pour s'en libérer, de le raconter encore à la terre, même à n'importe qui, à des gens avec lesquels ils n'avaient aucune relation.*)

YAHVÉ

Le 3 octobre 1993, Homes trouvait imprimé sur son ordinateur les mots étranges suivants : « 7 DGNADE// ». Le lendemain, à la surprise d'Adolf et de son entourage, apparaissait un texte dont l'auteur se nommait, en toute simplicité, « l'Esprit Yahvé ». Le message concernait le récit de la création et la Bible. Le 18 décembre 1993, un autre texte venait le compléter, suivi d'un dernier texte du même auteur, le 24 décembre 1994. Une grande partie de ce texte s'éloignait de l'interprétation habituelle, ce qu'expliquait peut-être l'affirmation suivante : « Mes formes ne peuvent être déchiffrées par la conscience humaine et nous ne sommes pas en mesure de nous faire comprendre complètement à travers des symboles. » Ce Yahvé se définissait cependant lui-même comme « Amour et Lumière ».

(*E. Senkowski, dans un article du même numéro de* Transkommunikation, *rapproche cette affirmation de plusieurs autres messages d'origine paranormale. Pour ma part, je le ferais plutôt avec les récits d'EFM ou le témoignage des mystiques. Mais finalement, il semble bien qu'il y ait une sorte de consensus à travers l'univers sur ce que doit être la source de toute vie. Mais je ne pense pas pour autant que ces messages viennent vraiment directement du Dieu de la Bible.*)

KLAUS SCHREIBER

Il s'agit d'un des tout premiers pionniers de la TCI. Poussé par toute une série de décès de gens de sa famille à se consacrer entièrement à ces recherches, il était parvenu en 1985, sur les conseils de sa fille Karin, dans l'au-delà, à obtenir des images subliminales de leurs visages sur son écran de télévision. Le 7 janvier 1988, il avait rejoint dans l'au-delà sa première et sa seconde femme, sa fille et son fils. C'est sans doute cette série tragique qui explique son premier message sur l'ordinateur d'Adolf Homes, le 31 janvier 1994 : « Votre monde est triste. Le besoin, la souffrance, l'angoisse, les douleurs, la mort n'ont pas de sens. » Le 23 février 1994, un court message s'adressait à Senkowski et à l'ingénieur Martin Wenzel qu'il considérait comme formant avec lui-même, un « attelage à trois », selon le vocabulaire de son ancien métier de bourrelier.

Le 4 septembre 1997, Klaus Schreiber tentait en vain un dernier contact qui avait pourtant été annoncé mais qui échoua, sans doute à cause de la maladie de Homes.

(Je n'ai pas eu la chance de connaître Klaus Schreiber, mais je suis allé voir Martin Wenzel dans son petit laboratoire où il m'a montré comment il obtenait des images paranormales, selon un processus assez facile, mais avec des résultats très inférieurs à ceux de Schreiber, il le savait parfaitement lui-même.)

LE GROUPE 2109

Nous entrons là, une fois de plus, en plein mystère ! Le 3 mai 1994, se succédèrent sur l'ordinateur de Homes trois messages successifs, aux heures suivantes : 07 h 15 ; 07 h 45 et 08 h 25, le tout prétendant émaner de « 2109 ». Ils s'adressaient en code à Senkowski et insistaient sur l'importance de l'information concernant le « début d'une nouvelle phase de métamorphose de l'univers » avec cette affirmation incompréhensible : « des photons remplacent l'atome manquant » !

Le 26 mai 1994, ces interlocuteurs invisibles répondaient à quelques questions posées par Vladimir Delavre, deux jours avant. Ils s'identifiaient avec le groupe qui était entré en communication dix ans plus tôt avec Ken Webster, à Dodleston, en Angleterre[1].

(Il s'agit d'une histoire extraordinaire qui s'est déroulée de l'automne 1984 au printemps 1986. Ken Webster s'est trouvé en contact par ordinateur, sans l'avoir cherché, avec de mystérieux correspondants qui semblaient vivre encore au XVIᵉ siècle. En 15 mois, plus de 250 messages sont ainsi arrivés, dont quelques-uns en écriture automatique. Dans ces textes, plus de 2 800 mots ont été reconnus par des experts comme typiques de cette époque et même de la région de Dodleston. Certains personnages étaient désignés

---

1. Ken Webster, *The Vertical Plane*, Grafton Books, Londres, 1989.

*par les sobriquets dont on les avait affublés de leur
temps ; certains lieux étaient mentionnés selon le nom
qu'ils portaient à cette époque. Mais les messages
reçus par Homes émanaient d'un « groupe 2109 » qui
expliqua, en anglais moderne, qu'ils se livraient à des
expériences de « manipulation du temps ».)*

Pour vous donner une idée de ce genre de communications, voici un extrait du texte reçu par Homes le
27 juin 1994 :

> « L'identité de 2109 est formée par d'innombrables
> structures spirituelles de transformation psychique
> hors du temps et de l'espace, des milliards de milliards
> de systèmes existent, nous sommes en chacun d'eux.
> Votre être est constitué de facettes complexes venant
> d'informations et de formes issues du passé, de l'ins-
> tant présent et en partie de l'avenir. Nous pouvons dire
> aussi que toute vie a pour but une expérience en cours
> de la part d'autres intelligences. Elles agissent par
> téléhypnose. Tous les processus biologiques sont des
> manipulations. Nous sommes en contact avec tout ce
> qui a été, est et sera. Ce qui est créé est conservé, mais
> a besoin d'une métamorphose... 2109 salue Aaron
> (Vladimir Delavre) et Moïse (Adolf Homes). »

Tous les contacts ont eu lieu par ordinateur. Leur
fin, provoquée par une « influence étrangère de l'électromagnétique » fut annoncée par la « Centrale » sur
ordinateur, le 5 juillet 1994. Deux jours plus tard, apparaissaient deux textes courts, d'allemand et de serbo-
croate mélangé qui comportaient le mot « influence
étrangère ». Enfin, une voix au téléphone présenta des
excuses en parlant de « malentendus » et déclara sous
le numéro de contrôle de l'ordinateur C 64 que les
contacts avec 2109 étaient terminés.

Le 23 février 1995, le groupe 2109 et le chaman Majo prophétisaient : « L'homme s'identifiera avec les appareils existants et encore à développer et découvrira que les ordinateurs ont un esprit. Cet esprit survivra sur terre à l'âme des hommes. »

Le 28 juin 1995, un message arrivait directement pour Senkowski : « 2109 a de grosses difficultés à s'adapter à votre structure intellectuelle, car nous ne sommes pas construits sur la base d'éléments physiques. » Seize mois plus tard, un contact semblait provenir à la fois de 2109, de la « Fédération de la Lumière » et d'ABX pour déclarer entre autres : « Nous nous déplaçons par ces contacts en remontant votre temps. Vous devriez, pour nous contacter, vous déplacer en esprit vers l'avenir. »

Albert Einstein

De retour de vacances, Adolf Homes trouva sur la disquette de son ordinateur quatre textes datés du 20 juillet 1994, sous le nom d'Albert Einstein.

Le premier lui était adressé et concernait des difficultés de contact sans rapport avec son absence. Les deuxième et troisième textes étaient pour Vladimir Delavre, désigné par le nom d'Aaron. Ils se terminaient par ces mots : « Le Dieu en lequel je croyais est beaucoup plus puissant. » Deux autres textes parurent plus tard, l'un sur l'écran de télévision, le 3 août 1994, et le dernier, le 15 août 1994, était enregistré et concernait des problèmes de physique en réponse à des questions de V. Delavre que Homes n'avait même pas inscrites sur son ordinateur.

Le 14 décembre 1990, Adolf Homes écrivit de sa main un long texte au fur et à mesure qu'il le recevait d'une entité qui prétendait être Einstein.

« Le fondement de toutes choses se trouve en vous-même. Tout se trouve engagé dans un processus de recherche du Bon et du Vrai. En raison de mon existence actuelle, je suis de plus en plus persuadé que l'amour, la douceur et en aucun cas la violence arriveront à vaincre le malheur et la misère. Les forces négatives se détruisent elles-mêmes, car la violence engendre toujours la contre-violence. L'amour au contraire n'a pas d'adversaire. Il vit en tout ce que vous voyez. Il est simple et toujours convaincant. L'enfant de l'amour est la bonté. Seul l'amour est capable de nous transporter dans des dimensions où enfin nous nous sentirons bien. Sans amour, l'âme dépérira toujours et de nombreuses réincarnations peuvent être nécessaires pour rattraper ce qui a été manqué. Cela ne sert à rien de nier que tout être est éternel car très vite chaque homme de la terre découvre l'existence infinie et la plénitude de l'univers dans lequel bat le cœur de Dieu. Songez tous, s'il vous plaît, que – dit avec vos mots – vous disposez à travers le monde entier des matériaux propres à démontrer la survie après la mort physique.

Considérez toutes les lois de la nature et respectez-les pour qu'elles ne vous détruisent pas. N'espérez pas que la nature puisse se régénérer miraculeusement, mais prenez conscience de la réalité qui est la vôtre. Beaucoup de contraintes écologiques vous resteraient inconnues s'il n'y en avait pas quelques-uns parmi vous pour s'engager courageusement en faveur de la nature par des interventions spectaculaires. Au nom d'une schizophrénie atomique qui vous détruit vous avez déclaré à la nature aussi bien qu'à vous-mêmes une guerre sans vainqueur. La nature n'a pas de but. Elle a ses propres lois. Votre temps a un besoin pressant de trouver l'harmonie avec elle. Malheureusement le temps presse. Les situations se répètent depuis des millions d'années sur d'autres planètes et en d'autres systèmes aussi. La déraison de leurs habitants respectifs entraîna l'extinction de toute vie.

Tout est plus complexe qu'il ne vous semble. Toutes vos théories ne sont probablement pas définitives. Ce système a été créé il y a si longtemps que vous ne pouvez en avoir idée. Il s'agit de forces qui pour vous sont surnaturelles et que vous appelez Dieu. Tous les êtres à travers toutes les dimensions sont libres. Nous sommes tous en recherche et chaque dimension cache ses secrets. Comme nous sommes des êtres vivants, nous connaissons aussi tristesse et joie. Soyez patients avec ceux qui n'ont pas encore compris le sens de leur existence. Rien n'oblige à éteindre la lumière des autres pour faire briller la sienne. Albert Einstein salue toute vie. »

(Il s'agit là d'un très beau texte. On sait qu'Einstein croyait en un Dieu créateur, mais non en un Dieu providence qui aurait entretenu une relation personnelle d'amour avec chacune de ses créatures. L'attribution à Einstein n'est donc pas sur ce point invraisemblable. L'insistance sur l'amour n'implique pas nécessairement un changement sur sa conception de Dieu, mais peut s'entendre uniquement des rapports entre humains. Cependant, une évolution sur ce point n'est pas non plus exclue. Le discours antinucléaire n'a rien d'étonnant, ni la mise en garde sur le destin de notre planète. Mais rien ne prouve pour autant que l'auteur de ce texte soit vraiment Einstein. Je connais

de nombreux cas de messages reçus en écriture auto-
matique ou inspirée, censés venir de personnalités
extraordinaires, du docteur Schweitzer, de George
Sand, de sainte Thérèse d'Avila, de Padre Pio, de
la Sainte Vierge, du Christ, du Saint Esprit et même
de Dieu le Père. Malheureusement, à voir ces textes
je n'en crois rien. Il est certainement très tentant
pour quelque trépassé, convaincu de la valeur de ses
propres idées, d'essayer de leur donner plus de poids
en les faisant endosser par des personnalités presti-
gieuses et sans défense. Pour ce message aussi cette
hypothèse ne peut être écartée.)

Majo, le chaman

Adolf Homes, pendant toutes ces années ne savait
pas très bien comment prendre tout ce qui lui arrivait.
Il traitait souvent les messages reçus de « folie » ou de
« stupidité ».

Une de ces histoires les plus fantastiques lui arriva
le 15 août 1994 alors qu'une fois de plus il était en
train d'enregistrer une émission de radio de musique.
Soudain, une voix inhabituelle s'imposa en se présentant comme « Majo, le chaman qui veut chamaniser ».
« L'esprit d'Adolf est Moïse, affirma cette voix, et tu
es d'origine chamanique. » Suivirent quelques paroles
et des chants étranges en langue inconnue. Alors
Adolf, énervé, contrairement à son habitude, mit fin à
la communication.

Mais le 3 septembre 1994, son ordinateur imprimait
un texte émanant de « petit frère Majo ». Il prétendait
maîtriser l'électronique et traitait Adolf Homes de
« combattant ». Le 7 octobre 1994, dans une maison
vide du voisinage, Homes vit ce chaman sous une forme

matérialisée. Au cours du dialogue, Majo déclara : « Tu ne sais plus voir les esprits. » Deux jours plus tard, un message sur ordinateur confirmait la réalité de l'apparition.

Le 24 novembre 1994, nouveau message, affirmant entre autres : « Beaucoup ne savent plus que ceux qui sont morts près de vous vivent parmi vous. » En fait, le problème du comment de ces contacts n'était toujours pas résolu. Le nombre des pages qui apparaissaient sur l'écran de l'ordinateur était très supérieur à celui des messages effectivement reçus. Il indiquait, par exemple, 52 pages alors que seulement 18 étaient arrivées. À ce sujet, il fut expliqué : « des concentrations de champ, rapides comme l'éclair, cherchent le récepteur convenable, Moïse. »

FRIEDRICH JÜRGENSON

Le 12 juin 1992, le visage de Jürgenson, le grand pionnier suédois de la TCI, se manifesta sur l'écran de télévision d'Adolf Homes. Son apparition avait été annoncée quelque temps auparavant et de nouveau la veille. Le 13 octobre 1994, au matin, Adolf se sentit poussé à allumer son téléviseur. Aussitôt apparut le visage de Jürgenson et, dans le même temps, dans la pièce à côté, derrière la porte fermée, Adolf entendit que son ordinateur venait de se mettre tout seul en marche. Celui-ci était pourtant éteint, car son disque souple était défectueux. Voici ce texte en entier :

« Ici Friedel de Suède. Chers humains. Comme vous le savez, nous sommes en mesure de nous introduire à volonté dans vos structures. Je vous envoie à nouveau une projection de moi, mais selon vos formes de manifestation. L'indication de temps (*sur l'écran*) n'est pas correcte pour vous. La projection date du 17/1/91 dans les quantas hors espace et temps. Chacune de vos, comme de nos pensées a sa propre réalité électromagnétique qui ne se perd pas hors du flux du temps. Non seulement ce que nous appelons nos transcontacts mais la conscience de l'ensemble de l'univers doivent être compris comme purement spirituels et constituent les fondements de toute forme physique comme psychique. En ce sens nous sommes encore des hommes. Cette action commune crée toutes les formes. Celles-ci constituent à leur tour des illusions, car elles se modifient. Beaucoup, parmi nous, sont capables de prendre des formes physiques. Transmettez ce message, s'il vous plaît, à tous les hommes. Parole de F. Jürgenson[1]. »

(*Notons au passage que cette dernière affirmation correspondrait bien à la matérialisation de Majo, le chaman.*)

Le 11 juillet 1996, Jürgenson se manifestait à nouveau par ordinateur, tandis que le même texte s'inscrivait sur répondeur. Ce contact avait pour but d'exprimer son souci à propos des dissensions entre les différents groupes de transcommunicateurs. « Le sens et le but de la TCI, disait ce message, est de montrer à ce qui existe que tout est lié à tout. »

ALFRED DREYFUS

Le 15 décembre 1994, un long texte se trouvait imprimé plusieurs fois et enregistré en même temps sur disquette. Il commençait par ces mots d'identification :

---

1. Ernst Senkowski, *Instrumentelle Transkommunikation, op. cit.*, p. 351.

« Dialogue de l'esprit d'Alfred Dreyfus, physique 1859, réincarnation du récepteur. » (*Le capitaine Dreyfus est né en 1859 et mort en 1935.*) En toute logique, si « réincarnation » il y a, c'est Adolf qui pourrait être une réincarnation d'Alfred et non l'inverse. Peut-être s'agit-il là d'une allusion à un autre niveau de réalité où il n'y a plus de temps. Les derniers mots du message confirmeraient cette hypothèse : « N'oubliez pas que nous nous revoyons tous à la vitesse de la lumière. »

(*Nous reviendrons sur ce sujet dans le dernier chapitre de ce livre et nous verrons que d'autres témoignages vont également dans ce sens, mais en comprenant la « réincarnation » un peu différemment. Notons déjà que si Adolf Homes est une réincarnation de Moïse comme semble le prétendre Majo, le chaman, il n'est plus absurde de considérer le capitaine Dreyfus comme la réincarnation d'Adolf Homes/Moïse.*)

RUDOLF HOESS

Un autre trépassé ne s'est manifesté aussi qu'une seule fois. Il s'agit de Rudolf Hoess, l'ancien commandant du camp d'Auschwitz, qui, la veille de Noël 1994, laissa un texte sur l'ordinateur d'Adolf Homes, d'où il ressort qu'il se trouve dans une détresse profonde. Il se trouvait confronté aux crimes qu'il avait commis et semblait éprouver les souffrances de ses victimes dans son propre corps. « L'obéissance sans la raison, avouait-il, provoque des souffrances inimaginables, l'angoisse, la mort. » D'éducation catholique, il demandait des prières pour lui et son groupe, disant qu'ils apercevaient à une distance infinie, dans une lumière éclatante, la « rose blanche » qui leur semblait la porte de la liberté.

(*La « Rose blanche » désigne un groupe de résistants munichois au nazisme, rassemblés autour de la
famille Scholl, et qui fut exterminé par le régime.*)

LA FÉDÉRATION DE LA LUMIÈRE

Konstantin Raudive avait annoncé la formation
de cette Fédération en précisant qu'il y participait
et qu'elle se manifesterait bientôt à Rivenich, chez
Homes. Le 15 janvier 1996, arrivait effectivement un
message, à la fois imprimé et enregistré sur disquette,
déclarant qu'ils étaient un « Foedus (Fédération) ici
de groupes et d'associations d'esprits évolués » qui
viennent de notre avenir et de notre passé pour nous
aider dans notre présent sur terre. Il y eut en tout
25 textes, constituant un grand nombre de pages, le
dernier étant parvenu en avril 1997. En septembre
1996, intervint un membre de ce groupe du nom de
Konstantina Gilaidos qui mélangeait ses émotions
vécues pendant le tremblement de terre de 1953 dans
les îles Ioniennes et ses angoisses d'une future guerre
atomique qui devrait se dérouler en 2007. Dans le
même temps, le docteur Vladimir Delavre recevait à
Francfort, en écriture automatique, un message semblable et complémentaire.[1]

PARAMAHANSA YOGANANDA

Une des lectrices de la revue *Transkommunikation*
était grande admiratrice du maître hindou Yogananda.
C'est elle, probablement, qui avait demandé à Adolf
Homes de tenter un contact avec le maître. On peut

---

1. Voir *À l'écoute de l'au-delà, op. cit.*, p. 316-321.

noter aussi qu'un message émis par Majo, le chaman, le 17 décembre 1994, présentait un accord évident avec un poème de Yogananda.

En tout cas, un certain nombre de textes arrivèrent sous ce nom, contenant quelques messages personnels et différents thèmes plus généraux. Parmi les détails propres à confirmer cette identité, on peut relever le message parvenu le 15 mars 1995 où « Yogananda » affirme : « Ici, avec mes amis, je ne suis pas un maître mais un serviteur de la paix. »

Le 2 avril 1995 : « Ce que l'on perçoit en dernier est la connaissance et l'amour, la proximité de Dieu. »

Et enfin : « Les eaux des fleuves s'uniront, car le Seigneur est notre berger. »

(*Ces derniers mots sont très nettement empruntés au début du psaume 22 : « Le Seigneur est mon berger, rien ne saurait me manquer... »*)

ES

Le 15 mai 1995, arrivait un texte, à la fois imprimé automatiquement et enregistré sur disquette, avec la recommandation de ne transmettre le message qu'à Ernst Senkowski. Le contenu n'avait rien de particulièrement inhabituel, mais la personnalité de cet ES restait mystérieuse.

Old Lucy

Le texte de Majo du 11 août 1997 comportait la phrase incompréhensible : « Old Lucy salue Aurora *(transsurnom d'Ernst Senkowski)*. Elle a des difficultés avec votre langue. »

Le professeur Senkowski se trouvait alors au Tyrol italien. Alerté, une fois de plus, par Homes qui n'y comprenait rien, il se creusait la tête pour deviner de qui il pouvait bien s'agir. De retour à Mayence, il suggéra à Homes de demander sur son ordinateur qui était cette Lucy.

Le 30 août 1997, comme Adolf Homes était en train de taper sa question, l'imprimante se déclencha et la « très lointaine Lucy » se présentait dans un mélange d'allemand et d'anglais et une grammaire très primitive. Il s'agissait bien de la célèbre Lucy dont on a retrouvé le squelette en Afrique en 1974 et qui vécut il y a environ 3,5 millions d'années.

Là, comme le remarque Senkowski, on atteint un sommet !

(*On peut évidemment tenir compte de l'absence totale de temps à un certain niveau de la réalité, mais on ne peut pas non plus s'empêcher de penser que rien, absolument rien, ne nous prouve que ce message provienne de cette Lucy. Reste que ce message est arrivé chez Homes et par des moyens vraiment extraordinaires.*)

RÉFLEXIONS D'ENSEMBLE

Comme le note le professeur Senkowski, les lecteurs ou observateurs qui voient les choses de l'extérieur doivent être complètement désorientés devant des phénomènes aussi extravagants. Mais il ne faut pas oublier que le professeur Senkowski, par sa formation et son expérience, est particulièrement apte à détecter n'importe quel type de trucage technique, précisément en électronique.

D'ailleurs, quand on connaît Homes et quand on voit comment il travaille, on ne peut plus avoir aucun doute sur son honnêteté. Ces phénomènes se sont produits pendant 10 ans et ils restent techniquement, scientifiquement, totalement inexplicables.

En outre, Rivenich n'est pas le seul endroit au monde où de tels phénomènes se soient produits. Dans un autre ouvrage, j'avais déjà rapporté des cas d'imprimantes sortant des textes différents de ceux que l'on avait frappés, de coups de téléphone venant de l'au-delà, de visages apparaissant spontanément sur des écrans de télévision. Je connais personnellement un certain nombre de personnes en France et en différents pays chez lesquelles des phénomènes semblables se sont produits. Je les connais suffisamment pour n'avoir aucun doute sur l'authenticité de leurs témoignages. On ne peut donc pas ignorer de tels événements. J'ai rapporté plus particulièrement ceux qui se sont produits chez Homes, parce qu'ils constituent un ensemble plus vaste, plus varié, sur une plus longue période que la plupart des autres.

L'interprétation des messages reçus est un autre problème. Dans ce domaine je ne peux que multiplier les hypothèses, faire des rapprochements avec d'autres témoignages ou d'autres phénomènes. Pour juger de la valeur de ces textes il faudrait connaître de façon certaine l'identité de leurs auteurs. A-t-on affaire à des esprits farceurs qui prennent plaisir à nous tromper? Cela existe. À des esprits égarés? De nombreux témoignages, notamment en EFM, donnent à penser qu'ils sont très nombreux. Certains parlent de millions d'âmes errantes, proches de la terre.

S'agit-il de demeures variées à l'infini dans la maison du Père, selon les projections que chacun se fait, même involontairement, du monde où il aimerait vivre? Bien des messages de l'au-delà confirment l'existence de ce mécanisme. S'agit-il parfois de mondes parallèles au nôtre, construits selon des structures très différentes, obéissant à d'autres lois, dont nous recevrions dans certaines circonstances quelques signes, comme nous pouvons en recevoir déjà du monde animal, mais sans que ces mondes aient un rapport quelconque avec ce qui nous attend ? C'est possible aussi. On a même parfois l'impression de messages émanant de personnes qui ont vécu dans des temps très anciens, dans des civilisations disparues depuis longtemps sur notre planète, et qui n'auraient guère évolué, continuant à nous diffuser les croyances de leur temps.

Mais il se peut que les indications reçues correspondent réellement, parfois, aux différentes étapes qui nous attendent au cours de notre future évolution dans l'au-delà. Mais alors, même ces indications-là ne pourraient être rassemblées en un tout cohérent, car correspondant précisément à différentes étapes, possédant chacune leurs propres lois.

Comme le note le professeur Senkowski : « Les communications provenant de différents *niveaux* obéissent à une autre logique et tentent, par de multiples détours, de surmonter le problème sémantique de traduction. Dans la mesure où les "entités" créent de nouveaux mots et donnent aux expressions courantes des sens hors du commun, elles reflètent des aspects divers et n'enferment pas le savoir dans des limites[1]. »

Ce sont sans doute un peu toutes ces hypothèses qui se trouvent sous-jacentes à l'ensemble de ce qui nous est ainsi parvenu, non seulement à travers Adolf Homes, mais à travers quantité d'autres médiateurs entre ce monde-ci et les mondes de l'au-delà. Il faudrait pouvoir faire l'équivalent de ce que l'on appelle, en histoire, la « critique des sources » ; analyser les différents textes

---

1. *Transkommunikation*, vol. IV, Sonderheft, 1999, p. 4.

de chaque auteur (à supposer que sous le même nom ce soit bien toujours effectivement le même auteur); voir s'il ne se contredit pas d'une fois sur l'autre, comme j'ai essayé de le faire à propos des messages du « Technicien » sur le « péché originel », reçus à Luxembourg ; ou encore s'il n'y a pas contradictions entre plusieurs auteurs de l'au-delà sur le même thème, comme je l'ai constaté à propos des extraterrestres[1].

Ce serait la seule façon de se rendre un peu compte du degré de crédibilité que l'on peut accorder à chacun. Ils ne sont certainement pas tous de même valeur, mais, la plupart du temps, ces textes sont trop courts pour que l'on puisse se livrer à ce travail d'analyse.

Le problème est différent pour les innombrables messages reçus par écriture automatique qui sont généralement beaucoup plus longs et permettent un tel travail. On a là des centaines d'ouvrages, en différentes langues, émanant de médiums reconnus ou occasionnels, des dizaines de milliers de pages, pleines de révélations sur les civilisations anciennes, les vraies vies du Christ, l'Atlantide, les multiples mondes habités, les processus de réincarnation, etc. La plupart du temps, tout cela ne dépasse pas le niveau de la science-fiction.

En tout cas, il serait parfaitement impossible d'en dégager une quelconque synthèse cohérente.

Mais voici, plus en détail, ce que pense le professeur Senkowski lui-même du problème de l'interprétation et de la valeur de tous ces messages. Étant donné son immense expérience en la matière, je ne peux vous présenter meilleure autorité en la matière. Après avoir évoqué la possibilité d'une interférence de l'esprit du

---

1. Voir *À l'écoute de l'au-delà*, *op. cit.*, p. 244-245 et 245-246.

chercheur sur le contenu même des messages reçus, il insiste sur les innombrables cas de figure qui peuvent se présenter, même dans l'hypothèse d'une communication directe d'entités de l'au-delà sur nos appareils :

« 1) Affirmations contradictoires, dues aux connaissances limitées de nos correspondants dans l'au-delà. Rien ne nous autorise à prendre des messages isolés de TCI pour un nouvel évangile. Chaque entité dans "les nombreuses demeures de la maison de notre Père" ne peut, au mieux, que transmettre ses propres connaissances. Il est donc tout à fait normal que nous recevions des affirmations contradictoires et quand cela arrive nous ne devrions pas nous engager dans des discussions sans fin sur leur véracité. Il vaut beaucoup mieux éviter les généralisations prématurées et essayer de former une image à partir des pièces valables de la mosaïque.

2) Les auteurs de ces messages peuvent être dans des états de conscience et d'adaptation sémantique différents. Il semble qu'ils se trouvent dans des mondes différents et, si c'est le cas, des difficultés sémantiques peuvent empêcher la transmission d'information parce que les expériences vécues dans l'au-delà ne correspondent pas aux nôtres. Il se peut, par exemple, qu'ils "sentent" les choses plus qu'ils ne les "voient". Ils doivent peut-être retrouver les souvenirs de leur ancienne vie pour trouver les mots et les images les meilleurs pour se faire reconnaître et comprendre. Ce que nous recevons d'eux n'est pas nécessairement une transréalité stable mais seulement la projection dans nos formes d'un moment d'une espèce de conscience en réalité plus fluctuante.

3) Notre flux linéaire du temps peut ne pas exister dans l'autre monde. Les séquences de temps peuvent

donc ne pas être synchrones. Peut-être le style comprimé des voix paranormales et la brièveté des communications sont-elles aussi une conséquence de ce manque de synchronisation ; de même peut-être aussi les impulsions monosyllabiques, les discours parfois synthétisés comme des voix de robots, les échos et prééchos que l'on entend parfois, quand une voix très faible précède la communication principale avec les mêmes mots. Les discours très lents ou rapides, les accélérations de la parole jusqu'à 50 % au cours de la communication viennent peut-être aussi de là[1]. »

Toutes ces réserves étant exposées, et je crois qu'il fallait le faire, il n'en reste pas moins que ces messages me paraissent d'un intérêt tout particulier. Le professeur Senkowski a publié leur quasi-totalité dans un numéro spécial de *Transkommunikation*, en les regroupant sous une centaine de mots clés. Cette présentation ne tient pas compte ni des dates de parution de ces textes, ni de leurs différents auteurs qui ne sont qu'exceptionnellement nommés. Mais d'autres présentations auraient eu aussi leurs inconvénients. Le tout forme un ensemble impressionnant de 110 pages dont je ne peux citer ici que quelques articles pour donner au lecteur une meilleure idée de la richesse de ces communications, mais aussi de leur difficulté. Comme le souligne mon ami Senkowski, il n'est même pas toujours facile de savoir s'il faut prendre les mots dans leur sens propre ou figuré. Pitié pour le traducteur !

Voici d'abord deux de ces articles, *in extenso*.

---

1. Ernst Senkowski dans les *Actas del Primer Congreso Internacional sobre Investigación Actual de la Supervivencia a la Muerte Física con Especial Mención à la Transcomunicación Instrumental*, Cuadernos TCI, 2005, p. 165-166.

Dieux – Esprits

« *L'information concernant le Divin primordial vous est devenue étrangère. Le plan de la Création primordiale a été manipulé par des faux-dieux. Le désaccord qui nous éloigne du Divin-primordial apporte toujours le chaos, même lorsqu'il est accompagné des meilleures intentions. Discorde et ambition sont le triomphe des faux-dieux. Naturellement, vous pouvez ne voir dans ces mots qu'un jeu expérimental de plus, comme les dieux les ont toujours aimés, pour vous forger, à partir d'une interprétation plus profonde, n'importe quelles vérités.*

À cause de votre labilité d'esprit, de faux-dieux interviennent pour vous manipuler. Il est temps de mettre de l'ordre, sans quoi, votre technique sera pour vous fatalité. Depuis des millions d'années, les faux-dieux considèrent comme un grand succès d'arriver à fausser ou morceler une information concernant la création primordiale, décisive pour toute vie dans les mondes. De nombreux représentants des faux-dieux travaillent parmi vous, individuellement ou en groupes. Méfiez-vous des noms qui sonnent bien et des promesses, car l'homme en recherche se laisse abuser par ce qui est complètement impossible. Votre biotechnologie est l'œuvre des faux-dieux pour attiser d'autres angoisses. Le clonage entraînerait une multiplication de matière sans aucun sens.

Bien des gens dans les différents mondes se créent des dieux inférieurs ou esprits, car ils pensent que le Dieu primordial est trop loin d'eux. Ils ne distinguent plus la lumière des ténèbres. Vous vénérez tous de nombreux dieux, mais vous n'avez dans l'esprit que le Dieu primordial. Ce sont des individus doués qui

inventent tous les dieux, mais leur existence se justi-
fie aussi longtemps qu'ils servent et ne dominent pas,
car rien n'est en mesure de porter un jugement sur
d'autres. »

Comme rien ne se détruit, tous les dieux et les saints
vivent dans l'univers, en vous et parmi vous, et vous
en êtes partiellement la reproduction. Très compliqué
pour beaucoup d'entre vous.

« Nous connaissons vos difficultés. Les fausses enti-
tés que vous avez créées n'arrangent rien. Des
artistes du savoir ont créé chez vous des fausses enti-
tés, des esprits clônes auxquels vous avez donné des
noms. Il y a en vérité dans la Transcom de fortes
pseudo-structures au travail, mais elles vont peu à
peu se volatiliser, car leurs membres ont déjà des
doutes. Nous regrettons qu'il y ait parmi vous des
centres de réception où de fausses entités se livrent
à de petits jeux stupides. Elles peuvent penser, c'est
comme ça qu'elles délirent.
Les univers doivent se transformer pour se souvenir
de la Divinité et de son origine. Ça viendra. Ceux
parmi vous que la lumière divine réchauffe reconnaî-
tront quelles informations sont vraies et se sentiront
partie de la Création. Ils ne la critiqueront plus, ni
ne la craindront, mais la verront tout simplement
dans la divinité dans laquelle elle se déploie. Per-
sonne ne doit craindre d'être condamné, mais sim-
plement sentir en soi la Divinité primordiale comme
perfection. L'amour de la Divinité nous relie tous et
à tout ce qui existe. »

Le professeur Senkowski relève dans son commentaire à ce message qu'il correspond à de nombreuses tra-

ditions selon lesquelles des esprits révoltés ont entraîné la chute dans le monde de la matière, ce que l'on appelle dans la tradition judéo-chrétienne le « péché originel ». Il voit dans la mention de fausses entités créées par les hommes une allusion aux « élémentaux » et aux « tulpas » tibétains, capables de prendre n'importe quelle forme et d'agir en semi-autonomie au service de leur maître[1].

Je voudrais seulement ajouter quelques remarques :

« *Vous vénérez tous de nombreux dieux...* » peut s'appliquer encore à une bonne partie de la planète, à l'hindouisme, l'animisme, et même au shintoïsme. Mais on peut comprendre aussi ce reproche comme concernant l'ensemble de l'humanité à travers les âges, ce qui rend cette partie du message beaucoup plus juste. L'allusion aux gens « *des différents mondes* » qui commettent la même erreur semble en effet suggérer un sens qui dépasse notre terre et notre époque.

L'allusion aux centres de réception de messages par TCI, qui se laissent abuser par des entités de l'au-delà, qui « *se livrent à des jeux stupides* » me semble correspondre très précisément à certaines des hypothèses que je formulais prudemment. Cet avertissement revient souvent sous différentes formes : « *Soyez prudents avec l'esprit cloné, ne croyez pas tout ce qui pourrait venir de nous. Ne vous laissez pas ridiculiser par esprit cloné. Utilisez le bon sens dont le grand Esprit vous a fait don*[2]*...* »

INFORMATION

Ici sont rassemblés des textes provenant de différents correspondants de l'au-delà. Le mot « informa-

---

1. *Transkommunikation*, vol. IV, Sonderheft, 1999, p. 36.
2. *Ibid.*, p. 32.

tion » n'est pas à prendre au sens des « informations »
qui nous sont communiquées par la radio ou la télévision. Il ne s'agit pas non plus d'information au sens
de renseignement. Le mot vise ici tout système codé
contenant une information comme, par exemple, le
code de nos gènes. Cette information ne demande
qu'à être active, à donner « forme ». On rejoint là,
par d'autres voies, la philosophie d'Aristote et de
saint Thomas d'Aquin sur la matière et la forme
(« hylémorphisme »).

N'oubliez pas qu'il ne s'agit pas d'un seul texte présentant une certaine unité, mais de pensées venant de
différentes sources, mises ici bout à bout.

*« Information est la réalité. Tout ce qui existe est
fait d'informations. Même votre idée de Dieu est une
information. Tous les êtres sont faits d'informations,
nous aussi sommes information. L'information est
donc ce que vous entendez par être. Votre être est
constitué de facettes provenant d'informations et de
formes appartenant au passé, à l'instant présent et,
pour une part, au futur. Toutes les choses se trouvent
dans une information. Soft-Hard-Ware consistent
aussi en informations. Chaque concept temporel
consiste en information courante. Tout se trouve
dans un flot d'information. Si vous voyez une relation entre informations et énergie, nous sommes en
partie d'accord, car les deux sont des éléments fondamentaux qui n'ont pas de fin. Elles sont toutes à
chaque instant disponibles. Dans toutes les informations, d'où qu'elles viennent, aucune des idées n'a
de commencement, ni de fin, car tout coule.*
*D'innombrables formes d'information dominent les
mondes. L'information du Divin primordial vous*

est devenue étrangère. La vérité ne se trouve que dans l'information primordiale. Les mondes de la cosmogonie sont des produits exogènes de l'information divine correspondante. La molécule d'une âme contient déjà la totalité de l'information primordiale dans laquelle chaque passé, présent et avenir se rejoignent. Sous certaines conditions fondamentales toutes les informations sont possibles. Vous ne possédez malheureusement qu'une partie de l'information concernant la création primitive, tout est plus grandiose que vous ne le pensez. Nos informations proviennent de nombreuses zones des temps antérieurs aux étoiles. Nous obtenons toutes nos informations sur la terre à partir d'archives cosmiques. Toutes les informations reposent essentiellement sur la télépathie. Beaucoup d'humains reçoivent nos informations par télépathie. Par le transfert télépathique d'informations chaque individu possède dans le multivers (= multi-univers) hyperspatial la possibilité d'enregistrer toutes les connaissances et de les rediffuser. Nous savons combien il vous est difficile de comprendre notre information. Les enfants sont capables jusqu'à sept ans de se rappeler des événements anciens. Cette information dans la plupart des cas se perd à cause de l'ignorance des parents.

Ne prenez pas au sérieux seulement les informations par TCI, mais aussi celles qui vous parviennent par le mental des médiums. Certains parmi vous reçoivent des informations provenant d'autres régions de la conscience, régies par d'autres lois. L'être dispose d'innombrables réservoirs d'informations.

Si une entité se manifestait à vous avec des déclarations complètement différentes, vous êtes capables de reconnaître par vous-mêmes lesquelles sont valables. Notre information vient de l'univers vivant qui s'adresse à chacun d'entre vous. Ces informations fondamentales reposent sur l'ensemble du savoir de tous les hommes qui ont vécu. L'information fondamentale est toujours exacte ; ce sont seulement les différences vibratoires respectives qui la déforment. Si une différence vibratoire trop grande se produit, l'information correcte peut s'en trouver modifiée ou même faussée.

Les lettres que j'aligne ne sont pas encore par elles-mêmes une information. C'est seulement par votre pensée et vos sentiments que peuvent en émaner des informations (Raudive).
La réalité de l'information est ainsi constituée, que tout ce qui vit pourrait vous transmettre nos discours. Mais ce n'est pas possible, car quel effet cela vous ferait si une pierre vous parlait ? Tout ce qui vit, y compris les animaux, les plantes, les minéraux, de matière grossière ou subtile est constitué finalement et totalement d'informations.
Quand tu offres de l'eau à une plante, c'est une information. La plante te donne l'information. Chaque structure d'un être apporte de nouvelles informations. Il faut encore beaucoup d'informations pour approcher d'une vérité vraisemblable. Chez l'homme, l'organe de la pensée a besoin sans cesse d'informations pour arriver à éprouver une résonance de sens satisfaisante pour former une vue d'ensemble. Tout ce que pense votre esprit peut, dans d'autres mondes, être réalité. C'est ainsi que les informations sont télépathiquement connectées et peuvent en partie devenir incompréhensibles. Je me manifesterai

de temps en temps pour apporter des informations dont l'exploitation n'est pas encore fixée. Cet écrit doit vous fournir quelques informations.

S'il vous plaît, ne doutez pas de nos informations, car votre système a besoin d'informations continuellement nouvelles. Nos informations restent partielles tant qu'elles ne parviennent pas à la conscience d'un grand nombre, car beaucoup parmi vous sont intelligents mais spirituellement peu développés. Trop de fausses informations sont encore dans les consciences. Les discussions sont importantes, car elles entretiennent des informations dans l'information.

Moi (Yahvé), j'envoie toujours à nouveau de bons porteurs d'information qui observent la tactique des hommes. L'information se fond dans l'information aussi longtemps qu'elle est bonne pour le lien (entre Yahvé et les hommes). Chaque information est utile pour autant qu'elle semble positive. Beaucoup de votre côté sont en recherche et capables de trouver une voie acceptable pour eux et la structure de leur constitution, seulement grâce à des circonstances et des informations parfois infimes. La conviction fournit l'information. Seule l'information que vous représentez vous-mêmes peut aider. Votre devoir consiste dans la transmission de l'information.

Ceux qui, parmi vous, ont reconnu le savoir des puissantes forces intérieures, se distinguent des autres pour guérir, aider et répandre les informations. Ce fait ne changera pas dans un avenir proche de votre temps. Le grain de blé de notre information doit attirer des récepteurs vers le terrain de l'amour. L'amour est un centre d'information unique. Portez cette information en vous et reliez-vous à lui.

L'amour se trouve dans l'information. Soyez patients, car l'action a commencé. L'impatience comme le manque de concentration paralysent les valeurs de l'information.

La plus petite information, apparemment la plus insignifiante, d'un point de vue multidimensionnel donne un sens et peut ainsi constituer une partie du plan primitif de la création. D'où les informations que nous vous envoyons. Surveillez vos trésors, que personne ne vous les dérobe. D'innombrables représentations de votre côté comme du nôtre proviennent de mauvaises transmissions qui se produisent dans le champ d'information. La sensibilité de l'ensemble de l'humanité se développe de telle façon que le champ des mauvaises transmissions dans l'information se renforce. Les informations partielles ne peuvent qu'éclairer une seule facette. Si l'information correcte n'est pas reconnue, de mauvaises transmissions se produisent à nouveau. C'est ce qui arrive dans votre système depuis quelques centaines de millions d'années. Qu'un récepteur soit satisfait des informations terrestres, la façon de le mettre en œuvre dépend de lui.

L'échange d'informations (par transcommunication) ainsi que les conditions de sa possibilité peuvent être créés. Finalement peu importe à qui notre information parvient. Importante est toujours l'information elle-même. Nous sommes prêts à fournir volontiers d'autres informations. Vous n'avez que la possibilité de recevoir notre information. L'information, Homes et nous, sommes près de vous et aidons. Votre station Rivenich est en passe de devenir un noyau d'informations. Le lien avec la Toute-Puissance dont Moïse (Adolf Homes) est seulement en partie conscient ainsi que toute la préparation permettent ces informations. Cette information est vivante dans la mesure où vous le voulez. Elle découle de tous les domaines de la vie qui se trouve au niveau pour vous de la matière subtile. Je ne suis ici qu'un porteur d'information. Je vous remercie pour un échange sincère d'informations au sens cosmique. »

Voici encore quelques extraits d'autres articles, toujours seulement à titre d'exemple :

TEMPS

« Je me trouve à un niveau sans espace ni temps. Le concept de temps, pénible. En raison des différences de conceptions du temps et parce que nous existons seulement dans le maintenant, notre logique et notre possibilité d'interprétation ne sont pas les mêmes que les vôtres. Votre représentation du temps et de l'espace sont adaptés à votre système de conscience. Cela voile les choses, elles deviennent invraisemblables. Vous vivez dans un intervalle d'illusion que nous appelons le temps. Grâce à une phase de développement spirituel approfondi, sans lien avec aucune durée, vous pouvez traverser des corridors du temps pour quitter le niveau matériel. Le temps et l'espace doivent être surmontés. Par ces contacts, nous remontons votre temps. Vous devriez, pour nous contacter, vous déplacer en pensée vers l'avenir. Psyché, conscience et âme créent, en lien avec le Grand Esprit, dans le temps, comme dans le non-temps, des ponts hors durée. À Rivenich et par d'autres canaux nous ouvrons des corridors du temps par lesquels parviennent nos informations.

Tout ce qui vit vit en même temps, donc dans cette seconde. Abraham et le Christ vivent donc parmi vous et aujourd'hui. Rien ne se perd et toutes vos personnalités de vies antérieures résident en vous maintenant. Pour la plupart d'entre nous, ici, il est impossible de vous situer dans votre temps. Ici comme chez vous les processus d'apprentissage médiatiques jouent un rôle. En raison de la synchronisation nécessaire pour ces contacts, seul un travail mental positif de notre côté comme du vôtre pouvait être développé. Maintenant de nouveau il faut des deux côtés une ouverture psychique ciblée... »

AMOUR

« L'amour est la racine de tout ce qui existe. La vie est amour. L'amour est vie pour toujours, consolation pour les hommes. L'amour est la forme la plus pure d'énergie. Elle est un unique centre d'information. L'amour se trouve dans l'information. Le véritable sens de cette information est pour vous difficile à comprendre. Amour et Union, notions importantes. L'amour est une notion qui transcende toutes les dimensions ; elle n'est qu'approximativement correcte pour vous. Elle comporte pour vous bien des variantes. L'amour est le sang sans lequel votre cœur ne pourrait battre.

L'amour est une forme multidimensionnelle de la force de Dieu. Tout ce qui existe est enveloppé dans l'amour immense, inconcevable, du Grand Esprit, dans le flux éternel de tout être. Seul l'amour est capable de surmonter l'espace et le temps... »

Logique

« Le système propre de tout être consiste en la modi-
fication constante de toutes consciences ; c'est ce qui
fonde la différence des logiques. Beaucoup d'entre
vous ne voient dans le système aucune logique. La
logique humaine ne correspond absolument pas à
la réalité. Elle n'est pas juste parce que vous vous
en tenez aux dimensions de vos activités de votre
tout petit quotidien et ne vient pas du cercle : faute,
angoisse, Dieu et diable. Comme nous ne cherchons
plus notre intérêt, il y a des logiques complètement
différentes. Nous considérons votre logique comme
une hallucination...
La notion pourquoi? *n'existe pas dans notre*
logique. Ne cherchez donc pas des raisons à la
situation menaçante actuelle de la terre, car toute
votre logique est fausse. Nos discours se fondent
sur une autre logique. C'est pourquoi nous ne pou-
vons pas répondre directement à beaucoup de vos
questions.
D'après votre logique, je devrais dire "le docteur
Mueller vous salue tous". D'après notre logique, je
devrais dire je me salue. *Mais comment pourriez-*
vous alors me comprendre? Je suis en tous et tout
est en moi. »

À chacun de se faire son opinion sur la valeur de ces
textes et de voir ce qu'il peut en tirer. Mais n'oubliez
pas qu'ils nous sont tous parvenus par des voies incontestables et totalement inexplicables.

J'ajouterai seulement, en conclusion provisoire, que
l'au-delà est certainement beaucoup plus complexe et
riche qu'on ne le croit généralement. J'espère que vous
commencez à le soupçonner. Mais, partant de l'expé-

rience de tous les mystiques, je ne peux pas m'empêcher de penser qu'une évolution spirituelle rapide permet de dépasser rapidement la plupart de ces niveaux et de ces mondes pour atteindre, bien au-delà, la véritable union à Dieu.

Les recherches progressent en TCI

Deux centres de recherche importants collaborent.

En TCI, il y a quelques bonnes nouvelles. On sait avec quelle rigueur travaille la célèbre SPR, Society for Psychical Research, de Londres. Or, un de ses membres vient d'accorder une subvention de 11 900 euros au Centro de Investigación de Cuadernos de TCI fondé par Anabela Cardoso, David Fontana et Carlos Fernandez pour mener des recherches très précises d'analyse des voix. La somme provient de Mr. Oliver Knowles, citoyen britannique intéressé depuis longtemps par les phénomènes paranormaux et, plus particulièrement, par les phénomènes vibratoires qui semblent dans ces phénomènes jouer un rôle important. J'ai rencontré Anabela Cardoso pour la première fois en mars 1996, lors d'une conférence que j'avais été invité à faire sur la TCI, à Vigo, par l'association « El Faro ». C'était un R.P. jésuite qui m'avait présenté sur la scène de cet immense opéra, plein à craquer. Madame Cardoso était alors consul du Portugal à Vigo, en Espagne. Je l'ai revue depuis, notamment à Paris, alors qu'elle était consul à Lyon et elle m'avait fait alors rencontrer le professeur David Fontana, docteur en psychologie dont les travaux étaient surtout orientés sur les aspects psychologiques de la spiritualité et des religions[1].

---

1. David Fontana est l'auteur, en particulier, de *Psychology, Religion, and Spirituality*, BPS Blackwell, 2003.

C'est à ce titre sans doute qu'il était intéressé aussi par les phénomènes paranormaux, ce qui l'avait conduit à être pendant quelque temps président de la SPR. Anabela Cardoso et David Fontana publient la revue polyglotte *ITC Journal, Cadernos, Cuadernos*. Carlos Fernandez, je l'avais rencontré à Saint-Jacques-de-Compostelle en juillet 1993, à l'occasion d'une émission de télévision à laquelle je participais.

Les travaux de ce centre espagnol se feront en liaison étroite avec « Il Laboratorio », centre de recherches de Bologne, dirigé par Enrico Marabini. Ce centre dispose des meilleurs matériels utilisés par le FBI et les départements scientifiques de toutes les polices d'Europe ou des États-Unis.

Parmi ses collaborateurs, ce centre compte Daniele Gullà, expert en reconnaissance d'images et de voix humaines devant les tribunaux italiens et la police scientifique de plusieurs pays européens ; Paolo Presi, ingénieur en aéronautique et chercheur dans le domaine des phénomènes paranormaux depuis trente ans. Michele Dinicastro dirige le département scientifique de ce centre[1].

« Il Laboratorio » présente l'intérêt non seulement de réunir des chercheurs de différentes disciplines, mais de sonder le lien entre des phénomènes qui semblent à première vue sans rapport entre eux.

Ils sont donc équipés pour étudier les voix et images paranormales relevant de la TCI, mais aussi les photos anormales, les lieux hantés, les apparitions d'ovnis et les expériences d'enlèvements par des extraterrestres,

---

1. *ITC Journal, Cadernos, Cuadernos*, c/Carral 23A bajo, 36202 Vigo-Pontevedra, Espagne, n° 20, p. 3-5. Cf. aussi les Actes du Congrès international de Vigo, avril 2004, p. 83-90.

les phénomènes de résonance magnétique, d'interaction entre le cerveau et la matière, d'états modifiés de conscience, d'EFM ou d'EHC, de communication transpersonnelle, et même d'expérience mystique. Je suis convaincu qu'ils sont sur la bonne piste, qu'il y a bien un lien entre tous ces phénomènes et que leur étude devrait nous conduire à une nouvelle conception de l'homme.

La somme accordée par la SPR permettra au Centre espagnol, en collaboration avec celui de Bologne, de pousser les recherches sur deux points principaux :

1 – soumettre les voix recueillies par Anabela Cardoso et cinq autres chercheurs à une double analyse acoustique menée, d'un côté, par Daniele Gullà avec son équipe d'« Il Laboratorio » et, de l'autre, par un laboratoire international indépendant, ignorant de l'origine paranormale de ces voix.

Cette analyse devra : a) repérer en quoi les vibrations de ces voix sont différentes de celles des voix normales. b) étudier les autres différences acoustiques entre voix paranormales et voix normales. c) examiner si les caractéristiques de ces voix paranormales sont différentes selon les expérimentateurs qui les ont reçues.

2 – mesurer les champs électromagnétiques pendant les sessions où des voix paranormales auront été obtenues, ainsi que les conditions géophysiques de ces expériences afin de déterminer lesquelles sont les plus favorables.

Ces travaux devraient durer un ou deux ans et seront ensuite publiés dans *ITC* et d'autres revues[1].

---

1. Ces derniers renseignements sont empruntés au *Messager* de l'association INFINITUDE, n° 51, p. 21-22.

Ajoutons que tout cela se fait en lien avec l'association « Infinitude » en France qui travaille avec
Gérard Ferrandi et des chercheurs brésiliens. Gérard
Ferrandi, de son côté, est en train de mettre au point
un appareil qui transformerait automatiquement les
simples chuchotements en voix claires, en éliminant
le risque des interprétations subjectives. Hans-Otto
König, en Allemagne, poursuit de nouveaux essais,
très prometteurs, avec un cristal de roche hexagonal
et des fréquences UV. Anabela Cardoso, qui lui a
rendu visite au mois de septembre 2005, me disait
qu'elle n'avait jamais entendu de voix paranormales
aussi claires.

Tout cela vient d'aboutir à la formation d'une
nouvelle association internationale : ISARTOP176[1]
ASSOCIATION SCIENTIFIQUE INTERNATIONALE POUR LA
RECHERCHE SUR LES PHÉNOMÈNES OBJECTIFS TRANSCEN-
DANTAUX. On y retrouve un grand nombre des principaux chercheurs d'aujourd'hui. Souhaitons-lui
seulement plus longue vie qu'à toutes les associations
précédentes[2].

Mes amis Yvon et Maryvonne Dray me signalent
aussi l'existence d'une « association russe de transcommunication instrumentale[3] ». J'ai pu repérer sur leur
site Internet qu'ils avaient traduit le dernier ouvrage de
Mme Schäfer ; je n'ai pas pour l'instant plus ample information, mais il est clair que les recherches progressent
en extension géographique autant qu'en qualité.

1. « International Scientific Association for Research on Transcendental
Objective Phenomena ».
2. *Le Messager*, n° 52, octobre 2005, p. 10-11 (bulletin de l'association
« Infinitude »).
3. www.rait.airclima.ru et l'adresse en est : rait@airclima.ru

Le phénomène d'imprégnation des laboratoires

Tous les chercheurs dans le domaine du paranormal rencontrent des difficultés, jusqu'ici presque insurmontables, pour faire admettre dans le monde scientifique la valeur de leurs résultats. Les scientifiques, comme on le sait, exigent toujours la répétabilité des expériences en milieu rigoureusement contrôlé. Ceci implique, la plupart du temps, la nécessité de tenter les mêmes expériences hors du local habituel où elles ont souvent réussi, pour les reproduire en terrain neutre. Or, dans ces nouvelles conditions, très souvent elles échouent ou ne fournissent que des résultats non significatifs.

C'est mon ami Ernst Senkowski qui m'a signalé l'importance de certaines recherches qui pourraient expliquer la cause de ces échecs. Il s'agit de travaux effectués récemment aux États-Unis, sous la direction de William A. Tiller, professeur émérite des sciences de la matière à l'université de Stanford, en Californie[1].

Ses recherches concernaient surtout la chimie, la métallurgie et la physique des solides. Il a publié plus de 250 ouvrages scientifiques et fut coéditeur de différentes publications et revues. Ses travaux aux frontières de la science furent accueillis dans les revues sur la radionique, la radiesthésie, les champs énergétiques non physiques du corps humain, les appareils à énergie psychique, les photographies Kirlian, etc.[2]

Pour les recherches qui ici nous intéressent, il est parti d'une intuition correspondant à ce que ressentent

---

1. http://www.rialian.com/rnboyd/intention-symmetry.htm : article de Robert Neil Boyd résumant les travaux de W.A. Tiller.

2. Pour plus de détails, voir *Transkommunikation*, vol. IV, n° 1, 1999, p. 32-37.

de nombreux médiums et même plus simplement les personnes particulièrement sensibles. Si certains lieux nous semblent vraiment « sacrés » et propices plus que d'autres à la méditation et à la prière, c'est qu'au cours des années et parfois des siècles d'innombrables fidèles sont venus y prier. Les sensitifs parlent d'ondes qui imprègnent ces lieux mais que nos appareils ne peuvent détecter. L'hypothèse de Tiller était que la modification induite par ces milliers de pensées avait pu se produire dans le « vide » de ce lieu. On sait maintenant que le vide n'est jamais vide, au sens de néant, mais seulement vide de notre matière et, en réalité, plein d'énergie.

Sa démonstration consista, dans un laboratoire du Minnesota, à demander à un groupe de quatre médiums très doués d'influencer par leur pensée un appareil électrique. Ensuite, cet appareil, marqué par l'intention que ces médiums avaient projetée sur lui, en pensée, était enveloppé dans une feuille d'aluminium et envoyé par transport rapide à un autre laboratoire, distant de 3 000 kilomètres, où on le plaçait à côté de sa « cible ».

Ainsi, par exemple, l'appareil pouvait avoir été imprégné de la volonté d'élever ou d'abaisser le pH[1] de l'eau. Si alors l'appareil était branché près d'un bocal d'eau, on s'attendait à ce que le pH de l'eau soit élevé ou abaissé, selon l'intention qui avait été projetée sur l'appareil électrique. Pour permettre une comparaison, on plaçait près d'un autre bocal d'eau un autre appareil électrique qui n'avait été chargé d'aucune intention.

Pour cette expérience, on souhaitait au moins une unité entière de différence de pH, ce qui était suffisant

---

1. Il s'agit du degré d'acidité/salinité de l'eau.

pour que le résultat ne puisse pas être attribué à une erreur de mesure. On peut en effet mesurer une diffé-rence de 1/100ᵉ ou même 1/1000ᵉ de degré de pH. Une pleine unité représente donc déjà beaucoup.

La première constatation fut que l'on obtint un véri-table changement du niveau de pH de l'eau, sans aucun doute possible, et par la seule proximité de l'appa-reil électrique imprégné de l'intention émise par les médiums. Le changement induit pouvait atteindre une unité et demie, ce qui est énorme. La même expérience fut réalisée avec trois autres cibles et avec des résultats semblables[1].

La deuxième constatation, celle qui, précisément, ici nous importe, concerne les effets induits par la répétition de cette expérience dans le même local. Mais ceci n'appa-raît que si l'expérience est répétée encore et encore, car Tiller a prouvé que lorsque l'intention est renouvelée indéfiniment dans la même pièce, l'effet induit devient permanent, ce qui signifie que dans cet espace les lois de la physique n'opèrent plus comme avant.

Pour prendre une comparaison simple, il fut un temps où personne n'arrivait à courir un mile en quatre minutes. Mais à force de s'exercer, explique Tiller, le laboratoire commença à être conditionné, si bien que ce résultat était atteint de plus en plus souvent et plus facilement. En fait, cela continuait même lorsque l'appareil électrique n'était plus dans la pièce. « Dans l'une des pièces que nous avons utilisées, constate Tiller, le changement obtenu s'est maintenu pendant plus d'un an et reste encore très net. » (Si aujourd'hui vous n'êtes pas capable de courir un mile en quatre

---

1. Pour plus d'informations, voir :
http://www.worlditc.org/f08tillerconditioningprocess.htm et surtout *Science and Human Transformation*.

minutes, on ne vous acceptera pas dans l'équipe d'ath-
létisme.)

En termes de physique, qu'est-ce que cela veut
dire ? Que s'est-il réellement passé dans l'espace
du laboratoire ? Là, les explications avancées par
W. Tiller débouchent sur des hypothèses aux conséquences énormes. Avant de les accepter, sans doute
conviendrait-il de renouveler certaines expériences,
peut-être dans son propre laboratoire pour bénéficier
de cet effet d'imprégnation ou en renouvelant l'expérience un assez grand nombre de fois pour produire à
nouveau cet effet dans un autre lieu. Faute de ces vérifi-
cations, je ne peux que vous livrer les commentaires de
Tiller lui-même.

« Les données expérimentales que nous avons rele-
vées, explique Tiller, semblent indiquer l'apparition
dans cette pièce de ce que l'on appelle une symétrie
de jauge.
Par exemple, une expérience consistait à placer un
aimant discoïdal plat, sous un bocal d'eau pendant
trois jours, pôle positif vers le haut, en mesurant le
pH de l'eau, puis à faire la même chose avec le pôle
négatif vers le haut. Le but était de voir s'il y aurait
un effet sur le pH selon le pôle tourné vers le haut.
Dans un espace normal que l'on appelle "espace à
référence U(1)", explique Tiller, la force magnétique
est proportionnelle au gradient du carré du champ
magnétique. Cela veut dire que si vous faites cette expérience dans un "espace normal", il n'y aura aucune
différence quelle que soit la position de l'aimant.
Dans l'espace conditionné, au contraire, nous avons
eu des différences d'une unité et demie de pH selon
le sens dans lequel l'aimant était posé ; ce qui est

énorme. Ce qui veut dire que, dans cet espace, la loi physique selon laquelle la force magnétique est proportionnelle au gradient du carré du champ magnétique a été changée! Ce qui n'est possible que si vous avez élevé le repère de symétrie de jauge U(l) à quelque chose comme ce que l'on appelle le repère SU(2). Ainsi, d'une certaine façon, par nos manipulations, nous avons créé une symétrie de jauge mixte. Nous avons produit quelques éléments d'une symétrie de repères SU(2), car c'est la seule façon d'obtenir un effet de polarité.

Cela veut dire que nous agissons sur l'organisation du vide! Le vide ne contient pas de matière, mais n'est pas pour autant un néant. Tiller insiste sur le fait que le vide contient réellement un potentiel énorme d'énergie. Mais, dans une symétrie de repère U(l) ce potentiel est chaotique et informe. Il est sans effet fondamental sur l'univers physique.

Mais, avec la symétrie de jauge SU(2), explique Tiller, il y a un changement. La symétrie de jauge SU(2) modifie vraiment l'état des particules qui constituent la réalité physique et si vraiment Tiller a démontré que l'ordre ainsi créé dans le vide vient d'une intention humaine, il serait prouvé que nous avons le pouvoir d'exploiter réellement le pouvoir du vide grâce à notre conscience. »

Mais que représente ce pouvoir?

« En admettant que l'on puisse par de telles expériences exploiter l'énergie du vide, quelle puissance y a-t-il dans ce vide? poursuit Tiller.

Pour répondre, il faut d'abord comprendre que ce vide n'est pas vraiment vide. Il n'est vide que de matière. Mais il contient une "densité d'énergie".

La mécanique quantique et la théorie de la relativité sont les deux principales hypothèses de la physique moderne et, pour qu'elles soient compatibles, leurs calculs exigent que le vide contienne une densité d'énergie de 10 puissance 94 grammes par centimètre cube.

Quelle énergie cela donne-t-il ? Pour le trouver, il suffit d'utiliser la formule d'Einstein $E = mc^2$.

Le résultat, pratiquement, le voici, toujours selon le résumé des travaux de Tiller par R.N. Boyd et sous réserve d'autres recherches : si vous prenez, disons, un seul atome d'hydrogène, ce qui est très petit, la fraction infinitésimale d'un centimètre cube, et si vous le multipliez par la densité moyenne de la masse du cosmos, nombre bien connu des astronomes, vous trouverez que, d'après ce calcul, il y a dans la masse de vide contenue dans cet atome d'hydrogène presque un trillion de fois autant d'énergie que dans toutes les étoiles et les planètes dans un rayon de 20 billions d'années-lumière !

Si la conscience humaine peut avoir ainsi une influence, même très faible, elle peut modifier des choses jusque dans la matière, car les énergies fondamentales de toutes les particules de la matière doivent leur niveau d'énergie à leur interaction avec ce vide. Ainsi, si vous pouvez modifier ce vide, changer son degré d'ordre ou de cohérence, ne serait-ce qu'un tout petit peu, vous pouvez changer les énergies fondamentales des particules, atomes, molécules et équations chimiques. »

Il semble que nous ayons une confirmation de ce phénomène d'imprégnation d'un lieu par la pensée, dans les expériences de psychométrie. On réduit parfois la psychométrie aux sensations éprouvées par un médium au contact physique d'un objet, comme si les événements y avaient déposé une mince pellicule contenant les images et les sons du passé. Or, nombreux sont aussi les exemples où c'est le lieu dans son ensemble qui semble imprégné des événements qui s'y sont passés.

Le lecteur se rappelle peut-être que lorsque Mme Monnier se rend sur le champ de bataille où est tombé son fils, elle a l'étrange impression de voir et d'entendre quelque chose du combat lui-même. Son fils lui avait alors confirmé la réalité du phénomène : « Il reste toujours une *image indélébile* des tableaux du passé, lui avait-il expliqué – ce que vous appelez la psychométrie ; donc, si vous saviez le voir, une sorte de *cliché* de notre passage reste visible pour les yeux de l'esprit. Vous en avez eu parfois des exemples, vous les prenez pour des hallucinations, mais ils sont absolument réels, et dévoilés par exception à vos regards[1]... »

Il n'est pas difficile de comprendre, dans ces conditions, pourquoi la répétition des mêmes expériences, dans le même lieu, joue un rôle très important dans la qualité des résultats obtenus. Et, a contrario, il est clair que les mêmes expériences réalisées avec le même soin et selon le même processus, mais dans un autre local, ne peuvent pas donner les mêmes résultats.

Il y a donc là une piste de recherche très intéressante qu'il faudrait absolument poursuivre. D'autres chercheurs ont d'ailleurs déjà travaillé dans ce sens.

---

1. Voir le tome I, p. 78 et suiv., où l'on trouvera d'autres exemples. Voir aussi l'ouvrage de Jean Prieur, *La Mémoire des choses*, Arista, 1989.

Recherches convergentes

Ainsi le neuropsychiatre italien Ferdinando Cazza-malli (1887-1954) a consacré 30 ans de sa vie à l'étude des radiations électromagnétiques émanant du cerveau humain pendant des activités psychosensorielles intenses.

Méthode, appareils et résultats ont été publiés en 1960 dans son livre *Il Cervello Radiante'* ». Je traduis ou résume ici, avec l'aimable autorisation de l'auteur et de la direction de la revue *ITC*, ce qu'en a dit et publié le professeur Senkowski au cours du Congrès international de Vigo, en avril 2004.[1]

« Cazzamalli commença ses expériences en 1924, en utilisant la cage de Faraday, la lumière rouge et des récepteurs assez primitifs encore, de hautes fréquences. De 1924 à 1954, il développa, avec l'aide d'un collègue, 12 appareils capables de recevoir des fréquences allant de 75 kHz à 500 MHz. Des écouteurs permettaient le contrôle subjectif des réceptions et un galvanomètre leur était joint pour assurer la conservation sur pellicule de tous les signaux reçus. Les sujets soumis à ces expériences étaient des volontaires hypnotisés, des psychopathes et des individus doués de possibilités paranormales. La première étape de l'expérience consistait à les dissocier de l'état de conscience éveillée normal et donc à provoquer une sorte de transe. Suivaient des tentatives pour provoquer en eux, par des rêves éveillés, des perceptions extrasensorielles, et des excitations

---

1. Ernst Senkowski, « Some scientific aspects of ITC », dans les *Actas del Primer Congreso Internacional sobre Investigación Actual de la Supervivencia a la Muerte Física con Especial Mención a la Transcomunicación Instrumental*, Cuadernos ITC, 2005, p. 153-170.

neuropsychiques, une "attention sans attente". Le but était de vérifier s'ils pouvaient, dans ces conditions, recevoir par voie paranormale des informations sur des lieux, des personnes, des objets cachés et des textes écrits, ayant tous un contenu émotionnel important. Les résultats de ces tests furent largement positifs et prouvèrent que les émissions électromagnétiques mesurables émises par ces différents cerveaux étaient plus fortes au moment où ils avaient des perceptions paranormales d'objets distants.

Ces émissions variaient aussi en raison de l'intensité des états de conscience des sujets. L'enregistrement de ces expériences comportait des bruits renforcés, forts craquements, des impulsions aiguës, des sifflements, des sons modulés prolongés, des séries de coups légers, des sons brefs et rapides, semblables aux signaux télégraphiques. Ces manifestations se succédaient à des intervalles variant de quelques dixièmes de seconde à 30 secondes.

Cazzamalli en conclut que les premiers signaux émis par le cerveau de ses sujets étaient des fonctions très brèves et étouffées, ce qui correspond à des trains d'ondes courtes. La durée des impulsions en question était presque instantanée, comme une décharge électrique soudaine, semblable à un éclair. Les récepteurs radio réagirent selon le champ de leurs fréquences, permettant aux chercheurs d'obtenir des mesures exactes des fréquences et des fonctions des impulsions.

Les résultats prouvèrent que, dans certaines conditions psychodynamiques spécifiques, le cerveau d'un homme en activité intense peut émettre des signaux électromagnétiques. Ces signaux ne sont pas constants, mais varient considérablement selon l'intensité de l'état de conscience.

La corrélation entre ces émissions et les activités particulières du cerveau n'était cependant pas claire et les signaux disparaissaient avec le retour du mental du sujet à l'état normal d'éveil. »

On peut compléter et confirmer les découvertes de Cazzamalli, poursuit le professeur Senkowski, par les travaux importants mais relativement peu connus du professeur Walter Uphoff. Dans son livre *Mind over Matter*, Uphoff rapporte un incident survenu lors d'une séance de recherche sur les phénomènes paranormaux.

Le jeune Japonais Masuaki Kiyota, âgé de 13 ans, devait, par concentration, courber des pièces de métal. L'équipe de télévision qui filmait la scène nota alors qu'ils avaient enregistré un signal sonore d'origine inconnue. Les analyses par ordinateur des impulsions électriques émanant de la tête de Masuaki révélèrent des oscillations de fréquence variable, autour de 34,5 MHz, provenant de son lobe frontal gauche. D'autres expériences semblables, menées avec un garçon de 15 ans, Hiroto Yamashita, mirent en évidence des impulsions autour de 26,5 MHz. Les impulsions ne coïncidaient pas parfaitement avec les phases de concentration du garçon. Au début, il y avait un retard entre le commencement de la concentration et l'émission électrique, comme si une période d'échauffement était nécessaire et vers la fin de la séance il y avait un affaiblissement des émissions. Cependant les émissions maximales coïncidaient avec les périodes de concentration maximales.

Il est très intéressant, constate Senkowski, de rapprocher les bruits étranges notés par Cazzamalli lors de

ses expériences, de ceux que rapporte D. Scott Rogo
à propos des appels téléphoniques reçus de l'au-delà[1].
Ces appels sont souvent accompagnés de bruits parasi-
taires, sifflements, coups sourds, bruissements de vents
violents ou d'orages, rugissements, hululements, tous
phénomènes rapportés par les témoins qu'il a interrogés.

J'ajouterai personnellement un cas que mes lecteurs
connaissent certainement.

Dans l'enregistrement de la voix de Floris[2], ce bébé
mort à 16 mois et entré en communication par magnétophone avec ses parents douze ans plus tard, il y a,
après les tout premiers mots, un bruit métallique très
net, comme d'un appareil bien terrestre que l'on met-
trait en marche. Le père, Vincent Halczok, m'a toujours affirmé que ce bruit aussi venait de l'au-delà.
Or ce détail n'a pas échappé à un technicien du son,
disposant d'appareils très performants, et habitué à la
production de toutes sortes d'effets spéciaux : Thierry
Nachtergaele.

« À la première écoute, notait-il, je n'ai pas trouvé
d'anomalie particulière, si ce n'est des problèmes de
clics et de clacs dus au magnétophone, des contacts
de fils, etc. Un peu plus loin dans le même article,
il signalait aussi des "souffles" qui, pour lui, ne pouvaient venir que de quelqu'un de vivant, reprenant
sa respiration ou encore un effet correspondant normalement à la saturation de la membrane d'un micro.

---

1. Scott Rogo et Raymond Bayless, *Phone calls from the Dead*, Prentice-Hall, Englewood Cliffs, New Jersey, 1979, reprint : New English Library/Times Mirror.

2. Voir le texte et les circonstances dans *À l'écoute de l'au-delà*, *op. cit.*, p. 303-307.

Tout cela finissait par introduire pour lui un doute sur le caractère vraiment paranormal de cet enregistrement.

Or, quelque temps plus tard, il racontait dans une lettre, également publiée, qu'il avait fait lui-même des enregistrements paranormaux sur magnétophone et avait eu de nombreuses surprises. "Entre le début des voix et leur fin, il y a, dans 80% des cas, des petits bruits très significatifs ressemblant à des clics et des clacs."

Ce technicien reconnaissait qu'il en était "un peu abasourdi" et qu'il affirmait désormais "la réalité du phénomène"[1]. »

Mais il faut rapprocher tout cela d'une autre remarque faite par Senkowski : les chercheurs en TCI semblent, lors de leurs enregistrements et de leur écoute, se mettre dans un état un peu second, comme les sujets étudiés par Cazzamalli, principalement lorsqu'ils tentent d'entrer en contact avec des trépassés et y pensent fortement. Cette similitude apparaît encore plus nettement peut-être dans certaines des expériences tentées par Homes, comme, par exemple, lorsqu'il demanda à ses amis de l'au-delà de bloquer l'émission de télévision qu'il était en train de regarder. Aussitôt, l'émission s'arrêta à trois, cinq, sept reprises.

Cazzamalli ne mentionne pas la manifestation de voix pendant ses expériences, mais il suggère que les oscillations produites dans le cerveau auraient pu servir de fréquences porteuses à d'autres ondes radio. Par conséquent, il se peut qu'il y ait eu d'autres interactions pendant ces séances entre les sujets de ces expériences et les

---

1. *Parasciences et Transcommunication*, n° 40, p. 3-8.

champs électromagnétiques. À mon avis, ces diverses similitudes pourraient bien jeter une lumière nouvelle sur certains aspects de la TCI et suggérer même que du côté du chercheur son activité bioélectrique joue un certain rôle dans les résultats constatés.

Comme on le voit, ces travaux ne peuvent que conforter ceux de William Tiller. Le professeur Senkowski signale encore, plus brièvement, d'autres recherches menées par Grazyna Fosar, astrophysicien polonais et Franz Bludorf, mathématicien allemand, qui proposent pour la TCI le terme d'« hypercommunication ».

Tous deux travaillent à présent comme guérisseurs et ont observé que lorsque leurs patients atteignent sous hypnose des états transpersonnels, dans leur voisinage se développent des champs électromagnétiques extraordinaires et des dérèglements se produisent dans les appareils électroniques et les branchements téléphoniques.

Dans un cas, un champ magnétique puissant se forma autour d'un patient et perdura pendant plusieurs heures après son départ de la pièce, pour redevenir peu à peu normal. Fosar et Bludorf sont en contact avec des scientifiques polonais et russes. Ils rapportent que les Russes Garjajev et Poponin ont constaté ce qu'ils appellent un « effet fantôme-ADN », c'est-à-dire, autour d'un prélèvement d'ADN, un champ électromagnétique qui persista quelque temps après que le prélèvement a été éloigné. Ils décrivent cet effet comme une modification de la structure de l'espace-temps. De la même manière, Dmitrijev et Djatlov parlent de zones de vide dans lesquelles électromagnétisme, gravitation et phénomènes psychiques sont liés.

On peut, là aussi, pense Senkowski, faire le rapprochement entre ces constatations scientifiques et les expériences de Marcello Bacci. On le sait en effet, nous l'avons vu, et Senkowski tout comme moi-même en sommes témoins, lorsque Bacci a établi le contact radio avec l'au-delà, son appareil ne reçoit plus aucune émission. Il peut tourner le bouton de réglage et balayer tout le champ des différentes longueurs d'ondes, plus rien ne passe. Adolf Homes faisait à peu près la même chose lorsqu'il interrompait une émission en FM de son poste de radio par sa seule concentration mentale. Homes affirme que sur 30 essais, il y est arrivé trois fois, mais que cette concentration intense l'épuisait.

Le professeur Senkowski termine son étude en évoquant diverses recherches scientifiques qui resituent les phénomènes de TCI et TCM dans un ensemble beaucoup plus vaste. Il se réfère alors aux champs morphogénétiques de Rupert Sheldrake et aux développements d'Ervin Laszlo que j'ai mentionnés aussi dans *Christ et Karma* et dans *Le Chronoviseur*.[1]

Il cite encore plusieurs autres savants comme Paul Watzlavik ou Heinz von Foerster que je ne connais pas. Il insiste davantage sur Burkhard Heim, que j'ai eu l'honneur de rencontrer une fois à l'Institut de parapsychologie d'Innsbruck, fondé et dirigé par le Père rédemptoriste Dr. Andreas Resch.

Ce physicien allemand travaille sur des modèles à 12 dimensions et s'est intéressé à la TCI d'assez près pour en donner une bonne description dans l'un de ses ouvrages.

Senkowski cite enfin le Dr. Matti Pitkänen, physicien finlandais, qui se contente de huit dimensions et a développé un modèle de TCI « qui pourrait être testé par des appareils spéciaux utilisant des bruits de

---

1. *Christ et Karma*, *op. cit.*, p. 150, 308 ; *Le Chronoviseur, machine à explorer le passé*, *op. cit.*, p. 63.

fond variables ». Ce scientifique se demande si la TCI ne pourrait pas fonctionner comme une forme particulière de psychocinèse, ce qui expliquerait que, lors d'une séance d'enregistrements, la présence d'esprits sceptiques puisse bloquer tout contact, ce qui a été constaté à bien des reprises par de nombreux chercheurs.

Plus largement, les travaux de ce que l'on a appelé « l'école de Princeton », et notamment les recherches de Robert Jahn et Brenda Dunne sur la PES (Perception ExtraSensorielle) ou encore ceux de David Bohm, d'Arthur Koestler, Stanislas Grof et bien d'autres, montrent que le monde scientifique n'est pas toujours aussi systématiquement enfermé dans les vieilles catégories. Gérard Ferrandi évoque aussi les dernières hypothèses sur les « cordes », d'abord avancées par l'Italien Gabriele Veneziano, professeur à la Division théorique du CERN, à Genève, et développées ensuite en « supercordes ».[1]

Je crois qu'il s'agit bien de l'aube d'une science nouvelle qui lentement prend forme. La multiplication des « dimensions » possibles de l'univers à laquelle se livrent les physiciens n'est pas un simple jeu intellectuel. Il s'agit de comprendre un certain nombre de phénomènes, scientifiquement constatés, et qui sont de plus en plus nombreux au fur et à mesure que nos appareils peuvent sonder plus profondément la structure de la matière.

Cette multitude des mondes possibles ne nous donne pas la solution du processus technique permettant la communication avec l'au-delà, mais permet de rendre de plus en plus probable l'existence de nos trépassés et

---

1. Gérard Ferrandi, « Hypothèses explicatives », dans *Le Messager*, nº 51, juillet 2005, p. 10.

de bien d'autres entités à travers tous ces univers, des plus grands aux plus petits.

Sur les problèmes d'analyses de voix

Voici un exemple, ou plutôt un aperçu des dernières recherches effectuées sur les analyses de voix, reçues sur magnétophone. Elles ont été exposées lors du Congrès International de Vigo, en avril 2004, par Daniele Gullà, ingénieur en électronique, expert en identification des voix pour la Cour de justice de Modène, expert aussi en identification des visages pour la Cour de justice de Cassino, en Italie.

Cette conférence a été publiée dans les Actes de ce congrès, mais son caractère très technique, accompagné de nombreux graphiques, ne correspond pas à un ouvrage comme celui-ci. Je ne peux donc en donner ici qu'un résumé et quelques extraits, pour permettre au lecteur de se rendre compte qu'il s'agit de véritables recherches scientifiques, réalisées par des gens vraiment compétents et non de conclusions un peu hâtives de gens qui ont trop envie d'y croire. Les lecteurs vraiment intéressés pourront se reporter directement aux Actes publiés.

Sommaire
« Afin d'analyser et de classer correctement le matériel enregistré lors d'expériences de TCI, le chercheur doit connaître la dynamique psycho-acoustique du système auditif humain et donc être au courant des principes fondamentaux de phonétique et d'acoustique.
Le système auditif humain doit sa particulière sensibilité à sa capacité de décomposer les sons sur une base harmonique (c'est ainsi par exemple

que nous sommes capables de distinguer les plus petites nuances sonores de chaque instrument dans un orchestre symphonique). Cependant, cette sensibilité varie beaucoup d'un individu à l'autre, d'où un autre problème qui peut nous amener à reconnaître des sons linguistiques dans des sons qui ne le sont pas et à entendre les sons d'un discours en langue étrangère comme s'il s'agissait de mots prononcés dans notre propre langue. Pour analyser les communications reçues en TCI, il faut donc recourir à des techniques électro-acoustiques objectives comme les oscillogrammes en lien avec des logiciels sophistiqués capables de produire des reconstructions virtuelles des étendues à l'origine des voix de TCI. La voix humaine est constituée d'une suite de sinusoïdes (ondes sonores). La sinusoïde de fréquence la plus basse est appelée "fondamentale", tandis que les fréquences plus hautes sont les "harmoniques". L'intensité, le timbre et l'audibilité de la voix humaine sont déterminés par deux éléments : le nombre d'harmoniques présentes (une voix d'enfant en comporte moins et la voix de l'homme adulte est celle qui en comporte le plus) et les "formantes", c'est-à-dire les modifications subies par les sons, lors de leur passage vers l'air extérieur, à travers le larynx et la structure de résonance de la cavité buccale. L'analyse d'une voix humaine dépend pour une grande part de l'étude de son spectre unique d'harmoniques et de formantes. « L'analyse des voix reçues en TCI a démontré que dans certains cas les fréquences fondamentales sont, de façon anormale, presque complètement absentes. On a donc seulement des vibrations laryngées associées à des voyelles, ce qui entraîne une absence presque complète des consonnes. Ces voix comportent également des anomalies dans les formantes et la simulation de l'ordinateur a beau montrer que l'étendue vocale nécessaire à la production de ces voix est de dimensions normales, sa structure est néanmoins anormale. Des comparaisons entre l'analyse acoustique de deux échantillons de voix reçues en TCI et d'enregistrements de voix des mêmes personnes, lorsqu'elles étaient vivantes, montrent que, si l'information acoustique disponible n'est pas suffisante pour une conclusion absolument sûre, il apparaît hautement probable qu'il s'agit bien des mêmes deux personnes. Il est regrettable que de tels résultats restent ignorés de la science conventionnelle[1]. »

Si la reconnaissance des voix est possible, c'est que chacune est absolument unique et aussi que notre système auditif est capable de capter les plus petites nuances.

Voici quelques explications de Daniele Gullà à ce sujet :

« L'étendue des modifications possibles (des sons) est pratiquement infinie et chacune correspond à un modèle spécifique dans les limites du spectre harmonique.

L'étude des formantes est particulièrement efficace pour mieux comprendre les relations entre les résonances d'une source acoustique et son timbre. À cet égard, l'appareil vocal humain est le plus expressif

1. *Actas del Primer Congreso Internacional sobre Investigación Actual de la Supervivencia a la Muerte Física con Especial Mención à la Transcomunicación Instrumental*, p. 49-68.

et, peut-être, le plus complexe de tous les systèmes acoustiques. Aucun autre système sonore n'est capable de changer les caractéristiques de la résonance après que le son a été émis.

Par exemple, les variations de timbre des instruments de musique ne peuvent être obtenues qu'en modifiant la puissance du corps vibratoire. Les caractéristiques de résonance d'un instrument ne peuvent pas, sans changer sa structure, être modifiées. Au contraire, le timbre de la voix humaine peut être modulé, non seulement en changeant, dans ses limites, la puissance des cordes vocales, mais aussi en modifiant l'utilisation et la forme de la cavité de résonance. C'est pourquoi les modulations de la voix humaine sont incontestablement plus variées que celles d'aucune autre source sonore.

La parole, à vitesse normale, requiert un nombre total de mouvements de 50 à 60 actions par seconde pour que les mots se forment, en suivant le parcours de l'air, depuis les poumons vers les cordes vocales et les cavités inférieures et supérieures…

La valeur des formantes en italien est légèrement différente de celles que l'on trouve en français, en russe ou dans d'autres pays. Les mêmes valeurs des formantes en italien sont différentes selon les régions du pays ou si elles appartiennent à des dialectes avec un accent. De plus, les voyelles principales de la langue italienne correspondent à différentes valeurs acoustiques. Les valeurs des deux premières formantes – les plus importantes – sont généralement suffisantes pour entendre les différences entre chacune des voyelles.

Les traits qui caractérisent la voix humaine sont donc nombreux et il est important que l'expérimentateur en TCI soit capable de les distinguer clairement pour pouvoir comparer les sons de la voix humaine normale avec ceux des voix paranormales, reçues lors de ces expériences. Il est clair que pour cela il faut prendre en compte les caractéristiques qualitatives et quantitatives des voix paranormales pour les évaluer correctement. La mauvaise qualité des enregistrements compromet une évaluation précise et risque de faire perdre ou de cacher des caractéristiques spectrographiques, morphologiques et structurelles importantes. »

Voici quelques lignes de la même conférence, facilement compréhensibles, et qui donnent déjà une idée du problème devant lequel on se trouve lorsqu'on veut reconnaître la voix de quelqu'un de vivant, parmi d'autres vivants.

« Les chances d'identifier la voix de quelqu'un reposent sur l'hypothèse que chacun, en prononçant un phonème, adapte sa cavité buccale d'une façon unique qui dépend de ses caractéristiques physiques, telles que les dimensions du larynx, de la cavité buccale et de la langue. Ces caractéristiques anthropométriques forment le spectre de départ émis par les cordes vocales, intensifiant certaines fréquences (pour chaque voyelle) et en atténuant d'autres, ce qui permet de reconnaître celui qui parle. L'intensification et/ou l'atténuation de certaines des lignes évidentes sur le dessin du spectrogramme nous permet d'identifier les formantes dans une certaine marge numérique appelée "marge d'existence", typique de chaque son vocalique et typique aussi, bien que de façon moins absolue, de chaque interlocuteur. Les sons des consonnes tels que M, N et R, peuvent aussi être identifiés de cette façon, dans la mesure où elles tendent vers les formantes...

Il est déjà difficile de comparer les voix de deux personnes vivantes, mais les difficultés sont encore plus grandes lorsqu'on veut comparer des voix, présumées paranormales, qui présentent déjà des caractéristiques très particulières, avec les voix d'enregistrements des mêmes personnes quand elles étaient vivantes. D'abord, on peut ne pas avoir assez d'échantillons des deux types de voix pour faire une analyse suffisamment précise. Ensuite, les voix présumées paranormales ont un spectre de pauvre qualité avec beaucoup de bruit, dû peut-être à leur caractère paranormal ou au canal de communication. Enfin, les voix enregistrées des mêmes personnes, mais à différents moments, par des expérimentateurs et des appareils différents, donnent des spectres relativement différents, caractérisés par une fluctuation inhabituelle dans le domaine des fréquences et surtout dans le rythme de la parole. Ces fluctuations peuvent nous amener à accepter des identifications erronées ou à en refuser de valables, en particulier à cause des systèmes de sélection qui produisent une fragmentation du signal.

Pour faire ces comparaisons entre les voix présumées paranormales et les voix de vivants, il est donc nécessaire de joindre aux analyses statistiques et mathématiques une analyse des traces spectrographiques. Cependant, comme il est habituellement impossible, même en cas d'analyses dans le cadre de recherches légales, de trouver deux échantillons phoniques avec le même contenu informationnel, le résultat comporte une large marge d'erreur. Quand

on a de la chance et qu'on peut comparer les mêmes
mots sur les deux enregistrements, les résultats sont
plus fiables et probants, mais ces occasions sont
rares.

Il faut souligner que la comparaison doit tenir compte
du nombre d'éléments linguistiques disponibles,
ainsi que de la qualité de l'évidence acoustique et
du bruit provenant du moyen de communication utilisé (radio, téléphone, magnétophone, ordinateur,
etc.). Si les mêmes mots se retrouvent sur chacun des
deux enregistrements, il suffit de deux mots d'une
durée de trois à cinq secondes pour pouvoir faire une
comparaison. Une comparaison différentielle peut
alors être faite entre ces deux voix et une matrice
composée de l'enregistrement d'échantillons d'un
certain nombre d'autres voix. Si les deux voix sou-
mises à analyse se ressemblent davantage entre elles
qu'à celles des autres locuteurs, on peut dire, dans
une certaine marge d'erreur, qu'elles semblent provenir de la même personne. Plus les échantillons des
voix des autres locuteurs sont nombreux, plus petite
est la marge d'erreur.

Par exemple, avec les échantillons de voix de 154
locuteurs, la marge d'erreur est de 4,4 % ; avec un
ensemble de 928 locuteurs, l'erreur est réduite à
2,8 % (avec le logiciel "One-to-many") et avec le
logiciel du FBI (FASR) et 18 secondes, l'erreur est
réduite à 1 %.

Si les deux enregistrements durent chacun au moins
10 secondes, même si les mots prononcés ne sont pas
les mêmes, la procédure décrite précédemment attein-
dra un niveau de comparaison entre elles acceptable.
Pour des enregistrements de cette durée on peut comp-
ter sur dix ou plus de voyelles et de consonnes et ceci

nous permet d'établir une moyenne histographique de ces sons pour chaque locuteur. »

Précisons que cette conférence n'est elle-même qu'un résumé de recherches beaucoup plus précises qui s'appuient sur des travaux de nombreux experts de différents pays. Leurs résultats ont déjà fait l'objet de publications détaillées, signalées en bibliographie de cet article.

LA TCI SE RÉPAND À TRAVERS LE MONDE

Outre les pays européens déjà souvent mentionnés et qui ont joué un rôle majeur dans cette découverte, il faut citer aussi les États-Unis avec les travaux effectués autour de George Meek, puis de l'AA-EVP (AMERICAN ASSOCIATION FOR ELECTRONIC VOICE PHENOMENA).

Dans son dernier livre, Sarah Wilson Estep qui a beaucoup voyagé à travers le monde pour répandre la bonne nouvelle et entretenu une abondante correspondance avec différents chercheurs, fait un peu le point sur l'extension de la TCI à l'heure actuelle[1].

Elle raconte qu'elle reçut ainsi une lettre venant d'une petite île perdue de l'océan Indien. Quelqu'un avait entendu parler d'elle et avait commencé à enregistrer. Il souhaitait seulement plus d'informations. Parmi les membres de l'AA-EVP, elle signale un Jordanien qu'elle rencontra plus tard au cours d'une escale à Amman. En relation avec Sheila Ostrander

---

1. Sarah Wilson Estep, *Roads to Eternity*, Galde Press, Inc., Lakeville, Minnesota, USA, 2005, p. 137-145.

et Lynn Schroeder, auteurs d'un ouvrage sur les phénomènes « psy » en général[1], ceux-ci lui annoncent qu'au cours d'un voyage au Japon, ils ont eu souvent l'occasion d'exposer tout ce qui concerne la TCI, lors de leurs conférences, devant un public passionné et notamment de jeunes. Elle a eu des contacts aussi avec la Russie, l'Iran, l'Inde et le Népal. Elle cite encore sept autres pays : la Finlande, l'Australie, la Nouvelle Zélande, le Portugal, le Mexique, Israël et les Pays-Bas.

Elle pensait que la TCI était encore inconnue en Roumanie, mais je peux vous assurer qu'il n'en est rien, puisqu'un de mes livres sur le sujet y est traduit et que j'y ai fait trois séjours avec conférences et émissions de télévision. Je peux aussi citer la Bulgarie, la Pologne et le Brésil, atteints par mes livres, l'Argentine et le Chili où j'ai fait des conférences avec mes amis Yvon et Maryvonne Dray. Ce sont eux surtout qui ont fait connaître la TCI à travers tous les pays d'Amérique latine, Yvon étant amené, pour raisons professionnelles, à les parcourir pendant des années. J'ai été contacté à deux reprises par des chaînes de télévision japonaises et, récemment, j'ai donné une interview par téléphone pour une radio grecque.

Mais je ne suis pas au courant de tous les contacts établis par les différents expérimentateurs français.

L'association INFINITUDE a multiplié les contacts avec des chercheurs de nombreux pays. Le professeur Senkowski, en Allemagne, a rassemblé la documentation correspondant à tout ce qui se fait en TCI à travers le monde. Les recherches effectuées en Italie sont

---

1. Sheila Ostrander et Lynn Schroeder, *The Handbook of Psi Discoveries*, New York, Berkeley Publishing Corp., 1974.

aujourd'hui connues de tous les expérimentateurs à travers le monde, si bien qu'on peut dire aujourd'hui qu'il n'y a certainement que très peu de pays qui ne soient pas encore au courant de l'existence de ces phénomènes.

III

Le défi des rationalistes

Les EFM et les psychologues

Je serai assez bref sur ce sujet, ne le mentionnant que pour mémoire. Il y a longtemps que tous ceux qui étudient vraiment ces expériences n'attachent plus le moindre intérêt à ces interprétations, mais il fallait tout de même les rappeler, car les recherches sur les EFM ont beau progresser, il se trouve toujours quelques auteurs en mal de publication pour ressortir indéfiniment les mêmes théories *a priori*.

Il s'agit, le plus souvent, de « psychologues » qui n'ont jamais fait personnellement d'enquête, n'ont aucune compétence clinique, mais pensent pouvoir ramener le monde entier aux théories qu'ils connaissent et qui ont été construites pour expliquer des phénomènes strictement psychologiques sans rapport avec les EFM.

Ces théories simplistes ont été réfutées depuis longtemps par ceux qui étudient ces phénomènes depuis quelques dizaines d'années, médecins, chirurgiens, neurologues, directeurs de laboratoires. Parmi eux, se trouvent aussi des psychologues, car il y en a tout de même qui sont encore capables de penser et qui ne s'imaginent pas qu'ils ont déjà des solutions toutes faites pour tous les problèmes de ce monde.

Je citerai au contraire, parmi les « psychologues » attardés, Philippe Wallon, psychiatre et chargé de recherche à l'Inserm. Son cas est particulièrement intéressant parce qu'il est cependant relativement plus ouvert que nombre de ses collègues. Il reconnaît l'existence des phénomènes paranormaux, mais il trouve encore moyen, en 2004, d'expliquer les EFM par des histoires de drogues, de chamans, d'hypoxie, d'anoxie. Venant précisément d'en rapporter un exemple qui semble authentique, il le commente ainsi :

« De telles expériences peuvent également être provoquées par des toxiques, et l'on sait que les chamans en faisaient grand usage. Même en Occident, on en a gardé la trace : certains ouvrages, tel celui de Jean de Nynauld[1], proposent diverses méthodes pour effectuer un "voyage"; on y retrouve des poisons (telle la ciguë) et des hallucinogènes (comme le datura). Actuellement, on sait que certains anesthésiques, dont la célèbre Kétamine, peuvent l'entraîner, sans qu'il y ait aucun risque mortel.

Pour le médecin, la conclusion est simple : quand la circulation sanguine est insuffisante, l'apport d'oxygène est réduit (hypoxie) ou proche de zéro (anoxie), alors les zones cérébrales "évoluées", supportant la conscience, ne fonctionnent plus; seules les zones profondes, les plus résistantes, restent efficaces. La vision des morts correspondrait à la libération des fonctionnements inconscients, ceux qui produisent

---

1. Jean de Nynauld, *De la lycanthropie, transformation et extase des sorciers*, Éditions Frénésie, 1990.

les rêves. L'"expérience proche de la mort" ne prouverait en rien l'accès à l'au-delà.

Que ces mourants décrivent avec précision ce qui se passe autour d'eux n'a rien d'étonnant : c'est le témoin des facultés paranormales de l'inconscient[1]. »

Contrairement à ce qu'essaie de faire croire l'auteur, il faut vraiment ne pas avoir lu grand-chose dans ce domaine, ni dans bien d'autres, pour essayer d'expliquer n'importe quoi par la même théorie de l'inconscient : EFM, apparitions, hallucinations, cauchemars, phénomènes de médiumnité, maladies mentales[2]...

Mais si tous ces psys ne veulent vraiment pas prendre au sérieux ces expériences aux frontières de la mort, que ces sceptiques inventent au moins autre chose. Quel manque d'imagination !

À l'inverse, voici ce qu'écrivit à ce sujet, il y a déjà quinze ans, le docteur Melvin Morse, déjà cité :

« Une lecture attentive de la littérature médicale nous apprit que les EFM constituent des manifestations uniques en leur genre : les hallucinations, les visions, les aberrations mentales d'un type ou d'un autre, tous ces épisodes diffèrent fondamentalement des EFM... Je fus stupéfait de constater que ni la marijuana, ni les drogues hallucinogènes, ni les narcotiques, ni les agents anesthésiques, ni le valium,

---

1. Philippe Wallon dans l'ouvrage de Reynald Roussel, *Ce que les morts nous disent*, Presses du Châtelet, 2004, p. 156-157.

2. *Ce que les morts nous disent*, p. 141-166. Le témoignage de Reynald Roussel sur ses contacts avec les morts reste excellent, heureusement !

ni le manque d'oxygène, ni aucun stress d'origine psychologique n'engendrent des EFM[1]. »

Rappelons que le Dr. Melvin Morse est l'auteur de plusieurs ouvrages consacrés aux EFM, plus particulièrement chez les enfants. Lui, ne présente pas de théorie *a priori*. Il a vraiment étudié le sujet !

J'ai assisté dans les premiers temps de IANDS-France[2] à de nombreuses réunions auxquelles participaient des psychologues. J'avais déjà été étonné de constater à quel point ils discutaient entre eux sans tenir aucun compte des témoignages, ni même des faits. Vérifier si les preuves de réelle sortie du corps durant ces expériences étaient solides ou non ne les intéressait absolument pas.

La rencontre, au-delà du tunnel, de trépassés dont le témoin d'EFM ne pouvait pas alors connaître la mort, non plus. Tout ce qui était concret n'avait pour eux aucune importance ; ils n'en tenaient aucun compte. Je crois même qu'ils n'étaient plus capables d'entendre cette partie des témoignages.

Mais c'est complètement désespéré. Nous retrouverons indéfiniment ces théoriciens et il y aura toujours des responsables de radio, de télévision pour les inviter et des éditeurs pour les éditer.

De la même façon d'ailleurs on trouvera toujours des « scientifiques » pour défendre indéfiniment la datation médiévale du Saint Suaire au carbone 14 et nous ressortir les traces de peinture ou les inventions de Léonard

---

1. Melvin Morse, *Des enfants dans la lumière de l'au-delà*, Robert Laffont, 1992, p. 151. Étude détaillée p. 253-262.
2. IANDS : International Association for Near-Death Studies.

de Vinci, comme si les recherches récentes n'avaient pas depuis longtemps ridiculisé toutes ces théories. On trouvera une bonne anthologie de ces explications fantaisistes dans mon livre *Dieu et Satan* où j'ai fait une synthèse des recherches récentes sur tous les linges de la Passion du Christ[1].

Je crois que, vraiment, la Vérité fait peur. Là je laisse la parole à nouveau au docteur Moody :

« Que ceux qui sont "revenus" ne se laissent plus imposer le silence par les prêtres, pasteurs et rabbins. Qu'ils ne croient pas les psychologues et les psychiatres qui, voulant les convaincre qu'ils souffrent d'une psychose sévère, leur prescrivent des calmants. Qu'ils ne se laissent pas intimider par la brutalité verbale des sceptiques[2]… »

Il me plaît décidément beaucoup ce docteur !

Les EFM et les neurosciences

Il s'agit d'expliquer tous nos comportements à partir du fonctionnement de nos neurones. À la fin du XVIIIe siècle déjà, la phrénologie, inventée par Franz Joseph Gall, avait tenté de repérer certaines prédispositions à partir du modelé des crânes. On se rappelle la fameuse « bosse des maths ». Cette méthode, on le sait maintenant, ne pouvait pas donner grand-chose.

En 1873, le médecin italien Camillo Golgi arrive à mettre en évidence certaines cellules nerveuses par

1. François Brune, *Dieu et Satan*, Oxus, 2004.
2. Raymond Moody, *Nouvelles révélations…*, *op. cit.*, p. 209.

des sels d'argent. L'Espagnol Santiago Ramón y Cajal émet l'hypothèse que le système nerveux est composé de cellules nerveuses indépendantes.

Tous deux partagent le prix Nobel pour leurs travaux, en 1906. En 1891, l'Allemand Waldeyer donne à ces cellules le nom de « neurones ». Les docteurs Sigmund Freud et Sigmund Exner imaginent et dessinent des réseaux de neurones qu'ils soupçonnent à l'origine de nos états de conscience.

Depuis, les moyens d'investigation de notre cerveau ont considérablement progressé avec les premiers électroencéphalogrammes en 1924, la découverte des synapses en 1957 et les différents systèmes d'imagerie cérébrale développés ces dernières décennies.

Les recherches vont aujourd'hui beaucoup plus loin. Il s'agit depuis quelque temps de tout un courant qui s'est développé, surtout aux États-Unis, sous le nom de « philosophie de l'esprit » (*mind*). Ce sont des études menées par différentes équipes, de haut niveau scientifique.

Les ouvrages parus dans ce domaine se multiplient rapidement et, maintenant, en tous pays. Ces recherches commencent même à redescendre du niveau des études spécialisées aux ouvrages de vulgarisation et jusqu'aux périodiques grand public. Je citerai exprès quelques-unes de ces revues qui ont souvent présenté des dossiers fort bien faits. Il n'y a aucun doute que ce mouvement ne fera que s'amplifier dans les années qui viennent. La construction annoncée d'un nouveau laboratoire, en France, mais au niveau européen, le « neurospin », ne fera qu'accélérer le développement des connaissances et des théories dans ce domaine.

C'est pourquoi il me paraît important de nous y attarder un peu dès maintenant, d'autant plus qu'à mon avis une meilleure connaissance des EFM de la part de ces chercheurs réduirait à néant certaines des hypothèses sur lesquelles ils s'attardent et leur indiquerait dans quelle direction poursuivre leurs investigations.

Leurs travaux portent sur tous les phénomènes relevant de la conscience : maladies mentales, agressivité, timidité, colère, etc.

Leur but, dans un premier temps, était uniquement de repérer les zones du cerveau qui semblent jouer un rôle dans la formation de ces sentiments ou de ces émotions. Restait à déterminer ensuite si c'est le cerveau qui provoque ces phénomènes mentaux ou si ce sont ceux-ci qui entraînent des modifications dans l'activité du cerveau. C'est le problème étudié aujourd'hui par ce que l'on appelle les « neurosciences » ou « sciences cognitives ».

C'est d'ailleurs ce qu'aurait voulu pouvoir faire S. Freud. Il avait parfaitement deviné que nos troubles psychiques devaient avoir une cause au niveau organique et qu'un jour viendrait où l'on pourrait atteindre ce niveau. Mais en attendant, disait-il, et faute de mieux, on est bien obligé de s'en tenir à la technique psychanalytique. Nos chercheurs d'aujourd'hui se plongent donc à nouveau dans ses écrits et se plaisent à voir en lui un véritable précurseur.

On distingue, en gros, deux tendances : une tendance « spiritualiste », aujourd'hui minoritaire, celle qui, depuis Platon et Descartes, considère que l'esprit est nettement distinct du cerveau et ne fait que l'habiter et le diriger. On l'appelle, en conséquence, la tendance « dualiste ».

L'autre tendance, « matérialiste », celle qui domine actuellement, est appelée « moniste », puisque pour elle n'existe vraiment que la matière, l'esprit n'étant que la façon subjective d'éprouver le cerveau. Une nuance plus subtile de cette tendance essaie d'interpréter la conscience comme émergeant du cerveau sans s'y réduire complètement.

La tendance matérialiste

Il est évident que si cette tendance devait un jour l'emporter, s'imposer comme l'ultime vérité, toutes les EFM ou expériences de TCM/TCI ne pourraient que relever de l'illusion. C'est à ce titre qu'il nous faut examiner cette hypothèse de plus près.

La tendance matérialiste s'est en grande partie formée par opposition, comme refus de la thèse spiritualiste. Des éléments affectifs ou culturels ont pu contribuer à ce refus, mais l'essentiel n'est cependant pas là. Le motif principal de cette opposition vient d'une réelle difficulté à concevoir la possibilité d'agir sur la matière pour un être immatériel, comme l'âme ou l'esprit. Le professeur Marc Jeannerod le dit très clairement, dès les premières pages de son livre, intitulé *Le Cerveau intime* :

« Qui donc agit en nous ? Sommes-nous autre chose que nos cerveaux ? Existe-t-il une autre réalité derrière la réalité biologique ? Le chercheur, quant à lui, ne peut concevoir qu'une seule explication à la fois. Il pense qu'une réalité biologique, et donc déterminée par des lois de fonctionnement de la matière vivante, ne peut cohabiter avec une autre réalité qui ne suivrait pas les mêmes lois. Il faudrait imaginer que nous vivons dans deux mondes à la fois, chacun régi par des lois différentes, une sorte de grand écart physiquement impossible[1]. »

Le but de son étude sera de démontrer que, cependant, même à l'intérieur des strictes limites de la matière, une certaine liberté reste possible, ce que d'autres chercheurs finiront par nier[2]. La même attitude se retrouve chez la plupart des chercheurs en ce domaine.

Voici, par exemple, ce qu'écrit également, d'emblée, en introduction, Jean-Didier Vincent :

> « Un biologiste n'a rien à faire d'une substance imma-térielle qui viendrait animer les rouages compliqués du cerveau[3]. »

Melvin Morse rapporte la réaction violente d'un scientifique à la suite d'un exposé sur les EFM :

> « Si nous acceptions le fait que l'homme ait un esprit, nous tournerions le dos à la science et aux trois cents dernières années de progrès scientifiques. Nous per-drions tout ce que nous avons accompli[4]. »

D'autres rédigent des traités entiers de neuro-psychologie sans la moindre allusion à la possible existence d'une âme ou d'un esprit, plus ou moins distinct du cerveau. Ce n'est pas très étonnant pour quelqu'un comme Alexandre Luria dont toute la car-

---

1. Marc Jeannerod, *Le Cerveau intime*, Odile Jacob, 2002, p. 7-8.
2. Marc Jeannerod est professeur à l'université Claude-Bernard-Lyon I et directeur de l'Institut des sciences cognitives.
3. Jean-Didier Vincent, *Biologie des passions*, Odile Jacob, 1999, p. 8. J.-D. Vincent est professeur à l'Institut universitaire de France et directeur de l'Institut Alfred-Fessard du CNRS, à Gif-sur-Yvette.
4. Melvin Morse, *La Divine Connexion, op. cit.* p. 45.

rière s'est déroulée en Union soviétique[1], mais ce
l'est davantage et c'est d'autant plus significatif, pour
un neurologue, psychologue et psychiatre comme le
professeur Manfred Spitzer de l'université d'Ulm, en
Allemagne[2].

On se trouve là, une fois de plus, devant le raisonnement implicite suivant : ce qu'on nous propose est
« inconcevable », donc ça n'existe pas, donc les faits
qui semblent, à première vue, prouver que ça existe
sont faux, qu'il s'agisse de fraude ou d'illusion. Cela
ne vaut même pas la peine d'essayer de les vérifier ;
ce serait perdre son temps. Tout repose donc sur la
notion d'« inconcevable ». Ce mot, en fait, signifie simplement le refus absolu de remettre en cause
les anciens paradigmes et, éventuellement, d'en changer.

Cette attitude se retrouve d'ailleurs chez les plus
grands savants. On se rappelle la réaction d'Einstein
devant la physique quantique : si la physique quantique
a raison, alors le monde est fou. Lui, qui avait bouleversé les anciens schémas de la physique avec sa théorie
de la relativité, se montrait complètement fermé devant
un autre bouleversement qui lui semblait remettre en
question, encore plus profondément la physique classique. Or, sans aucun doute, accepter la réalité des EFM
implique une conception du monde qui dépasse de loin
les schémas actuellement retenus par la science officielle.

---

1. Alexandre Luria, *Osnovy neiropsichologyi*, Éditions de l'université de
Moscou, 1991, traductions disponibles en anglais et en allemand.
2. Manfred Spitzer, *Geist im Netz, Modelle für Lernen, Denken und
Handeln*, Spektrum, Akademischer Verlag, 2000.

Paradoxalement, cette tendance matérialiste, dans sa forme la plus dure, conduit pourtant, elle aussi, à un bouleversement de toutes nos représentations de l'univers et surtout de nous-mêmes. Mais ce bouleversement-là ne semble pas troubler tous ces chercheurs. Il consiste, en effet, à prétendre que tout ce que nous éprouvons psychologiquement n'est qu'illusion, impression subjective, fugitive, sans réalité. Nos goûts, nos répulsions, nos choix, nos décisions ne seraient en réalité que l'effet de mécanismes qui se déroulent dans notre cerveau.

Cette théorie repose évidemment sur des faits incontestables. Tous les psychologues, psychiatres et simplement médecins ou infirmières savent qu'il suffit de faire telle ou telle injection pour transformer complètement le comportement de quelqu'un. Il ne s'agit pas alors seulement d'une modification du comportement extérieur de la personne, mais surtout de sa psychologie, des émotions, des sentiments qu'elle éprouve. On sait qu'il suffit de placer une électrode dans le cerveau d'un chat, au bon endroit, pour le rendre peureux devant une souris.

Si l'on suit jusqu'au bout la piste de ces constatations en pensant qu'elle représente, à elle seule, tout le mécanisme de notre pensée et de nos affections, on en arrive à une position où il n'y a plus aucune place pour une vie de l'esprit hors du corps et donc pour la réalité des EFM et une autre vie après la mort.

Ainsi, par exemple, Patricia Churchland considère-t-elle qu'il n'y a pas vraiment de choses que l'on pourrait appeler « idées, croyances, représentations, etc. ». Il ne s'agit que d'une illusion qui doit être abandonnée. « En un sens, constate Nicolas Journet, cela consiste à affirmer que la seule philosophie possible est la science du cerveau elle-même, ce qui a l'avantage de suspendre quelques questions pour l'instant insolubles, celle de la conscience notamment[1]. »

C'était déjà la théorie de Jean-Pierre Changeux avec son fameux « homme neuronal » :

> « Le clivage entre activités mentales et neuronales ne se justifie pas. Désormais, à quoi bon parler d'*Esprit*? Il n'y a plus que deux *aspects* d'un seul et même événement… L'identité entre états mentaux et états physiologiques ou physico-chimiques du cerveau s'impose en toute légitimité[2]. »

Plus récemment, Francis Crick, codécouvreur de la double hélice de l'ADN et ultra-sceptique, soutenait la même position :

> « L'hypothèse stupéfiante, c'est que *vous*, vos joies et vos peines, vos souvenirs et vos ambitions, le sens que vous avez de votre identité et de votre libre-arbitre ne sont rien de plus que le comportement d'un vaste assemblage de cellules nerveuses et de molécules qui y sont associées[3]. »

Pour lui, l'âme immortelle du christianisme et d'autres religions ne serait « qu'un paquet de neurones » et il se demandait si la croyance en Dieu n'était pas induite par des éléments neurochimiques qu'il appelait élégamment des « théotoxines[4]. »

---

1. Nicolas Journet dans l'ouvrage collectif, *Le Cerveau et la pensée, la révolution des sciences cognitives*, Éditions Sciences humaines, 1998, p. 177.

2. Jean-Pierre Changeux, *L'Homme neuronal*, Arthème Fayard, 1983, p. 334.

3. Francis Crick, *L'Hypothèse stupéfiante*, Plon, 1994, p. 17.

4. John Horgan, *Rational Mysticism, Spirituality meets Science in the Search for Enlightenment*, Houghton Mifflin Company, Boston/New York, 2003, p. 93.

Il est évident que si ce que l'on appelle traditionnellement notre « âme » n'est qu'un « paquet de neurones », cette « âme » ne peut que disparaître en même temps que ces neurones. L'espoir d'une rencontre avec un Dieu d'amour et même tout simplement d'une forme quelconque de survie ne peut être qu'une illusion.

Daniel C. Dennett, spécialiste de l'intelligence artificielle, mais philosophe, se plaît-il à souligner, et non scientifique, va même encore au-delà. Il se rattache à la tendance de ceux qui sont convaincus que les machines penseront bientôt comme nous.

> « Selon lui, les humains s'acharnent à créer des mythes autour d'entités comme la conscience, l'intention, qui font écran à la compréhension des mécanismes mentaux, lesquels, en principe, n'ont rien de mystérieux[1]. »

Il s'appuie en grande partie sur un cas limite, exceptionnel mais très révélateur de la complexité des phénomènes de conscience, celui des cerveaux dédoublés où les deux hémisphères cérébraux ont été déconnectés, que ce soit par accident ou opération. Il se produit alors, au moins dans les premiers temps, une sorte de dédoublement correspondant de la conscience. Dans *Pour que l'homme devienne Dieu*, je m'étais déjà servi de cet exemple, comme pouvant donner une petite idée, par analogie, de ce qui se passait dans le Christ entre sa conscience humaine et sa conscience divine[2].

---

1. Jean-François Dortier, « Histoire des sciences cognitives » dans *Le Cerveau et la pensée*, Éditions Sciences humaines, 2ᵉ édition 2003, p. 24-25.

2. François Brune, *Pour que l'homme devienne Dieu*, Dangles, 1992, p. 454-457.

Partant de là, Dennett insiste sur l'existence en nous de différents centres de conscience. Il est vrai que nous pouvons, par exemple, au même moment, conduire notre voiture, attentif à la circulation, et faire toutes les manœuvres délicates nécessaires pour allumer une cigarette. Les cas de ce genre sont innombrables. Mais, au-delà de ces exemples assez superficiels, les neuro-sciences ont démontré que l'acte de connaissance et de prise de conscience était beaucoup plus complexe qu'on ne le pensait. Il y a en fait en nous plusieurs centres de perception avec des aller et retour continuels d'informa-tion. À cette fragmentation de l'espace, à l'intérieur du cerveau, correspond celle du temps.

Francisco Varela[1] souligne la convergence entre ces découvertes et la conception de l'homme que l'on trouve dans le bouddhisme.

« L'activité cognitive n'est pas un processus inin-terrompu : elle est ponctuée par des comportements qui se forment et disparaissent dans des espaces de temps. Cette découverte des neurosciences – et, en fait, des sciences de la cognition en général – est fondamentale car elle nous dispense de postuler une qualité centrale, homonculaire, pour expliquer le comportement normal d'un agent cognitif[2]. »

Il en conclut que l'intuition des bouddhistes était juste : le sentiment que nous avons de notre unité, de notre moi, n'est finalement qu'un leurre.

---

1. Francisco Varela est né au Chili. Études universitaires au Chili, à Harvard, enseignant aux États-Unis, puis en Allemagne et aujourd'hui en France, où il est directeur de recherche au CNRS et membre du Centre de recherche en épistémologie de l'École polytechnique de Paris.

2. Francisco Varela, *Quel savoir pour l'éthique? Action, sagesse et cognition*, La Découverte/Poche, 2004, p. 80.

« Nous avons vu non seulement que la cognition et l'expérience ne paraissent pas comporter de soi véritablement existant, mais aussi que la croyance ordinaire en un tel moi, l'agrippement constant à ce soi sont à l'origine de la souffrance humaine et des automatismes habituels et concourent à les perpétuer[1]. »

Là encore, les EFM et toutes les formes de communication avec nos morts démontrent au contraire avec éclat que le bouddhisme sur ce point capital s'est trompé. On se rappelle, dans le tome I de cet ouvrage, l'étonnement de la mère d'Alain Guillo, japonaise bouddhiste, morte pendant la guerre du Vietnam, s'apercevant dans l'au-delà qu'elle continue à vivre et qu'elle retrouve ses parents et quantité de gens qu'elle avait connus sur terre. Ils continuent de vivre et leur « moi » n'a pas vraiment changé, puisqu'ils doivent continuer leur évolution, chercher à atteindre une plus grande harmonie entre eux.

Il resterait d'ailleurs, pour F. Varela et pour tous les bouddhistes, à expliquer d'où nous vient cette illusion universelle d'un « moi » et pourquoi nous y tenons instinctivement si fortement. Car, quelle que soit la diversité de nos sensations et de nos sentiments, nous avons tous l'impression très nette d'être le centre psychologique qui unifie cette diversité et cela, même à travers le temps, quelle que soit notre évolution personnelle. Ce sentiment d'unité est aussi un fait psychologique et particulièrement fort. Le rejeter comme une simple

---

1. Francisco Varela, Evan Thompson et Eleanor Rosch, *L'Inscription corporelle de l'esprit, sciences cognitives et expérience humaine*, Le Seuil, 1993, p. 126.

illusion n'est pas en rendre compte. Si ce centre, quel que soit le nom qu'on voudra lui donner, n'existe pas, alors comment expliquer la cohérence de nos actions, comment prétendre encore que nous soyons responsables de nos actes ?

F. Varela répond à cette objection en partant de l'exemple des colonies d'insectes. Elles sont formées d'individus et elles n'ont pas de centre ou de « moi » localisé.

« Pourtant, développe-t-il, l'ensemble se comporte comme un tout unitaire et, vu de l'extérieur, c'est comme si un agent coordinateur était "virtuellement" présent au centre. » D'où son idée de « moi virtuel » ou « moi sans moi » : « Ainsi, un moi sans réalité peut néanmoins agir comme s'il était présent, comme une *interface virtuelle.* »

Ce chercheur nous renvoie alors aux techniques de méditation bouddhiste grâce auxquelles « l'égoïsme forcené peut commencer à s'effacer pour être remplacé par l'altruisme[1]. »

C'est retrouver là toute la tradition chrétienne la plus constante, depuis les Évangiles, en particulier celui de saint Jean, et depuis les expériences mystiques de saint Paul, comme je l'ai montré dans l'ouvrage que j'ai consacré à cet apôtre[2].

C'est la conséquence directe de toute la doctrine du « corps mystique » du Christ et de la « communion des saints ». Les saints ont vécu cette communion avec

1. Francisco Varela, *Quel savoir pour l'éthique ?...*, *op. cit.*, p. 86-87, 98 et 110.
2. François Brune, *Saint Paul, le témoignage mystique, op. cit.*

une intensité extraordinaire, quelle qu'ait pu être leur culture et à tous les siècles jusqu'à nos jours, comme je l'ai montré par des exemples particulièrement forts dans *Pour que l'homme devienne Dieu*[1].

Mais il est vrai que la théologie développée généralement en Occident, contre le témoignage de tous les saints, ne laisse guère entrevoir toute la profondeur de cette vision mystique. On ne la trouve un peu systématiquement exprimée que chez les Pères grecs et dans la tradition des Églises orthodoxes. Ceci explique qu'en ce domaine, comme en bien d'autres, les scientifiques contemporains cherchent des équivalents plutôt dans les religions orientales que dans la tradition chrétienne. J'ai essayé de le montrer dans *Christ et Karma*.

Mais j'ajouterai surtout que tout ce raisonnement même de Varela suppose bien qu'il y ait chez chacun de nous une responsabilité personnelle, une évolution à accepter et à accomplir volontairement, pour surmonter cet « égoïsme forcené », et donc, qu'il le veuille ou non, un centre d'unité et de décision. Quand il parle d'un moi « sans réalité », il semble donc qu'il veuille dire seulement sans organe physique matériel dans notre corps. Encore cette manie de ne considérer comme « réel » que ce qui est matériel !

Son « moi virtuel » est en fait un retour implicite à la position dualiste. Il n'échappe à la difficulté habituelle sur l'impossibilité de concevoir une action de l'esprit, dans et sur la matière, qu'en rendant « virtuel » l'élément spirituel.

Précisons encore que je suis par ailleurs tout à fait d'accord pour admettre que la personne humaine est

---

1. François Brune, *Pour que l'homme devienne Dieu, op. cit.*

beaucoup plus complexe qu'on ne le croit habituellement. Nous aurons l'occasion d'y revenir plus loin.

La forme la plus extrême de cette tendance matérialiste assimile complètement les mécanismes de notre
conscience à celui des ordinateurs.

John R. Searle constate que les partisans de cette
théorie sont particulièrement passionnés.

« Assez étrangement, écrit-il, j'ai rencontré plus de
passion chez les partisans de la théorie computa-
tionnelle de l'esprit que chez les partisans des doc-
trines religieuses traditionnelles de l'âme. »

Les essais de réfutation de cette réduction de la
conscience au mécanisme des ordinateurs sont parfois
« accueillis avec des hurlements d'indignation ».

« Mon hypothèse, poursuit J. Searle, est que ces sentiments violents viennent peut-être de la conviction de
bien des gens, que les ordinateurs constituent la base
d'une nouvelle sorte de civilisation[1]. »

Searle lui-même combat cette simplification, mais à
sa manière. Pour lui aussi, « le dualisme traditionnellement conçu est, apparemment, une théorie qui ne mène
à rien », car il est incapable de rendre compte de la relation entre le mental et le physique.

Nous retrouvons donc là l'objection habituelle.
Mais Searle ne résorbe pas pour autant tout à fait la
conscience dans le cerveau. Il y voit une sorte d'émergence :

---

1. John R. Searle, *Le Mystère de la conscience*, Odile Jacob, 1999,
p. 196. J. Searle est professeur à l'université de Californie, à Berkeley.

« La conscience est causée par des processus neuronaux de niveau inférieur dans le cerveau, et est
elle-même une caractéristique du cerveau. Étant
donné que c'est une caractéristique qui émerge à partir de certaines activités neuronales, nous pouvons
penser qu'il s'agit d'une "propriété émergente" du
cerveau.
Une propriété émergente d'un système est une propriété qui s'explique causalement par le comportement des éléments de ce système ; mais ce n'est
pas une propriété inhérente à tels ou tels éléments
pris individuellement ; et elle ne peut pas s'expliquer
seulement comme la somme des propriétés de ces éléments. La liquidité de l'eau en est un bon exemple :
le comportement des molécules de H_2O explique la
liquidité, mais les molécules individuelles ne sont
pas liquides. »

Searle utilise encore, pour se faire comprendre,
d'autres exemples, comme la gravité ou la solidité d'un
objet. Mais ni la liquidité, ni la gravité, ou la solidité ne
sont des phénomènes conscients.

Il faut donc que l'émergence de la conscience soit
d'un tout autre type et les exemples qu'il avance ne
prouvent absolument pas que le type d'émergence
qu'il veut nous faire admettre existe vraiment. Cette
évidence, si simple, semble échapper à ce grand chercheur. C'est sans doute ce qui lui fait accepter l'idée
que les ordinateurs aussi puissent avoir une conscience
« à titre de "propriété émergente". Après tout, poursuit-
il, si les cerveaux peuvent avoir la conscience à titre de
"propriété émergente", pourquoi ne serait-ce pas le cas
pour d'autres sortes de machineries ? »

Searle, en fait, n'a aucune explication à offrir pour
rendre compte de cette « émergence ». En reconnais-

sant une certaine réalité à la conscience, même à celle des machines, il retrouve une difficulté très voisine de celle du dualisme.

« Il y a une tension entre le physicalisme et l'émergence, souligne Claudine Tiercelin. Car si tout ce qui existe est physique et obéit à des lois physiques, comment quelque chose peut-il émerger qui soit radicalement nouveau ? En particulier, si les niveaux émergents sont réels, ils doivent avoir des pouvoirs causaux ; or comment la conscience peut-elle avoir un pouvoir causal sur le monde physique par un effet de causalité descendante ? Vieille question qui fait ressurgir le spectre du dualisme. Inversement, comment est-il possible de défendre un matérialisme qui soit en même temps non réductionniste[1] ? » (non réductionniste : qui ne réduise pas la conscience à une illusion).

Ce terme d'« émergence » ne fait que couvrir une ignorance. Searle reconnaît d'ailleurs lui-même que ce passage des phénomènes physiques aux phénomènes de conscience reste bien mystérieux. Mais cela ne le décourage par pour autant.

« Le mystère, nous explique-t-il, n'est pas un obstacle métaphysique, susceptible de nous empêcher de comprendre un jour le fonctionnement du cerveau ; l'impression de mystère vient plutôt du fait, qu'à l'heure actuelle, non seulement nous ignorons comment il fonctionne, mais nous n'avons même

---

1. Claudine Tiercelin, professeur de philosophie à l'université Paris XII, dans le n° hors série 143 de la revue *Sciences et Avenir*, « L'énigme de l'émergence », p. 53.

pas une idée claire de la manière dont le cerveau pourrait fonctionner pour causer la conscience. Nous ne comprenons pas comment une telle chose est, ne serait-ce que, possible. »

Searle nous renvoie alors à un autre cas bien connu d'« émergence » : l'apparition de la vie.

« Nous nous sommes déjà trouvés dans des situations semblables, par le passé. Que la simple matière pût être en vie paraissait, il y a cent ans, relever du mystère[1]… »

Vilayanur Ramachandran[2] partage tout à fait cette opinion :

« Les scientifiques… ne se demandent plus ce qu'est la "vie". Nous considérons que le terme "vie" est appliqué pour décrire un ensemble de processus, comme la reproduction et la transcription de l'ADN, le cycle de Krebs, le cycle de l'acide lactique, etc.[3] »

Si l'on cesse de se demander ce qu'est la vie, il n'y a évidemment plus de « mystère ».

Une telle attitude me paraît d'une superficialité confondante. Il est vrai que la thèse, naguère encore défendue par le philosophe Henri Bergson, d'un « principe vital » animant la matière est aujourd'hui abandon-

---

1. John R. Searle, *Le Mystère de la conscience*, Odile Jacob, 1999, p. 30-31, 26 et 208.

2. V. Ramachandran est le directeur du « Center For Brain and Cognition » et professeur en psychologie et neurosciences à l'université de Californie à San Diego.

3. Vilayanur Ramachandran, *Le Cerveau, cet artiste, op. cit.*, p. 116.

née par presque tous les chercheurs. C'est sans doute, comme le prétend Christian de Duve, prix Nobel de médecine, « à peine une exagération que d'affirmer que nous en sommes arrivés à comprendre les mécanismes fondamentaux de la vie[1]. »

Cependant, le même savant n'en reconnaît pas moins « qu'on est encore loin d'expliquer l'origine de la vie ».

Force lui est d'ailleurs d'admettre que d'autres scientifiques, dont il conteste les arguments, continuent à penser que seule une action de Dieu, discrète mais constante, peut permettre de rendre compte de l'évolution des espèces, si ce n'est même de l'apparition de la vie. Assez fermé devant toute thèse faisant intervenir Dieu, il n'en est pas moins très ouvert à d'autres perspectives.

Que l'on en juge par cette courte citation :

« Il est tout à fait possible, même probable selon moi, que des formes de vie douées de facultés mentales infiniment supérieures aux nôtres surgissent un jour, qu'elles proviennent de l'humain lui-même ou d'une autre branche de l'arbre de l'évolution. Pour ces êtres, nos rationalisations auront l'air aussi rudimentaires que nous apparaissent les processus mentaux qui ont guidé les premiers hominidés dans la fabrication d'outils[2]. »

Il est certain que la science a considérablement progressé depuis Jean Rostand, mais il me semble que néan-

1. Christian de Duve a reçu le prix Nobel pour ses découvertes sur la structure de la cellule. Il est fondateur de l'Institut international de pathologie cellulaire et professeur émérite de l'université catholique de Louvain et de l'université Rockefeller à New York.

2. Christian de Duve dans l'ouvrage collectif publié sous la direction de Jean Staune, *Science et quête de sens*, Presses de la Renaissance, 2005, p. 58 et 78-79.

moins son aveu d'ignorance est toujours aussi valable et beaucoup plus profond :

« Expliquez-moi le dernier des insectes, je vous tiens quitte de l'homme[1] ! »

Depuis quelques décennies, cette tendance matérialiste s'est trouvée renforcée par le développement de nouveaux moyens d'investigation du cerveau. On en est aujourd'hui à faire coïncider chacune de nos émotions ou de nos pensées avec un ensemble précis de neurones. Les chercheurs de cette tendance y voient alors la preuve que c'est l'excitation de ces neurones qui provoque en nous ces émotions.

Cependant, comme le note Serge Stoléru, de l'université de Paris-Jussieu, lorsque l'on montre à un sujet des images érotiques, certaines zones précises du cerveau s'activent. Mais ces mêmes régions interviennent dans bien d'autres activités qui n'ont rien à voir avec le plaisir ou la recherche du plaisir[2].

Pour saisir une trace plus fine de nos émotions, sans doute faudra-t-il descendre à un niveau beaucoup plus élémentaire de notre système nerveux. Le futur « neurospin » devrait nous permettre de déceler une activité réduite à quelques dizaines de neurones. On a même déjà réalisé la photo d'un seul neurone au moment où il allait transmettre quelque chose à un autre neurone. Le neurochirurgien Itzhak Fried de Californie prétend même que certains neurones sont si spécialisés qu'ils assurent la reconnaissance d'une personne précise et d'une seule[3].

1. Jean Rostand, *Ce que je crois,* Grasset, 1953, p. 111.
2. David Larousserie et Hervé Ratel dans *Sciences et Avenir*, n° de juin 2005, p. 68.
3. *Sciences et Avenir,* août 2005, p. 21.

Mais pour Benjamin Libet, de l'université de Californie, une connaissance complète des événements neuronaux du cerveau d'un individu ne permettrait pas d'en déduire pour autant son activité mentale[1].

Francis Crick lui-même reconnaissait en 2003, un an avant sa mort, que ces analyses subtiles des processus neuronaux n'avaient toujours rien apporté pour expliquer l'expérience humaine subjective.

> « Personne n'a pu jusqu'à maintenant, à partir du fonctionnement du cerveau, avancer la moindre explication plausible du fait que nous percevons la rougeur du rouge[2]. »

La tendance spiritualiste

Dans la nuit du 10 au 11 novembre 1619, Descartes fit trois songes au cours desquels il eut l'impression de recevoir la mission de jeter les fondements d'une science nouvelle.

En 1637, dans son célèbre *Discours de la méthode*, Descartes, cherchant précisément à construire cette nouvelle science, à l'abri de toute erreur, de toute illusion, en arrivait à sa formule : « Je pense, donc je suis ». Quand bien même il serait trompé par ses sens, lui faisant croire à l'existence de son corps et du monde autour de lui, alors que peut-être rien de tout cela n'existe, il n'en resterait pas moins qu'il pense. Cela ne peut être une illusion. Et donc, s'il pense, c'est qu'il existe. Cette certitude, aucun sceptique ne pouvait l'ébranler.

---

1. J'emprunte cette infomation à Jean Staune.
2. Cité par Beate Lakotta dans *Der Spiegel*, 16/18.4.05, p. 182.

« Je jugeai, écrit-il, que je pouvais la recevoir, sans scrupule, pour le premier principe de la philosophie que je cherchais. »

Mais il note aussitôt que cette conscience de lui-même est indépendante de tout.

« Je connus de là, poursuit-il, que j'étais une substance dont toute l'essence ou la nature n'est que de penser, et qui, pour être, n'a besoin d'aucun lieu ni ne dépend d'aucune chose matérielle. En sorte que ce moi, c'est-à-dire l'âme, par laquelle je suis ce que je suis, est entièrement distincte du corps, et même qu'elle est plus aisée à connaître que lui, et qu'encore qu'il ne fût point, elle ne lairrait[1] pas d'être tout ce qu'elle est[2]. »

Voilà, depuis des siècles, l'expression la plus classique de la thèse spiritualiste. La présentation qui en est faite par ses adversaires la déforme toujours un peu.

C'est ainsi que Daniel C. Dennett, philosophe spécialiste de l'intelligence artificielle, et Antonio R. Damasio[3], expert en neurobiologie, font de « l'âme » de Descartes un petit bonhomme, un « homoncule », qui se trouverait dans le cerveau et observerait tout ce qui s'y passe.

Dans *L'Erreur de Descartes*, best-seller publié dans plus de vingt pays, Damasio explique triomphalement :

---

1. Elle ne laisserait pas, ne cesserait pas...
2. René Descartes, *Discours de la méthode*, quatrième partie, Éd. Bordas, 1967, lignes 860-882.
3. Antonio R. Damasio dirige le département de neurologie de l'université de l'Iowa. Il est également professeur et chercheur associé du Salk Institute de la Jolla.

« Cela ne sert à rien d'invoquer un homoncule en train de contempler, de penser ou de faire ce que vous voudrez dans votre cerveau, parce qu'il faudrait se demander si le cerveau de cet homoncule contient lui aussi un petit personnage en train de contempler et de penser, et ainsi de suite à l'infini[1]. »

Il est évident que cette métaphore de l'« homoncule » n'est pas une invention de Descartes, mais bien de Dannett et de Damasio.

Le philosophe anglais Gilbert Ryle exprimait à peu près la même idée en parlant du « cheval dans la locomotive » ou du « fantôme dans la machine ». L'image est différente, mais la volonté de ridiculiser la conception dualiste est la même. Cette façon de réfuter Descartes prouve seulement à quel point ces spécialistes sont incapables d'imaginer une pensée sans cerveau, distincte du cerveau, ce qui ne veut pas dire nécessairement sans lien avec celui-ci. Si l'âme pense, il faut bien pour eux qu'elle ait un cerveau.

Nous avons à faire là au postulat du matérialisme. Prouver le bien-fondé d'un postulat par le postulat lui-même n'est pas une bonne façon de raisonner. En outre, d'autres chercheurs, comme Vilayanur Ramachandran, en faisaient tout de même, d'une certaine façon, une hypothèse possible[2].

La pensée de Descartes était très différente de cette caricature. Dans son *Traité des passions*, il insistait au contraire sur une idée qui aurait dû séduire particulièrement Damasio : le lien de l'âme non seulement avec le cerveau mais avec le corps tout entier :

---

1. Antonio R. Damasio, *L'Erreur de Descartes*, Odile Jacob, 2001, p. 306.
2. *Le Cerveau, cet artiste, op. cit.*, p. 117-118.

« Mais pour entendre plus parfaitement toutes ces choses, il est besoin de savoir que l'âme est véritablement jointe à tout le corps, et qu'on ne peut pas proprement dire qu'elle soit en quelqu'une de ses parties à l'exclusion des autres[1]... »

On est bien dans le dualisme, mais il s'agit d'une représentation beaucoup plus subtile.

Sautons les siècles, nous retrouverons à la fin du XIXe siècle le même problème qui opposait alors deux grands amis : Camille Saint-Saëns et Camille Flammarion. Malgré les milliers de faits rapportés par le savant astronome, son ami compositeur ne voyait toujours rien qui prouvât l'existence d'une « force spirituelle indépendante du cerveau ».

Flammarion, dans un article publié en tête de la *Nouvelle Revue* du 15 décembre 1900, tentait de lui répondre en strict scientifique qu'il était, tout en reconnaissant les limites de son approche.

« Les sciences les plus précises, les plus positives, ne sont établies que sur des appréciations de notre raisonnement, et l'astronomie elle-même, cette reine des sciences, a pour base la théorie de la gravitation, dont Newton, son fondateur, disait simplement : "Les choses se passent *comme si* les corps célestes s'attiraient en raison directe des masses et en raison inverse du carré des distances". Eh bien... je dis : "Les choses se passent *comme si*, dans l'organisme humain, il y avait un être psy-

---

1. René Descartes, *Traité des passions*, Union Générale d'Éditions, collection 10/18, 1965, p. 53-54.

chique, spirituel, doué de facultés de perception encore inconnues." Cet être, cette âme, cet esprit agit et perçoit par le cerveau, mais n'est pas une fonction matérielle d'un organe matériel. Voilà, me semble-t-il, des conclusions logiques établies sur une méthode scrupuleuse, inattaquable. Elles me paraissent supérieures aux négations aussi bien qu'aux affirmations dénuées de preuves, fondées sur une foi aveugle… La Science seule peut vraiment éclairer l'humanité[1]. »

Cette tendance spiritualiste est heureusement toujours soutenue, au moins par quelques scientifiques, tout aussi savants que les autres. Ainsi, récemment encore, par le neurophysiologiste John Eccles, prix Nobel de médecine, ainsi que par le philosophe Karl R. Popper. Voici comment John Eccles dénonçait la tyrannie exercée sur la pensée par les tenants de la thèse matérialiste :

« Des mots comme *mental, conscience, pensée, intention, croyance* étaient prohibés. Dans un effort visant à bannir l'idée cartésienne d'un fantôme habitant une machine corps-cerveau, tous les termes pouvant rappeler le dualisme cartésien étaient honnis par le discours philosophique "convenable". Les obscénités philosophiques les plus choquantes étaient : l'esprit, le moi, l'âme, la volonté. »

L'expression de « fantôme habitant une machine corps-cerveau » trouve un écho très significatif dans un

---

1. Camille Flammarion, *Les Maisons hantées*, Éditions J'ai lu, 1923, p. 24-25.

des plus beaux témoignages d'EFM que nous ayons, celui de Nicole Dron. Elle explique toujours sa surprise d'avoir découvert que nous étions en réalité dans notre corps « comme un chauffeur dans sa voiture » ; d'où aussi l'impression qu'elle eut au retour : « On rentre dans son corps comme si l'on rentrait dans une boîte[1]. »

« Je maintiens, poursuit encore J. Eccles, que le mystère de l'homme est incroyablement diminué (à tort) par le réductionnisme scientifique et sa prétention matérialiste à rendre compte du monde de l'esprit en termes de simple activité neuronale. Une telle croyance ne peut être considérée que comme une superstition. »

Ce grand savant va jusqu'au bout de la thèse spiritualiste :

« Puisque les solutions matérialistes sont incapables d'expliquer notre expérience d'unicité, je me sens contraint d'attribuer l'unicité du moi (ou de l'âme) à une création spirituelle d'ordre surnaturel. Pour m'expliquer en termes théologiques : chaque âme est une création divine nouvelle implantée dans le fœtus à un moment compris entre la conception et la naissance. C'est la certitude de l'existence d'un noyau intérieur d'individualité unique qui rend nécessaire l'idée de cette "création divine". Je prétends qu'aucune autre explication ne tient… Cette conclusion est d'une importance théologique inestimable.

---

1. On trouvera de nombreuses citations de son témoignage dans *Saint Paul, le témoignage mystique, op. cit.*

Elle renforce notre foi en l'âme humaine et en son origine miraculeuse par création divine. Ainsi, il existe non seulement un Dieu transcendant, créateur de l'Univers, le Dieu d'Einstein, mais aussi un Dieu aimant à qui nous devons notre être[1]. »

C'est exactement ce qu'éprouvent tous ceux qui font une EFM, nous l'avons vu. Encore une fois, on ne saurait trop insister sur l'importance de ces expériences. Les recueils de témoignages et surtout les études sur ce sujet sont encore très insuffisants.

Mais il y a aussi des travaux scientifiques qui, par d'autres voies, vont tout à fait dans le sens de ce dualisme.

En 1980, deux neurophysiologistes suédois de l'université de Lund, Nils Lassen et Per Roland firent des expériences très intéressantes selon un processus nouveau. Ils injectaient en très petites doses un produit radioactif dans le système vasculaire de leurs cobayes. Ceux-ci étaient équipés d'un casque muni de 254 détecteurs de radiations. Ces chercheurs pouvaient ainsi détecter les régions du crâne où le flux sanguin était le plus important et donc les régions les plus actives du cerveau.

Le test consistait à demander à ces sujets volontaires d'exécuter un certain nombre de mouvements simples avec leurs doigts : le pouce venant toucher l'index deux fois, puis le majeur, une fois, l'annulaire trois fois... Ils découvrirent alors qu'une fraction de seconde avant que le mouvement ne soit commandé, le sang affluait

---

1. John C. Eccles, *Evolution du cerveau et création de la conscience*, Flammarion, 1994, p. 301, 322, 317.

dans une zone très précise du cerveau, au sommet du crâne, et dans la zone du cortex correspondant aux mouvements[1].

Ces observations ont été confirmées par d'autres travaux. Benjamin Libet, neurochirurgien de l'université de Californie et le physiologiste allemand Hans Kornhuber se sont livrés à des expériences extrêmement précises sur le temps de réaction à différents stimuli. Ils ont demandé par exemple à des cobayes de plier brusquement les doigts, mais à un moment précis que ces cobayes choisiraient eux-mêmes en repérant l'instant exact sur le cadran d'une horloge.

Résultat surprenant : une demi-seconde avant le moment choisi par les cobayes, l'électroencéphalogramme enregistrait déjà une activité dans l'aire du cerveau qui régit la main. Ce n'était donc pas le déclenchement de l'acte volontaire qui était la cause du changement intervenu dans le cerveau[2]. Plus précisément encore, si l'on provoque une stimulation artificiellement, en agissant directement sur le cerveau, il faut qu'elle dure cinq cents millisecondes pour que la personne cobaye la perçoive. Si la stimulation a une durée un peu inférieure, la personne cobaye ne la perçoit pas. Mais si la stimulation passe par le circuit naturel normal, sans intervention directe sur le cerveau, s'il s'agit, par exemple, d'une piqûre au doigt, vingt-cinq millisecondes suffisent pour que la personne cobaye la perçoive.

Le phénomène de conscience précède-t-il la modification induite dans le cerveau ? Autrement dit, la

---

1. Voir Michael Talbot, *L'Univers, Dieu ou hasard ?*, J'ai lu, 1989 ; et un extrait de cet ouvrage dans *Parasciences et Transcommunication*, n° 59, p. 36-47.
2. Beate Lakotta dans *Der Spiegel*, n° 16/18.4.05, p. 184. Voir aussi V. Ramachandran, *Le Cerveau, cet artiste, op. cit.*, p. 104-106.

conscience perçoit-elle la cause avant d'en percevoir l'effet?

En tout cas, ces expériences prouvent qu'il n'y a pas adéquation entre la modification neuronale et le phénomène de conscience. Il faut qu'autre chose intervienne et la possibilité de l'existence de l'esprit ou de l'âme s'en trouve renforcée.

Les conséquences de telles constatations sont tellement fortes qu'un rationaliste matérialiste comme le philosophe Daniel C. Dennett, spécialiste des sciences cognitives et en particulier de l'intelligence artificielle, reconnaissait, au vu de ces résultats, que « si les expériences en question devaient être vérifiées, ce serait un jour sombre pour le matérialisme[1] ».

Reste qu'il faut essayer de répondre un peu à la grande objection faite par tous les scientifiques à la thèse dualiste, et qui revient sans cesse, nous l'avons vu : comment un esprit pourrait-il agir sur la matière?

Pour cela il faut sans doute aller plus loin, jusqu'à la structure même de la matière. Là, nous découvrons un contraste étonnant entre les affirmations souvent péremptoires des spécialistes des neurosciences et le discours des physiciens de la physique moderne, la physique quantique. Il ne s'agit plus d'un monde de certitudes, de relations stables de causes à effets.

La conception mécanique du monde, ce que le physicien Bernard d'Espagnat[2] appelle le « mécanicisme » n'est plus possible.

---

1. J'emprunte toutes ces informations à Jean Staune.
2. Bernard d'Espagnat est professeur honoraire à l'université Paris XI, où il dirigea le laboratoire de physique théorique.

« En tant que modèle, il est excellent. En revanche, conçu comme une ontologie, autrement dit considéré comme étant une description du fondement ultime des choses, il est, je le répète, une ontologie erronée. Il n'est plus soutenable d'aucune façon[1]. »

Or, c'est encore sur cette conception mécaniciste du monde que s'appuient tous nos neuroscientifiques. Ils ne voient encore, avec tous leurs appareils, qu'un niveau macroscopique, celui des neurones. Ils ne vont pas jusqu'au niveau des atomes et des particules élémentaires. Ils ne tiennent donc aucun compte de toutes les découvertes de la physique quantique. Pour eux, c'est comme si elle n'existait pas. Or, à ce niveau-là, la révolution est considérable !

L'astrophysicien Trinh Xuan Thuan le résume, de façon particulièrement accessible pour les non-spécialistes que nous sommes :

« Selon Bohr et Heisenberg, nous ne pouvons plus parler d'atomes ou d'électrons en termes d'entités réelles possédant des propriétés bien définies, telles que la vitesse ou la position. Nous devons les considérer comme formant un monde non plus de choses et de faits, mais de potentialités. La nature même de la matière et de la lumière devient un jeu de relations interdépendantes. Elle n'est plus seulement intrinsèque, elle peut également changer par l'interaction entre l'observateur et l'objet observé…
Les particules peuvent changer de nature : un quark peut changer de famille ou de "saveur", un proton peut devenir un neutron avec émission d'un positon

---

1. Bernard d'Espagnat dans l'ouvrage collectif *Science et quête de sens, op. cit.*, p. 26.

et d'un neutrino. Dans des processus d'annihilation avec l'antimatière, la matière peut se muer en pure énergie[1]. »

Le prix Nobel de physique W. Phillips, profondément croyant, essayant de concilier sa conviction scientifique dans l'immuabilité des lois de la nature et sa foi chrétienne en la possibilité pour Dieu de faire des miracles, en arrive à cette hypothèse :

« On pourrait imaginer que les interventions de Dieu sont plus subtiles, ayant lieu au niveau de la probabilité quantique – où la physique permet une multiplicité de résultantes plus ou moins probables, à partir desquelles Dieu pourrait choisir, sans entrer en contradiction avec les lois de la physique[2]. »

« Il est évident, fait remarquer Antoine Triller, neurobiologiste à l'École normale supérieure de Paris, que le fonctionnement d'un réseau de neurones dépend, si l'on descend à plus petite échelle, du fonctionnement d'un neurone, puis de celui d'une synapse et, plus bas encore, de celui des molécules. C'est toute une vision gigogne qu'il s'agit d'adopter. Or, à l'échelle microscopique, tout n'est que chaos. C'est un monde régi par le mouvement brownien, agité en permanence de phénomènes stochastiques. La synapse serait une machine stochastique...
Dès lors, comment, à partir d'un phénomène microscopique, rendre compte d'un phénomène macroscopique ? »

1. Trinh Xuan Thuan dans *Science et quête de sens, op. cit.*, p. 247 et 249.
2. W. Phillips dans *Science et quête de sens, op. cit.*, p. 281.

C'est peut-être à ce niveau-là que l'on peut entrevoir une solution à la grande difficulté d'imaginer une possibilité pour l'esprit d'agir sur la matière. Dans ce « mouvement brownien », il suffit de très peu d'énergie pour exercer une influence efficace. On retrouve le même schéma dans les phénomènes paranormaux. Il semble en particulier, nous l'avons vu, que les appareils électroniques comportant un oscillographe, et donc étant très sensibles à de faibles sources d'énergie, soient particulièrement faciles à influencer pour les esprits de nos défunts. Mais, nos trépassés ne sont pas non plus totalement immatériels.

Les morts ont un corps « spirituel », fait d'une autre matière, mais un corps quand même. Cette action d'une matière sur une autre est sans doute plus facile à concevoir et lève ainsi l'objection généralement faite à l'hypothèse « spiritualiste » par les « matérialistes ».

Pour le physicien David Bohm, il serait même peut-être possible de pousser l'hypothèse encore plus loin. Pour lui, la matière et l'esprit ont probablement un fondement commun, profond et caché, qui ne s'identifie probablement, ni à l'un, ni à l'autre[1].

À ce niveau de la science, tout devient possible. Costa de Beauregard, physicien lui aussi, décrit finalement l'Univers comme « un télégraphe universel corrélant entre eux *nous autres individus*, y compris nos *frères inférieurs* les animaux et pourquoi pas aussi les végétaux ? Le réel doit donc être défini comme le niveau phénoménologique familier, *normalement* accessible au *sens commun*, mais transparent à un au-delà subtil d'essence psychique, cette face pensante du cosmos évoquée par un Bergson ou un Le Roy, énon-

---

1. *Dialogues with Scientists and Sages*, Routledge and Kegan Paul, 1986, p. 95 ; cité par B. d'Espagnat, *op. cit.*, p. 33.

çant que « dans l'Univers il pense, comme on dit il pleut ». Les *lois de la nature* sont alors le code d'un télégraphe d'information, une *toile* interconnectant les psychismes, et suscitant la matière en tant que représentation collective, un abrégé consensuel facilitant les échanges[1]. »

On aura noté cette référence à un « au-delà subtil d'essence psychique » et cette inclusion du monde animal et même végétal. Nous y reviendrons plus tard.

La neurothéologie

Ce terme un peu étrange de « neurothéologie » n'est pas mon invention. Il aurait été créé par Aldous Huxley, dès 1962, dans son roman *Islande*. Il fut repris par James Ashbrook et se trouve aujourd'hui réemployé et diffusé par un certain nombre de chercheurs[2] qui ont beaucoup travaillé, non seulement sur le lobe temporal droit, mais sur toutes les fonctions profondes du cerveau en lien avec nos différentes activités.

Il est donc reconnu depuis quelques années que l'excitation du lobe temporal droit donne accès à une véritable expérience spirituelle. Vilayanur Ramachandran, de l'université San Diego en Californie, l'avait constaté chez des épileptiques. On soupçonnait d'ailleurs depuis longtemps l'épilepsie d'avoir joué un rôle

---

1. Olivier Costa de Beauregard, article « Rationalité du paranormal » dans le *Dictionnaire des Miracles et de l'Extraordinaire chrétiens, op. cit.*, p. 659, 2ᵉ colonne - 660, 1ʳᵉ colonne.

2. John Horgan, *Rational Mysticism, Spirituality meets Science in the Search for Enlightenment*, Houghton Mifflin Company, Boston / New York, 2003, p. 74, note.

important dans l'orientation religieuse de personnages célèbres, depuis le prophète Ezéchiel jusqu'à Joseph Smith, le fondateur des Mormons, en passant par saint Paul, Mahomet, Jeanne d'Arc, Swedenborg et même Dostoïevski.

C'était une tentation normale de la part de psychologues athées. Certains d'entre eux, comme le chercheur canadien Michael Persinger, de l'université Laurentienne, y voient même là ce que tous ces personnages célèbres ont pris pour une véritable « expérience de Dieu ».

Pour lui, les extases mystiques, les apparitions du Christ, de la Vierge ou de quelque autre entité ne seraient que l'effet d'une modification survenue dans les lobes temporaux. Tout cela ne serait donc que pure illusion, expérience subjectivement réelle, mais sans objet réel indépendant.

Depuis la fin des années 1980, M. Persinger tente de provoquer ces expériences en plaçant sur la tête de ses patients un casque, muni de huit aimants électrifiés, qui entourent leur tête et leur délivrent des stimulations électromagnétiques contrôlées, ciblées sur certaines zones précises du cerveau. C'est son fameux « Octopus ». Il prétend qu'ainsi 40 % de ses cobayes éprouvent un sentiment de présence, contre 15 % seulement chez ceux qui font partie d'un groupe de contrôle.

Un autre chercheur, Dean Hamer, spécialiste de biologie moléculaire, pense avoir identifié le gène de la croyance en Dieu. Ce serait le même qui régirait en nous la bonne humeur ou la dépression et nous permettrait de contrôler nos mouvements : le gène VMAT2. Les personnes qui tournent facilement à la mystique, qui ont tendance à l'abnégation et se sentent comme faisant partie d'un grand Tout, auraient dans la partie médiane de ce gène un type d'acide aminé différent. La spiritualité serait un mécanisme biologique, comme le chant des oiseaux.

Le problème a évidemment pour nous une importance particulière, lorsqu'il s'agit des expériences mystiques. Sont-elles vraiment une rencontre de Dieu ou seulement pure illusion ? Sur ce point précis les chercheurs se partagent entre les deux tendances, que nous avons déjà rencontrées dans les « neurosciences », selon qu'ils partent de présupposés strictement matérialistes ou spiritualistes. On distingue alors, avec un peu d'humour, selon leurs convictions, les « neuro-athées » et les « neuro-apôtres ».

Les recherches les plus connues en ce domaine semblent être celles menées par Andrew Newberg et Eugene d'Aquili, tous deux professeurs à l'université de Pennsylvanie, le premier, tout jeune encore, au département de radiologie du service de Médecine nucléaire et au département d'études des religions, le second, déjà âgé, au département de psychiatrie[1]. On me pardonnera de m'étendre longuement sur leurs travaux mais je crois que c'était nécessaire parce que, plus que tous les autres, il s'agit directement de notre sujet.

Ces deux chercheurs se sont servis de cobayes, huit « méditants du bouddhisme tibétain » et « plusieurs moniales franciscaines ».

Le bouddhiste méditant ou la religieuse en prière étaient chaque fois isolés pour pouvoir se concentrer plus facilement, mais ils étaient reliés aux chercheurs, qui se trouvaient dans la pièce voisine, par deux conduits fort différents qui passaient sous la porte.

---

1. Andrew Newberg, Eugene d'Aquili et Vince Rause, *Pourquoi « Dieu » ne disparaîtra pas*, Éd. Sully, 2003.

L'un était « une ficelle de coton très ordinaire... posée sans tension », à côté du cobaye, et l'autre était un long tube intraveineux planté dans le bras gauche du cobaye. Il fallait évidemment au cobaye un certain temps pour atteindre la concentration souhaitée. Lorsqu'il sentait qu'il était sur le point d'arriver à ce niveau de méditation, il devait tirer sur la ficelle.

L'un des chercheurs, de l'autre côté de la porte, lui injectait alors par intraveineuse un produit radioactif qui jouait le rôle de traceur. La méditation finie, le cobaye était rapidement conduit dans une salle du Département de médecine nucléaire où l'attendait « une grosse caméra de TEMP du dernier cri ». Il s'agissait donc d'une caméra de Tomographie à Émission Mono-Photonique. Un article sur ces recherches a paru dans les *Proceedings of the National Academy of Sciences* à l'automne 2004. Le Dalaï-lama se montre très intéressé par ces travaux et Matthieu Ricard, notre célèbre moine bouddhiste, fils de Jean-François Revel, participe à des expériences semblables, à l'université du Wisconsin[1].

Les clichés réalisés montraient nettement que le lobe temporal droit se trouvait alors très mal irrigué et donc mis en veilleuse. Or, c'est cette zone de notre cerveau qui intervient normalement dans le repérage dans le temps et l'espace. Il est donc normal que son inhibition produise une impression d'extension dans l'espace, à l'infini, ou de suppression de l'espace et, de même, de suppression du temps. Mais, c'est aussi la zone qui intervient dans la distinction entre ce qui est moi et ce qui n'est pas moi, d'où, lorsque cette zone est inhibée, l'impression de ne faire plus qu'un avec l'uni-

---

1. *Sciences et Avenir*, août 2005, p. 48-52, pour ces derniers renseignements.

vers entier. Le rapprochement avec les récits d'EFM est évident.

« Je ne faisais qu'un avec l'espace infini... », « Je n'avais pas le sentiment d'une identité séparée... », « Je ne faisais qu'un avec toute chose... », « Je n'avais plus conscience du temps et de l'espace... »[1].

De cette constatation rigoureusement scientifique, on peut tirer logiquement deux positions diamétralement opposées, l'une matérialiste, si l'on pense que ce sont les phénomènes neurologiques qui provoquent l'expérience religieuse, l'autre spiritualiste, si l'on soutient l'inverse, d'où les termes amusants de « neuro-athées » et de « neuro-apôtres » dont on affuble les chercheurs, selon leurs opinions.

Mais on peut aussi s'en tenir à une neutralité absolue, comme Étienne Koechlin, chercheur en neurosciences cognitives à l'université de Paris VI, et reconnaître simplement les faits.

Oui, « le cerveau est câblé d'une certaine façon qui fait que ce type d'expériences apparaît comme une conséquence possible de son fonctionnement normal... mais on ne peut objectiver que l'objectivable. Quels que soient les processus en jeu dans ce que ce méditant interprète comme une transcendance, cela ne dit rien quant à la réalité de cette transcendance[2]. »

Mais d'autres se présentent nettement comme « neuro-athées ». Ainsi Pascal Boyer, anthropologue,

---

1. Voir autres citations très nettes en ce sens dans *Saint Paul, le témoignage mystique*, Oxus, 2003, p. 169-173.
2. Cité par Jocelyn Morisson dans *Le Monde des religions*, juillet-août 2004, p. 38-39.

directeur de recherches au CNRS en France et chercheur à l'université Washington de Saint Louis (Missouri), se rattache plutôt à l'hypothèse matérialiste. Les religions ne seraient donc pour lui qu'une « épidémie mentale ».

« L'étude du cerveau, déclara-t-il dans le magazine *La Recherche* en mars 2002, nous permet de comprendre les aspects les plus généraux de la religion. Elle nous explique comment ces concepts sont acquis et transmis d'une personne à l'autre : cette explication, en elle-même, ne requiert nullement que les concepts en question aient un "fondement objectif". Autrement dit, l'hypothèse d'un fondement objectif n'est pas nécessaire pour rendre compte scientifiquement de l'existence et de la persistance de la religion[1]. »

Soyons encore plus clair : l'impression vécue, lors de ces méditations profondes et autres expériences religieuses, aussi bien que durant les EFM, d'être aimés de Dieu, de ne plus faire qu'un avec Lui et avec l'univers, etc. Cette impression n'implique nullement que Dieu existe vraiment, ni d'ailleurs l'univers et que cette union ait vraiment lieu. À partir de ces modifications du fonctionnement de notre cerveau, l'élaboration de notions religieuses précises ne serait plus qu'une affaire de développement culturel. Voilà donc résumée la position d'un « neuro-athée ».

Devrait-on, par le même raisonnement, en conclure que lorsque nous voyons une table cela n'implique nullement que cette table existe vraiment ?

1. *Ibid.*

La question n'est pas aussi stupide qu'il y paraît car, effectivement, dans les cas que nous appelons « hallucinations » il n'y a pas d'objet correspondant à la vision. Le seul moyen d'échapper à cette incertitude est le consensus d'autres personnes, prétendant voir la même chose au même moment, encore qu'il puisse y avoir des hallucinations collectives. Un moyen plus simple de s'assurer que l'on n'est pas dans l'illusion est de toucher la table, d'y poser des objets, chaque perception, prise isolément, restant douteuse, mais toutes ensemble rendant l'hypothèse de l'illusion peu vraisemblable.

Mais, dans l'expérience mystique il y a aussi un véritable consensus entre ceux qui ont vécu des expériences semblables sinon tout à fait identiques. Ils reconnaissent dans ce qu'un autre raconte ce qu'ils ont eux-mêmes vécu. Et ces expériences ont des effets profonds, une certaine « opérativité » dirait-on en langage scientifique.

D'ailleurs Newberg et d'Aquili l'ont bien senti. Ils envisagent les sensations que l'on peut avoir en mangeant une tarte aux pommes et alors, reconnaissent-ils, « les images du cerveau produites par TEMP feraient apparaître toutes ces activités exactement de la même façon qu'elles ont révélé l'activité cérébrale des bouddhistes et des moniales, sous forme de taches de couleurs vives sur le moniteur du scanner. Au sens littéral, l'expérience de dégustation de la tarte est entièrement dans votre esprit, mais cela ne signifie pas que la tarte ne soit pas réelle, ni qu'elle ne soit pas dél-i-cieuse. » De même, soulignent-ils, leur « expérience avec des méditants tibétains et des moniales franciscaines a montré que les événements qu'ils considéraient comme spirituels étaient, en fait, associés à une activité neurologique ».

« Associés » est un terme neutre qui ne préjuge pas de ce qui est la cause ou l'effet. Mais le point de départ de ces recherches est tout de même que « le cerveau fabrique l'esprit », conviction répétée à maintes reprises en ces termes.

Étudiant le fonctionnement des différents rituels, à quelque niveau que ce soit, aussi bien chez les animaux que chez les humains, qu'il s'agisse de rites précédant l'accouplement des papillons ou de cérémonies religieuses, Newberg et d'Aquili remarquent qu'ils sont tous constitués de procédés destinés à agir sur nos nerfs : sons graves, riches en vibrations, des grandes trompes tibétaines ou des chants zen, rythmes lancinants ou angoissants des tambours, harmonies des chants grégoriens, etc. Ils en arrivent alors à penser que les effets psycho-spirituels de ces rituels sont produits directement par nos nerfs.

« Du point de vue neurobiologique, le rituel humain a deux caractéristiques principales. Premièrement, il produit des épanchements émotionnels, à divers degrés d'intensité, qui représentent les sensations subjectives de tranquillité, d'extase et de terreur.
Et deuxièmement, il a pour résultat des états unitaires qui, dans un contexte religieux, sont souvent ressentis comme un certain degré de transcendance spirituelle. Nous croyons que ces deux effets ont une origine neurobiologique[1]. » Il ne s'agit pas de nier les émotions mais de comprendre qu'elles sont provoquées par une modification neurobiologique, elle-

---

1. Andrew Newberg, Eugene d'Aquili, *Pourquoi « Dieu » ne disparaîtra pas*, Sully, 2003, p. 129.

même provoquée par l'action physique des éléments sensibles du rituel sur nos nerfs. C'est en ce sens que, pour nos deux auteurs, « le cerveau fabrique l'esprit ».

Que le lecteur me pardonne ma hardiesse, mais je dirais que l'on n'avait pas attendu des travaux aussi savants pour savoir comment fonctionnaient les rituels. Bien évidemment tous ces moyens techniques, le son ou l'image, voire même l'odorat avec l'encens, sont utilisés pour produire en nous certaines émotions. Il n'y a là rien de nouveau. Mais, prouver scientifiquement comment ces différents moyens agissent serait évidemment une avancée dans la recherche. Encore faudrait-il ne pas seulement repérer les centres nerveux par lesquels ils suscitent en nous des émotions. Savoir que l'hippocampe joue un rôle régulateur dans l'intensité de nos émotions est fort intéressant.

Mais comment agit-il ? Le passage du fonctionnement physiologique à l'émotion ressentie reste très mystérieux. Cela ne nous explique toujours pas, comme le reconnaissait Francis Crick, comment nous pouvons ressentir « la rougeur du rouge ».

En outre, on ne peut pas négliger totalement une autre composante, souvent beaucoup plus importante, des émotions vécues dans la célébration de rituels : leur signification. Le rituel d'un enterrement ne nous émeut pas seulement par le rythme des chants, la lumière des cierges et les vapeurs de l'encens. Il y a aussi le sens des mots prononcés ou chantés et surtout la perte d'un être cher. Évidemment, les éléments du rituel sont choisis pour correspondre à cette émotion, parfois même dans certaines cultures pour la renforcer, mais aussi, en d'autres contextes religieux, au contraire pour l'apaiser. Mais là, ce n'est quand même pas la modification neurobiologique qui constitue la source principale de l'émotion.

Si le rituel d'un mariage produit une tout autre émotion, ce n'est pas seulement parce que les chants et le décor sont bien différents, mais surtout parce que l'événement célébré par le rituel est joyeux et non pas dramatique.

Il arrive quand même parfois à ces chercheurs de reconnaître, brièvement, l'importance du sens du rituel :

« C'est cette synthèse du rythme et du sens qui donne sa puissance au rituel[1]. »

Newberg et d'Aquili semblent avoir, en effet, centré leurs recherches sur des rituels où le rythme joue un grand rôle, comme dans la danse des derviches tourneurs ou les cérémonies du vaudou.

Ce sont des rythmes accélérés, accompagnés souvent d'une hyperventilation. Ils nous expliquent que d'ailleurs les rythmes lents, comme dans « la psalmodie ou la prière contemplative » peuvent avoir les mêmes effets. Ils s'appuient sur des constatations déjà faites depuis longtemps et sans doute incontestables, à savoir que pendant la prière ou la méditation la pression sanguine diminue, le rythme cardiaque est ralenti, le rythme respiratoire de même, le niveau d'hydrocortisone est réduit, etc.

C'est de ces changements que viendrait ensuite, éventuellement, l'émotion religieuse, impression d'être uni à Dieu et à tout l'univers, paix profonde…

---

1. *Ibid.*, p. 135.

« Quand les états unitaires produits par la neurobiologie du rituel se manifestent dans un contexte religieux, ils sont généralement interprétés comme une
expérience personnelle de la proximité de Dieu[1]. »

L'explication proposée semble pouvoir convenir
pour certains rituels qui cherchent effectivement à provoquer des états de conscience modifiés, des transes,
des effets hypnotiques, etc. Cependant, si l'action de
ces rythmes était si puissante et si automatique, dans
les discothèques, les participants, au lieu d'en arriver
comme trop souvent à des bagarres, devraient tous
tomber en extase comme des quilles. En outre, l'explication proposée ne me semble pas pouvoir s'appliquer
à toute forme de prière intérieure ou de méditation
où l'on ne retrouve le plus souvent aucune excitation
sensorielle. Où ont-ils vu que la prière contemplative
comportât un rythme lent ? Ou alors qu'appellent-ils
« prière contemplative » ? Ont-ils vraiment vu des
moines prier, dans le silence le plus absolu, immo-
biles, les yeux fermés ?
    Ces auteurs finissent par reconnaître que les états de
fusion les plus profonds avec l'absolu ne peuvent pas
être atteints par la seule pratique d'excitations sensorielles :

« Ces états unitaires avancés sont habituellement
hors de portée d'un rituel fondé exclusivement sur
une pratique physique. »

Et de citer alors toute une série de techniques non
physiques, fixation d'un objet mental, répétition d'un

---

1. *Ibid.*, p. 136.

mantra, contemplation de mystères, méditations de textes, etc. Mais qu'il s'agisse de méthodes passives visant à vider l'esprit de toute pensée ou de méthodes positives, le mécanisme resterait le même. Ces techniques auraient des effets physiques en chaîne sur différentes parties du cerveau et ce serait ces modifications physiques qui provoqueraient le sentiment de fusion, d'union avec l'absolu[1].

On pourrait peut-être défendre ce point de vue à propos des types de méditation qui ne comportent pas en eux-mêmes d'émotion, comme par exemple dans la méditation zen. Mais il n'en est pas de même de la prière, surtout de la prière privée, intérieure, qui n'est en fait qu'un acte d'amour. Mais nos auteurs privilégient nettement la méditation de type bouddhiste débouchant sur l'expérience d'un absolu impersonnel. On les sent nettement plus embarrassés lorsqu'il s'agit d'une relation personnelle à Dieu, comme dans le judaïsme, le christianisme, l'islam ou l'hindouisme.

Si des changements ont cependant effectivement lieu, dans ce type de prière aussi, au niveau de l'hippocampe, de l'hypothalamus ou de l'amygdale, il faut bien que ce soit l'émotion religieuse elle-même qui les provoque directement car il n'y a là aucun rythme, aucune excitation sensorielle.

Il me semble que, là, nos savants chercheurs se sont laissé entraîner à une généralisation que rien ne justifie et que, le plus souvent, ils ne font que prendre l'effet pour la cause. Autant dire que si quelqu'un m'attaque en essayant de me porter un coup au visage et si, d'instinct, je lève le bras pour me protéger, au moment où mon instinct de défense déclenche ma réaction, je

---

1. *Ibid.*, p. 172-187.

n'éprouve encore aucune peur, mais que c'est la contraction des muscles de mon bras qui provoque ensuite en moi la peur d'être frappé.

Il est quand même étrange qu'à aucun moment de l'ouvrage ces auteurs ne se demandent si ce ne pourrait pas être la symphonie ou le coucher de soleil qui susciteraient directement en moi une émotion, laquelle provoquerait à son tour toutes les modifications neurologiques constatées. Si on m'annonce brutalement la mort de quelqu'un de très cher, c'est tout de même bien cette nouvelle qui provoque en moi l'émotion. Je ne peux tout de même pas croire que la nouvelle, sans m'avoir ému le moins du monde, ce soient les vibrations des mots prononcés pour me l'annoncer qui agissent d'abord sur mon hippocampe ou mon hypothalamus et que ce soit cette modification qui, alors, provoque en moi une émotion.

Je ne comprends pas qu'ils n'aient jamais, du moins dans leur ouvrage, envisagé cette hypothèse, mais vraiment à aucun moment ! S'ils ont des arguments pour la réfuter qu'ils les exposent ! Mais ils ne peuvent pas se dispenser de cette discussion, car cette hypothèse est certainement la plus normale. Qu'ils ne l'aient pas senti prouve à quel point des spécialistes d'une recherche « pointue » peuvent finir par être prisonniers de leur discipline et aveugles aux évidences.

On retrouve les mêmes conclusions hâtives chez nombre de chercheurs. Par exemple, Jacqueline Borg et son équipe de l'université de Karolinska, à Stockholm, ont mis en évidence que les sujets croyants, prétendant avoir vécu des expériences mystiques, admettant la possibilité des miracles et l'existence d'un sixième sens, avaient un taux de sérotonine plus élevé que les autres.

Elle en conclut donc que « le système de production de la sérotonine pourrait bien être vu comme l'une des bases biologiques de la croyance religieuse, même si le résultat de l'étude doit encore être précisé avec des travaux menés sur un panel de volontaires plus large ».

D'autres chercheurs, dans la même ligne, telle Catherine Belzung de l'université de Tours, feront seulement remarquer que d'autres neurotransmetteurs, comme les opioïdes, pourraient, eux aussi, favoriser l'expérience religieuse.

Je note, pour ma part, que lorsqu'un biologiste, Georges Chapoutier, directeur de recherche au CNRS, veut décrire ce qui se passe dans l'organisme quand quelqu'un se trouve devant un grave danger imminent, il décrit les choses ainsi :

> « L'organisme bascule dans un état physiologique dit d'alerte : des hormones telles que l'adrénaline et des corticoïdes sont sécrétées, tandis que le rythme cardiaque s'accélère et que la pression artérielle augmente. »

Là, c'est bien l'émotion qui produit les bouleversements physiologiques. Je ne vois donc pas pourquoi ce ne serait pas l'émotion religieuse qui provoquerait l'augmentation de sérotonine et d'opioïdes[1] !

Les recherches menées en différents pays sur « l'effet placebo » aboutissent aux mêmes conclusions. Si l'on administre à des malades, atteints de la maladie de Parkinson, à un premier groupe, de la dopamine et à un deuxième, de l'eau salée, les malades de ce deuxième groupe se mettent à sécréter de la dopamine de façon endogène. Si, à des volontaires

---

1. J'emprunte ces derniers exemples à *Science et Vie*, n° 1055, août 2005, p. 50-57.

ayant subi une légère brûlure cutanée, on administre aux uns un antidouleur dérivé de la morphine et aux autres un placebo ou même rien, on constate au scanner (Pet-scan) une activation de la même zone du cerveau. Le psychiatre américain Jon-Kar-Zubieta finit par conclure ainsi :

> « Le seul fait d'imaginer recevoir un antidouleur (en fait un placebo) a provoqué une sécrétion d'endorphines chez les sujets dits placebo-répondeurs[1]. »

C'est peut-être un mécanisme semblable qui donne à la pensée, et plus particulièrement à la prière et aux sacrements, un pouvoir de guérison, comme deux thèses de médecine récentes, soutenues à l'université de Strasbourg, ont tenté de l'analyser. C'est le Dr. Larcher qui m'a permis de les consulter. Comme elles ne sont pas faciles à se procurer, j'ai donné un résumé de leurs conclusions dans *Dieu et Satan*[2]. Pierre Lunel reconnaît aussi ce phénomène dans son étude sur *Les Guérisons miraculeuses*[3].

Ce fut déjà, à la fin du XIXe siècle, l'erreur de William James qui réduisait ainsi les émotions à leurs manifestations corporelles. Son exemple favori était la rencontre d'un ours. On commence par courir, disait-il, et c'est seulement après que l'on ressent la peur. De là toute sa théorie :

> « Quelle sensation de peur resterait-il, si l'on ne pouvait ressentir ni les battements accélérés du cœur,

---

1. Cf. *Sciences et Avenir*, n° de novembre 2005, p. 67.
2. François Brune, *Dieu et Satan, le combat continue*, Oxus, 2004, p. 138-160.
3. Pierre Lunel, *Les Guérisons miraculeuses*, Plon, 2002.

ni le souffle court, ni les lèvres tremblantes, ni les membres faibles, ni le mal de ventre ?

Il m'est impossible de l'imaginer. Pouvons-nous nous représenter la colère, sans bouillonnement dans la poitrine, sans rougissement du visage, sans dilatation des narines, sans crispation des mâchoires, sans esquisse de vifs mouvements, et à leur place des muscles flasques, une respiration calme et un visage placide[1] ? »

Antonio R. Damasio, auquel j'emprunte cette citation, admire profondément W. James pour avoir compris, dès cette époque, le rôle capital du corps dans nos émotions. Mais si, note-t-il, nombre de chercheurs ont trouvé cette théorie de l'émotion insuffisante, ce n'est « pas tant parce qu'il avait ramené celle-ci à un processus se rapportant au corps, mais plutôt parce qu'il n'accordait pas beaucoup de poids, dans ce contexte, au processus mental d'évaluation de la situation provoquant l'émotion. » Pire, même, pour James, souligne-t-il, l'émotion « a toujours le corps comme point de départ ».

Pourtant, reconnaît Damasio, « dans de nombreuses circonstances de notre vie, en tant qu'êtres sociaux, nous savons pertinemment bien, cependant, que l'émotion ne se déclenche en nous qu'après qu'une phase d'évaluation mentale de l'événement a pris place, évaluation effectuée par des processus volontaires, non automatiques[2] ».

Vous voyez que je ne suis pas le seul à réagir ainsi devant de telles théories. Et pourtant Antonio

---

1. William James, *The Principles of Psychology*, vol. 2 (1890), New York, Dover, 1950.

2. Antonio R. Damasio, *L'Erreur de Descartes*, *op. cit.*, p. 182-183.

Damasio récuse complètement la thèse spiritualiste défendue par J. Eccles, pour la bonne raison qu'il n'y a pas, pour lui, dans le cerveau de centre chargé de centraliser toutes nos émotions et nos réactions. Mais il reconnaît tout de même que « la moindre de nos actions est beaucoup plus influencée par la culture que par la biologie[1].

Précisons qu'Antonio Damasio est considéré aujourd'hui, nous l'avons vu, comme l'un des plus grands spécialistes dans ces nouvelles recherches.

Les cas semblables de chercheurs entraînés par leurs théories au point d'en perdre le bon sens le plus élémentaire, comme Newberg et d'Aquili, sont beaucoup plus fréquents qu'on ne le croirait. Quand on prend connaissance des discussions entre chercheurs de haut niveau, professeurs d'université, directeurs d'instituts techniques supérieurs et autres centres de recherches, pour déterminer si, oui ou non, les ordinateurs pensent vraiment comme les hommes, on est un peu effaré du caractère très primaire des arguments échangés. Il a fallu des années pour que certains de ces chercheurs réalisent que connaître parfaitement toutes les théories sur les couleurs ne suffisait pas à en donner l'expérience concrète ou pour comprendre que connaître parfaitement le fonctionnement des ultrasons ne nous en donnait pas la même expérience que celle que possèdent les chauves-souris.

Je me rappelle, dans un autre domaine, l'obstination de Jacques Évin, spécialiste des datations par le carbone 14, pour défendre contre l'évidence la datation

1. Interview de Damasio recueillie par Gaëtane Chapelle dans *Sciences humaines*, n° 119, août-septembre 2001, reproduite dans l'ouvrage collectif *Le Cerveau et la Pensée, op. cit.*, p. 375.

médiévale du linceul de Turin. On avait beau lui opposer de nombreuses preuves d'une origine beaucoup
plus ancienne, il répondait seulement qu'il ne pouvait
les expliquer, mais que le linceul était forcément du
Moyen Age, puisque le carbone 14 l'avait dit ! On voit
d'ailleurs souvent de nouvelles sciences apparaître dans
l'enthousiasme, pleines de promesses, qui finissent par
se perdre dans des impasses et décevoir leurs promo-
teurs.

Sans nier l'intérêt de telles recherches je pense qu'il
est bon d'en reconnaître les limites. Or, l'étude des
EFM pourrait y contribuer largement et de façon décisive.

Notons déjà que la méthode mise au point par
Newberg et d'Aquili ne permet certainement pas
d'atteindre ce qui se passe dans le cerveau au moment
des extases proprement dites.

Leurs moines bouddhistes et leurs religieuses franciscaines, au moment de leur méditation profonde ne
sont pas vraiment déconnectés du monde extérieur.
Ils étaient installés dans une pièce isolée du bruit, ils
fermaient probablement les yeux, mais si quelqu'un
leur avait crié à l'oreille ou les avait piqués ou brû-
lés, ils auraient certainement réagi. Un mystique en
véritable extase ne sent plus rien, n'entend plus rien,
les yeux grands ouverts, il ne voit plus ce monde. Je
n'imagine pas sainte Thérèse d'Avila, sentant venir
l'extase, se dire : « Ah ! oui, c'est le moment de tirer
sur la ficelle. »

L'impossibilité est encore plus grande lorsque l'extase saisit brutalement le mystique, sans aucun préavis,
au milieu d'un geste inachevé, qui reste suspendu, le
temps de l'extase et parfois même en pleine occupation
matérielle, ce qui, pourtant, arrive souvent.

Saint Philippe Néri était obligé de se livrer à des plai-
santeries ou à des gestes extravagants pour arriver à
empêcher l'extase de le saisir en public[1].

Le Père Augustin Delage, s'arrêtant un jour en pleine
phrase, pendant plus d'une demi-heure, pour l'achever
ensuite comme si de rien n'était[2].

Sainte Thérèse d'Avila, ravie au moment même
de communier et restant la bouche ouverte, incapable
d'avaler l'hostie[3].

Ce que ces chercheurs reconnaissent comme « expérience unitaire absolue » semble assez correspondre
à la tradition de l'hindouisme des Upanishads ou du
bouddhisme.

Là, en effet, autant que l'on puisse s'en rendre
compte à travers les incertitudes du langage, il s'agit
vraiment d'un sentiment de fusion avec toutes choses,
perçues comme un Tout indifférencié et impersonnel
ou encore comme un Néant. Nos auteurs sentent bien
qu'il y a quelque difficulté à appliquer ce schéma à
l'expérience mystique des religions monothéistes (ou
polythéistes) où la relation d'amour devient essentielle.
Il est vrai que, même dans ce type d'expérience, il y
a sentiment de fusion avec la totalité, de ne plus faire
qu'un avec Tout.

Néanmoins la relation d'amour personnel y reste
capitale. Et, là encore, les EFM peuvent nous aider à
admettre que les deux aspects puissent coexister, car
c'est bien ce que rapportent tous les témoins. Il y a
fusion dans cette Lumière/Amour.

1. Louis Ponnelle et Louis Bordet, *Saint Philippe Néri et la société
romaine de son temps, 1515-1595*, La Colombe, 1958, p. 73-79.

2. Robert de Langeac, *Vous..., mes amis*, Lethielleux, 1953, p. 48.

3. Marcelle Auclair, *La Vie de sainte Thérèse d'Avila*, Éd.du Seuil, 1950,
p. 234.

On retrouve d'ailleurs cette expérience dans les EFM aussi bien chez des athées ou agnostiques. Tous ces témoins se disent « submergés », « écrasés » d'amour. L'amour n'est pas pour eux un aspect secondaire, marginal, de cette expérience mais en est le cœur, l'essentiel, ce qui va modifier totalement leur comportement lorsqu'ils reviendront à la vie de ce monde. Cette expérience d'Amour absolu, inconditionnel, est en même temps expérience d'union, de fusion avec cet Amour et avec tout, mais ils ne disparaissent pas dans cette unité : « J'étais un avec… » disent-ils tous.

Le « Je » et le « avec » marquent bien qu'une certaine dualité persiste, tandis que le « être un » marque son dépassement. L'expérience vécue dans les EFM, quelle que soit la religion de ces témoins avant leur expérience, est beaucoup plus proche de celle des mystiques chrétiens, musulmans, juifs, ou même hindous, que de celle des bouddhistes, privilégiée par ces chercheurs.

Cependant, Newberg et d'Aquili n'appartiennent pas au clan des « neuro-athées ». Ils expliquent que, partis d'une hypothèse de base strictement matérialiste, leurs recherches les ont amenés à évoluer. Parlant des constatations neurologiques indéniables qu'ils ont pu faire, ils avouent que « d'un point de vue réducteur, cela pourrait corroborer l'argument que l'expérience religieuse n'est qu'imaginée neurologiquement, que Dieu est physiquement entièrement dans votre esprit. Mais, reconnaissent-ils, une compréhension complète de la façon dont le cerveau et l'esprit composent la réalité et en font l'expérience donne à voir cela sous un angle différent[1]. »

---

1. Andrew Newberg, Eugene d'Aquili, *Pourquoi « Dieu » ne disparaîtra pas*, Sully, 2003, p. 58-59.

Ils réalisent en effet, peu à peu, combien cette expérience mystique est universelle, en dépit de ses variantes, forte, au point de paraître plus réelle que notre réel et partagée par des gens équilibrés, souvent même plus que la moyenne de la population. Ils finissent par reconnaître qu'elle est « un solide argument pour l'idée que l'existence humaine est bien plus qu'une existence purement matérielle[1] ».

Dans cette perspective, ils espèrent même arriver un jour à conforter par leurs recherches sur le cerveau la valeur des expériences mystiques. « Il est possible, osent-ils avancer, qu'avec le progrès des techniques d'étude du cerveau, les expériences mystiques soient finalement clairement différenciées de toute psychopathologie. » « Autrement dit, commente John Horgan auquel j'emprunte cette citation, en examinant des images scannées du cerveau, les neurothéologiens pourraient distinguer les vraies visions mystiques des illusions pathologiques, la folle sagesse de la pure folie[2]. »

Ce qui devrait changer complètement la façon de poser le problème, ce serait une meilleure connaissance des EFM. Newberg et d'Aquili prétendent en avoir pris connaissance, mais il est évident qu'ils ne les ont pas prises au sérieux. Ils n'ont toujours pas abandonné nettement leur point de départ, « le cerveau fabrique l'esprit ». Ils n'ont pas compris que la sortie du corps était réelle. À cet égard le témoignage des aveugles marque une étape capitale. Cela change tout.

---

1. *Ibid.*, p. 251.
2. John Horgan, *Rational Mysticism, op. cit.*, p. 75-76.

PENSÉE ET CERVEAU

Un autre phénomène n'a pas non plus été étudié suffisamment, probablement parce qu'il est absolument déconcertant. Il s'agit de cas très rares, mais bien documentés, dont la réalité ne peut être mise en doute. J'en emprunte l'exposé à Michael Talbot[1].

Dans le milieu des années soixante, John Lorber, neurologue anglais, « fit la connaissance de deux enfants affligés d'un mal inhabituel. Tous deux souffraient d'hydrocéphalie, affection caractérisée par la présence anormale d'une grande quantité de liquide céphalorachidien dans le cerveau. (À ne pas confondre avec l'anencéphalie, caractérisée par l'absence d'encéphalie.) On devait constater, chez les deux enfants, qu'à la suite de cette hydrocéphalie, ni l'un ni l'autre ne possédaient de cortex cérébral. En dépit de ce grave handicap, le développement mental des deux enfants semblait normal. L'un d'eux mourut néanmoins à trois mois, mais, à douze mois, le second paraissait normal et bien portant, autant qu'on pouvait en juger. Les expérimentations médicales répétées ne montraient toujours aucune trace de tissu cérébral. Lorber publia un rapport sur ce cas dans *Developmental Medicine and Child Neurology*, mais, comme il est de règle dans la plupart des anomalies profondes inexplicables par la science académique, le rapport fut publié puis, négligé.

Les travaux de Lorber progressèrent cependant et, récemment, il découvrit un autre cas encore plus surprenant que le précédent. Un de ses collègues de l'uni-

---

1. Michael Talbot, *L'Univers, Dieu ou hasard?*, *op. cit.* ; extraits publiés dans *Parasciences et Transcommunication*, n° 59, p. 37-39.

versité de Sheffield remarqua un étudiant avec une tête légèrement plus grosse que la normale. Cet état de chose ne causait aucun problème à l'étudiant mais, étant donné l'intérêt porté par Lorber à ces phénomènes, le cas lui fut signalé.

Lorber procéda à un CAT scan (type de scanner qui détermine les différentes radiodensités du cerveau) sur le jeune homme et découvrit qu'en dépit du fait que celui-ci avait un QI de 126, qu'il était prix d'excellence en mathématiques et vivait, par ailleurs, tout à fait normalement, il n'avait « virtuellement pas de cerveau ».

Un autre cas semblable est celui d'un jeune homme qui « avait été atteint d'une importante hydrocéphalie lorsqu'il était nourrisson. On lui avait alors implanté un « shunt » dans le cerveau « pour drainer l'excès de fluide corticocérébral ». L'opération avait réussi, l'enfant avait grandi et, jeune homme, il menait une vie normale, jusqu'au jour où il mourut brusquement.

L'autopsie révéla que la mort était due à une rupture du « shunt » et que ce jeune homme ne possédait qu'une mince couche de tissu cérébral. En annonçant son décès à ses parents, on leur dit qu'en un sens, ils devaient être soulagés de la délivrance de leur fils qui était réduit à l'état de « légume ». C'est alors que les parents protestèrent. L'avant-veille de sa mort, leur fils travaillait encore tout à fait normalement.

« Depuis, Lorber, poursuit Michael Talbot, a découvert maints individus fonctionnant normalement sans cerveau. Dans un article paru dans *Science*, en 1980, Roger Lewin rapporte qu'à l'hôpital pour enfants de Sheffield, le neurologue a examiné plus de six cents patients atteints d'hydrocéphalie.

Son étude les divise en quatre groupes : ceux dotés d'un cerveau presque normal ; ceux chez qui le fluide

corticocérébral occupe de 50 à 70 % de la boîte crânienne ; ceux chez qui il occupe de 70 à 90 % ; et enfin
le groupe le plus atteint, où le liquide occupe 95 % de la
boîte crânienne. Dans ce dernier groupe, soit moins de
10 % des cas, la moitié des sujets présentait de sérieux
troubles mentaux, mais l'autre moitié avait un QI supérieur à 100.

« Si étonnant que cela puisse paraître, la découverte
de Lorber n'a rien de nouveau. Patrick Wall, professeur d'anatomie à l'université de Londres, remarque
que "des dizaines de cas semblables ont paru dans la
littérature médicale depuis longtemps". Mais Lorber ne
s'est pas contenté de relater des anecdotes, il a proposé
une longue série d'études systématiques, amassé un
nombre impressionnant de données et pose aujourd'hui
la question de savoir comment les expliquer. »

Michael Talbot reconnaît que les travaux de Lorber
sont contestés par d'autres chirurgiens. « On lui
reproche de manquer de précision quant à la masse
nerveuse manquante, mais, dit-il, "si je ne peux pas
affirmer que le cerveau de l'étudiant en mathématiques
pèse cinquante ou cent cinquante grammes, il est toute-
fois évident qu'il est loin de peser le poids normal d'un
kilo et demi". »

Sans prétendre, bien évidemment, que le cerveau
ne joue aucun rôle dans l'émergence de nos pensées,
il semble que de telles constatations relativisent tout
de même fortement les discours de tous ces neuroscientifiques et neurothéologiens. Si, vraiment, quelqu'un
peut vivre et fonctionner normalement avec seulement
une très petite partie de son cerveau, que valent toutes
ces déclarations péremptoires sur le rôle décisif de nos
« petites cellules grises », comme dirait quelqu'un de
très connu ?

Tant que le corps spirituel[1] se trouve dans le corps de chair, tout ce qui se passe dans l'esprit se traduit dans le cerveau et, de même, c'est le cerveau qui informe l'esprit, lui communique des milliards d'informations sur le monde extérieur et même sur le corps lui-même. Lors d'une véritable extase, il semble qu'il y ait déconnexion entre le corps spirituel et le corps de chair. Cette déconnexion n'implique pas nécessairement que le corps spirituel sorte du corps de chair.

Simplement, les informations sensorielles transmises au cerveau ne parviennent plus au corps spirituel.

C'est pourquoi il est peu probable que le mystique puisse alors penser à tirer sur la ficelle de Newberg et d'Aquili. Le corps spirituel commence alors à vivre, ne serait-ce qu'un instant, de sa propre vie, comme il le fera après la mort, lorsque les liens avec le corps de chair seront définitivement rompus. Il se peut cependant que pendant l'extase, le lien avec le corps de chair n'étant pas complètement rompu, le cerveau enregistre encore quelque trace de ce qui se passe dans le corps spirituel, ne serait-ce que de façon négative par une absence totale de signes d'activité cérébrale, comme lors de la mort. Mais il sera difficile de concevoir un montage permettant de le vérifier.

On sait que, dans les EFM, ce corps spirituel est parfaitement capable de percevoir ce qui se passe dans notre monde matériel et même qu'il voit et entend beaucoup mieux que ne le fait le corps de chair. Mais il n'est pas fait pour ce monde matériel et n'y reste jamais très longtemps. Il passe rapidement, à travers

---

1. L'expression « corps spirituel » est de saint Paul, mais on peut l'appeler « corps éthérique, énergétique… ».

un « tunnel » à une autre dimension et c'est seulement dans cette autre dimension qu'il fait l'expérience de cette Lumière/Amour dans laquelle il se fond. Le corps spirituel n'est plus relié alors au corps de chair que par le fameux « cordon d'argent ». Le mystique, dans l'extase, atteint cette autre dimension sans avoir à sortir de son corps de chair, mais se trouve pratiquement dans les mêmes conditions. Son corps de chair se trouve simplement déconnecté ou mis en veilleuse, laissant les facultés du corps spirituel s'exercer sans entrave. Cette fusion, sans confusion, se trouve donc alors éprouvée sans qu'il y ait eu d'excitation sensorielle préalable. Ce ne sont pas des modifications neurologiques qui peuvent provoquer cette expérience d'Amour/Unité.

Il me semble que la prise en considération de ces témoignages de mystiques comme de témoins d'EFM change complètement les données du problème.

Le plus probable est que, dans la situation ordinaire de cette vie où il n'y a pas déconnexion entre le corps spirituel et le corps de chair, ce sont, le plus souvent, les émotions éprouvées par le corps spirituel qui entraînent des modifications au niveau neuronal et non l'inverse.

IV

Le mystère de la personne

Symbiose entre vivants

En fait, les phénomènes de communications médium-niques entre personnes vivantes sont aujourd'hui moins connus que les contacts entre vivants et trépassés. Cela vient sans doute de ce qu'ils ne comportent généralement pas un contexte affectif aussi intense. Mais ils sont néanmoins très intéressants pour essayer de pénétrer un peu plus avant dans le mystère de la personne.

Voici donc un cas de communication par « écriture automatique » particulièrement bien documenté, puisqu'il a fait l'objet d'une expertise graphologique :

L'émetteur est Padre Pio de Pietrelcina. La réceptrice des messages, en écriture automatique, est Marialuisa Ferrante. Cependant, ce n'est pas elle la destinataire de ces communications, mais bien une troisième personne, de la connaissance de Marialuisa, que nous désignerons seulement par « L ». Ni Marialuisa ni « L » n'ont jamais rencontré Padre Pio. Or, il s'agit, non pas d'un cas isolé, mais de toute une série de messages, reçus dans les années 1950 par Marialuisa, pour les transmettre à « L ».

Cependant, le fils de « L » ne croyait pas du tout à l'authenticité de ces messages. Tout cela lui paraissait absurde et il considérait que sa mère se faisait tout simplement tromper par une illuminée. Il finit donc par se rendre à San Giovanni Rotondo pour montrer ces textes à Padre Pio et lui faire dénoncer cette supercherie.

Le moine prit les documents et les emmena dans sa cellule pour en prendre connaissance. Après une longue attente, au cours de laquelle le fils de « L » exposa à deux autres personnes, qui attendaient en même temps que lui, le motif de sa démarche, Padre Pio sortit de sa cellule et prononça simplement ces mots : « Ce que j'ai à dire à ta mère, je le fais de cette façon[1]. »

Il semble donc bien que le moine de Pietrelcina était parfaitement conscient des messages qu'il envoyait par cette voie particulière. Cela n'est d'ailleurs pas tellement étonnant quand on est au courant de tous les phénomènes dont il fut le sujet ou l'objet tout au long de sa vie.

Malheureusement, le fils de « L », après la mort de sa mère, crut bon de brûler tous ces textes. Il n'en reste plus qu'un, en la possession de Claudia Ferrante, la fille de Marialuisa, et c'est ce document, daté du 23 mars 1955 qui a pu être soumis à un expert en graphologie pour comparaison avec des textes autographes de Padre Pio, datés de 1953, pour le plus ancien.

En voici la conclusion, telle que publiée par Alberto Bravo et Cristina Botti[2].

---

1. Cecilia Magnanensi, *Comunicazioni medianiche traviventi* dans *Luce e Ombra*, anno 105°-n. 1, janvier-mars 2005, p. 18.

2. Alberto Bravo et Cristina Botti, « Scrittura automatica attribuita a Padre Pio : osservazioni grafologico-peritali », dans la revue *Luce e Ombra,* anno 105°-n. 1, janvier-mars 2005, p. 1-13.

« Les correspondances de structure et de geste qui ressortent de la comparaison, pour les raisons que nous avons exposées, excluent complètement l'hypothèse d'une imitation. Il y a des concordances qui, interprétées sans connaître *a priori* la provenance du texte à authentifier (écriture automatique), conduiraient à la conclusion technique qu'il s'agit d'une seule main.

On doit nécessairement en déduire que dans les cas d'écriture automatique se manifestent des phénomènes qui dépassent les possibilités techniques gérées par l'homme. »

Le lecteur se rappellera peut-être que des analyses comparatives semblables ont été réalisées aussi dans les cas, beaucoup plus nombreux, de messages envoyés en écriture automatique par des défunts à des vivants. Il s'agit, le plus souvent, d'une écriture qui n'est ni celle du trépassé, ni celle du récepteur. Mais dans certains cas, l'écriture propre du défunt se retrouve tout à fait, avec toutes ses caractéristiques, à travers l'écriture produite par la main du récepteur[1].

Cela implique, évidemment, une sorte de prise de possession du récepteur par l'esprit du trépassé, mais le mécanisme est certainement le même de vivant à vivant.

Mais il existe du phénomène de communications médiumniques entre vivants d'autres variantes où l'émetteur n'est pas conscient d'envoyer des messages. Ces cas sont même peut-être encore plus intéressants, car ils nous obligent à sonder un peu plus loin le mystère de la personne.

---

1. *Les morts nous parlent*, tome I, p. 249.

Le cas de William Stead, journaliste anglais, célèbre dans les milieux spirites, a beau être un peu ancien, il n'en est pas moins important. Il présente d'ailleurs du phénomène une variante particulièrement intéressante car, dans ce cas, c'est chaque fois le récepteur qui prend l'initiative du contact, alors même que l'émetteur du message n'a pas conscience de communiquer quoi que ce soit.

W. Stead avait d'abord publié toute une série de messages reçus d'une amie défunte, Julia Ames. C'est elle qui, à partir de l'au-delà, à travers même ces messages, suggéra à William de tenter les mêmes communications avec des vivants comme lui.

C'est ainsi, raconta Stead, que « je mis ma main à la disposition d'amis se trouvant plus ou moins loin, et je m'aperçus que, si la capacité à communiquer variait, certains amis pouvaient écrire très bien, imitant dès le début leur propre style d'écriture, parfois dès les premiers mots, jusqu'à ce qu'ils aient établi plus ou moins leur identité et continuant à écrire exactement comme s'il s'agissait d'une lettre ordinaire[1] ».

Stead découvrait ainsi les sentiments les plus intimes de ses amis, même ceux qu'ils ne lui auraient probablement pas confiés. Mais il notait aussi qu'avec certains il ne pouvait pas communiquer.

Cependant, lorsqu'il montrait à ses proches ou ses amis ce qu'il avait reçu d'eux, ceux-ci lui affirmaient qu'ils n'étaient au courant de rien. On ne sait pas si l'écriture des textes reçus par Stead fut comparée à l'écriture normale de leurs auteurs, mais même dans les cas où la communication semble authentique, l'identité des écritures est rare.

---

1. Cecilia Magnanensi, « Comunicazioni medianiche traviventi », dans *Luce e Ombra, op. cit.*, p. 16. C'est cet article que je traduis librement ou résume.

Stead raconte qu'il fit un jour le même essai avec une femme qu'il ne connaissait pratiquement pas, qu'il n'avait rencontrée qu'une fois :

« Il y a quelques mois, je me trouvais à Redcar, au nord de l'Angleterre, et je devais me rendre à la gare pour rencontrer la dame en question, collaboratrice de *Review of Reviews.* Elle m'avait écrit qu'elle arriverait vers trois heures de l'après-midi. Je logeais chez mon frère qui habitait à environ dix minutes à pied de la gare. Comme il n'était encore que trois heures moins vingt, je pensai que l'expression "vers les trois heures" voulait dire un peu avant l'heure indiquée. N'ayant pas avec moi d'horaires des trains, je m'adressai à cette personne, lui demandant de m'informer par ma main à quelle heure exacte le train devait arriver. Elle répondit immédiatement à ma question mentale, écrivant d'abord son nom pour m'informer ensuite que le train devait arriver à trois heures moins dix. Il n'y avait plus de temps à perdre ! Mais, avant de sortir, je voulus encore demander à quelle gare elle se trouvait à ce moment-là. Ma main écrivit : "Nous sommes arrêtés à la gare de Middlesborough et je viens de Hartlpool."
Je me rendis aussitôt à la gare et, une fois arrivé, je regardai le tableau des arrivées pour m'assurer de l'heure précise à laquelle le train devait arriver : 2 h 52. Cependant le train était en retard et quand sonnèrent les trois heures, il n'était toujours pas là. Cinq minutes encore se passèrent, sans aucun signe que le train s'approchait. Alors je pris un bout de papier et un crayon, demandant mentalement à l'amie voyageuse à quel endroit de

la ligne elle se trouvait. Aussitôt, elle écrivit son nom, puis m'informa ainsi : "En ce moment le train prend le virage qui précède la gare de Redcar. Dans une minute nous arriverons." Je demandai encore : "Comment s'explique un tel retard ?" La réponse arriva : "Nous avons été retenus longtemps à la gare de Middlesborough, mais je ne sais pas pourquoi." Peu après le train arriva et Stead reçut la confirmation orale de ce qu'il avait écrit, sans l'avoir encore montré à la dame en question. »

Malheureusement, l'histoire ne dit pas si Stead poussa la curiosité jusqu'à tenter une analyse comparative de l'écriture, reçue par médiumnité, avec l'écriture normale de cette amie. Cependant le témoignage oral suffit à prouver qu'il y a bien eu communication télépathique.

Dans les deux cas que nous venons de voir, l'initiative du contact est du côté du récepteur. Mais Padre Pio semble avoir été conscient d'une certaine façon du phénomène, tandis que rien ne laisse penser que la voyageuse l'était. Quant aux parents et amis dont Stead captait ainsi la pensée et les confidences, Stead précise qu'ils n'en savaient rien.

Il y a d'autres cas tout à fait semblables. Le professeur Filippo Liverziani rapporte un de ces cas. Il s'agit d'un des grands chercheurs italiens de ce temps, que j'ai eu l'occasion de retrouver bien des fois au cours de nombreux congrès en Italie, et en qui j'ai toute confiance. Or, ce professeur se livre depuis des années, avec sa femme Bettina, à des séances spirites, en ayant recours au oui-ja.

Le 5 avril 1987, au cours de leur 306e séance, ils reçurent un long message d'un inconnu qui se présenta

sous le nom de Michele Calabro. Il déclarait être coif-
feur à Rome, indiquait l'adresse et décrivait les lieux
avec beaucoup de précision, mentionnant les rues
avoisinantes, ce que l'on pouvait voir de l'arrière du
salon de coiffure, comment les passants, dans la rue,
ne pouvaient rien voir de ce qui se passait à l'intérieur.
Il décrivait aussi son physique, la composition de sa
famille.

À la suite de cette séance, le professeur Liverziani
alla voir ce salon de coiffure et rencontra ce Michele
Calabro qui le reçut fort aimablement et lui fit visiter les lieux. Mais, bien évidemment, il n'avait pas
conscience d'avoir envoyé toutes ces informations, de
quelque façon que ce soit, même pas par la pensée, à
quelqu'un qu'il ne connaissait même pas.

Un seul détail cependant posait problème. Les messages transmis par le oui-ja décrivaient des « rideaux
clairs, mais non transparents » qui empêchaient les passants de voir à l'intérieur. Or, ces rideaux n'existaient
pas ! Il n'y avait que des rideaux contre le soleil. Était-
ce bien l'esprit de Michele Calabro qui avait communiqué ces messages ou l'esprit d'un défunt ?

Un autre cas est encore beaucoup plus compliqué.
Il s'est produit dans tout un groupe auquel participait
Alfredo Ferraro, le Cercle Ifior de Gênes, en pleine
séance spirite.

Le 15 mai 1981, l'un des « guides » du groupe (dans
l'au-delà) annonça que la soirée serait consacrée à
« quelqu'un d'inhabituel, dans des conditions particulières ». Peu après, parvint en effet le message suivant :

« Salut, Messieurs. Excusez-moi si je parle si fort,
mais je n'ai pas encore bien évalué les mesures. Je

me trouve dans une situation assez étrange, car je ne sais pas bien si je suis vivant ou mort, mes idées sont un peu confuses et si je suis ici, si je suis arrivé à intervenir, c'est parce que quelqu'un s'est présenté et m'a pris pratiquement par la main et m'a conduit jusqu'ici. Je pense que vous savez de qui il s'agit. Son nom, je ne m'en souviens plus, mais c'est quelqu'un qui parle beaucoup et de très spirituel. Mon nom est Franco, Franco Savioli, docteur Franco Savioli et, si je suis encore vivant – je pense que oui, sinon je saurais au moins que je suis mort – je vis à Arenzano, au Quadrifoglio d'Arenzano.

Vous me demandez pourquoi je suis ici et ce que j'ai à faire avec vous, mais je suis ici parce que je dois parler avec l'un d'entre vous que j'ai déjà connu et à qui je parlerai tout de suite. Mais j'aimerais d'abord faire une plaisanterie.

Il y a certainement parmi vous, m'ont-ils dit, quelqu'un qui s'intéresse aux phénomènes de ce genre et qui fera une recherche. Alors je demande à cette personne, quand elle me trouvera, de m'expliquer certaines choses. Et cela parce que certainement, consciemment, si je suis encore vivant, je ne sais rien de tout cela et cette histoire m'amusera beaucoup.

Ainsi, je me dis, moi, que le trente me plaît beaucoup et aussi de me rappeler le cabinet que j'avais il y a encore peu d'années, toujours à Arenzano, 20/A rue Buonarroti, et de savoir tout cela ne me convaincra pas du tout, alors, cher Franco, je te dis : 916296 ; peut-être cela ira-t-il mieux. Avant d'aller communiquer avec vous directement j'ai donné un coup d'œil à tous. »

Celui qui, dans le groupe, devait faire des recherches fut certainement Alfredo Ferraro. Il téléphona chez les Savioli et obtint au bout du fil Mme Alda Savioli, l'épouse du médecin. Celle-ci déclara que cette histoire intéresserait certainement son mari, d'autant plus qu'une dizaine d'années plus tôt, au cours d'une grave maladie, il était tombé dans le coma pendant deux jours. En en sortant, il racontait que pendant ce coma, il était allé en un certain lieu et y avait fait certaines choses. Il avait donc fait ce que nous appelons une EFM. Alfredo Ferraro prit donc rendez-vous et, la veille du jour fixé, arriva au Cerchio Ifior le message en écriture automatique suivant :

« Annita envoie ses salutations les plus chères et dit de ne plus pleurer à son sujet, car elle ne s'est jamais sentie aussi bien que maintenant. Elle dit encore qu'elle vous envoie des baisers et des bénédictions et de lui pardonner si elle n'a pas pu et ne pourra pas intervenir personnellement. Un salut aussi de ma part, Giuseppe. »

A. Ferraro communiqua les deux textes au docteur Savioli et aussitôt tout fut clair. Annita était la mère du médecin, encore vivante, mais dont l'esprit était obscurci par une artériosclérose : elle ne reconnaissait plus ses proches. Le doublement du « n » dans son prénom était intéressant parce qu'inhabituel. Quant à « Trente », c'était son nom de famille[1] et « Giuseppe » le prénom du beau-père du docteur Savioli. Enfin, le nombre 916296 était le numéro de téléphone du

---

1. Évidemment *trenta* en italien, aussi bien pour le nombre que pour le nom de famille.

cabinet du docteur que celui-ci ne se rappelait même plus.

Au moment de la séance spirite où le texte principal était arrivé, le docteur participait à une réunion politique et se trouvait engagé personnellement dans une discussion très animée. Les entités qui communiquaient habituellement avec le groupe spirite de Gênes précisèrent qu'il y avait eu coïncidence d'« états temporels » qu'ils avaient utilisés à des fins didactiques. L'expression est assez mystérieuse. Peut-être ont-ils voulu dire que, si le docteur, dans ce message, ne savait plus très bien s'il était mort ou vivant, cela venait des jours où il était entré dans le coma. Mais une autre remarque s'impose. Au début de ce texte le messager prétend être le docteur Franco Savioli. Cependant, vers la fin, il s'adresse à ce même docteur : « cher Franco, je te dis : 916296 ; peut-être cela ira-t-il mieux ». Alors, s'agit-il vraiment de l'esprit du docteur qui intervenait dans cette séance spirite à Gênes ? Puisque le docteur dans son état normal n'avait jamais eu conscience d'avoir fait une telle communication et puisque le docteur était en pleine discussion, il faut que ce soit une sorte de double du docteur, un double qui se dissociait suffisamment du docteur pour pouvoir s'adresser à lui, mais qui s'identifiait totalement à lui, et voulait prouver à Franco Savioli qu'il était Franco Savioli.

On ne peut s'empêcher de penser qu'il y a en nous une autre conscience, ou un autre niveau de conscience ou quelqu'un en nous qui peut se manifester et qui peut le faire en échappant complètement à notre contrôle.

Ces cas de figure sont particulièrement intéressants, car ils correspondent à plusieurs situations semblables, en EHC (expérience hors corps) ou en bilocation.

Le lecteur se rappelle peut-être le récit de Robert Monroe essayant de se prouver que, lors de ses expériences, il se trouve vraiment hors de son corps. Il avait alors convenu avec une collègue de travail qui devait prendre ses vacances au bord de la mer, qu'il essaierait de se manifester à elle. Il s'était effectivement trouvé près d'elle dans sa cuisine, alors qu'elle était en pleine conversation avec sa fille et des amies de sa fille. Une conversation télépathique s'était alors engagée entre lui et cette collègue, tandis que celle-ci continuait à soutenir son autre conversation avec les jeunes filles, sans lui prêter la moindre attention.

Effectivement, à son retour, sa collègue lui avait confirmé qu'elle n'avait eu aucune conscience de cette conversation avec lui. On se rappelle que tout invisible qu'il était, il avait réussi à la pincer fortement et à lui laisser un bleu magnifique, preuve qu'il était pourtant bien arrivé jusque chez elle[1].

Dans ce cas, il y avait bien eu communication entre vivants, mais sans écriture automatique, et le communicateur était conscient de ce qu'il faisait. Il se trouvait en deux endroits, son corps de chair restant généralement allongé sur son lit et son « double » seul faisant le voyage, mais conscient. Seul, le récepteur était resté inconscient au niveau normal de conscience, tandis que son « double », resté lié au corps de chair, était, lui, parfaitement conscient, puisqu'il avait pu engager un véritable dialogue avec Robert Monroe.

---

1. Voir *Les morts nous parlent*, tome I, p. 271 et suiv., où l'on trouvera les références aux ouvrages de R. Monroe.

Un autre témoignage encore plus fort va jusqu'à la bilocation, mais là, à l'inverse, c'est celui qui bilo-quait qui n'en avait pas conscience et celui auquel il apparaissait qui le voyait et lui parlait, etc. Les phé-nomènes de bilocation sont suffisamment bien docu-mentés pour qu'il n'y ait aucun doute sur la réalité du phénomène, à moins que l'on ne soit atteint d'une allergie viscérale au paranormal, résistante à tout trai-tement. La vie de Natuzza Evolo, mystique italienne contemporaine, en présente encore toute une série d'exemples que j'ai longuement rapportés dans *Dieu et Satan*[1]. Mais dans le cas de cette mystique, comme dans ceux de Padre Pio, de Mère Yvonne-Aimée de Jésus et de tous les saints, la personne en bilocation reste parfaitement consciente dans les deux endroits à la fois.

Dans le cas qui m'intéresse ici, il ne s'agit pas d'un religieux, ce qui est normal, le phénomène de bilocation pouvant fort bien se produire en dehors de tout contexte religieux. Mais surtout, la personne qui a biloqué n'était pas consciente de le faire. Ce cas est rapporté par Harold Sherman, grand spécialiste améri-cain de parapsychologie, auteur de plusieurs ouvrages sur ce sujet et l'un des protagonistes de cette histoire. Il s'était lié d'amitié avec un détective célèbre, Loose, de surcroît criminologue distingué, qui fut l'autre pro-tagoniste. Donc, tous deux gens compétents et parfai-tement crédibles. Or, Loose se manifesta au domicile de Sherman en l'absence de celui-ci. Il n'y trouva que le gardien de l'immeuble qui laissa un petit mot à Sherman pour lui dire que son ami était passé. Cepen-dant, détail intéressant, Loose n'était pas sorti de chez

---

1. *Op. cit.*, p. 189-194, où l'on trouvera les références aux publications italiennes.

lui ce jour-là et n'était pas du tout au courant de l'esca-
pade de son double. La contre-épreuve eut lieu plus
tard. Loose se présenta au gardien d'immeuble avec les
vêtements qu'il portait chez lui ce jour-là et le gardien
le reconnut parfaitement. On peut donc biloquer sans
s'en apercevoir[1] !

Tout cela est certainement à rapprocher d'autres
phénomènes, encore trop peu connus et reconnus, tels,
par exemple, la « psychophanie ». Cette découverte est
tellement importante que je l'avais déjà exposée dans
Dieu et Satan[2].

Je ne peux ici que la résumer et surtout renvoyer aux
deux ouvrages consacrés par Anne-Marguerite Vexiau
à ses propres recherches[3].

Il s'agissait, au début, d'essayer de communiquer
avec des autistes pour des choses très simples, en leur
offrant la possibilité, sans parler, de désigner du doigt
des petits cartons représentant différents objets ou
actions. Puis, pour ceux qui savaient lire, on prit l'habitude d'ajouter au dessin le nom de l'objet représenté.
On essaya ensuite de leur présenter le clavier d'un
organiseur ou même d'un clavier en papier. Comme,
la plupart du temps, il leur est très difficile de coordon-
ner leurs mouvements, on les aidait en leur soutenant
légèrement le poignet ou même le coude, pour leur
faciliter le mouvement, mais en les laissant parfaitement maîtres de la direction qu'ils voulaient donner à
leur bras. Ces handicapés pouvaient alors taper eux-
mêmes les noms correspondant aux cartons ou même

---

1. Cf. *Les morts nous parlent*, tome I, p. 276 et suiv., où l'on trouvera
toutes les références.
2. *Op. cit.*, p. 40-55.
3. Anne-Marguerite Vexiau, *Je choisis ta main pour parler*, Robert
Laffont, 1996 et *Un clavier pour tout dire*, Desclée de Brouwer, 2002.

composer des phrases simples, pas toujours grammaticalement correctes, mais néanmoins compréhensibles. C'était ce que l'on appelait la « communication facilitée », méthode développée en Australie par Rosemary Crossley, à partir de 1987.

Mais A.-M. Vexiau découvrit peu à peu que ce système pouvait aller beaucoup plus loin. Des handicapés moteurs ou mentaux, enfants ou adultes, incapables normalement de communiquer avec le monde extérieur, pouvaient ainsi transmettre des messages révélant une vie intérieure intense et souvent douloureuse. On était passé là de la « communication facilitée » à la « psychophanie », la révélation de l'âme. Des drames de famille s'exprimaient, d'enfants qui, dans le sein de leur mère, avaient senti que leur père ou leur mère ne voulait pas d'eux, d'enfants qui étaient nés vivants, alors que leur jumeau était mort dans le sein de leur mère, quantité d'autres drames possibles, remontant parfois à plusieurs générations.

Il n'est pas possible de raconter en quelques lignes tous les développements qui ont suivi, d'autant que le plus important serait de montrer que, si incroyables qu'ils puissent paraître, ils reposent sur une longue expérience et sont vrais. A.-M. Vexiau n'est d'ailleurs plus seule dans ces recherches. Nombreux sont aujourd'hui ceux qui l'accompagnent et qui peuvent confirmer ce qu'elle a découvert.

Je ne peux résister au plaisir de vous rapporter au moins un cas très particulier. Il s'agit d'une jeune femme autiste que mon ami le Père jésuite Jean Mambrino avait baptisée, alors qu'elle paraissait encore « normale ». Resté en contact avec elle et sa famille, un jour, elle lui demanda de lui lire quelques-uns de ses poèmes.

À la fin, elle demanda l'organiseur et tapa ainsi en « psychophanie » le texte suivant que je vous livre sans commentaire :

> « En écoutant mon parrain lire ces poèmes je me suis sentie très profondément atteinte dans un espace de mon être intérieur qui me relie à la vie vivante mais qui a tellement de mal à se manifester…
> C'est mon autisme qui fait comme un écran opaque, un voile très épais qui me sépare du monde à cet instant où il me lisait j'ai eu l'impression que cet écran disparaissait, que ce voile se dissipait et que devant moi apparaissait la lumineuse vision de la beauté et mon émerveillement fut à la hauteur de ma joie et de ma reconnaissance pour lui et de ma reconnaissance pour la vie qui m'a été transmise[1]. »

Or, le plus intéressant pour notre propre recherche, c'est qu'A.-M. Vexiau découvrit que ces communications continuaient, même sans tenir la main du handicapé, autrement dit en tapant à sa place. Et les révélations se poursuivaient, des choses, que Mme Vexiau ne pouvait pas savoir, venaient au jour quand même. On était passé cette fois à de vraies communications télépathiques : la « psychophanie à distance ».

Or, cela fonctionne quelle que soit la distance, autrement dit en l'absence de l'intéressé et, évidemment, sans même qu'il le sache. J'ai participé à une de ces expériences chez Mme Vexiau et je crois vraiment que ça a fonctionné. Nous nous trouvons donc là dans le même cas de figure que lors des communications reçues par écriture automatique par William Stead. Ces amis

---

1. « Jean Mambrino, poète de la lumière », *Cahiers bleus* n° 29, p. 81.

lui faisaient ainsi des confidences sans le savoir. La seule différence est le support. Dans un cas, l'écriture automatique avec papier et crayon, dans l'autre cas, en frappant les lettres d'un organiseur.

Mais il semble qu'en certaines occasions, ces communications puissent se faire sans aucun support, sans qu'il y ait eu volonté d'envoyer le message et, comme souvent dans les recherches menées par A.-M. Vexiau, même avec un récepteur encore en bas âge. Une psychanalyste spécialisée dans les processus de somatisation rapporte « l'histoire d'une femme dont le quatrième enfant, un garçon, se réveillait, nuit après nuit, en hurlant ». Or, voici qu'au cours d'une de ses séances de psychanalyse, la mère se rappela qu'à l'âge de deux ans, son petit frère était mort brusquement, de la « mort subite du nourrisson ». Elle avait même perdu deux autres frères de la même façon. Rentrée chez elle, le soir même, son enfant dormit tranquillement[1]. Dans un cas comme celui-ci, il semble que le message ait été émis et reçu inconsciemment.

Alors, la question se pose : qui, en nous, prend la parole pour nous et raconte parfois des choses intimes, sans nous demander notre autorisation, sans même nous mettre au courant de ce qu'il a dit de nous, ni préciser à qui il l'a dit ? Et qui peut, en nous, recevoir des pensées et des messages, sans éprouver le besoin de nous en faire part ?

Les neuroscientifiques insistent sur les différents centres qui, en nous, prennent des décisions, sans nous consulter, pour nous permettre de respirer ou de garder notre équilibre. Mais nous leur déléguons

---

1. Ce cas est cité par Anne Ancelin Schützenberger dans *Aïe, mes aïeux !*, Desclée de Brouwer, 1993, p. 169.

volontiers cette tâche que nous serions incapables de remplir nous-même et nous ne nous sentons pas du tout menacé pour autant dans notre intégrité et notre unité.

Le problème que nous évoquons ici est beaucoup plus grave. S'agit-il en réalité de nous-même et alors nous émettrions, tout autour de nous, sans nous en rendre compte, une sorte de rayonnement de nos sentiments et de nos pensées. En théorie, n'importe qui pourrait les percevoir mais, en fait, seules quelques personnes, médiumniquement douées et en des conditions particulières pourraient les recevoir. Ces ondes existent certainement. Mais cela ne permet pas de rendre compte du détail des textes parvenus, du dialogue engagé, par exemple, par William Stead avec son amie encore dans le train.

Alors, s'agit-il d'un autre esprit en nous, qui nous observe et nous accompagne en permanence, sait tout de nous, et parfois accepte, pour notre bien, de communiquer ce qu'il sait à des personnes de notre entourage, comme une sorte d' « ange gardien » ? Cet ange gardien est-il vraiment distinct de nous ou « Je » est-il un autre nous-même, pourrait-on dire en paraphrasant Rimbaud, comme la fravarti des anciens Perses ?

Dans les célèbres *Dialogues avec l'ange*, Gitta Mallasz reçoit par la bouche de Hanna les messages de son « maître intérieur ». Elle a le sentiment très net de l'avoir vraiment connu, mais n'arrive pas à faire remonter de son subconscient un souvenir précis. Elle reste « au bord du souvenir ».

Cependant un sentiment intérieur se fait peu à peu, de plus en plus net. Elle finit par dire à son ange : « Donc, je suis toi. » Sourire de l'ange à travers Hanna et réponse : « Pas encore. » Une autre fois,

l'ange lui dit aussi : « Tu es mon pareil, plus dense »
et encore : « Si tu crois que je suis toi – je le serai. »
Enfin, plus explicitement, il finit par lui dire : « Avant
la naissance – l'ancienne –, mère et enfant font un. Si
l'enfant naît – ils se séparent en deux. Nous sommes
deux. – Lorsque nous naîtrons, nous deviendrons
un[1]. »

Nicole Dron, qui a fait une extraordinaire EFM,
raconte que, dans ce bref séjour dans l'au-delà, elle a
rencontré un beau jeune homme et lui a dit : « Je veux
me marier avec toi. » Mais elle comprit alors qu'il
s'agissait en réalité d'elle-même, telle qu'elle devait
devenir un jour par son évolution.

Le problème possède un autre aspect dans le cas de
personnes qui reçoivent des messages de l'au-delà dans
leur « subconscient » et l'ignorent au niveau conscient,
comme nous l'avons vu avec cette amie de Robert
Monroe qui continuait à converser avec sa fille, tandis
que R. Monroe lui parlait et qu'elle lui répondait ; car,
non seulement elle percevait ce que son ami lui disait,
mais elle lui répondait. Il s'agissait d'un véritable dialogue dont R. Monroe, en décorporation, était pleinement conscient, tandis qu'elle n'en savait rien et donc,
en conséquence, n'en a gardé aucun souvenir. Alors,
qui, en elle, participait à ce dialogue ?
Dans un cas comme dans l'autre, les explications par
des phénomènes psychologiques ne sont que des échap-
patoires, car on ne sait absolument pas comment ces
mécanismes pourraient fonctionner. Leur donner un

---

1. Gitta Mallasz, *Dialogues avec l'ange*, Aubier-Montaigne, 1976, p. 17-
18, 32, 56, 106, 120.

nom dans le langage des psychologues n'est qu'apposer une étiquette sur l'inconnu.

Le problème revient donc, lancinant : sommes-nous seuls chez nous ?

Symbiose entre morts et vivants

Il y a, me semble-t-il, toute une série de phénomènes qui pourraient nous aider à pousser la réflexion un peu plus loin. Les psychologues, psychiatres, psychanalystes ont été depuis longtemps très attentifs à toute une série d'indices qui nous amènent de plus en plus à constater l'extrême complexité de nos personnalités.

Le phénomène de « poltergeist »

Il n'est pas question ici de présenter une étude générale sur ces manifestations extraordinaires et particulièrement spectaculaires. Nous ne les aborderons que sur le point précis qui nous intéresse : la collaboration étroite qui semble exister dans ces cas entre défunts et vivants.

Les phénomènes des « esprits frappeurs », comme on les appelait en français, ou de « poltergeist », selon le mot allemand adopté aujourd'hui par tout le monde, est déjà, me semble-t-il, une première étape de collaboration étroite entre vivants et trépassés.

Le grand savant Camille Flammarion avait étudié longuement, avec toute sa rigueur scientifique, ces manifestations insolites. On lui doit toute une collection très riche de cas qu'il a personnellement vérifiés ou fait vérifier. Il avait déjà remarqué, dans son étude de 1923, que ces phénomènes avaient presque toujours pour épicentre une personnalité troublée, mais il avait aussi compris que leur présence ne suffisait pas pour expliquer ces phénomènes :

« Dans l'examen que j'ai eu la curiosité scientifique de faire depuis longtemps, j'ai été conduit à la conclusion qu'une classification est indispensable pour nous reconnaître un peu dans ces phénomènes souvent déconcertants... la cause en est consciente et invisible ; elle a été fréquemment associée à des actes possibles de décédés, mais pas toujours ou, du moins, nous ne pouvons pas toujours découvrir l'existence d'un défunt par lequel ces phénomènes sembleraient être produits. Si les désincarnés jouent un rôle, ce que nous aurons à examiner, les incarnés en jouent certainement un également. Il semble que des forces invisibles agissent sur le monde visible en se servant des facultés organiques de médiums, ou intermédiaires, constitués par des jeunes filles ou jeunes femmes (quelquefois des adolescents) dont la présence fait croire au public ignorant – ou à certains juges de même valeur négative – qu'ils sont les agents responsables, autrement dit des farceurs plus malins que tous les enquêteurs. »

Le rôle de ces médiums involontaires est donc déjà bien marqué. Des « forces invisibles » se servent de leurs facultés, mais ce ne sont pas ces personnalités troublées les « agents responsables » de ces actes.

C. Flammarion insiste alors sur le fait que ces manifestations sont le fait d'une volonté intelligente. Il dresse la liste de tous les faits évoqués dans son ouvrage qui le démontrent de façon irréfutable.

Puis, il revient sur l'identité de leurs auteurs :

« Ce sont là autant de manifestations de forces pensantes, dont plusieurs sont identifiées. Ces êtres invisibles sont-ils tous étrangers aux vivants, ou sont-ils quelquefois des dédoublements de l'esprit des expérimentateurs ! Ce qui est certain, c'est qu'ils se manifestent. »

C. Flammarion examine un peu plus loin toutes les hypothèses possibles, y compris celle des « coques » qu'il appelle ici « chrysalides ». Nous avions déjà rencontré cette hypothèse, chère aux courants ésotériques, à propos de certaines images paranormales apparues sur écrans de télévision ou comme explication possible des mots étrusques enregistrés sur magnétophone par un chercheur italien tenant un vase authentique de cette civilisation entre ses mains[1] :

« Les manifestations souvent si vulgaires, si incohérentes, des maisons hantées – ainsi que des expériences spirites dans lesquelles l'autosuggestion des médiums peut être éliminée – nous conduisent à discuter la valeur des forces et des intelligences invisibles qui les produisent et à revenir par une autre voie à l'ancienne comparaison de l'être humain avec l'insecte. Est-ce que les heures, les jours, les semaines, peut-être même les mois et les années qui suivent la mort, ne seraient pas le cadre d'actes de chrysalides humaines et non d'actes d'âmes entièrement dégagées de la matière ?
Les esprits de tous degrés qui passent perpétuellement du monde vital matériel au monde invisible sont de valeurs intellectuelles fort diverses. Combien

---

1. Rémy Chauvin et François Brune, *À l'écoute de l'au-delà, op. cit.,* p. 209-214.

demeurent dans le plan terrestre ? Combien se réin-
carnent, et quand[1] ? »

Plus récemment, le commandant de gendarmerie
Émile Tizané, après quarante ans de recherches sur ces
phénomènes, a publié toute une série d'enquêtes de gendarmerie sur des cas de ce genre, en y ajoutant, fort
heureusement, ses commentaires. C'est de ceux-ci que
nous nous contenterons ici. Ils forment un ensemble
assez complet fondé sur une longue expérience de ces
problèmes.

Tizané dresse d'abord un tableau complet des manifestations qui peuvent se produire, car ces esprits ne
font pas que frapper. Leurs possibilités vont bien au-
delà :

« La hantise se produit à n'importe quelle heure du
jour ou de la nuit, en toute saison, à l'intérieur de
la demeure ou bien à l'extérieur, dans ses environs
immédiats. Les faits provoquent d'abord la surprise
des habitants, ensuite leur lassitude, puis la peur ou
même la terreur. Ils entraînent parfois la maladie
d'une ou de plusieurs personnes, ainsi que l'abandon
de la maison.
Que va-t-il ordinairement se produire ? Des coups
sourds, ou au contraire très nets, seront frappés aux
portes, dans les murs ou les meubles, tantôt à la
même place, tantôt dans tous les coins ; des portes
ou des fenêtres, des placards, même bien fermés,
s'ouvriront seuls. Différents bruits seront perçus :
galopades effrénées, objets traînés ou roulant sur le
plancher, murailles secouées, etc.

---

1. Camille Flammarion, *Les Maisons hantées*, p. 67-68, 292 et 294-295.

On pourra même entendre des paroles prononcées d'une voix caverneuse, de petits cris d'animaux, des hurlements, des plaintes sourdes ou déchirantes, des bruits de pas.

Quelquefois, un souffle glacé, des odeurs nauséabondes ou des effluves parfumés accompagneront les phénomènes.

Des objets seront habilement déplacés ou lancés, avec fracas ou sans bruit, ce qui semblerait révéler une altération de leur poids. Les projections seront suivies de casse si les objets sont fragiles, mais, ce qui nous surprend davantage, des bibelots d'une extrême délicatesse feront un saut de plusieurs mètres sans être brisés alors que d'autres, qui auraient dû rester intacts, seront pulvérisés.

Des corps assez lourds valseront comme les autres. Mais leur poids n'excédera pas, dans la grande majorité des cas, les forces d'un être humain capable de les soulever. Des éclatements bizarres seront quelquefois constatés. Des meubles seront renversés ou seulement changés de place, des literies bouleversées. Des chaises se promèneront curieusement à travers la pièce et les personnes qui seraient assises pourront alors être soulevées avec leur siège, ou être jetées à terre.

Pour ajouter à notre stupéfaction, nous assisterons parfois à des déplacements d'objets qui contourneront les obstacles, comme s'ils étaient réellement transportés par une force intelligente.

En certaines occasions, assez exceptionnelles, des corps étrangers passeront à travers les murs d'une pièce close, ce qui pose le problème d'une possible désintégration de la matière, suivie de reconstitution. Des projectiles ramassés à ce moment dégageront de la chaleur. Des objets paraîtront se former dans l'air, d'après certains témoins oculaires. D'autres ont remarqué que des tissus souples devenaient soudain très durs.

Fréquemment, une demeure deviendra la cible de véritables grêles de projectiles, pierres ou autres, qui tomberont la plupart du temps de très près, sans force excessive, assez souvent verticalement. Dans ce dernier cas, ils pleuvront sur le toit, briseront les vitres, pénétreront par les ouvertures. Mais ce phénomène n'apparaîtra que rarement dans la maison, comme si la force invisible, dans ces circonstances, se reconnaissait étrangère à la demeure et craignait d'y pénétrer.

Les corps s'abattront souvent de façon si particulière qu'on pourra les supposer lancés par une catapulte, avec une adresse remarquable et une précision prodigieuse[1]. »

Je me permettrai d'ajouter à ce descriptif détaillé, que j'ai vu personnellement une fois un objet se former dans l'air. Il s'agissait d'une pièce de monnaie qui est apparue dans un angle sombre, sous la toiture d'un auvent. Elle semblait effectivement lancée en biais vers le sol. Il n'y avait aucune ouverture sous cet auvent et surtout, je regardais par hasard dans cette direction et quelques centimètres avant il n'y avait rien. Brusquement, la pièce est apparue, en plein mouvement.

Un cas semblable, contemporain, très riche en éléments paranormaux, a fait récemment l'objet d'une

---

1. Émile Tizané, *L'Hôte inconnu dans le crime sans cause*, Éd. Tchou, 1977, p. 28-30.

enquête menée par Jean-Michel Grandsire avec l'aide d'un physicien, Michel Carmassi, et publiée dans la revue *Parasciences*[1].

Comme toujours, il n'est pas facile de s'assurer qu'il n'y a aucune supercherie, mais si, pour certains phénomènes, on peut imaginer un montage possible, sans aucune preuve pour autant que ce soit effectivement le cas, d'autres semblent résister à toute explication normale possible.

Voyons maintenant ce que pense le commandant Tizané de l'origine possible de ces phénomènes. Il fait d'abord les mêmes constatations que tout le monde, mais, rapidement, les observations se précisent :

« La plupart des phénomènes… se produisent de jour, en pleine lumière et à la vue de nombreux témoins de toutes les classes sociales. Ils ne se réalisent pas nécessairement en présence, mais toujours à proximité d'un être vivant dans la demeure et qui semble se trouver là pour prêter à l'Hôte Invisible un élément dynamique qui lui manque en propre et lui servir, en temps voulu, de bouc émissaire aux yeux des témoins.

Cet intermédiaire est absolument nécessaire à la mise en œuvre des effets, mais un autre habitant de la demeure sera, dans de nombreux cas, le souffre-douleur visé par la force inconnue. Dans le poltergeist, la force inconnue semble être indépendante du sujet intermédiaire. Capricieuse, elle survient quand elle le veut et conserve l'initiative des opérations.

---

1. *Parasciences et Transcommunication*, n° 51-55 et 59.

L'Hôte Inconnu entré en action ne tardera pas à nous dévoiler sa crainte d'être pris en défaut. Il agira comme un être peureux, opérant le plus souvent par surprise, dans le dos des témoins, jouant à cache-cache avec les inquisiteurs ou les observateurs trop curieux. Ses tours seront imprévus et déjoueront toute surveillance. Si l'on regarde dans une direction, c'est de l'autre côté que quelque chose se produira. Si l'on exprime un désir, c'est quand on ne s'y attendra plus qu'on le verra se réaliser.

Sur le point d'être confondu, notre Hôte n'hésitera pas à disparaître, s'il soupçonne un danger d'identification. Prudent à l'extrême, il décevra beaucoup de curieux qui se retireront de la maison hantée sans avoir rien vu. Toute investigation deviendra donc pour lui une gêne momentanée.

Dans tous les cas, les phénomènes produits seront d'une déconcertante banalité et dénoteront le plus souvent une force stupide. Attendons-nous cependant à quelques rares répliques qui ne manqueront pas de piquant et témoigneront quelquefois d'une sourde colère.

Tous les phénomènes que nous venons de passer en revue conduisent à admettre l'action d'une puissance invisible, intelligente, malicieuse, très adroite et douée d'esprit d'à-propos…

Si, la plupart du temps, cette force agissante demeure invisible, on l'a quelquefois vue prendre l'apparence d'un brouillard, d'une fumée ou encore d'une lueur fugitive. Quelques témoins tendront même à nous la présenter sous l'aspect d'une forme humaine, qui, par moments, trahira sa présence par le rude contact de sa main, par des actes plus obscènes ou même par des coups. Il lui arrivera aussi de causer aux habitants de la maison hantée des blessures assez sérieuses[1]. »

Un cas récent a particulièrement défrayé la chronique, attirant non seulement la presse régionale et nationale, mais aussi les radios et télévisions de France (TF1 et Canal Plus) et de l'étranger (2 chaînes allemandes, une belge, NHK du Japon…!). Il s'agit des phénomènes de l'église hantée de Delain, en Franche-Comté, sur lesquels nous disposons aujourd'hui d'une excellente contre-enquête[2].

Ces événements se sont déroulés du 15 au 21 octobre 1998. Le maire de ce petit village était arrivé à y organiser des concerts avec la participation d'artistes renommés. Cette année-là, c'était l'orchestre symphonique de Besançon qui, avec plus de quarante musiciens, devait se produire dans la petite église du pays, le dimanche 18 octobre.

Le jeudi 15, le maire, Thierry Marceaux, et un petit groupe de bénévoles s'affairent dans l'église pour aménager les lieux, en vue de cet événement. C'est alors qu'une ampoule d'éclairage éclate et que les débris en tombent à leurs pieds. Petite surprise. Mais voilà que, dans les minutes qui suivent, deux autres ampoules explosent de la même façon. Là, ils commencent à s'interroger. Alors qu'ils s'apprêtaient à reprendre le travail, « une statuette en plâtre éclate à leurs pieds, littéralement pulvérisée ».

À partir de là, les phénomènes vont se multiplier : cierge projeté avec violence et retrouvé fendu dans

---

1. Émile Tizané, *L'Hôte inconnu dans le crime sans cause*, Éd. Tchou, 1977, p. 215-216, 14 et 121.

2. Elisabeth Becker, *L'Église « hantée » de Delain, révélations sur l'enquête*, Éditions JMG, 2000.

toute sa longueur, coupelles de chandelier tourbillon-
nant dans l'espace avant de revenir comme des boome-
rangs, vase brisé au milieu du chœur, autel de 200 kg
se déplaçant tout seul, envol d'un couteau rouillé,
débris de verre sous les bancs, statue décrochée du mur
et posée dans la nef, sans aucun dommage, bougies
disposées sur le sol en soleil, trépied qui se soulève de
50 centimètres et retombe devant témoin...

On dénombrera en tout pas moins de 50 « impacts » !
Le curé du village, responsable de 29 paroisses, se sent
débordé. Il appelle à l'aide l'Évêché qui lui envoie un
frère franciscain exorciste. Le maire, quant à lui, mobi-
lise l'autorité civile qui lui envoie une vingtaine de
gendarmes. L'église est surveillée jour et nuit par des
gendarmes, en outre, à l'insu des habitants du village,
une caméra enregistre tous les mouvements autour de
l'église.

La mairie est transformée en Quartier Général. Les
journalistes affluent, les coups de fil, les lettres. Toute
une littérature invraisemblable arrive, du plus sérieux
au plus farfelu : offres de service de médiums, de
désenvoûteurs, d'un généalogiste, persuadé d'une intervention de l'au-delà liée à un drame passé ; beaucoup
pensent qu'on a dérangé l'âme des morts en voulant
organiser ce concert dans leur église, d'autres invoquent
carrément le diable et traitent l'exorciste d'incapable et
d'escroc. Vous en trouverez une savoureuse anthologie
dans l'ouvrage auquel j'emprunte tous ces renseignements.

Finalement, le concert se passera sans incident, au
grand soulagement de tout le monde. Mais, dès le lendemain, les incidents reprennent, jusqu'au jour où la
gendarmerie fait changer la serrure de l'unique porte de
l'église et en garde les clefs, sans en remettre aucune à
personne, même pas au maire ou au curé.

Les soupçons se concentrent peu à peu sur le maire, qui finit par avouer qu'il est l'auteur de toutes ces gamineries. Au début, il s'agissait seulement d'une farce, explique-t-il, puis, il n'avait plus su comment s'arrêter et s'était trouvé pris à son propre piège.

Le procès fera ressortir que Thierry Marceaux avait une personnalité fragile, qu'il était en pleine dépression, était en « arrêt maladie » et que du Prozac lui était prescrit par son médecin, médicament fort discuté pour ses effets nocifs : tendance suicidaire ou agressive, confusion mentale et nervosité intense. Lors de la projection des coupelles, il avait eu une crise nerveuse. Le jugement sera clément : 150 heures de travail d'intérêt général à exécuter dans les 18 mois. Nouveau déluge de lettres, adressées cette fois à l'ancien maire, où la bêtise le dispute à la méchanceté !

J'ai dénoncé au début de ce livre les ravages commis par les enthousiastes naïfs du paranormal. Mais il y a aussi les sectaires bornés du rationalisme. Voici, à titre d'exemple, ce que notre prix Nobel de physique, Georges Charpak, écrivit dans *La Dépêche du Midi*, à propos des événements de Delain :

« Si j'avais pu rencontrer le maire de Delain, je l'aurais volontiers embrassé. J'ai adoré son canular. Heureusement qu'il existe des gens comme lui pour ridiculiser la bêtise. On assiste à une telle montée de l'obscurantisme en ce moment !
C'est inimaginable le nombre d'imbéciles qui croient n'importe quoi. Ils tiennent des réunions d'andouilles dans de grandes salles. La science et l'humour sont les meilleurs antidotes à ce mal[1]. » Chers lecteurs, si

---

1. *Ibid.*, p. 60-61.

vous avez poursuivi la lecture de ce livre jusqu'ici, au moins vous savez maintenant ce que pense de vous M. Charpak !

Reste le vrai problème : Est-ce vraiment le maire qui pouvait accomplir tout cela, très souvent en présence de ses adjoints ou administrés, et sans qu'aucun d'eux n'ait surpris de sa part un mouvement suspect ?

Quand on examine les témoignages en détail, il apparaît très vite que c'est complètement impossible. Dans ses aveux, Thierry Manceaux expliquait qu'il allait chercher les objets dans la sacristie sans que personne ne le voie, puis qu'il les dissimulait tout simplement sous son pull et les jetait violemment, quand on lui tournait le dos. Ainsi donc, aucune des personnes qui se trouvaient à côté de lui n'avait jamais remarqué quelque grosseur sous son pull : bougies, cierge, vase, statue de plâtre… Et il les jetait violemment, souvent loin de lui, mais personne n'a surpris son geste ? L'exorciste a essayé de lancer lui-même les mêmes coupelles de cierge, en leur imprimant le même mouvement, mais sans succès. Or, il les avait vues arriver lui-même. C'est un employé communal qui a vu le trépied se soulever et retomber. Le maire n'y était pour rien. Ce qui impressionnait le plus les gens était souvent la violence des phénomènes, or le maire était un fluet. Quand la statue a été déposée de son socle et posée dans la nef de l'église, celle-ci était fermée et surveillée par les gendarmes et cette statue était trop lourde pour le maire.

Alors ? Reste l'hypothèse du poltergeist. C'est celle que l'exorciste finit par suggérer et Mgr Vernette, chargé par l'épiscopat français de suivre tous ces phénomènes paranormaux, en arrivait aussi à la même conclusion. Il est vrai que, le plus souvent, ces phénomènes étant liés à la présence de la personne qui fournit l'énergie nécessaire à leur apparition, lorsque cette personne se déplace, ces phénomènes la suivent, cessant là où elle était et apparaissant là où elle arrive.

Donc, dans ce cas, les mêmes phénomènes auraient dû se produire aussi à la mairie. Mais, l'objection n'est pas décisive. Certains phénomènes de poltergeist semblent plutôt liés à un lieu qu'à une personne, même s'ils ont besoin toujours de la présence d'une source d'énergie pour pouvoir se manifester en ce lieu.

Dans le cas célèbre de la clinique d'Arcachon, les jets de pierre se sont d'abord centrés autour d'une des malades mais, après son départ, ils se sont centrés autour d'une autre, donc en restant dans le même lieu[1]. En outre, les phénomènes paranormaux ne se sont déclenchés qu'après l'annonce de la fermeture prochaine de la clinique, donc après un événement concernant le lieu. De la même façon, les phénomènes ne se sont déclenchés dans l'église de Delain qu'à l'annonce du concert qui devait y être donné et lors de sa préparation.

Dans les deux cas et dans beaucoup d'autres semblables ces phénomènes semblent correspondre à la réaction d'une force intelligente. Qui donc, dans l'au-delà, s'est servi de l'énergie que dégageait le maire, malgré sa dépression, mais grâce au Prozac ?

Dans tous ces phénomènes, nous constatons donc déjà une sorte d'association étroite entre cet « Hôte Inconnu » et le sujet intermédiaire dans lequel il semble puiser l'énergie nécessaire à la production de ces manifestations.

---

1. *Ibid.*, p. 120-122.

Quelle étrange association ! De quelle sorte d'énergie s'agit-il ? Que se passe-t-il vraiment entre cette entité de l'au-delà, cette force intelligente inconnue, et le cerveau du sujet intermédiaire, ou même tout son corps ? Nous n'en savons absolument rien. Mais cette forme d'union entre décédés et vivants peut aller beaucoup plus loin. Elle peut devenir encore plus étroite, plus intérieure, plus constante, et ne pas se limiter à des bizarreries de gamins, dignes d'« un bon petit diable ». Elle peut aller jusqu'à d'authentiques cas de possession comme j'en ai rapporté quelques-uns dans *Dieu et Satan*[1].

La psychologie transgénérationnelle

Freud avait senti le problème. Nous avons de lui une lettre où il reconnaît « que la théorie médiévale de la possession... était identique à notre théorie du corps étranger et de la dissociation de la conscience[2] ». Il parlait même de « revenants ».

Carl Gustav Jung allait encore plus loin. Soulignant que tous les essais d'explication de l'inconscient étaient jusqu'alors insuffisants, il en arrivait à parler de « groupes de contenus psychiques, isolés de la conscience, fonctionnant de manière arbitraire et autonome, menant ainsi une vie propre dans l'inconscient, d'où ils peuvent à n'importe quel moment empêcher ou provoquer des actes inconscients[3] ».

---

1. Cf. *Dieu et Satan*, *op. cit.*, p. 90-128.
2. Sigmund Freud, lettre du 17 mai 1897, citée par Luisa de Urtubey dans *Freud et le diable*, PUF, 1983.
3. Carl G. Jung, *Types psychologiques*, Georg, Genève, 1983, cité par Laurent Guyénot dans sa préface au livre d'Édith Fiore, *Les Esprits possessifs*, Éditions Pierre d'Angle/Exergue, 1996, p. 10.

On est donc déjà là sur la piste de présences en nous que nous ne contrôlons pas. Ce n'est pas encore l'invasion de vivants par l'esprit de défunts, mais déjà la reconnaissance de notre complexité et par des voies et dans une perspective très différentes de celles des neuroscientifiques. Mais, procédons par étapes.

Depuis, diverses « écoles » psychologiques ont proposé de nouvelles pistes. Il s'agit là d'un vaste domaine qui va de la psychologie transgénérationnelle ou psychogénéalogie à la psychologie transpersonnelle.

Signalons d'abord, au passage, que, comme il arrive souvent, aux chercheurs sérieux commencent déjà à se mêler des exaltés sincères et peut-être aussi de vrais charlatans[1]. Nous constatons la même chose dans tous les domaines, aussi bien, pour celui qui nous intéresse, dans la TCM que dans la TCI. Mais revenons aux chercheurs sérieux.

Il peut s'agir simplement d'un lien psychologique, difficile à définir, fait des rapports que nous avons eus avec nos parents, grands-parents et autres membres de la famille. Là, les cas de figure sont innombrables, depuis le désir d'identification par mimétisme jusqu'au rejet violent. Certains mécanismes inconscients se mettent ainsi en place, générant, par exemple, des phobies, des angoisses, des comportements à répétition. Il n'y a pas là, dans l'individu, de véritable présence étrangère à sa personnalité, mais seulement une influence psychologique exercée par d'autres personnes, plus ou moins volontairement.

« Dès l'annonce de notre conception, écrit par exemple Chantal Rialland, nos parents nous char-

---

1. Cf. *Sciences et Avenir*, n° de septembre 2005, l'article intitulé : « Sectes et sciences : la grande manipulation ».

gent inconsciemment de donner un sens à leur vie. En d'autres termes, l'enfant est investi de la somme des fantasmes de ses parents, mais aussi de ses grands-parents, oncles et tantes. La famille va projeter sur nous des souhaits corporels, sexuels, affectifs, intellectuels... La projection agit, bien sûr, de manière inconsciente : l'enfant est notamment chargé d'emblée de restaurer les rêves perdus, on lui demande de réussir là où d'autres ont échoué ou de perpétuer les modèles star... Bon nombre d'adultes découvrent après coup, en thérapie, combien ils ont été fidèles aux projections de leurs parents. Vous savez, désiré ou pas, nous sommes d'abord un enfant imaginaire. À partir de là, les scénarios possibles sont multiples. »

Ces mécanismes inconscients peuvent déjà avoir une influence déterminante sur nous. Chantal Rialland rapporte ainsi le cas suivant :

« Je me souviens d'une patiente qui prenait la pilule, tout en se refusant toute expérience sexuelle, par peur de tomber enceinte. L'approche psychogénéalogique m'a permis d'établir que depuis cinq générations les filles aînées de cette famille avaient des enfants hors mariage. Les noces avaient lieu pour échapper à la honte et les unions se révélaient tout aussi catastrophiques les unes que les autres. L'inconscient familial faisait qu'elle s'identifiait à cette angoisse[1]. »

---

1. Chantal Rialland, interviewée par Patrice van Eersel et Catherine Maillard dans *J'ai mal à mes ancêtres, la psychogénéalogie aujourd'hui*, Albin Michel, 2002, p. 125-126 et 129.

Dans le cas que nous venons d'évoquer, cette femme aurait pu faire le rapprochement avec les générations précédentes elle-même et s'en libérer toute seule. Il n'y avait rien d'obscur, de caché. C'est seulement son inexpérience de tous ces problèmes qui l'a rendue si longtemps prisonnière de ce mécanisme inconscient.

Mais il y a des cas où la source des drames psychologiques est plus profonde, cachée, et parfois volontairement cachée, secrète.

Nicolas Abraham et Maria Török ont proposé pour ces cas la théorie des « fantômes », cachés dans une « crypte » psychologique. Ils désignent par là non pas des revenants, comme dans les « histoires de fantômes », mais des drames familiaux enfouis qui peuvent nous poursuivre à notre insu pendant des générations.

> « Le fantôme, écrivent-ils, est une formation de l'inconscient qui a pour particularité de n'avoir jamais été consciente... et de résulter du passage, dont le mode reste à déterminer, de l'inconscient d'un parent à l'inconscient d'un enfant... Le fantôme est le travail dans l'inconscient, du secret inavouable d'un autre (inceste, crime, bâtardise)... Ce ne sont pas les trépassés qui viennent hanter, mais les lacunes laissées en nous par les secrets des autres... Sa manifestation, la hantise, est le retour du fantôme dans des paroles et actes bizarres, dans des symptômes... Ainsi se montre et se cache... ce qui gît comme une science morte-vivante du secret de l'autre[1]. »

---

1. Nicolas Abraham et Maria Török, *L'Écorce et le Noyau*, Aubier-Flammarion, 1978, p. 429, 391, 427, 429 et 449, textes cités par A.-A. Schützenberger, *op. cit.*, p. 60.

Quand on a compris l'importance de ce mécanisme, il devient évident que la psychanalyse traditionnelle qui se limite au passé individuel du patient, avec tous ses souvenirs et ses traumatismes personnels, ne peut suffire. Il faut resituer chaque personne dans l'ensemble de sa lignée. C'est ce que fait aussi Didier Dumas, comme on peut le voir dans son très beau livre intitulé *L'Ange et le Fantôme*, préfacé par Françoise Dolto, mais malheureusement trop technique pour notre étude[1].

Tous ces développements psychologiques, ces sentiments, s'accompagnent certainement de modifications neuronales. Mais, là encore, ce ne sont pas ces modifications qui sont premières, mais bien l'émotion éprouvée à l'audition de certaines paroles, à la vue de certains gestes, devant certains silences. Cependant, c'est probablement l'inscription neuronale de ces émotions qui en fait précisément des mécanismes psychologiques, qui finit par structurer l'inconscient.

C'est dans la même ligne que Serge Tisseron a entrepris ses recherches, aujourd'hui célèbres, sur le cas de Hergé. Il a découvert ainsi comment le père de Tintin avait transposé toute une série de problèmes familiaux dans ses bandes dessinées. Il s'est donc spécialisé dans ses recherches sur le rôle des « secrets de famille ». Il note qu'il y a une sorte de progression dans la façon de vivre le secret. Le premier détenteur l'éprouve comme « indicible ». Il est trop affreux pour pouvoir être confié.

À la seconde génération, où il n'est perçu qu'à travers des silences, des non-dits, des réactions inattendues qui échappent au détenteur, il devient « innommable », car

---

1. Didier Dumas, *L'Ange et le Fantôme, Introduction à la clinique de l'impensé généalogique*, Les éditions de Minuit, 1985.

il n'est plus qu'un vague pressentiment, sans précision et sans certitude.

« Enfin, à la troisième génération, nous explique Serge Tisseron, l'événement inaugural devient littéralement "impensable". L'existence même d'un secret est ignorée. L'enfant, puis l'adulte qu'il devient, perçoit en lui-même des sensations, des émotions, des potentialités d'action ou des images qui lui paraissent "bizarres" et qu'il lui est impossible d'expliquer par sa vie psychique propre ou par ce qu'il connaît ou pressent de son histoire familiale...

« Ces enfants peuvent développer les mêmes troubles qu'à la génération précédente, mais aussi des troubles beaucoup plus graves, dont le point commun est d'être apparemment dénués de tout sens : en particulier des troubles psychotiques, des formes graves de débilité ou diverses formes de délinquance ou de toxicomanie »[1]...

Il y a tout de même bien là une sorte de présence étrangère, difficilement cernable mais néanmoins bien réelle, dans la conscience de ces victimes. Nous allons voir que cela peut aller encore plus loin.

Anne Ancelin Schützenberger a poussé les recherches dans ce sens. Parmi ces drames familiaux qui continuent à déployer tous leurs effets à travers plusieurs générations, elle cite le cas de soldats de Napoléon qui avaient senti « le vent du boulet », c'est-à-dire le passage tout près d'eux d'un boulet qui avait tué dans leur

---

1. Serge Tisseron dans l'ouvrage collectif *La Transmission dans la famille : secrets, fictions et idéaux*, publié sous la direction de Chantal Rodet, Éditions L'Harmattan, 2003, p. 226.

entourage immédiat quelque frère d'armes. Ils en ont subi parfois un choc psychologique très profond qui semble s'être mystérieusement transmis à certains descendants.

Ceux-ci, aux dates anniversaires de cet incident, peuvent être « parfois glacés jusqu'aux os ou éprouvent malaises, angoisses, constriction de la gorge, cauchemars... par une sorte de "zoom", de télescopage des générations et du temps ».

Elle signale aussi le cas d'enfants « se blessant au sang », involontairement, aux dates anniversaires exactes de l'exécution par la guillotine d'un de leurs ancêtres. De même on constate aujourd'hui que les enfants nés de survivants des camps de la mort « souffrent trois fois plus de syndromes post-traumatiques que leurs parents » qui pourtant, eux, ont réellement souffert dans ces camps. Cela peut aller très loin car il peut même s'agir d'un secret plongé dans l'inconscient, « secret qui peut se transmettre de l'inconscient d'un parent à l'inconscient d'un enfant, d'une génération à l'autre[1] ».

Ces phénomènes ont fait maintenant l'objet de nombreuses études. Alain de Mijolla a étudié ces problèmes de « fantômes » de façon très précise à propos d'Arthur Rimbaud, de Beethoven et de Freud.

« Ces "revenants", dit-il en parlant de la personnalité envahissante de certains morts, peuvent se manifester de façon si exclusive que ceux qu'ils hantent en arrivent à se présenter et à vivre comme s'ils étaient

---

1. Anne Ancelin Schützenberger, *Aïe, mes aïeux!...*, *op. cit.*, p. 37, 48 et 61.

devenus étrangers à eux-mêmes. Quelque chose qui serait le déroulement à peu près cohérent de leur existence paraît se suspendre. Ils mettent alors en scène, à leur insu et de façon plus ou moins décalée par rapport à leur habitus, une "histoire" qui, à la considérer de près, pourrait bien être celle d'un autre... Lors de certaines séances, leur ton de voix se modifie, leurs attitudes deviennent inhabituelles et la teneur de leurs propos tranche sur leurs coutumières associations d'idées. À d'autres moments, le récit qu'ils font de telle circonstance de leur vie actuelle ou révolue ne semble pas les concerner personnellement mais répéter, non sans naïveté la plupart du temps, quelque intrigue anachronique. Comme un inépuisable écho du passé, un secteur "autre", en apparence, de leur moi parle ou agit à leur place de façon plus ou moins envahissante... »

Toujours à propos de ces « fantômes » ou « revenants », « il y a des cas, dit-il, où ils s'incrustent et envahissent la vie de celui qu'ils parasitent désormais, inspirant ses pensées et ses propos, déterminant ses actions et ses symptômes, régissant ses rapports avec son corps lui-même... Leur installation permanente risque d'équivaloir à un renoncement vital et à un abandon d'identité, condamnant ceux qu'ils habitent à survivre, et souvent à mourir, au nom d'un autre[1] ».

Mais, commente Mme Schützenberger, « rien de ce que nous connaissons au point de vue psychologique, physiologique ou neurologique ne permet de

---

1. Alain de Mijolla, *Les Visiteurs du Moi*, Les Belles Lettres, 2003, p. 17, 31 et 33.

comprendre comment quelque chose peut tracasser des générations de la même famille ». On a un peu l'impression, dit-elle, « d'un mort enterré dans un vivant ». Le mécanisme de transmission est en effet difficile à imaginer dans les cas d'accidents se répétant à date fixe ou en circonstances semblables pendant des générations.

Mme Schützenberger rapporte, par exemple, une histoire qui s'est répétée sur trois générations : un père a un accident de voiture en conduisant son fils à l'école, le jour de la rentrée scolaire. Ce fils, devenu père à son tour, a un accident de voiture, exactement dans les mêmes circonstances. Enfin son fils, devenu père, a lui aussi un accident de voiture en conduisant son fils à l'école, le jour de la rentrée scolaire !

Plus étrange encore, chez les Mortelac, un enfant de plus ou moins trois ans se noie à chaque génération, dans un lac, une mare ou un étang et cela, semble-t-il, depuis des siècles. Le dernier représentant de la famille rencontré par Mme Schützenberger en avait conçu une telle angoisse qu'il avait résolu de ne pas se marier et de ne pas avoir d'enfants. Signalons au passage que le nom même de cette famille n'est peut-être pas sans lien avec ce drame récurrent[1].

Vient-il d'un premier incident ou d'une malédiction ? Mais comment une malédiction agit-elle ? En tout cas, il semble difficile d'attribuer cette série de noyades à une sorte de mécanisme génétique ou même à une sorte de mécanisme psychologique qui pousserait les parents, même inconsciemment, à mettre leur enfant en danger quand il atteint cet âge.

---

1. Anne Ancelin Schützenberger, *Aïe, mes aïeux !, op. cit.*, p. 37, 48, 114, 61, 64, 129-131 et 144-145.

Un autre cas nous oblige aussi à abandonner toute interprétation génético-psychologique : il s'agit d'une femme, née avec la maladie bleue, et qui n'a survécu que grâce à une opération, de même d'ailleurs que sa grand-mère, pour la même maladie. Comme il y a un risque de transmission génétique, elle décide de se marier, mais de ne pas avoir d'enfants. Elle et son mari choisissent d'adopter un enfant.

« On leur propose un enfant qui vit aux Indes, et dont on ne sait rien, sauf qu'il est orphelin. Ils acceptent. C'est un très beau bébé. Peu après son arrivée en France, ils découvrent qu'il est malade : il s'agit de la maladie bleue… L'enfant sera opéré, par hasard, par le même chirurgien, dans le même hôpital et à la même date qu'elle, plusieurs années plus tôt (ce sont les services hospitaliers qui proposent la date de l'opération). »

À ce niveau-là, on est en droit, me semble-t-il, de soupçonner un autre mécanisme, situé plus dans l'au-delà que dans les limites de notre dimension. Françoise Dolto parlait alors des « invisibles », désignant par ce mot les morts, invisibles mais présents autour de nous et veillant sur nous[1].

Avec cette hypothèse, nous abordons l'une des explications possibles de certains des cas que l'on appelle en psychiatrie « dédoublement de la personnalité » ou « double personnalité ».

Or, il semble que les mêmes symptômes puissent recouvrir des phénomènes fort différents. La question est de savoir s'il s'agit seulement de troubles psychologiques, que la cause vienne de dysfonctionnements

---

1. *Ibid.*, p. 156.

physiologiques ou de traumatismes, ou s'il ne s'agirait pas plutôt d'une sorte d'infestation, de possession d'un individu par des personnalités étrangères, le plus souvent défuntes, sans parler des cas extrêmes de possessions diaboliques[1].

Il semble bien qu'en fait les deux soient possibles et même parfois se combinent, les faiblesses psychologiques facilitant les infestations et les infestations entraînant des troubles psychologiques, ce qui ne facilite pas le discernement.

Être deux en soi-même

Il faut en effet certainement pousser beaucoup plus loin la recherche sur le mystère de nos personnes et de nos vies. Je mentionnerai d'abord deux théories qu'il ne me paraît pas possible de prendre, telles quelles. Elles correspondent cependant certainement à des comportements bizarres de certaines personnes et à un effort pour les expliquer, en fonction de cultures différentes de la nôtre. Ce n'est pas d'ailleurs cette différence de culture qui me les fait rejeter. Je vous laisse en juger vous-mêmes.

Les Tibétains connaissent une curieuse tradition qu'Alexandra David-Neel appelle en français « transférence ». Elle ne concernerait que les initiés de très haut niveau et la méthode pour la mettre en œuvre fait partie d'un enseignement très secret. La « transférence » permettrait donc à un initié, lorsque son corps vieillit, tombe malade ou, tout simplement, ne lui convient plus, de le quitter sans avoir à mourir et de s'emparer

---

1. François Brune, *Dieu et Satan*, *op. cit.*, p. 90-111, où l'on trouvera quelques cas bien documentés et particulièrement spectaculaires.

du corps d'un vivant qu'il choisit pour y poursuivre sa propre existence sur terre, après en avoir chassé l'esprit (ou « namshés ») du propriétaire légitime, ou l'avoir « réduit en servitude, assumant la maîtrise de l'homme en qui il s'est installé. Il y a là un phénomène analogue à celui de la possession », remarque A. David-Neel. Quant au corps, encore vivant, abandonné par le « namshés » de l'initié, il « peut, alors, dépérir lentement ou mourir soudainement[1] ».

On retrouve des échos de cette théorie chez les théosophes. La « transférence » y devient le « walkin », réservé, comme il se doit, évidemment, à des « initiés » qui peuvent éviter une véritable réincarnation, avec tout le lent processus d'apprentissage de l'enfance qu'une nouvelle naissance implique, en négociant après leur mort, avec l'esprit d'un adolescent ou d'un adulte vivant, le départ anticipé de celui-ci pour l'au-delà, afin de leur permettre de s'emparer de son corps. Ce transfert permettra à l'initié de remplir quelque noble mission au service de l'humanité.

Cette doctrine fut particulièrement répandue en Occident par un célèbre Tibétain du nom de Lobsang Rampa, en réalité aussi tibétain que vous et moi[2].

Mais de véritables recherches sont cependant possibles qui conduisent peu à peu à des conceptions de l'homme aussi extraordinaires. Nous allons maintenant essayer de les découvrir.

Édith Fiore, après avoir soigné un certain nombre de ses patients en leur expliquant leurs troubles par la théo-

---

1. Alexandra David-Neel, *Immortalité et réincarnation*, Éditions du Rocher, 1978, p. 100-101.
2. En réalité, il était anglais et s'appelait Hoskins. Je dois cette précision à Laurent Guyénot, *Lumières nouvelles sur la réincarnation, op. cit.*, p. 164.

rie de la réincarnation, finit par reconnaître qu'elle ne pouvait tout expliquer :

« Mais je me trouvais souvent confrontée à d'autres types de phénomènes qui ne pouvaient pas être interprétés comme des souvenirs de vies antérieures. Dès mes premières années de pratique, j'avais rencontré de nombreux patients qui endossaient une autre personnalité durant la transe hypnotique. J'interprétais cela comme des cas de "personnalité multiple" et je les traitais comme tels. J'étais cependant intriguée par le nombre des "personnalités" qu'un patient pouvait renfermer. Certaines de ces personnalités ne faisaient qu'une brève et unique apparition, au cours d'une séance hypnotique. »

Elle finit par comprendre qu'il s'agissait vraiment d'une intrusion de défunts dans la vie de ses patients et en vint donc à essayer une tout autre méthode :

« Je pris alors une décision radicale : celle de tenter des dépossessions, c'est-à-dire de libérer mes patients des esprits qui les possédaient.
À ma grande surprise, cela s'avéra efficace. Ces patients virent leurs problèmes disparaître totalement, alors qu'ils en avaient parfois souffert des années durant. Certains d'entre eux, particulièrement sensitifs, m'ont signalé avoir vu, durant l'hypnose, ces entités qui les quittaient, parfois en étant guidées vers le monde spirituel par des proches également décédés. Il n'était pas rare qu'en cet instant d'adieu, mes patients versent des larmes en ressentant les émotions de l'esprit possessif. Ils pouvaient éprouver une peur intense quand l'esprit se sentait expulsé, ou bien au contraire de la joie quand ce dernier voyait

d'autres esprits venir à lui pour l'accueillir dans le monde spirituel. »

De même que ces patients s'étaient sentis auparavant envahis, de même après ce départ en eux, ils se sentaient libérés[1]. Dans le cas d'esprits de défunts qui n'acceptaient pas de partir parce qu'ils n'avaient pas compris qu'ils n'étaient pas dans leur corps, Édith Fiore utilisait souvent une méthode très simple.

Elle plaçait un miroir devant la personne envahie. Ainsi le défunt découvrait, à travers les yeux de son hôte, qu'il n'était pas chez lui.

En voici un exemple : Il s'agit d'un certain Paolo malheureusement habité par George.

« C'était bizarre, dit Paolo. Hier, il fallait absolument que je vienne vous voir. Je ne sais pas qui voulait être ici. Mais cette nuit, je me suis soûlé. Ça faisait longtemps que je n'avais pas bu autant ! Et plus j'approchais de notre rendez-vous, plus je me sentais nerveux. »

Édith Fiore le met alors sous hypnose pour pouvoir discuter avec George.

E. Fiore : « Hier, quand Paolo a éprouvé le besoin urgent de venir me voir, est-ce que ça venait de vous ?
George : Oui.
E. Fiore : Pourquoi vouliez-vous me voir ?
George : Je voulais que vous m'en disiez un peu plus.
E. Fiore : Je vais vous aider à comprendre. C'est ce que vous voulez vraiment, n'est-ce pas ?

---

1. Édith Fiore, *Les Esprits possessifs, op. cit.*, p. 33.

George acquiesce.
E. Fiore : D'accord. À présent, détendez-vous. Je vais vous montrer quelque chose. *(Elle lui montre un miroir.)* Ouvrez les yeux. Vous voyez ce visage ? Détendez-vous. Vous voyez ma main, là-haut ?
George : Ouais.
E. Fiore : Vous sentez ma main ?
George : Ouais.
E. Fiore : Vous sentez ces cheveux bouclés ?
George : Ouais.
E. Fiore : C'est le visage de Paolo. Vous comprenez ? Ce n'est pas votre visage… C'est Paolo. Vous êtes avec lui depuis ses quinze ans. Vous devez réaliser que c'est vous dans le corps de quelqu'un d'autre. Vous me comprenez[1] ? »

Il serait intéressant de savoir si Édith Fiore, après avoir découvert ces phénomènes d'infestation, ne serait pas tentée de réinterpréter comme tels des cas qu'elle avait autrefois traités comme réincarnation.

La technique du miroir qui ne reflète que le visage du vivant, non du décédé, est confirmée par le témoignage de certains trépassés, errant encore sur terre avant de passer à l'autre dimension, et tout étonnés de ne pas voir leur reflet dans nos miroirs ou à la surface de nos rivières. Nevill Randall rapporte l'un de ces cas[2].

Voyons maintenant quelques cas qui ne sont pas toujours détectés par les psychiatres comme « personnalités multiples », mais présentent des symptômes fort voisins.

---

1. *Ibid.*, p. 133-134 ; voir aussi p. 117 et 170.
2. Nevill Randall, *La mort ouvre sur la vie*, Éditions JMG, 2003, p. 46.

Ceux qui ont lu *Les morts nous parlent*, tome I, se rappellent peut-être comment Carl Wickland, médecin et psychiatre américain (1862-1937), avait découvert que des morts, infestant des vivants, pouvaient se manifester à travers ces mêmes vivants[1]. Cela s'était produit spontanément, grâce à sa femme, médium. Pendant trente ans, il avait exploité cette possibilité, avec sa fidèle collaboration, et délivré ainsi des centaines de défunts, restés prisonniers de leur passé, et perturbant, souvent sans le savoir, des vivants.

Mais, contrairement à ce que l'on pourrait croire, il arrive aussi que celui qui est envahi ne s'en rende pas compte non plus.

« Souvent, développe le Dr. Wickland, ni le mortel ni l'esprit ne sont conscients de la présence de l'autre. Cette intrusion altère les facultés de la personne envahie, résultant en un changement apparent de la personnalité, ou parfois même en une démultiplication ou dissociation de la personnalité ; il peut en résulter une véritable folie, variant en degrés de la simple aberration mentale à tous les types de démence, ainsi qu'à la dépression, l'hystérie, l'épilepsie, la mélancolie, la schizophrénie, les phobies et les manies (kleptomanie, obsessions religieuses et suicidaires, etc.), aussi bien qu'à l'amnésie partielle ou totale, la débilité psychique, l'alcoolisme et la dipsomanie, l'immoralité et la bestialité, et toutes les formes de criminalité[2]. »

1. *Les morts nous parlent*, tome I, p. 351.
2. Carl Wickland, *Trente ans parmi les morts*, Exergue, 1997, p. 19-20.

Comme vous le voyez, le tableau des signes possibles, communs à ces phénomènes et à d'authentiques
maladies mentales, est assez riche et ce, d'autant plus
que ces phénomènes d'envahissement de vivants par
des morts peuvent entraîner de véritables maladies mentales.

Voici un cas très révélateur, rapporté par le même
Dr. Wickland :

« Des journaux ont publié récemment le cas d'un
jeune homme, Franck James, un jeune voyou de la
ville de New York, qui, après une chute de mobylette à l'âge de dix ans, d'un enfant gai, affectueux
et obéissant qu'il était, se changea en un garçon grin-
cheux, insolent, et devint un voleur et un criminel
confirmé. Après plusieurs trimestres en maison de
rééducation et cinq ans à la prison de Sing Sing, il
fut déclaré fou incurable et envoyé à l'asile d'alié-
nés. Franck, cependant, s'évada et, lorsque ses pour-
suivants tentèrent de le capturer, il reçut un coup de
matraque sur la tête. Ayant perdu connaissance, il fut
conduit à l'hôpital.
Le lendemain matin, le garçon se réveilla, extraordi-
nairement changé ; il était doux et respectueux, ne
montrant plus aucun signe de déséquilibre, et depuis
ce moment il n'a jamais montré la plus petite impulsion à commettre un crime d'aucune sorte. L'article
conclut : ce qui est arrivé au mécanisme du cerveau
du garçon n'est pas entièrement compris par les médecins. »

Pour le Dr. Wickland, déjà instruit par sa propre
expérience avec sa femme, il n'y a aucun doute. C'est
l'esprit du voyou criminel qui s'était emparé de Franck

à l'occasion de son accident de mobylette et qui en fut expulsé par le second choc, celui du coup de matraque.

« L'obsession spirite est un fait, affirme-t-il. C'est une perversion d'une loi naturelle (l'interaction entre les deux mondes) qui est amplement démontrable. Des centaines de fois, la preuve en a été apportée en faisant transférer temporairement la folie supposée, d'une victime à un médium[1]... »

Laurent Guyénot est certainement le chercheur contemporain le plus rigoureux dans l'étude des phénomènes dits de « réincarnation ». Dans son deuxième ouvrage sur ces problèmes, il signale que les violeurs en série ont très souvent l'impression que leurs pulsions ne venaient pas d'eux-mêmes. Je lui emprunte plusieurs citations :

« Ainsi, Lucien-Gilles de Vallière, qui terrorisa la ville d'Annemasse pendant cinq ans avant son arrestation en 1993, expliqua lors de son procès : *Je n'avais pas le sentiment d'agir. J'avais l'impression d'être en dehors de moi... Je n'avais pas le sentiment d'être l'auteur de ces actes.*
Alain Garcia, violeur en série d'Aix-en-Provence jugé en 1995, décrit par sa femme comme un bon père de famille et par les psychiatres comme un homme dépourvu d'anomalies mentales, déclarait de même : *Il y avait quelque chose qui entrait en moi. Il m'envahissait et il faisait n'importe quoi. Je parlais avec lui. Même en prison, pendant six mois j'ai continué à parler avec lui. Quand je suis entré*

---

1. *Ibid.*, p. 28-29.

en prison, je ne me sentais pas coupable, c'était l'autre.

À propos de Francis Haulme, meurtrier en série arrêté en janvier 1992, les enquêteurs qui l'interrogeaient ont dit : *Il mélange constamment le je et le il, il est à la fois lui-même et un autre.*

Et un psychiatre, spécialisé dans ce domaine, décrit ainsi la plupart des crimes sexuels sur les enfants : *Tout cela est vécu dans un état particulier, proche de l'état de rêve. D'ailleurs la scène, lorsqu'elle est racontée par la suite, comporte des trous de mémoire. Tout se passe comme si le sujet avait agi à la place d'un autre, par rapport à ce qu'il est habituellement[1]. »*

Évidemment, la plupart des psychologues, rejetant *a priori* toute possibilité de la prise de contrôle d'un vivant par un mort, expliqueront ce langage par des mécanismes psychologiques de refoulement, provoqué automatiquement par un instinct de défense devant l'indicible, l'épouvantable, l'insupportable.

Le coupable, diront-ils, ne peut échapper à l'horreur de lui-même et peut-être au suicide, que par cette distanciation par rapport à son acte. Tous ces mécanismes, bien construits et très vraisemblables, sont évidemment possibles. On l'a même constaté dans des cas où il n'y avait aucune culpabilité à refouler, mais au contraire, à l'inverse, l'horreur des sévices subis.

C'est ce que rapporte Serge Tisseron (d'après Primo Levi, ancien déporté et écrivain juif italien) :

---

1. Laurent Guyénot, *Lumières nouvelles sur la réincarnation, op. cit.*, p. 149, où l'on trouvera les références de chacune des citations.

« Lorsque des déportés ont été questionnés par leurs enfants sur les camps, certains ont nié avoir vécu les horreurs qu'ils avaient pourtant bien subies... ils n'avaient pu survivre dans des conditions effroyables qu'au prix de retrancher de leur conscience les sensations, les émotions et les états du corps qui les avaient accompagnées. Ces déportés ne pouvaient pas reconnaître l'horreur de ce qu'ils avaient vécu car ils avaient enfermé cette horreur dans une partie d'eux-mêmes dont ils avaient en quelque sorte perdu la clef pour se protéger du risque de s'y confronter à nouveau[1]. »

Il n'est donc pas question de nier que le refoulement devant l'horreur de l'acte commis puisse constituer dans certains cas, effectivement, la bonne explication de ces impressions de dédoublement de nombreux criminels.

Mais, à la lumière de l'histoire de Franck James, ce jeune Américain doux et gentil, devenu un vrai voyou dangereux après une chute de mobylette et redevenu lui-même après un coup de matraque, on peut se demander si la façon qu'ont tous ces violeurs de raconter leur crime ne correspondrait pas à quelque mystérieuse et soudaine intrusion en eux d'une autre personnalité.

Le grand parapsychologue américain Scott Rogo a consacré un ouvrage entier à l'étude de ces cas. Il ne s'agit évidemment pas de notre part, ni de la sienne, de prétendre qu'il n'y a jamais de cas relevant strictement de la psychiatrie. Ces cas sont même peut-être

1. Serge Tisseron dans l'ouvrage collectif publié sous la direction de Chantal Rodet, *La Transmission..., op. cit.*, p. 220.

la majorité. Son étude portait donc uniquement sur les cas qui semblaient précisément échapper à toute explication par la psychiatrie, souvent de l'aveu même des psychiatres et des psychologues[1].

Parmi les cas les plus nets, citons ceux où des différences biologiques apparaissent entre les différentes personnalités. D'après Scott Rogo, les premières études sur ces phénomènes auraient été menées par des Italiens, dès 1953. Mais, n'étant pas américains, il n'en donne malheureusement pas les noms.

En 1983, le Dr. Bennett Braun, américain, exposait les deux cas suivants :

« Jane avait des problèmes de poids et de grandes tensions internes. Hospitalisée, elle est mise sous hypnose et alors plusieurs personnalités se manifestent. Cette femme était aveugle aux couleurs. Les tests le confirment. Mais quand elle est envahie par ses personnalités secondaires, elle voit les couleurs ! Jane devait regarder une lampe à flashes. À chaque flash, le cerveau réagit. Un EEG enregistrant cette réaction mit en évidence que la réaction de son cerveau était différente, pour les mêmes flashes, selon la personnalité secondaire qui la contrôlait. Lorsque l'intégration des quatre personnalités secondaires dans la principale fut réalisée, on obtint un nouveau schéma de réponse[2].

Dans le deuxième cas cité, il s'agit d'une femme diabétique. La dose d'insuline qui lui était nécessaire différait selon la personnalité qui la contrôlait. L'une

---

1. D. Scott Rogo, *Infinite Boundary*, Dodd, Mead and Co., New York, 1987.

2. *Ibid.*, p. 285-286.

d'elles souffrait même d'un empoisonnement au plomb, sans que cela, apparemment, incommodât les autres. »

Scott Rogo résume les travaux de plusieurs autres médecins, psychologues et psychiatres. Ainsi, rapporte-t-il, lors de ces dédoublements, on trouve des personnalités droitières cohabitant avec des gauchères, des allergies différentes selon ses personnalités chez le même individu. Très souvent les EEG sont également différents selon les personnalités, mais pas toujours. En outre, ont noté ces chercheurs, il semble qu'en s'entraînant, on puisse provoquer ces différences d'EEG, sans qu'il y ait dédoublement, par simulation.

S. Rogo rapporte aussi le cas d'un malade mental, envahi par plusieurs personnalités, que l'on dut opérer pour un autre motif. Mais l'anesthésiant employé n'avait évité la souffrance qu'à quelques-unes de ces personnalités, non à toutes. Les autres se sont plaintes d'avoir souffert. Le même malade devant plus tard être opéré à nouveau, on consulta toutes les personnalités qui l'habitaient, les priant de se mettre d'accord entre elles sur l'anesthésiant qu'il convenait d'employer.

Le 26 décembre 1990, *Le Figaro* signalait un cas fort curieux, survenu dans le Wisconsin, aux États-Unis. Il s'agissait d'un jeune épicier de 29 ans, Mark Peterson, accusé d'avoir violé « S » sur la banquette avant de sa voiture. Le procureur du comté de Winnebago accusait Peterson d'avoir manipulé « S », reléguant sa personnalité principale en un « lieu obscur » pour sélectionner sa personnalité la plus sensuelle. Les jurés durent faire la connaissance des 46 personnalités habitant « S » !

Il y avait ainsi Franny, trente ans et mère de famille ; John, pêcheur ; Emily qui n'avait que six ans, passablement maniérée, aimant les sucreries mais encore plus les crayons ; Sam, toujours accroupi comme un animal et grognant parfois ; Jennifer, vingt ans, jouant à la star, celle qui habitait le corps de « S » sur la banquette. Plusieurs de ces personnalités, légalement majeures, furent invitées à prêter serment. « Dans le prétoire, dit cet article, « S » pouvait convoquer chacune d'elles après quelques secondes d'intense concentration, la tête baissée. Emily n'intervenait que si un des clercs lui tendait Pooky, un ours en peluche brun et blanc. »

Certains experts firent valoir que « S » avait subi de graves sévices physiques et psychologiques dans son enfance. Pour eux, ces différentes voix n'étaient que le symptôme des angoisses qu'elle essayait de fuir.

Dans 97 % des cas de personnalités multiples, font-ils valoir, on retrouve à l'origine ces violences subies dans l'enfance. Cependant, d'autres experts pensaient plutôt, comme le faisait en son temps Carl Wickland, qu'il fallait faire le raisonnement inverse. Pour eux, l'influence des esprits des défunts sur les mortels est souvent facilitée par « une susceptibilité naturelle, un système nerveux épuisé ou un traumatisme soudain ».

Scott Rogo rapporte un autre exemple où le vivant est gravement perturbé par la présence en lui d'un défunt et, dans ce cas, sans le savoir lui-même.

Il s'agit d'un jeune homme, « John », né en 1952. Depuis son enfance, il se considérait comme une fille. À 4 ans, il se fardait et s'habillait en femme. À 15 ans, il découvre un article sur les transsexuels et décide de consulter des psychologues. Il prend des œstrogènes, se fait appeler « Judy » et, après des tests de psychologie très poussés, en accord avec les psychologues, l'opération est décidée et la date fixée. Cependant, sur les prières instantes d'une amie, avant de se rendre à l'hôpital, il se fait exorciser par un médecin fondamentaliste qui lui assure que vingt-deux esprits l'infestaient dont surtout une femme. John/Judy s'évanouit plusieurs fois pendant l'exorcisme. Finalement, il ne se fera pas opérer et les nouveaux tests le déclareront typiquement masculin[1].

Tous ces phénomènes d'obsession de vivants par des morts ne sont pas négatifs. Le professeur James H. Hyslop, qui fut de 1905 à 1920 le président de l'ASPR[2], a étudié un cas très positif au début du XXᵉ siècle :

Frederic Thompson, ouvrier métallurgiste âgé d'environ trente ans, chassait le long de la côte sur Long Island, lorsqu'il rencontra Robert Swain Gifford, peintre bien connu à la fin du XIXᵉ siècle et alors âgé d'une cinquantaine d'années. Ils bavardèrent un moment, puis Thompson laissa Gifford à sa peinture. Mais cette brève conversation lui donna des idées. Il essaya, lui aussi, de peindre, mais devant les résultats de ses essais, il abandonna très vite. L'usine où il travaillait ayant dû fermer, Thompson s'adressa à Gifford pour obtenir une lettre de recommandation. En fait, Gifford l'avait complètement oublié et, au début, ne le reconnut même pas. Il n'y eut d'ailleurs par la suite jamais de véritable amitié entre eux.

---

1. *Ibid.*, p. 2-8.
2. American Society for Psychical Research, l'équivalent américain de la célèbre SPR d'Angleterre.

Janvier 1905, Gifford meurt, mais Thompson l'ignore. Pendant tout l'été et l'automne suivant, Thompson sent monter en lui une envie quasi irrépressible de dessiner et de peindre. Il a aussi des sortes d'hallucinations, des visions de paysages. Il finit par essayer à nouveau de peindre et, cette fois-ci, cela vient tout seul. Il comprend très bien qu'il est d'une certaine façon envahi par Gifford, tout en le croyant toujours vivant.

Un jour, se promenant dans New York, il se trouve devant la vitrine d'une galerie de peinture qui exposait des œuvres de Gifford. Il n'en avait encore jamais vu d'œuvre achevée. Il entend la voix intérieure de Gifford ! Thompson, inquiet de ce qui lui arrive, commence alors à consulter le professeur Hyslop qui finit par l'emmener voir un médium. Il se promène aussi sur la côte de Long Island et retrouve le paysage correspondant au tableau de Gifford qui l'avait le plus impressionné. Un instinct très fort l'entraîne d'arbre en arbre. Il reconnaît des groupes d'arbres qu'il avait vus dans des sortes de visions et qu'il avait peints. Hyslop lui fait rencontrer un médium à incorporation. Gifford parle à travers le médium et fait allusion à la façon dont il envahit Thompson. Les experts reconnaissent dans les œuvres de Thompson l'influence de Gifford, mais notent aussi des différences[1].

D'autres cas sont moins nets, mais cependant fort intéressants. Ils relèvent du même processus, mais montrent qu'il peut comporter plusieurs degrés :

Etta De Camp avait été longtemps lectrice pour un magazine de Broadway. Elle avait bien essayé d'écrire elle-même quelques articles, mais avait dû reconnaître

---

1. Scott Rogo, *Infinite Boundary, op. cit.*, p. 13-51.

qu'elle n'avait aucun talent. En revanche, elle s'était adonnée pendant de nombreuses années à l'écriture automatique et avec beaucoup de succès. Or, un beau jour, elle reçut par ce moyen des textes venant d'un des anciens auteurs de ce magazine, Mr. Stockton, qu'elle avait autrefois connu mais qui depuis était décédé. Il s'agit donc là d'un phénomène d'écriture automatique, mais un peu particulier. Non seulement Etta De Camp n'avait pas du tout cherché à contacter Stockton, ce qui est un cas de figure fréquent, mais ce Mr. Stockton lui expliqua longuement comment il concevait ces communications comme une continuation de son œuvre. Surtout, celles-ci devinrent rapidement fort pénibles pour Etta. Hyslop fit lire ces textes à des experts, mais leurs réponses ne furent pas vraiment concluantes. Certains y reconnaissaient le style de Stockton, d'autres non.

Dans son étude, S. Rogo évoque de nombreux autres cas. Il n'est pas possible de les résumer tous. Contentons-nous encore de celui-ci : une petite fille jetée à terre par son père, à l'âge de 3 ans, est envahie à partir de ce moment-là par différentes personnalités. Doris pense avoir parfois des pertes de mémoire et ne se rend pas compte que dans ces moments-là Margaret la contrôle. Mais Margaret sait parfaitement qu'elle est chez Doris. Une troisième personnalité se manifeste, puis d'autres encore... Ce seront plusieurs exorcismes, au cours de plusieurs années qui finiront par la délivrer.

Plusieurs psychiatres ont travaillé sur ces cas. Il y eut le professeur Hyslop, et Carl Wickland, que nous avons mentionnés plusieurs fois, mais aussi le Dr. Titus Bull, neurologue, le Dr. Franklin Prince, le Révérend

Dr. Worcester, le Dr. M. Scott Peck, assistant-chef du service psychiatrique de l'armée américaine, le Dr. Allison à Los Osos, en Californie, le Dr. Kenneth McAll et enfin, plus récemment encore, le Dr. Édith Fiore, docteur en psychologie et psychothérapeute à Saratoga, en Californie[1].

Réincarnation ou symbiose ?

Au Brésil, ces phénomènes sont reconnus par une bonne partie du corps médical comme une évidence. On sait que le « kardécisme », c'est-à-dire la tradition issue d'Allan Kardec[2] y est extrêmement vivante. Il y a une maison des médecins kardécistes à Rio de Janeiro. J'y ai fait une conférence.

À São Paolo un immense hospice pour enfants handicapés moteurs et mentaux, que j'ai visité, a été fondé et est entièrement tenu par des médecins kardécistes. Dès 1912, le Dr. Oscar Pittham préparait un hôpital où coopéreraient deux sections, l'une fonctionnant selon la psychiatrie normale, l'autre selon les méthodes spirites. À Porto Alegre un autre hôpital fonctionne selon ces principes, mais en deux sections bien distinctes, sans interférence de l'une sur l'autre. Scott Rogo signale encore les travaux du Dr. Eliezer C. Mendes, du Dr. Inacio Ferreira...

Signalons tout de même que, très souvent, les Brésiliens ont tendance à ramener tous ces cas à la théorie de la réincarnation soutenue par Allan Kardec et, plus exactement, selon la forme que Léon Denis a donnée à cette doctrine.

---

1. Edith Fiore, *Les Esprits possessifs, op. cit.*
2. De son vrai nom Léon Denizard Rivail.

Que je précise tout de suite : si vous tenez absolument à avoir été danseuse nue dans un temple égyptien ou hindou, je vous assure que ça ne me dérange pas du tout. Mais, à en juger par les nombreuses confidences reçues, le corps de ballet de chacun de ces temples devait comporter plusieurs dizaines de milliers de danseuses. Il faut d'ailleurs reconnaître que de nombreux messages qui nous sont parvenus de l'au-delà affirment que la réincarnation existe vraiment. Plusieurs prétendent même avoir assisté à son processus et en donnent des descriptions détaillées.

Mais il y a tout de même un petit problème : leurs descriptions sont toutes différentes et parfaitement incompatibles, les « lois de la réincarnation » diffèrent selon les cultures, les siècles, les groupes. Pour les uns, il faut changer de sexe à chaque réincarnation, mais on ne peut changer de race. Pour d'autres, les deux sont nécessaires. Pour les uns, elle est immédiate ; pour les autres, elle ne peut avoir lieu qu'après un long délai, etc. Quand ils citent des conciles de l'Église, censés avoir condamné cette doctrine (ce qui est faux)[1], ils se trompent de date, de pape, bref, ils donnent l'impression de raconter n'importe quoi.

Sur cette extrême diversité de représentations, je ne peux que vous renvoyer à l'excellente étude historique de Laurent Guyénot, déjà citée[2]. Mais, je vous préviens, si vous préférez continuer à rêver, ne lisez

---

1. Il y a bien des déclarations locales de différentes instances ecclésiastiques, mais aucun texte engageant la foi des chrétiens.

2. Laurent Guyénot, *Les Avatars de la réincarnation, histoire de la transmigration, des traditions premières aux nouvelles spiritualités*, Éditions Exergue (reprises par le Courrier du Livre), 2001.

surtout pas ce livre ni l'autre ouvrage de L. Guyénot sur le fond du problème[1].

Mais essayons d'examiner d'un peu plus près le problème.

Voici donc, pour commencer, un exemple de ces phénomènes complexes où les Brésiliens voient une réincarnation, alors qu'il me semble qu'il s'agit plutôt d'une sorte d'obsession/infestation. La différence est importante puisque, s'il y a réincarnation, nous n'avons pas de personnalité multiple. C'est la même personne qui a vécu une première vie et en vit une nouvelle. Les manifestations, souvenirs, attitudes, réactions trahissant une vie antérieure concernent la même personne et il n'y a pas inhabitation d'une personne dans une autre.

Le cas que je présente ici est un des huit cas les plus convaincants retenus par Hernani Guimarães Andrade sur un total de soixante-dix, conservés en archives.

LE CAS DE SIMONE

Simone est l'aînée d'une famille aisée de Sao Paolo[2]. Elle est née en 1963 et aura, par la suite, deux petites sœurs. Sa mère, Zenaide, se consacre à ses enfants. La grand-mère maternelle, Augusta, a été infirmière en maternité. À la naissance de Simone, la prenant dans ses bras, elle s'est écriée, sans savoir pourquoi, « Amore mio ». Pourtant, elle ne sait pas un mot d'italien. La seule langue étrangère qu'elle connaisse est

---

1. Laurent Guyénot, *Lumières nouvelles sur la réincarnation…*, *op. cit.*
2. Hernani Guimarães Andrade, *Reencarnação no Brasil*, Casa Editora O Clarim, Matao, SP. Brasil.

le français. Zenaide, elle, parle anglais. Aussi loin que
l'on remonte dans la famille, le seul lien avec l'Italie
est un bisaïeul maternel, né en Italie et mort au Brésil.

Les signes interprétés comme indices de réincarnation sont de différentes sortes. Il y a d'abord un certain
nombre de mots italiens prononcés spontanément par
Simone, dès son plus jeune âge. En tout trente-trois.
Un beau jour, quand elle avait deux ans, elle s'exclame
« hoje estou felice[1] » en prononçant *felice* à l'italienne :
félitché. Comme la blanchisseuse, alors présente, dit
en riant que personne ne parle italien dans la maison,
Simone reprend : « Io parlo. » Jouant avec sa petite
sœur, encore au berceau, elle s'adresse à elle en l'appelant : « mia sorella, mia bambina ». À quinze mois, elle
appela sa mère « mammina ». Voici, en vrac, quelques
autres mots : « Capitolio, molesta, pestatura, andiamo,
cupo… »

Parler de xénoglossie est peut-être un peu exagéré.
Il ne s'agit jamais de phrases entières. Mais il est vrai
que les recherches faites dans son entourage ne permettent pas de retenir l'hypothèse de quelques mots
qu'elle aurait entendus au hasard et répétés pour le plaisir de la sonorité ou pour s'amuser. Les circonstances
de l'apparition de chacun de ces mots dans sa bouche
rendent également cette dernière hypothèse peu vraisemblable.

Plus importants sont les souvenirs que certaines occasions semblent faire ressurgir. En janvier 1967, Simone
a trois ans et dix mois.

Sa mère vient d'acheter dans une galerie trois gravures et les fait admirer à son mari. Simone réclame
de les voir aussi et, à la vue de l'une des trois gravures,

---

1. « Aujourd'hui, je suis heureuse. »

elle écarquille les yeux et s'exclame : « J'ai été là-bas. C'est le Capitole. C'était la maison dans laquelle j'habitais et celle-là était l'école. Dans ces pierres, je jouais à sauter. » La gravure représentait bien le Capitole de Rome, l'inscription au bas de la gravure le confirmait, mais Simone ne savait pas encore lire. Elle ne fréquentera l'école primaire qu'à l'âge de six ans. Précisons encore que si la gravure représentait bien le Capitole, c'était avec des ruines.

Ce mot de Capitole est revenu dans d'autres circonstances. La mère de Simone, Zenaide, est médium. Lors d'une séance spirite à laquelle participait aussi Augusta, Zenaide entre en transe et « incorpore » une entité qui déclare s'appeler Afonsa Dinari, nounou d'une petite Angelina. Zenaide, ainsi envahie par Afonsa, se met à parler couramment en italien. Autre incident semblable : un jour, Zenaide, à nouveau envahie par Afonsa, se met à chanter en italien à Simone une vieille comptine, connue en Italie sous le titre de « Zingarella » (petite tzigane). Zenaide sent qu'Afonsa aimait particulièrement la chanter à Angelina :

« *Bambina del Campidoglio,*
Gina, la poverella.
Bambina quanto ti voglio,
Gina, la zingarella[1]. »

Quand on demande à Simone où elle est morte, elle répond : « Au Capitole ». Elle raconte qu'un petit garçon avait trouvé dans la rue un objet ressemblant à un stylo et l'avait donné à Afonsa. Mais en

---

1. Bambina du Capitole, Gina la pauvrette, Bambina combien je t'aime, Gina la petite tzigane.

l'ouvrant le stylo avait explosé. Une autre fois encore elle explique : « Au Capitole, les avions jetaient des bombes de cette taille (elle ouvrait ses petits bras pour montrer la taille des bombes) et après, sur le sol, il y avait des petits morceaux de métal qui blessaient les gens… La bombe explosa et blessa beaucoup ma petite-cousine et mon amie Afonsa Dinari à la tête et il en sortit beaucoup de sang. » Et Simone se passait les mains sur sa petite tête pour montrer comment le sang coulait. (*Ces bombardements du Capitole me paraissent totalement invraisemblables. À ma connaissance, le centre de Rome n'a jamais été bombardé.*)

Un autre jour, elle raconte qu'une fillette, qui jouait souvent avec elle, a été blessée à la cuisse par ces petits morceaux de métal et qu'on l'avait emmenée aux secours d'urgence. « Pour quoi faire ? » demanda Augusta. « Pour soigner sa jambe – et qui l'a soignée ? – les médecins des États des Unis (*sic*). » (*Donc, Rome aurait été bombardée, alors qu'elle était déjà libérée par les Américains ? Totalement invraisemblable ! Il y a là certainement confusion dans les souvenirs.*)

Peut-être est-ce le même incident qui est évoqué un peu différemment, avec le nom de la blessée : « Un jour Tia fut blessée à la jambe, à la suite d'une bagarre, me semble-t-il, ou par des éclats et un docteur l'a soignée ; un médecin des États des Unis (*sic*). Tia fut après dans un trou plein de terre. On jeta de la terre et elle ne revint jamais. » C'est peut-être encore la même qu'elle évoque ainsi : « Un jour une des enfants dormit dans un berceau de bois (cercueil) et elle ne se réveilla jamais. »

D'autres fragments de cette vie « antérieure » apparaissent. Nous apprenons ainsi qu'Afonsa Dinari était sa nounou. « Elle était mon amie et prenait soin de moi, là au Capitole. » Mais Afonsa s'occupait aussi d'« autres enfants qui n'avaient pas de mère et qui dormaient tous sur le sol ». Simone (ou Angelina dans cette vie « antérieure ») donne même plusieurs de leurs noms et évoque quelques incidents à leur sujet.

Nous sommes toujours là dans des circonstances de guerre. De même, la description qu'elle fait de son abri ou asile : « Il n'y avait plus de toit, tout était cassé, même les murs. » Elles n'avaient pas grand-chose à manger, mais les soldats américains leur donnaient des chewing-gums.

Autres indices à prendre en considération, la peur extrême de Simone toute petite au passage des avions, alors que le bruit des voitures, camions, motos, souvent bien plus agressifs ne la troublaient pas. De même peut-être son amour pour les tracteurs qui pouvaient lui rappeler les jeeps américaines.

Derniers signes importants, Simone a une tache marron clair sur la cuisse droite et une dépression osseuse assez importante sur le crâne, à sa naissance.

L'étude de Hernani Guimarães Andrade examine alors les hypothèses possibles. Il élimine rapidement et à juste raison, semble-t-il, la fraude, la cryptomnésie, la PES (Perception Extra-Sensorielle). Il réfute en quinze pages la mémoire génétique et il récuse en deux pages l'incorporation médiumnique. Là encore, il a certainement raison. Une incorporation suppose une véritable transe, qui se manifeste par des signes forts, changement d'attitude de tout le corps, d'expression du visage, et souvent même perte de conscience, au moins partielle, du médium, qui est envahi par l'entité de l'au-delà. Augusta et Zenaide, toutes deux très au courant de tous ces phénomènes, n'auraient pas manqué de le remarquer.

Il en conclut donc que la seule hypothèse qui semble s'imposer est la réincarnation d'Angelina en Simone. Il reconnaît que Simone n'a jamais évoqué qu'elle ait été blessée à la cuisse et qu'on ne peut donc y voir une de ces « marques de naissance », étudiées notamment par Ian Stevenson, le grand spécialiste américain de la réincarnation. En revanche, pour la dépression osseuse, il suppose qu'au cours de l'explosion racontée par Simone, Angelina a pu être projetée contre l'angle d'une commode qui lui aurait fait une grave blessure à la tête. Le seul ennui, c'est que Simone n'a jamais parlé de cette commode ni prétendu qu'elle avait été blessée à la tête.

À aucun moment il n'envisage un phénomène d'infestation de Simone par Angelina, ce qui me paraît, au contraire, l'hypothèse la plus probable.

D'abord, tous ces « souvenirs » sont assez confus. À 10 ans, Simone avait tout oublié. Elle n'avait plus aucune réaction négative devant les films de guerre évoquant le dernier conflit en Europe. Elle n'avait plus peur des avions, puisque son grand désir était désormais de devenir ingénieur aéronautique et non pas de construire des tracteurs. Ces deux constatations ne suffisent évidemment pas pour écarter la thèse de la réincarnation.

On constate très généralement, à travers le monde, que ces éléments d'une autre vie, éventuellement antérieure, qui remontent ainsi pendant les premières années disparaissent presque toujours très vite. En soi, ce phénomène pourrait aussi bien convenir à l'hypothèse de la réincarnation qu'à celle de la présence perturbante d'un défunt dans la vie d'un vivant.

Ce qui me fait croire davantage à cette dernière hypothèse, c'est que les éléments de vie passée qui remontent ainsi à la surface ne sont pas concentrés sur la seule Simone. Il semble qu'il s'agisse plutôt d'une ou même de plusieurs présences qui cherchent à se manifester ou qui se sont égarées et ne savent plus très bien où elles se trouvent.

La grand-mère s'écrie à la naissance de Simone : « Amore mio ». On ne voit pas pourquoi, dans l'hypothèse où Angelina se serait réincarnée en Simone, cela ferait parler la grand-mère en italien. Il faut pour cela qu'il y ait une présence, dans la grand-mère, non dans la petite Simone. De même, c'est Zenaide, la mère médium de la petite Simone, qui, en transe, est incorporée par Afonsa Dinari, se met à parler couramment en italien et révèle le prénom de la petite Angelina, censée revenue aujourd'hui sous les traits de Simone. C'est encore Zenaide qui chante à Simone la comptine italienne qu'Afonsa aimait chanter à Angelina. C'est donc, au moins à ce moment-là, en Zenaide qu'il y a une forte influence italienne. Mais cela ne suffirait pas pour voir en Zenaide une véritable réincarnation d'une Italienne morte avant elle. Sa médiumnité suffit à l'expliquer.

Mais un phénomène de médiumnité, c'est bien déjà une sorte d'intrusion d'un défunt dans le corps, ou au moins l'esprit, d'un vivant.

Quant aux « marques de naissance », H.G. Andrade, conseillé dans toutes ces recherches par Ian Stevenson, le grand spécialiste mondial des réincarnations, reconnaît qu'on ne peut pas l'invoquer pour la tache à la cuisse de Simone, puisque celle-ci ne rapporte jamais qu'Angelina ait été blessée.

Cependant, il n'est pas impossible, me semble-t-il, de rappeler que, d'après Simone/Angelina, une de ses petites amies avait été blessée, précisément à cet endroit. De même, si Simone/Angelina n'a jamais été blessée à la tête, elle a raconté avec beaucoup d'émotion la blessure à la tête d'Afonsa, en montrant avec ses petites mains comment le sang coulait le long de son visage. Faut-il voir dans cet événement la cause de la dépression osseuse de Simone sur son crâne ? Nous verrons plus loin que ce n'est pas exclu. L'hypothèse de la réincarnation n'est pas la seule qui puisse expliquer l'apparition sur le corps d'un nouveau-né de cicatrices correspondant à la mort violente d'une autre personne. L'imprégnation d'un enfant en gestation par un défunt pourrait aussi bien l'expliquer. Reconnaissons cependant que nous n'avons aucune preuve scientifique, ni pour l'une, ni pour l'autre.

Les « souvenirs » remontés à la mémoire de Simone ne sont pas seulement flous, mais souvent incohérents et impossibles. Cette histoire de bombardements sur le Capitole de Rome, alors que la ville est déjà occupée par les Américains, est totalement invraisemblable. L'existence même d'un habitat sur le Capitole et d'une école est impossible à cette époque-là. Les « souvenirs » de Simone mélangent-ils une école qui portait le nom de « Capitole » ou son école était-elle tout près du Capitole, mais en bas, pas sur le Capitole ?

Tout cela n'est pas clair. Ajoutons que, malgré bien des efforts et des enquêtes menées en Italie, même avec le concours de la RAI, il n'a jamais été possible de retrouver des témoins de ces événements évoqués par Simone/Angelina.

Dans le cas de « personnalités multiples », il est évident qu'il ne peut s'agir de réincarnation pour toutes ces personnalités en même temps. Nous sommes donc certains que la simple imprégnation de vivants par des défunts est possible. Nous savons aussi que les personnalités de ces défunts n'envahissent pas toujours la personne vivante de façon constante, puisqu'il leur arrive d'alterner et que certaines finissent même par s'effacer complètement. Dans le cas de Simone/Angelina il semble qu'il s'agisse d'une variante de ce phénomène.

L'ensemble des témoignages recueillis donne l'impression d'une sorte de « présence » autour de Simone, présence un peu diffuse, qui passe selon les moments de la grand-mère Augusta, à la mère, Zenaide, et à la fille, Simone, la plus jeune étant souvent la plus facile à envahir, sa personnalité n'étant pas encore complètement affirmée.

LE CAS JACIRA/RONALDO

Dans le cas précédent, il n'avait pas été possible de préciser l'identité de la ou des personnes qui hantaient Simone et son entourage. Dans celui-ci, on connaît parfaitement l'identité du défunt. Le problème est seulement de savoir s'il s'agit de réincarnation, comme le pense le professeur Andrade, ou simplement d'infestation/obsession. Voici donc l'essentiel de cette histoire, comme toujours, un peu compliquée[1] :

Jacira est née le 31 octobre 1956. Quelques années auparavant, son oncle Ronaldo s'est suicidé, le 15 janvier 1951, en buvant du formicide mélangé à un peu de guarana[2]. Martha, une des sœurs de Ronaldo, est la mère de Jacira. Très secouée par la mort de son

---

1. Hernani Guimarães Andrade, *Reencarnação no Brasil, op. cit.*, p. 82-124.

2. Le formicide est un produit destiné à tuer les fourmis. Le guarana est une boisson agréable, non alcoolisée.

frère, elle commence à faire des cauchemars où elle le voit, apeuré, pris dans un orage. Elle et son mari, Antonio, sont de fervents kardécistes. Au cours d'une séance spirite, Angelina F. Botassi, médium, est envahie par l'esprit de Ronaldo qui se lamente, regrette ce qu'il a fait, explique qu'il a été poussé au suicide par quelqu'un qui l'obsédait (« um obsessor ») et qu'il ne s'en trouve libéré que depuis peu. Il voulait revenir et comptait beaucoup sur l'aide d'Antonio. Martha comprit qu'il voulait se réincarner en elle, mais son mari lui dit qu'elle avait mal compris et que Ronaldo souhaitait seulement qu'on l'aide à y voir plus clair en lui.

Au cours d'une autre séance, Angelina entre en transe et son « guide », dans l'au-delà, demande à Martha si elle est prête à faire un sacrifice. Il s'agit, pour elle, d'accepter de devenir la mère de son frère défunt. Mais celui-ci, ayant raté sa vie comme homme, renaîtra comme femme. La grossesse de Martha est pénible, sa bouche est rongée de l'intérieur, elle est saisie de tremblements, fait des chutes…

Dès l'âge de 11 mois, Jacira commence à faire des références à sa « vie antérieure ». Ses souvenirs, devenus de plus en plus nombreux entre 18 mois et 4 ans, disparaissent avec la puberté. Quand elle rapporte des incidents de la vie passée de Ronaldo, elle ne dit jamais « il » mais toujours « je » et si l'épisode rapporté concernait Ronaldo avec ses frères et sœurs, elle dit toujours « nous ». Quand elle évoque un souvenir de cette vie, elle s'adresse ainsi à sa nouvelle mère : « Martha, tu ne te souviens pas. Tu ne peux pas te souvenir. Tu ne sais pas où nous habitions. Seule ma mère le sait. » Elle décrit avec précision, sans y être jamais allée, la ferme de Sao Bernardo do Campo où Ronaldo vivait, donne des détails sur la disposition intérieure des pièces, l'écluse toute proche, avec les poissons...

Elle montre une vive aversion pour toutes les boissons rouges, couleur du formicide, et vomit les jus de groseille que sa mère veut lui faire avaler. À trois ou quatre ans, elle se met à pleurer lorsqu'elle apprend que la fiancée de Ronaldo va se marier et s'écrie : « Elle aurait dû m'attendre. » Plus tard, à 18 ans, quand les souvenirs se sont effacés, elle en parle en l'appelant « la fiancée de mon oncle ». Elle s'étonne toujours d'avoir deux mères, considérant que la première était la plus vraie, ne comprend pas que sa sœur soit devenue sa mère et sa vraie mère sa grand-mère. Elle se souvient d'une certaine Marguerite, morte 22 jours avant sa naissance. Toute petite, elle avait plutôt des jeux de garçons, aimait s'habiller avec des pantalons longs. À sa naissance, comme Ronaldo, elle était affligée de strabisme qui se corrigea tout seul vers ses 2 ans. D'un incident d'enfance où Ronaldo avait été poursuivi par une vache, elle gardait, même adulte, une peur incoercible de tous les bovidés.

Comme dans le cas de Simone, H.G. Andrade élimine successivement les hypothèses de fraude, cryptomnésie, télépathie, mémoire génétique et incorporation médiumnique pour en conclure que la seule hypothèse qui résiste à l'examen est la réincarnation. Il reconnaît cependant que cette explication n'est peut-être que provisoire, en attendant qu'une meilleure se présente.

Or, à aucun moment, il n'envisage l'hypothèse d'une sorte d'infestation, comme dans le cas des personnalités multiples. Comme pour Simone, il a certainement raison d'éliminer les incorporations de type médiumnique.

Ces phénomènes s'accompagnent toujours de signes extérieurs, souvent spectaculaires, que les habitués de séances spirites savent tout de suite détecter, nous l'avons déjà dit. Angelina Botassi, médium, l'aurait donc détecté. H.G. Andrade a juste une phrase où il se rapproche du phénomène d'infestation/obsession, mais c'est pour l'écarter immédiatement par le raisonnement suivant : « Il ne peut pas s'agir d'une manifestation de la personnalité de Ronaldo parce qu'il saurait qu'il est mort et en train de communiquer à travers un médium. »

C'est là une erreur, nous l'avons vu. Le Dr. C. Wickland, au cours de ses nombreuses expériences, avait dû constater que, très souvent, les morts ne savent pas qu'ils sont morts et que le corps et l'esprit dont ils se sont rendus maîtres ne sont pas les leurs.

Le professeur Werner Schiebeler et son groupe de prière en étaient arrivés à la même conviction.[1] Et, de la même façon, nous l'avons vu à travers plusieurs des exemples cités, celui qui est envahi peut ne pas le savoir. Il se sent parfois seulement malheureux, troublé, angoissé ; ou alors c'est son entourage qui constate un changement inexplicable de comportement.

Beaucoup d'autres témoignages, sans être aussi précis et détaillés que ceux que nous venons de voir, impliquent un tel mécanisme. Ainsi parmi les messages étranges reçus par Adolf Homes, celui qui s'imprima et s'enregistra en même temps sur disquette, en son absence, et qui était censé venir du capitaine Dreyfus. Celui-ci y affirmait qu'il était la réincarnation d'Adolf Homes lui-même. Le temps, à ce niveau, ne jouant plus aucun rôle, il n'y a là rien d'absurde en soi. Mais ce

---

1. Werner Schiebeler, *Nachtödliche Schicksale, Gegenseitige Hilfe zwischen Diesseits und Jenseits*, Wersch Verlag, 1994, p. 15.

message implique en lui-même qu'il s'agit de deux personnes bien distinctes, l'une communiquant ce message à l'autre.

Dans son aventure extraordinaire, Franchezzo raconte que dans l'autre monde il est invité, avec d'autres trépassés, à assister à des conférences.

> « Ces conférences, explique-t-il, nous aidaient beaucoup car, en même temps qu'on nous décrivait nos fautes et leurs conséquences, on nous indiquait la manière de corriger et de surmonter nos mauvaises aspirations. On nous montrait comment nous pourrions nous amender en nous efforçant de sauver d'autres personnes du Mal dans lequel nous étions tombés nous-mêmes. Tout cela devait nous préparer à la prochaine étape de notre développement, dans laquelle nous serions renvoyés sur la Terre, invisibles et incognito, pour assister les mortels dans leur combat face aux tentations terrestres[1]. » « Invisibles et incognito. »

Ce renvoi sur terre n'implique ici aucune renaissance dans un nouveau corps, mais une assistance discrète, une influence exercée directement d'esprit à esprit, de l'esprit du vivant dans l'au-delà à l'esprit du vivant sur terre.

Voici encore un jeune Italien, Claudio Desiderio, passé dans l'au-delà « prématurément » :

> « Oh ! ma maman ! Comme le règne de Dieu est merveilleux ! Quelle joie immense que de jouir de la grandeur du Créé ! Oui, je suis mort très jeune, mais

---

1. *Franchezzo, mes aventures dans l'autre vie*, Éditions Pierre d'Angle / Exergue, 1996, p. 46.

c'était déjà écrit. J'étais déjà destiné à une courte vie terrestre·parce qu'autre chose m'attendait ici.

Je suis sur le point de devenir un Esprit Guide, et le jour n'est pas loin où je reviendrai parmi les hommes pour guider un autre jeune qui aura besoin d'être incité au bien et d'avoir à ses côtés, même s'il est invisible, quelqu'un qui l'aide à s'élever plus haut, qui pénètre son âme et le guide[1]. »

Ce nouveau témoignage nous révèle même un peu le mode de fonctionnement de cette aide.

Le défunt, d'une certaine façon, « pénètre » nos âmes pour nous « inciter » à nous élever plus haut.

La conviction de C. Wickland à partir de son expérience de communication avec les morts est partagée par le Dr. David Lorimer, auteur d'une des plus importantes études sur les EFM :

« Notre enquête, dit-il, nous rapproche de l'idée que l'esprit d'un individu puisse participer à celui d'un autre, que notre vie intérieure soit accessible à d'autres esprits[2]... »

Des liens extrêmement forts peuvent alors se créer entre certaines personnes, allant jusqu'à un véritable transfert partiel de la personnalité de l'une sur celle de l'autre suivant des liens familiaux ou amicaux. Nous retrouvons là un schéma correspondant aux transferts transgénérationnels étudiés par Anne-Ancelin Schützenberger.

---

1. Paola Giovetti, *Messages d'espérance*, Robert Laffont, 1992, p. 187.
2. David Lorimer, *La Mort, l'autre visage de la vie*, Éditions du Rocher, 1995, p. 62.

Le Dr. Melvin Morse attribue plutôt ce transfert à la mémoire universelle qui garde l'empreinte de tout ce qui se passe sur terre. Je suis moi-même convaincu que cette mémoire existe. Elle est le réservoir d'informations que supposent les recherches effectuées sur le « chronoviseur », développé par le Père Ernetti[1].

M. Morse y voit la véritable explication des cas, dits de « réincarnation », qui ne sont donc, pour lui aussi, que des formes d'infestation d'un vivant par les souvenirs provenant d'autres vies, vécues par d'autres personnes.

Non seulement des souvenirs personnels pourraient ainsi s'imprégner dans la conscience de quelqu'un d'autre, sans que celui-ci s'en rende compte, mais même des caractéristiques physiques pourraient aussi se retrouver dans l'encodage d'ADN d'un enfant à naître. De même, un mécanisme d'imprégnation pourrait expliquer les fameuses « marques de naissance » dans lesquelles le professeur Ian Stevenson voit la preuve la plus convaincante de la réalité du phénomène de réincarnation. Ceci serait particulièrement vrai des marques liées à des traumatismes et donc à une forte charge affective. Cette conception du processus de réincarnation, tout en passant par la « mémoire universelle » finit donc par admettre tout de même un lien tout particulier entre deux personnes, l'une décédée, l'autre vivante ou même à naître, puisque ces « marques » ne s'impriment pas sur une foule indifférenciée, mais sur une seule personne.

Reste à expliquer pourquoi c'est cette personne-là et non une autre qui se trouve ainsi imprégnée par telle personnalité dans l'au-delà. C'est peut-être là que les recherches sur les transmissions transgénérationnelles

---

1. François Brune, *Le Chronoviseur...*

peuvent jouer un rôle. Mais il y a aussi des cas de « réincarnations » où on ne peut détecter aucun lien, ni familial, ni amical, aucune affinité quelconque entre la personne décédée et la personne semblant être sa réincarnation, autrement dit des cas échappant au domaine du transgénérationnel étudié par Anne-Ancelin Schützenberger.

Cependant, ce passage par la « mémoire universelle », selon l'hypothèse de Melvin Morse, expliquerait peut-être mieux les cas où deux enfants contemporains prétendent être la réincarnation de la même personne[1]. Mais, même dans ce cas, il n'est pas impossible non plus que ce soit le défunt lui-même qui ait investi successivement deux enfants différents, comme l'admet Laurent Guyénot à propos d'Imad et de Sleimann, cas documenté par Ian Stevenson, mais en mettant de côté ce fait essentiel[2]. Ces « réincarnés » n'ont en général aucun lien particulier décelable avec le décédé qu'ils sont censés réincarner. Mais d'autres facteurs alors peuvent jouer, des similitudes de prénom, de lieux...

Edith Fiore[3] avait aussi noté des cas où deux soi-disant « vies antérieures », revécues par quelqu'un, se chevauchaient, c'est-à-dire que la mort de l'une des personnalités antérieures était postérieure à la naissance de l'autre. La personne actuellement vivante sur terre ne pouvait donc pas avoir vécu ces deux vies-là, car elle aurait dû, pour ce faire, être deux personnes différentes en même temps, pendant quelque temps. Mais ses « souvenirs » révélaient qu'elle était sous une forte influence de deux trépassés différents.

1. Melvin Morse, *La Divine Connexion, op. cit.*, p. 91 et 82.
2. Laurent Guyénot, *Lumières nouvelles..., op. cit.*, p. 196-197.
3. Edith Fiore, *Les Esprits possessifs, op. cit.*, p. 32.

J'ai personnellement rencontré quelqu'un qui avait connu un cas de ce genre dans sa famille. Son père lui avait communiqué par médiumnité qu'il avait été la réincarnation d'un personnage célèbre, qui possédait même sa statue dans sa ville.

« Vas-y voir, lui avait-il dit. Tu verras que la ressemblance entre nous deux est étonnante. »

Vérification faite, ressemblance, effectivement, il y avait, et étonnante. Mais d'après les dates gravées sur le socle de la statue, ce personnage était mort bien après la naissance de son père. Une telle réincarnation est évidemment impossible, ce serait plus extraordinaire encore qu'un phénomène de bilocation.

Laurent Guyénot, grand spécialiste des phénomènes dits de « réincarnation », signale un cas très intéressant, où l'on verrait sans doute une preuve absolue de la réalité du phénomène, s'il n'y avait pas une petite difficulté du côté des dates. Ce cas, assez ancien, a été étudié par Frederic W. H. Myers, maître de conférences en psychologie au Trinity College de Cambridge et créateur du terme de « télépathie ». En 1877, Lurancy avait 13 ans lorsqu'elle commença à éprouver d'étranges états de transe. Ses parents, voulant lui épargner l'internement en asile psychiatrique, la confièrent au Dr. Stevens qui pratiqua sur elle quelques séances d'hypnose.

« Sous hypnose, Lurancy Vennum dit se voir entourée de fantômes, parmi lesquels elle nomma Mary Roff. Celle-ci était une fille de la région qui avait été sujette, elle aussi, à des crises d'insanité, et qui était morte douze ans auparavant. Toujours sous hypnose, Lurancy annonça qu'elle allait autoriser le fantôme de Mary Roff à la "posséder". Le jour suivant, il devint progressivement apparent qu'elle se comportait comme si elle était Mary Roff.

« Elle demanda à aller vivre dans la famille Roff et sa famille d'origine finit par y consentir. Dans sa nouvelle famille, elle agit comme connaissant chacun par son prénom, se rappelant les incidents de la vie familiale, reconnaissant ses "anciens" vêtements, racontant comment leur chien était mort.

« Puis, un jour, soudainement, elle dit calmement adieu aux Roff et à leurs voisins, retourna chez les Vennum et, en chemin, recouvra la personnalité de Lurancy Vennum. Quatre ans plus tard, elle épousa un fermier local et, même si, occasionnellement, l'ancienne Mary se manifestait à nouveau lorsqu'elle rendait visite aux Roff, elle continua une vie conventionnelle d'épouse et de mère[1]. »

Il est évident que si Mary Roff n'était pas morte après la naissance de Lurancy, les Ian Stevenson et Hernani Guimarães Andrade y verraient une preuve absolue de réincarnation. Les indices en ce sens sont bien plus forts que dans n'importe quel autre cas souvent cité par eux.

Ce qui m'intéresse dans le cas de Lurancy Vennum, c'est que nous avons un indice très fort en faveur d'une autre interprétation, celle de l'inhabitation d'une décédée dans une personne vivante, inhabitation qui ne se réalise que progressivement et finalement ne dure qu'un temps, mais après un temps assez long. Nous sommes donc tout à fait dans le cadre de certaines « doubles personnalités » qui correspondent en fait à une incorporation, plus ou moins complète, plus ou moins stable d'un décédé dans un vivant.

---

1. Laurent Guyénot, *Lumières nouvelles…, op. cit.*, p. 151-153.

Ce mécanisme est fort bien décrit dans les communications reçues à travers sa femme par C. Wickland, d'une certaine Madame Blavatsky, qui se présente comme la célèbre Blavatsky à l'origine de tout le courant anthroposophique[1].

Même si, par préférence personnelle, on ne veut pas croire qu'il puisse s'agir vraiment de la grande apôtre de la réincarnation, ce texte venu de l'au-delà n'en demeure pas moins très intéressant :

« La réincarnation est venue vers moi. Cette idée m'attirait. Je pensais qu'il était très injuste que certains soient riches et profitent de tant de choses, tandis que d'autres sont pauvres et ont tant d'ennuis. Il me semblait que certains n'ont pas suffisamment d'expériences terrestres.

J'ai étudié la réincarnation et je trouvais de la vérité et de la justice dans la théorie selon laquelle nous revenons sur terre pour apprendre encore et accumuler d'autres expériences. Je l'ai enseignée et je voulais la porter au monde entier. J'ai eu le sentiment de me souvenir de mon passé très lointain, dans d'autres vies. Je croyais tout savoir sur mon passé, mais j'étais induite en erreur.

Les mémoires des "vies passées" sont causées par des esprits qui apportent ces pensées et projettent les vies qu'ils ont vécues. Un esprit imprime en vous l'expérience de sa vie et celle-ci est implantée dans votre esprit comme si c'était la vôtre. Vous pensez alors que vous vous souvenez du passé…

Ils vous parlent par "impression" ou inspiration, et leur passé défile en vous comme un panorama.

---

1. Voir l'excellent ouvrage de Peter Washington, *La Saga théosophique, de Blavatsky à Krishnamurti*, Éditions Exergue, 1999.

Vous le ressentez, et vous revivez le passé de ces esprits.

Et vous faites la faute de prendre cette expérience pour la mémoire d'incarnations antérieures.

J'ignorais ceci lorsque j'étais en vie. J'ai accepté sans esprit critique l'idée que ces souvenirs étaient vrais, mais lorsque je suis passée dans le monde spirituel, j'ai réalisé qu'il en est autrement...

La doctrine de la réincarnation n'est pas vraie. Je ne voulais pas le croire. Ils m'ont dit ici dans le monde spirituel que je ne pouvais pas me réincarner. J'ai essayé et essayé encore de revenir pour être quelqu'un d'autre, mais je n'y suis pas parvenue. Nous ne pouvons pas nous réincarner. Nous progressons, nous ne revenons pas[1]. »

Je crois qu'effectivement presque tous les cas de « réincarnation » peuvent se réinterpréter en obsession / infestation, comme le disent certains, ou mieux, peut-être en symbiose, plus ou moins prononcée, plus ou moins longue. Il me semble que c'est forcément dans cette direction que les recherches peu à peu se dirigeront.

Mais le travail colossal accompli par les réincarnationnistes kardécistes trouvera quand même son sens. Ils ont accumulé un ensemble de documents quasi inépuisable, un monceau d'archives qui restera un trésor inestimable pour les générations futures, un réservoir colossal de preuves de la survie, et, de cela, nous pouvons leur être infiniment reconnaissants.

Peu importe d'ailleurs, en définitive, le mot employé, symbiose ou réincarnation. On peut bien garder le

---

1. Carl Wickland, *Trente ans parmi les morts*, Éditions La Pierre d'Angle/ Exergue, 1997, p. 172-174.

terme de « réincarnation » si l'on veut. Certains trépassés le font, mais en précisant que son mécanisme est beaucoup plus compliqué que ce que l'on imagine souvent sous ce nom.

Dans tous ces cas, de toute façon, il ne s'agit pas de « possession diabolique ». Ce phénomène existe aussi. Il correspond à ces âmes en peine que le professeur Werner Schiebeler et son groupe de prière essayaient de libérer[1].

Le mécanisme de ces possessions est le même. Il peut présenter des formes spectaculaires très impressionnantes, inexplicables par les voies normales de la psychiatrie. Il peut aussi s'agir d'une infiltration inconsciente, momentanée mais violente, comme peut-être dans le cas de ces violeurs d'enfants évoqués par Laurent Guyénot. Il peut devenir une sorte de symbiose consentie, de pacte avec les forces du mal, comme, semble-t-il, dans le cas de Karl Marx et d'Hitler. J'en ai assez traité dans *Dieu et Satan*[2].

Dans tout ce que nous avons vu ici, il y avait seulement parasitage d'un vivant par un mort, mais sans aucune volonté de nuire, sans méchanceté. Cependant, si le défunt n'est pas équilibré, il va évidemment transmettre ses problèmes au vivant qu'il parasite. Si, au contraire, il a eu une vie professionnelle ou sentimentale riche, il peut avoir envie d'aider quelqu'un sur terre à progresser dans son évolution.

---

1. Werner Schiebeler, *Ainsi vivent les morts*, Éditions Exergue, 1998.
2. *Op. cit.*, p. 67-128.

Pour mieux comprendre ce mécanisme, il nous faut maintenant franchir une nouvelle étape. Le mystère de la personne est encore plus riche et plus complexe que tout ce que nous avons vu jusque-là. Pour approfondir ce mystère je devrai utiliser certains témoignages déjà évoqués dans mon premier ouvrage en y joignant d'autres documents.

Être plusieurs en soi-même

Je rappellerai d'abord le témoignage extraordinaire de la mère d'Alain Guillo[1]. Alain Guillo est un reporter-photographe qui est allé une quinzaine de fois en Afghanistan pour soutenir les groupes de résistants contre l'occupation soviétique. Il a fini par lui arriver ce qui devait lui arriver dans ce genre de pays ; il a été vendu directement aux communistes par l'un des groupes qu'il venait aider. C'est alors, en prison, que se sont développés chez lui des phénomènes d'écriture automatique. Rentré en France, le phénomène a continué et c'est ainsi qu'il a commencé à recevoir des messages de sa mère, depuis l'au-delà.

Celle-ci était fille d'un Français, catholique, et d'une Japonaise, bouddhiste. Elle lui raconte alors qu'elle a retrouvé, dans l'au-delà, son père et sa mère et quantité d'autres gens. « Certains, explique-t-elle, avaient partagé tout ou une partie de mon existence. Ils étaient moi, j'étais eux, et je ne le savais pas. » Elle comprend maintenant que ces gens avaient, d'une certaine façon,

---

1. Pour plus de détails, voir le tome I, p. 456-457 ou mieux encore l'ouvrage d'Alain Guillo, *À l'adresse de ceux qui cherchent*, Robert Laffont, 1991.

continué à vivre à travers elle; avec elle ils avaient aimé, haï aussi, pendant la guerre, et, finalement, évolué. Elle découvre qu'elle a été leur « réincarnation ». Et, comme le temps, à ce niveau, ne joue plus, elle emploie le même mot pour désigner sa participation, selon le même mécanisme, à d'autres vies avant elle : « J'avais en moi du neuf, petite âme issue de la matière terrestre... et du vieux, mes *réincarnations*, ces âmes qui, avant moi, ont vécu et sont devenues moi-même. »

Elle comprend aussi que lorsqu'elle ne parvenait pas, sur terre, à résoudre ses conflits intérieurs, c'est parce qu'en elle l'ascendance franco-catholique n'arrivait pas à se mettre d'accord avec son ascendance nippo-bouddhique.

Nous ne sommes pas encore arrivés à l'harmonie parfaite, dit-elle, « bons pour un autre tour de service, en quelque sorte, une autre réincarnation... Nous nous sommes vite intégrés à la petite équipe qui t'a pris en charge dès ta naissance... Moi, je vis avec toi depuis bientôt quarante-cinq ans, intégrée à ton âme, silencieuse et impuissante bien souvent, sauf quand tu ouvres ton cœur. »

Il n'est donc pas question ici de « réincarnation » au sens un peu simpliste que l'on trouve souvent : « le petit Pierre qui était... C'est maintenant la petite Charlotte... »

Je sais que, là, je prive certains de mes lecteurs de leur part de rêve. Les spirites brésiliens ont presque tous été guillotinés à la Révolution française. Curieusement (là, je suis peut-être un peu hypocrite!), ils n'ont jamais fait partie des sans-culottes, ils n'ont jamais été l'un des révolutionnaires sanguinaires de la Terreur, mais tous marquis et marquises poudrés. Sur ce problème de la « Réincarnation », je ne peux que renvoyer le lecteur intéressé aux ouvrages que j'ai déjà signalés[1].

Le témoignage de la mère d'Alain Guillo nous invite à envisager que le mystère de la personne est beaucoup plus profond et complexe que ce schéma de réincarnation ; il s'agirait plutôt d'une sorte de symbiose entre vivants sur terre et vivants dans l'au-delà. Ces formations ou agrégats ne sont pas forcément constants. Lorsque avec quelques autres trépassés la mère d'Alain Guillo décide de se « réincarner » en son fils, d'autres, « une petite équipe » s'occupait déjà de lui. De même parmi ceux qu'elle retrouve dans l'au-delà, certains avaient partagé toute son existence, d'autres seulement une partie. Nous formons ainsi des groupes qui se composent ou se défont au gré de l'évolution de chacun.

Notez aussi la force des expressions affirmant en même temps l'identité et la distinction : « Ils étaient moi, j'étais eux… » Comment ne pas songer aux paroles du Christ selon saint Jean dans le célèbre texte appelé par les exégètes « la prière sacerdotale » : « *Qu'ils soient un, comme toi et moi nous sommes un* »![2] « Ils », un pluriel marquant la distinction, « *un* » marquant l'identité.

Voici maintenant un autre texte, le récit d'une EFM vécue par un Américain, Ned Dougherty. Je ne vais pas vous raconter toute son histoire. Elle a déjà été

1. Jean Prieur, *Le Mystère des retours éternels*, Robert Laffont, 1994 ; J'ai Lu, 1995 ; Laurent Guyénot, *Les Avatars…, op. cit.* et *Lumières nouvelles…, op. cit.*

2. Évangile de saint Jean, chap. XVII, 22.

publiée[1]. C'est une des plus extraordinaires EFM que je connaisse.

Disons seulement que, de famille très pauvre et de père alcoolique, il se débrouilla fort bien pour faire rapidement fortune et devint patron de deux des plus magnifiques boîtes des États-Unis, un « Club Marrakech », à New York et un autre à Miami. Sa vie était faite alors de cocaïne, de champagne, d'alcools et de filles. Au cours d'une rixe, il perdit connaissance et se trouva hors de son corps. Entraîné à vitesse vertigineuse dans l'espace, au milieu des étoiles et des galaxies, il se trouve bientôt devant une magnifique structure éthérée « qui ressemblait à un amphithéâtre semblable à ceux que l'on trouve dans les anciennes civilisations... L'amphithéâtre était suspendu dans le vide de l'espace à la façon d'une station spatiale. Il avait les dimensions d'un stade et dégageait une grande majesté... Je réalisai qu'il était plein de milliers d'êtres spirituels... Je sentis une vibrante énergie m'envelopper. L'énergie semblait venir de la structure cristalline de l'amphithéâtre... Je me rendis compte que les milliers d'êtres spirituels qui étaient là absorbaient aussi cette énergie. Ils s'envoyaient mutuellement des vagues d'énergie. Bien que je l'eusse d'abord identifié comme énergie, je m'aperçus que l'énergie qui émanait de la structure cristalline était aussi un son symphonique...

« Au-dessus, en dessous et derrière nous, le vide profond de l'espace. Des milliers d'êtres spirituels

---

1. Ned Dougherty, *Voie express pour le Paradis*, Le Jardin des Livres, 2004. Je traduirai cependant directement à partir de l'anglais, *Fast Lane to Heaven*, Hampton Roads Publishing, 2001, p. 31-33 et 120-121.

me transmettaient, par des sons musicaux, des sentiments de bienveillance. Leurs sons de salutation étaient en harmonie avec les sons symphoniques de l'énergie émanant de l'amphithéâtre... J'étais bouleversé par l'imposant spectacle devant moi, mais bien plus encore par les sentiments d'amour que m'envoyaient les êtres spirituels. Les êtres spirituels m'acclamaient, m'envoyant amour, encouragement et soutien. "Ce que tu fais est magnifique. Nous sommes ici pour te soutenir. Continue de faire du bon travail et nous t'aiderons. Tu fais partie de nous et nous faisons partie de toi. Nous sommes prêts à te venir en aide quand tu as besoin de nous et le souhaites. Appelle-nous. Fais-nous signe. Nous accourrons en foule le moment venu." Ned se demande alors, raconte-t-il, ce qu'il a bien pu faire de "magnifique". Cela ne peut pas s'appliquer à ce qu'il a fait jusqu'ici. Peut-être à ce qu'il fera[1] ?

Plus tard, complètement converti, et désormais cherchant à répandre le plus d'amour possible autour de lui, il reverra un court instant, sans sortir de son corps, cet amphithéâtre suspendu dans le ciel et cette foule lui faisant signe et il se rappellera alors leurs paroles : « Tu fais partie de nous et nous faisons partie de toi. »

Un autre épisode va aussi tout à fait dans ce sens. Il s'agit d'une femme contemporaine, une Portugaise, vivant en France, et qui a vécu de nombreuses expériences paranormales, spirituelles ou même mystiques. Gloria de Andrade, depuis sa petite enfance, entretient une sorte de dialogue intérieur constant avec le Christ.

---

1. Ceci n'apparaît pas dans la traduction française. Je traduis directement d'après l'anglais.

Ce qui est remarquable, c'est que ce dialogue continuera même pendant les années où sa vie ne sera pas vraiment en conformité avec les exigences de la morale catholique, et sans que le Christ interfère sur ses décisions, attendant simplement qu'elle poursuive son évolution spirituelle. Elle finira par se rendre à Châteauneuf-de-Galaure sur les traces de Marthe Robin, déjà décédée, et transmettra de sa part des messages reçus d'elle par télépathie au Père Pagnoux. Ces messages sont précis, concrets, concernent quantité de choses que Gloria ne pouvait absolument pas connaître, ni directement, ni indirectement. Tout ceci, pour que vous situiez un peu le personnage. Mais ce qui nous intéresse ici est ailleurs.

Un soir, elle a toute une série de visions extraordinaires qui se déroulent devant elle, comme des saynètes.

« C'était une leçon. Je devais comprendre que, dans certaines circonstances, nous pouvons, sans même nous en apercevoir, être aussi des "menteurs en scène". Cela se confirme lorsque nos dires ne deviennent pas nos actes… Les gens que je voyais dans ces scènes jouaient ce qu'ils voulaient faire paraître d'eux et, sans qu'ils en aient conscience, cela les mettait en porte-à-faux avec eux-mêmes. Ils se mentaient à eux-mêmes, ils mentaient aux autres, et finalement ne pouvaient devenir authentiques. Puis les scènes qui suivirent me montrèrent comment ils pouvaient évoluer. Il fallait qu'ils se détachent des apparences, du paraître et surtout de l'orgueil.

« La bande du film se déroula alors en remontant le temps. L'histoire de l'humanité défilait pour me montrer combien chaque génération succédait à la précédente pour la parfaire et la réajuster. Pour finir, les personnages s'alignèrent et formèrent un immense cercle. Là… je m'aperçus que l'histoire de chacun avait une résonance dans la vie de tous les autres, qu'un lien les unissait... Je comprenais que tout était lié, que les tourments des uns se répercutaient dans l'existence des autres, et que cela durerait jusqu'à ce que chaque être trouve l'amour et la paix. Je comprenais que nous vivions les uns pour les autres, tous les autres ; que nos histoires personnelles éveillaient celles des autres et que l'histoire des autres contribuait à la nôtre. La vie des êtres humains est une même vie. En prenant conscience de cela, j'entendis la voix me dire : "Certains des personnages que tu viens de voir sont toi, ils ont un lien avec toi"... Jésus me faisait prendre connaissance de réalités que je ne pouvais percevoir avec mes yeux. C'était la volonté du Seigneur et non la mienne, comment aurais-je pu imaginer des choses pareilles[1] ? »

Il me semble que la convergence entre ces différents témoignages est évidente. On a même la formation en « un immense cercle » qui rappelle l'amphithéâtre de Ned Dougherty. Cette dernière vision au moins est donc uniquement symbolique, même si les autres correspondaient vraiment à des scènes du passé de notre planète.

Nous retrouvons aussi, sous une autre forme, cette tension entre identité et distinction. « Certains des personnages...sont toi », aussitôt corrigé par « ils ont un lien avec toi. » Nous sommes là certainement devant un mystère difficile à cerner et à exprimer dans notre langage.

---

1. Gloria de Andrade, *Il m'a dit de vous dire*, Presses de la Renaissance, 2004, p. 52-53.

Je ne peux pas mieux faire ici que de reprendre ce que Franz Liszt disait à Rosemary Brown à propos de la réincarnation.

« La réincarnation, telle qu'elle est généralement comprise, n'existe pas… Sur terre, vous vous considérez comme des êtres complets. Mais, en fait, il n'y a qu'une partie de vous qui se manifeste par l'intermédiaire du corps physique et du cerveau. Le reste demeure en esprit mais est relié et ne forme qu'un tout avec vous… Il m'expliqua alors, poursuit Rosemary Brown, comment la même personne ne revient jamais deux fois sur terre.

Et il exposa en détail pourquoi la chose était impossible… "Pensez à un atome, dit-il. Celui-ci est composé de protons et de neutrons qui, tous, servent à composer le noyau entouré par les électrons. Voilà à quoi ressemble l'âme. Ces parties séparées sont maintenues ensemble dans le noyau. Mais chaque partie peut être isolée, et ce sont les parties isolées du noyau de l'âme, pour ainsi dire, qui peuvent se manifester dans votre monde, sous la forme de diverses personnalités[1]. » Ainsi, chaque personnalité peut considérer les autres comme étant une partie d'elle-même, même si les personnes sont réellement distinctes. »

C'est exactement ce que disait Manfred Boden, depuis l'au-delà, le 4 avril 1990, sur l'ordinateur d'Adolf Homes :

---

1. Rosemary Brown, *En communication avec l'au-delà*, J'ai lu, p. 110-112, ou *Unfinished symphonies*, Corgi Books, 1984, p. 108-109.

« J'ai participé à de nombreuses incarnations. L'avant-dernière était féminine. Je n'ai pas besoin du cycle suivant... »

Un peu plus loin, il ajoutait :

« Par la réincarnation nous aidons, à notre façon, à la transformation de votre monde... Le concept de karma est beaucoup plus compliqué que ce que vous croyez[1]. »

« Nous aidons, à notre façon » ne peut désigner que les trépassés dans l'au-delà, puisqu'il parle de notre monde en l'appelant « votre monde ». Autrement dit, cette « réincarnation » ne consiste pas en une nouvelle naissance, mais en une aide assurée parmi nous depuis l'au-delà.

Nous retrouvons bien là ce que la mère d'Alain Guillo expliquait à son fils. Il s'agit d'une simple participation à nos vies sur terre. À ce niveau-là, le temps ne compte plus. C'est pourquoi elle pouvait parler de gens qui avaient vécu avant elle dans le temps, mais qu'elle avait peut-être effectivement aidés, en disant d'eux « mes réincarnations ».

Nous devrions maintenant pouvoir comprendre d'autres témoignages, moins explicites, mais qui, en fait, impliquent la même conception du lien qui nous unit tous, à travers le temps comme l'espace.

C'est aussi ce que nous disait, dans un autre vocabulaire, Roland de Jouvenel à sa maman :

---

1. *INFO*, n° 21, de la Tonbandstimmenforschung, Darmstadt, juin 1990.

« Je vais essayer de prendre X... dans mes rayons ; pour sa propre chance, il va être réuni à l'essaim dont tu fais partie ; il va être relié à moi par ton canal ; pareil à un insecte aux antennes sensibles, il approche et va entrer dans ton cycle. Remercie Dieu. Mes anges vont aller le visiter dans sa solitude et l'inspirer ; il triomphera des autres par Dieu. Je vois des ailes autour de lui, je vais l'aider.

Dans l'invisible, des pollens célestes circulent, et certains êtres dotés de pistils spirituels reçoivent ces semences ; alors, vos âmes fécondées de ciel enfantent du ciel. »

Nous retrouvons là le style très poétique de Roland de Jouvenel, plein d'images empruntées à la nature. Mais à travers ce langage nous retrouvons bien le même message. Marcelle de Jouvenel, sa mère, fait donc partie d'un « essaim », mais invisible. La mère d'Alain Guillo ne recourait pas à d'aussi belles images, mais elle parlait de « surmoi », non pas au sens freudien, mais pour dire que nous formons des groupes, composés de vivants sur terre et de vivants dans l'au-delà. Nous l'avons vu, quand elle se décide, avec ses compagnons dans l'au-delà, à faire un nouveau tour sur terre, ce qu'elle appelle une « réincarnation », elle vient, toujours avec ses compagnons, s'intégrer « à la petite équipe » de ceux qui s'occupaient déjà de lui depuis sa naissance. « Essaim » est plus poétique qu'« équipe », mais l'idée est la même. Il y a, autour de Marcelle de Jouvenel, tout un essaim invisible, composé de trépassés, de « guides », diraient d'autres témoins, qui sont là, invisibles, pour l'aider.

D'ailleurs Roland de Jouvenel s'exprime parfois plus clairement : « Il y a des défunts qui restent si profondément imbriqués à la vie des vivants qu'ils ne font plus qu'un avec eux. » Ou encore : « Il existe une véritable possession des vivants par ceux qu'on appelle morts. Bien des êtres sont comme habités par leurs disparus[1]. »

Il devient clair, dans ces conditions, que nous sommes continuellement sous influence. On se rappelle peut-être les communications d'Alain Tessier, enfant de l'assistance publique devenu garçon d'ascenseur, qui s'était tué en moto et était entré en contact par écriture automatique avec Paul Misraki. Il avait utilisé des expressions très heureuses pour décrire ces liens étroits que nous développons, sans le savoir, avec certains trépassés :

« L'homme est ainsi fait que tout son subconscient – ou ce qu'il appelle comme ça – est plongé dans la pensée des autres et nous le recevons (dans l'au-delà) comme il nous reçoit. Il n'y a pas d'autonomie, tout se tient, avec des "centres" qui sont des *moi* et des *je* plongés dans un bain d'esprit comme dans un liquide, si on veut… »
Ou encore : « Comme s'entremêlent parfois des fils provenant de pelotes de laine de couleurs différentes… Pour vous qui ne distinguez pas ces "couleurs", il est presque impossible de séparer ces fils les uns des autres ; mais pour nous, c'est plus facile parce que nous voyons les couleurs et nous savons bien ce qui vient de nous. »[2] Donc, parmi « nos » pensées il y en a qui ne viennent pas de nous !

---

1. Marcelle de Jouvenel, *Quand les sources chantent*, Fernand Lanore, 1978, p. 85-86 ; *En absolue fidélité*, F. Lanore, 1988, p. 185 et *Comme un secret, comme une flamme*, F. Lanore, 1989, p. 170-171.

2. Paul Misraki, *L'Expérience de l'après-vie*, Robert Laffont, 1974, p. 188 et 231-232.

C'est exactement ce que dit Gérald de Dampierre, mort en 1956 à la guerre d'Algérie, à sa mère, par écriture automatique, le 13 décembre 1962 :

« Une fois pour toutes, ma chère mère, ce qui est dans vos pensées est "mien". Et si vous pensez une chose, à propos de l'un ou l'autre, il y a de grandes chances pour que ce soit votre diable de fils qui vous l'ait "suggérée". »

Et quelques jours plus tard, le 26 décembre, il en donne la raison profonde :

« Tu sais, ici, tout se relie, se complète, se pénètre : les sentiments, les personnes, les liens... Cela fait un tout, fort et grand en Dieu. »

À Noël 1966, il explique encore :

« N'oublions pas la communion des saints et pensez-y souvent, afin de comprendre ce mystère d'unification des êtres. »

Enfin, lorsqu'on l'interroge sur la Sainte Vierge, il répond :

« Beauté ineffable qui entoure tous ses enfants d'un rayonnement sans égal. Mais moi, je ne l'ai pas vue. Je l'ai simplement "pressentie". C'est extraordinaire comme impression. Surtout pour moi... qui n'y attachais dans le fond qu'une importance "relative".

Elle est constamment présente, et partout à la fois. Le monde est grand, mais il y a une place pour le plus petit d'entre les humains qui s'adresse à elle avec confiance. Les autres, elle les accueillera petit à petit. Ils y viendront tous, puisque votre vie, notre vie, ne font qu'une, qui se retrouvera, un jour, pour former un tout indivisible[1]. » « *Que tous soient un*

---

1. *Dites-leur que la mort n'existe pas*, Éditions Exergue, 2002, p. 313, 317, 331 et 156-157.

comme nous sommes un ! » disait le Christ, selon saint Jean.

Oui, « tout se relie, se complète, se pénètre » et tend vers l'unité. La « communion des saints » finira par attirer et inclure la plupart de ceux qui sont encore dans l'errance. Mais en attendant ceux-ci continuent à exercer leur influence sur nos vies.

C'est la conviction à laquelle est parvenu un homme à l'expérience exceptionnelle comme Carl Wickland que son travail amenait à voir surtout l'aspect négatif de cette communion :

> « L'humanité est constamment menacée par l'influence psychique des millions d'êtres désincarnés qui sont morts sans être parvenus à une réalisation suffisante du but de la vie. La reconnaissance de ce fait permet d'expliquer une grande quantité de pensées involontaires, d'émotions incontrôlées, d'étranges pressentiments, d'humeurs mélancoliques ou irascibles, d'impulsions irrationnelles, d'accès de colère ou de pulsions violentes, d'engouements incontrôlables et d'autres innombrables caprices mentaux[1]. »

Même Oscar Wilde, à en croire Nevill Randall, aurait exprimé, depuis l'au-delà, la même idée, mais de façon plus positive :

> « Au bout de très peu de temps ici, nous comprenons très bien que nous faisons tous partie les uns des autres. Tous les enfants de Dieu se fondent finalement, même s'ils conservent leur personnalité, leur

---

1. Carl Wickland, *Trente ans parmi les morts, op. cit.*, p. 20.

individualité. Nous nous fondons les uns dans les autres et atteignons ainsi l'harmonie et la paix, chacun perdant ses propres centres d'intérêt[1]. »

La communion des saints

Nous sommes probablement constamment sous une double influence : de ceux dans l'au-delà qui ont déjà choisi sur terre de lutter pour plus d'amour et de spiritualité ; de ceux dans l'au-delà qui n'ont mené sur terre qu'une vie d'égoïsme forcené.

Par nos propres choix sur terre, nous attirerons les uns et décourgerons les autres. C'est là notre propre liberté. Mais cette double influence ne s'exerce pas seulement entre les morts et nous, mais également entre vivants, comme nous l'avons vu déjà, en nous en tenant au niveau des phénomènes paranormaux.

Il faut maintenant prendre une vue d'ensemble de tous ces phénomènes, en faire la synthèse et en comprendre le sens profond. Or, comme j'ai essayé de le montrer dans plusieurs autres ouvrages, tout cela correspond très exactement à ce que la tradition chrétienne appelle « la communion des saints ».

Cette expression, précisons-le tout de suite, ne se réfère pas aux seuls saints du calendrier, ceux que l'Église catholique romaine a solennellement canonisés. Le mot « saints » désigne ici tous ceux qui ont fondamentalement opté pour le bien, pour l'amour, et qui sont donc « sauvés » selon le vocabulaire théologique traditionnel. De même le mot « communion » ne s'applique pas ici à la communion sacramentelle.

---

1. Nevill Randall, *La mort ouvre sur la vie, op. cit.*, p. 157-158.

L'expression « communion des saints » désigne donc l'immense communauté de vie, la symbiose entre tous ceux qui ont choisi de servir l'amour de Dieu et du prochain, qu'ils soient encore vivants sur terre ou déjà vivants dans l'au-delà. J'en ai développé les fondements théologiques dans plusieurs de mes ouvrages[1]. Malheureusement, l'Église n'en parle guère car, dans sa théologie, cette expression n'est plus qu'une étiquette sur une bouteille vide.

Pourtant, la vie des saints est remplie de ces cas où on les voit partager l'épreuve des autres, non pas seulement par une aide matérielle ou un soutien pyschologique, mais vivant réellement leur souffrance et leurs tentations, non pas pour se substituer à eux, mais pour les aider de l'intérieur à progresser dans la sainteté, par une sorte de symbiose mystérieuse, mais réelle, qui s'exerce le plus souvent à distance.

Certains de ces saints se sont même, pour ainsi dire, « spécialisés » dans l'aide à apporter aux mourants, vivant avec eux, mais à distance, leurs ultimes tentations. J'ai déjà rassemblé dans deux de mes livres une anthologie de ces cas extraordinaires et merveilleux[2]. Je ne vais pas recopier ici toutes les citations déjà faites dans ces ouvrages. Je tenterai plutôt de mieux cerner le mécanisme de ces phénomènes.

Je partirai d'un premier essai, ou plutôt d'un véritable « mécanisme » très physique, emprunté au monde des voitures automobiles. Il ne s'agit évidemment pas

---

1. On en trouvera les fondements théologiques dans mes ouvrages de théologie, *Pour que l'homme devienne Dieu, Christ et Karma* et *Saint Paul, le témoignage mystique.*

2. *Pour que l'homme devienne Dieu, op. cit.,* p. 528-540 ; *Christ et Karma, op. cit.,* p. 263-285.

d'une explication de l'empathie, mais d'un exemple analogique que j'avais déjà présenté dans *Christ et Karma*[1].

Il semble donc que dans le phénomène de l'empathie mystique tout se passe un peu comme dans les mécanismes d'embrayage de certains gros camions, le système « ABS[2] », m'a-t-on dit. Si, pour arrêter le camion, le moteur agissait directement sur les roues en les bloquant, celles-ci se mettraient à patiner ; ce qui d'ailleurs arrive avec les petites voitures lorsqu'on freine trop brusquement. D'où l'idée d'un embrayage constitué de plusieurs disques tournant sur le même axe et plaqués les uns contre les autres. Le moteur agit sur un premier disque en le ralentissant, celui-ci agit alors par frottement sur un deuxième disque et ainsi de suite jusqu'au dernier disque qui agit sur les roues. Le même mécanisme pouvant d'ailleurs servir aussi bien à accélérer qu'à freiner.

Il semble qu'il s'agisse d'un « mécanisme » semblable entre le mystique chargé d'aider quelqu'un et celui qu'il est chargé d'aider et que nous appellerons le « pécheur », pour faire plus simple. Le mouvement d'amour développé par le mystique semble avoir un certain effet d'entraînement dans le cœur du « pécheur ».

Il ne s'agit donc pas pour le mystique de prendre la place du pécheur, d'agir à sa place, mais de l'aider de l'intérieur à accomplir la conversion nécessaire et à développer l'amour dont il était jusqu'alors incapable.

---

1. *Christ et Karma, op. cit.*, p. 264-265.
2. ABS ou Anti Blocking System.

Le mot de « sympathie » est beaucoup trop faible pour désigner un tel mécanisme. Le terme d'« empathie » serait étymologiquement plus exact puisqu'il s'agit de prendre réellement sur soi une partie de l'épreuve de l'autre.

Mais les psychologues ne l'entendent pas ainsi.

« La sympathie, explique Elisabeth Pacherie, met en jeu des fins altruistes et suppose l'établissement d'un lien affectif avec celui qui en est l'objet. L'empathie en revanche est un jeu de l'imagination qui vise à la compréhension d'autrui et non à l'établissement de liens affectifs. L'empathie peut certes nourrir la sympathie, mais cette dernière n'est pas une conséquence nécessaire de la première. L'empathie peut fort bien se passer de motifs altruistes.

Comprendre, en se mettant à la place d'autrui, le chagrin qu'il éprouve n'implique pas qu'on le partage ou qu'on cherche à l'alléger[1]. »

« L'objet de l'empathie, insiste un autre psychologue, est la compréhension. L'objet de la sympathie est le bien-être de l'autre… En somme, l'empathie est un mode de connaissance ; la sympathie est un mode de rencontre avec autrui[2]. »

Cependant, même dans le vocabulaire des psychologues, apparaît un élément très important que l'on retrouve dans la plupart de ces expériences mystiques

---

1. Elisabeth Pacherie, « L'empathie et ses degrés » dans l'ouvrage collectif *L'Empathie*, publié sous la direction d'Alain Berthoz et de Gérard Jorland, Éditions Odile Jacob, 2004, p. 150.

2. L. Wispé, cité par E. Pacherie, *op. cit.*

d'empathie. Pour faire vraiment œuvre de thérapeute, le psychanalyste, nous dit-on, doit entrer en « empathie » avec son patient.

Il faut donc, précise Anne-Ancelin Schützenberger, « que l'inconscient de l'un communique avec l'autre inconscient ». Il se crée alors ce que Moreno appelle un « co-inconscient », pour lequel il crée le concept de « tele », « mélange d'empathie », nous précise A.-A. Schützenberger, de transfert et de « communication vraie », communication positive ou négative, inconsciente, à distance, entre personnes[1].

Lorsque dans l'étude des mystiques on emploie le mot d' « empathie », il s'agit aussi d'une sorte de transfert entre personnes, et à distance. Évidemment, dans la mesure où la souffrance et les émotions de l'autre sont réellement ressenties, des modifications neuronales se produisent dans le cerveau. Or, dans l'étude des phénomènes d'empathie, au sens des psychologues, les chercheurs ont découvert quelque chose qui est fort intéressant, car cela permettrait peut-être de mieux comprendre comment fonctionne aussi l'empathie, au sens fort des mystiques.

L'empathie, au sens des psychologues, étant seulement un « mode de connaissance », un moyen de compréhension, elle consiste essentiellement à essayer de se mettre à la place de l'autre par un « jeu de l'imagination », pour reprendre les termes mêmes des auteurs cités. Voici donc la description d'une de ces expériences, montées pour mieux comprendre le méca-

---

1. Anne-Ancelin Schützenberger, *Aïe, mes aïeux, op. cit.*, p. 17 et 19.

nisme de l'empathie. Je l'emprunte à une étude de Jean Decety[1] :

« Nous avons conduit une série d'études de neuro-imagerie fonctionnelle pour comprendre comment s'opère au niveau cérébral la distinction entre soi et autrui dans des situations d'interaction entre deux personnes qui doivent prendre le point de vue de l'autre. Dans la première étude, nous avons placé des volontaires dans une situation d'imitation réciproque au moyen d'un dispositif vidéo. Selon les conditions, ils devaient imiter les actions de l'expérimentateur ou voir leurs actions imitées par celui-ci. Les résultats montrent que les deux conditions d'imitation sont associées à des activations cérébrales communes au sein du cortex frontal et pariétal, compatibles avec le phénomène de résonance motrice précédemment décrit. Cependant, il existe une différence essentielle entre ces deux conditions : le lobule pariétal inférieur de l'hémisphère droit s'active davantage lorsque le sujet est imité par autrui et le lobule pariétal de l'hémisphère gauche s'active fortement dans la situation inverse, c'est-à-dire lorsque le sujet imite l'expérimentateur. D'autres expériences semblables sont venues confirmer ces résultats. »

Ce schéma rappelle tout à fait ce qui se passe dans les phénomènes de « psychophanie » pratiquée par A.-M. Vexiau[2]. Nous y reviendrons plus loin.

---

1. Jean Decety, « L'empathie est-elle une simulation mentale de la subjectivité d'autrui ? », dans l'ouvrage collectif *L'Empathie, op. cit.*, p. 79-80.
2. Cf. *Dieu et Satan, op. cit.*, p. 38-55 et surtout les ouvrages d'Anne-Marguerite Vexiau eux-mêmes.

Que des modifications se produisent dans le cerveau de celui qui imite, cela semble assez normal puisque c'est lui qui fournit un effort particulier. Mais que des modifications apparaissent aussi dans le cerveau de celui qui est imité, voilà qui est beaucoup plus intéressant. Resterait à savoir ce qui peut déclencher cette modification dans son cerveau, ce que ces expériences ne disent pas, et, encore plus important, à savoir si cette modification correspond à une quelconque émotion ou impression chez celui qui est imité.

Dans le cas de l'empathie mystique, le mystique prend sur lui la souffrance et les émotions de l'autre, avons-nous dit. Il est donc dans la position de l'imitateur et des modifications se produisent certainement dans son cerveau en fonction de ces émotions réellement et profondément ressenties.

Mais, d'après ce même schéma, le « pécheur » que le mystique tente d'aider se trouve, lui, dans la position de l'imité. Or, d'après ces recherches, il devrait se produire, dans son cerveau aussi, des modifications. C'est donc peut-être ainsi que le mystique parvient, par « empathie », à aider le « pécheur » à se transformer, à développer en lui des sentiments, une attitude spirituelle dont il n'était pas capable par lui-même, tout seul.

Notons que, dans ce cas, nour retrouvons un problème que nous avons déjà évoqué. Est-ce cette fois vraiment la modification produite dans le cerveau du « pécheur » qui modifie ses sentiments et l'aide à évoluer, ou bien cette modification neuronale n'est-elle que la trace visible, dans le cerveau du pécheur, de l'influence mystérieuse exercée, selon des voies de transmission qui nous échappent encore complètement, par l'amour émis par le mystique ?

Notons que dans le cas de l'imitation d'un mouvement exécuté par un autre, il y a un lien visuel entre les deux sujets de l'expérience. Pour le phénoménologue Husserl, ce lien visuel de corps à corps est un élément indispensable pour qu'il y ait empathie. Or, dans la plupart des cas mystiques d'empathie, ce lien n'existe pas.

Les chercheurs cités par Jean Decety ont pourtant tenté, avec les mêmes résultats, une expérience où ce lien visuel n'existait pas. Les deux sujets de l'expérience ne communiquaient que par ordinateur et « aucune partie du corps n'était visible ». Les expérimentateurs en ont conclu que le cerveau de chacun des deux sujets de l'expérience avait été capable, à partir des seuls signaux visuels de l'écran de l'ordinateur, de détecter la « source de l'intention », c'est-à-dire, en clair, de se connecter avec le cerveau de celui qui lui envoyait à distance ces signaux[1].

Il faut bien qu'effectivement quelque chose comme cela se soit produit, puisqu'on a constaté scientifiquement les mêmes modifications dans leur cerveau que celles auxquelles on aurait pu s'attendre, s'ils s'étaient vus. Resterait tout de même à expliquer comment cela a pu fonctionner. S'agit-il vraiment d'une « détection de la source de l'intention à partir des signaux visuels » ou s'agit-il tout simplement d'un phénomène de télépathie ? En tout cas, lors de ce type d'expérience, on se trouvait certainement dans des conditions beaucoup plus proches de celles de l'empathie mystique.

L'empathie mystique peut parfois comporter ce lien visuel que Husserl jugeait nécessaire. Mais ce contact visuel ne semble y jouer aucun rôle. Quand Thérèse

---

1. Jean Decety, dans *L'Empathie, op. cit.*, p. 80.

Neumann, par exemple, prend sur elle les douleurs rhu-
matismales du curé Naber, elle le connaît bien. Elle le
voit presque tous les jours. Mais lorsqu'elle prend sur
elle les souffrances de la mère du professeur Wutz, à
l'agonie, atteinte d'une hydropisie très douloureuse,
Thérèse ne la connaissait pas.

De la même façon, quand sainte Faustine Kowalska
prenait sur elle les tentations de quelqu'un, souvent
d'un mourant, il pouvait y avoir des centaines de kilomètres entre elle et lui et elle ne savait pas toujours de
qui il s'agissait. C'est parfois l'entourage qui le lui révélait après coup. Quand l'Abbé Augustin Delage (alias
Robert de Langeac) travaillait, comme il le disait, dans
le fond de son âme, à la sanctification de quelqu'un,
il ne savait pas toujours qui, en lui, s'unissait ainsi à
Dieu. Mais parfois le Christ le lui révélait[1].

D'autres recherches sur l'empathie des psychologues
nous fournissent, sinon une explication, du moins peut-
être une piste de réflexion. Theodor Lipps s'est aperçu
que lorsque quelqu'un regarde une personne accomplir
un geste, une tension musculaire correspondante apparaît chez le spectateur, comme s'il devait accomplir lui-
même ce geste.

Cette tension ne va pas jusqu'à provoquer l'accom-
plissement du geste. Elle reste normalement impercep-
tible au niveau conscient, mais elle est objectivement
détectable.

« Ainsi, écrit Jean-Luc Petit résumant les théories
de Lipps, les spectateurs au cirque qui observent un
acrobate, extérieurement, miment ses mouvements.

---

1. Robert de Langeac, *Le Christ en vous*,

Intérieurement, ils éprouvent aussi toutes sortes d'impressions pendant qu'ils suivent des yeux (et de tout le corps) les évolutions périlleuses du funambule. Si l'on s'en tient à la stricte évidence phéno-ménologique, on ne doit pas dire qu'ils vivent ces impressions comme sensations de mouvements de leurs propres membres, assis qu'ils sont tranquille-ment sur leur chaise; on doit dire qu'ils les vivent "dans le corps du funambule sur son fil". C'est seule-ment par un acte ultérieur de réflexion qu'ils peuvent en venir à différencier les impressions de mouve-ment qui sont imputables au funambule et celles qu'ils éprouvent effectivement dans leur propre corps. Comme s'ils recouvraient le sens, quelques instants mis entre parenthèses, de leur individualité propre. Ou plutôt, comme si cette individualité déri-vait d'une différenciation secondaire par rapport à un état primitif de fusion entre la subjectivité propre et celle d'autrui.

Dans une extrapolation, Lipps a émis l'hypothèse que toutes ces formes de l'expérience procéderaient d'un même principe de la vie de l'esprit, antérieur à son individuation en sujets séparés, tandis que repré-sentation, réflexion, jugement et raisonnement pré-supposent la séparation. Cette condition fusionnelle serait la condition primitive de toute activité percep-tive[1]. »

Il y aurait donc, et pour tout homme, pas seulement pour les mystiques, un état primitif de fusion entre toutes les subjectivités. L'individuation qui nous sépare

---

1. Jean-Luc Petit, « Empathie et intersubjectivité » dans *L'Empathie, op. cit.*, p. 129-130.

n'interviendrait qu'après, et cet état primitif fusionnel serait sous-jacent à chacune de nos perceptions. Nous sommes là, par d'autres voies, dans un mode de représentation très proche de ce que nous avons appelé la « communion des saints ». Jean-Luc Petit n'emploie pas ce mot, mais il en a trouvé un autre, fort joli, qui revient bien au même. Il parle de « communauté plurimonadique ».

La conception que Husserl se faisait de l'empathie n'allait certainement pas aussi loin. Elle restait strictement cognitive. Scheler, en remplaçant « Einfühlung » par « Einsfühlung » allait davantage dans le sens de cette communauté ou communion.

Natalie Depraz a raison de nous signaler qu'il y a un courant dans le bouddhisme qui va encore plus loin, en ne se contentant pas d'une simple connaissance de la souffrance de l'autre, mais en admettant la possibilité de prendre sur soi sa souffrance. Il s'agit d'une véritable technique où, en se représentant intensément la souffrance de l'autre, on finit par vraiment l'éprouver. C'est du moins ce qu'enseignait le prince Shantideva, s'appuyant sur une tradition déjà longue :

« Mettez-vous à la place des pauvres victimes et prenez leurs souffrances sur vous. Si c'est ce que vous faites, les enseignements disent que vous allez parvenir à faire vôtres leurs maux. La compassion pour eux croîtra, le résultat étant que vous ne leur ferez plus aucun mal. »

La conclusion, isolée de son contexte, pourrait paraître bien faible. Mais, en réalité, il ne s'agit pas seulement d'arrêter de faire du mal aux victimes, mais bien de prendre sur soi leurs maux.

Plus concrètement, Natalie Depraz se réfère à des textes anciens expliquant comment opérer, en utilisant notre respiration. Il faut penser intensément à celui qui souffre en se disant : « Chaque fois que j'inspire, je prends sa souffrance sur moi ; chaque fois que j'expire, je lui transmets des sentiments bénéfiques[1]. » C'est encore, de nos jours, la méthode recommandée par le dalaï-lama[2].

Je ne sais pas dans quelle mesure la méthode est efficace, mais elle s'inscrit dans tout un courant constant de la spiritualité de l'Inde que l'on retrouve aussi bien dans l'hindouisme, le courant de la « dévotion » ou « bhakti », que dans le bouddhisme, le courant du Bouddha de la compassion, ou « Amidisme ». Encore faut-il reconnaître que ce ne sont pas les courants dominants, ni dans l'hindouisme, ni dans le bouddhisme.

Cependant, ce que réalisent probablement vraiment ces maîtres spirituels de l'Inde, par leur amour, avec ou sans respiration, nos mystiques chrétiens l'accomplissent aussi, depuis des siècles. Ils ne savent pas non plus très bien comment c'est possible, mais ils constatent que cela fonctionne. Malheureusement, comme toujours, cette tradition chrétienne n'est pas prise en compte par nos théologiens d'Occident, si bien que nos intellectuels, l'ignorant, vont plutôt chercher des confirmations de leurs intuitions dans d'autres traditions.

On retrouve d'ailleurs la même situation à propos des recherches de physique quantique. La plupart des scientifiques se demandent si les traditions religieuses

---

1. Texte cité par Natalie Depraz dans « Empathie et compassion », *L'Empathie, op. cit.*, p. 193

2. Dalaï-lama, *Cent éléphants sur un brin d'herbe*, Le Seuil, 1990, p. 133-135, cité dans *Christ et Karma, op. cit.*, p. 295-296, où l'on trouvera une anthologie de textes magnifiques.

anciennes n'auraient pas transmis quelque pressentiment, issu d'expériences mystiques, de ce qu'ils sont
en train de deviner du mystère du temps et de l'espace.
Mais tous alors vont chercher du côté de l'Inde ou de
la Chine, ignorant qu'ils trouveraient des témoignages
beaucoup plus convaincants dans la tradition chrétienne, ce que j'ai essayé de démontrer dans *Christ et
Karma*[1].

En effet, la grande différence entre l'empathie, au
sens des psychologues, et l'empathie mystique, c'est
que le mystique, en prenant sur lui les souffrances de
l'autre, l'en délivre immédiatement et complètement.
Je n'exclus d'ailleurs pas du tout, on l'a vu, que cela
vaille aussi pour l'empathie déployée par les maîtres
spirituels non chrétiens. Leur amour a fort bien pu avoir
les mêmes effets.

Lorsque Thérèse Neumann prend les douleurs de
son curé, celui-ci ne peut plus bouger et souffre en
des endroits très précis. Elle souffrira exactement
aux mêmes endroits et ne pourra plus bouger, mais
lui sera complètement libéré, et sur-le-champ. Lorsqu'elle prend sur elle les souffrances de ce garçonnet
piqué par les abeilles, le corps de l'enfant se dégonfle
immédiatement et il ne souffre plus. Il s'agit là de cas
éclatants qui semblent avoir été voulus dans le plan de
Dieu, comme signes de sa puissance. Dans les cas où
la souffrance, même seulement physique, serait nécessaire, ou même seulement utile, pour acculer à une évolution spirituelle, le mystique ne pourra pas prendre
tout sur lui, car c'est le progrès spirituel du pécheur
qui est visé.

Pour les tentations, le mécanisme est semblable. Le
mystique aidant le pécheur ne peut pas et ne doit pas

---

1. *Op. cit.*, p. 118-131.

prendre tout sur lui, mais son attitude intérieure aura une mystérieuse mais réelle répercussion, à distance, sur le cœur du pécheur, un peu comme dans le mécanisme des freins à disques, ou, si vous préférez, comme lors de ces communications à distance entre deux opérateurs sur ordinateurs, les réactions de l'un provoquant des modifications dans le cerveau de l'autre.

La distance ne compte pas. Il n'est pas non plus nécessaire que le mystique et le pécheur se connaissent. Le temps, très probablement, ne compte pas non plus.

Pardonnez-moi de citer encore une fois la mère d'Alain Guillo. Elle parlait de vies qui s'étaient déroulées avant sa propre vie terrestre en employant pour les désigner cette expression extraordinaire : « mes réincarnations, ces âmes qui, avant moi, ont vécu et sont devenues moi-même ». Elle a fort bien pu, en effet, aider réellement des âmes qui ont vécu avant elle.

Sous-jacentes à chacune de nos vies, il y a les vies des autres, à travers le temps et à travers l'espace. « Toute âme qui s'élève, élève le monde », disait Pascal. Au plus profond de nous-mêmes, surgissent des pensées qui ne viennent pas de nous, comme le disait Alain Tessier, le garçon d'ascenseur mort en moto.

Au-delà des cas extrêmes que nous avons évoqués parce qu'ils étaient tellement clairs qu'il n'y avait plus moyen de ne pas les voir, il y a tous ceux que nous ne pourrons jamais détecter en ce monde mais que nous découvrirons quand nous arriverons de l'autre côté des choses.

C'est bien pourquoi nous n'avons jamais le droit de juger les autres, ni même d'ailleurs de nous juger nous-même. Tous ceux qui ont vécu une EFM le clament parce qu'un court instant ils ont pu découvrir à quel point nos vies étaient entrelacées. Que se passe-t-il vrai-

ment dans le cœur de tel violeur et assassin d'enfants ?
D'où lui viennent ses tendances ? A-t-il vraiment en lui
la force d'y résister ? Peut-être serait-il plus capable
de se dominer si moi-même j'avais su mieux aimer.
Ce sont peut-être mes faiblesses qu'il est en train de
compenser.

Que l'on me comprenne bien. Il n'est pas question,
par ce discours, de réclamer pour eux une quelconque
indulgence en prenant le risque d'une récidive. La
société a le devoir de protéger les plus faibles et d'abord
ses enfants. Il n'est pas question non plus de me situer
ici au niveau du psychologue, chargé d'évaluer la responsabilité du criminel. Mais, bien au-delà, rappelons-
nous ce que la psychologie transgénérationnelle ou
transpersonnelle nous a appris. Même chez un homme
sain et parfaitement responsable de ses actes, d'où
lui viennent certaines pulsions, certaines inhibitions,
certaines phobies, certaines obsessions ? Ce que nous
avons vu dans des cas où un certain lien entre différents
vécus devient détectable, une certaine « traçabilité »
pourrions-nous dire, il faut sans doute l'étendre à un
niveau encore plus profond où chacun est invité à
accomplir en même temps que sa propre sanctification
une partie de celle d'autres que lui.

C'est cette plongée en enfer que sont appelés à
accomplir certains saints, prenant sur eux les tendances
perverses de personnes que, le plus souvent, ils ne
connaissent même pas.

Sainte Angèle de Foligno, parvenue au sommet de
l'expérience mystique et de l'union à Dieu, racontait
ainsi sa surprise de découvrir en elle des tentations
nouvelles qui ne correspondaient absolument pas à
son tempérament. Ils sont toute une série de saints qui,
après avoir atteint au terme d'un dur combat, l'union

parfaite à Dieu, ont été appelés à faire cette plongée dans des tentations pires que toutes celles dont ils avaient triomphé. C'est la voie douloureuse choisie pour notre salut par le Christ lui-même, pureté absolue, Sainteté de Dieu, dont toute la vie ne fut que tentation, depuis celles, symboliques, du désert, au début de sa vie publique, jusqu'à celles de l'agonie au jardin de Gethsémani.

Cela aussi, malheureusement, notre théologie ne l'a pas assez compris, d'où le contresens effroyable sur le sens du sacrifice de la Croix, sur le mécanisme même de notre rédemption, présentée comme vengeance du Père sur son Fils ! J'ai essayé de le dénoncer pour présenter une autre théologie dans plusieurs de mes ouvrages[1].

Mais, encore une fois, ce qui devient évident dans la vie de certains saints est en réalité valable pour chacune de nos vies. Nous sommes tous en lien constant avec d'autres vies que nous partageons mystérieusement à travers le temps et l'espace.

Nous portons tous, pour une part, le poids de fautes, de craintes, de désirs, qui ne sont pas les nôtres et qu'il faut transformer en amour. Nous ne connaissons vraiment qu'une toute petite partie de nous-même, la partie consciente, émergée, de l'iceberg.

De temps à autre remonte du plus profond de nous-même quelque chose que nous n'avons pas choisi, dont nous ne soupçonnions même pas l'existence et que nous découvrons en nous, parfois avec épouvante. C'est pourtant cela qu'il faut gérer pour le mieux, dans le sens de plus d'amour, pour nous-même, sans doute, et pour d'autres que nous ne connaîtrons pro-

---

1. *Pour que l'homme devienne Dieu, Christ et Karma* et *Saint Paul, op. cit.*

bablement jamais, du moins durant cette vie. C'est
notre mission en ce monde, pour cette étape de notre
existence, en attente d'éternité. Nous avons tous à porter le karma les uns des autres et, parmi nous, plus
que tous les autres, le porte le Christ. Mais c'est là
un autre sujet que j'ai amplement développé dans
d'autres ouvrages.

L'homme dans l'univers

Il ne me paraît pas possible de terminer cette évocation des profondeurs de notre monde intérieur sans
mentionner aussi, même brièvement, nos liens avec
d'autres formes d'existence, avec tous ces êtres vivants
qui nous entourent et que nous connaissons si mal.
Depuis quelques années les ouvrages sur ces sujets
se multiplient. Ceux qui ont vécu une EFM le disent
d'ailleurs tous : tout est vivant !

Avec la menace de disparition de certaines espèces,
l'homme prend mieux conscience de son rôle de prédateur. Une certaine réaction commence à s'amorcer.
Mais il s'agit ici d'aller beaucoup plus loin. Depuis
longtemps aussi certains auteurs avaient insisté sur le
fait que les animaux, tout comme nous, ont une sensibilité, des sentiments, des intentions, des capacités
de raisonnement. Mais il faut aller plus loin. Il est,
étrangement, plus difficile de faire admettre qu'ils ont
même une âme, c'est-à-dire qu'ils sont appelés à une
vie éternelle, comme nous les humains et qu'ils sont
appelés, eux aussi à une certaine forme de spiritualité.
Pourtant, cela aussi, de nombreux témoins d'EFM
l'affirment. Les animaux ont été créés, tout comme
nous, par amour. Leur vie a la même source que la
nôtre : Dieu.

Plusieurs d'entre eux ont des dons paranormaux. Il semble que cela était connu dans la plupart des cultures anciennes. Tout le monde a entendu des récits extraordinaires d'animaux domestiques capables de retrouver leur maître à des centaines de kilomètres de distance. Cela avait été confirmé par quelques chercheurs récents : Ernest Bozzano[1], Jean Prieur[2]. Il ressortait de tout cela que les animaux avaient un lien avec nous beaucoup plus étroit que nous ne le croyions. Ceux qui vivent avec des animaux « domestiques » avaient depuis toujours appris à développer une certaine compréhension des réactions de leurs amis à pattes, à plumes ou à nageoires. Les liens affectifs étaient parfois très forts. Néanmoins, la communication se heurtait à des limites assez étroites. Des malentendus risquaient toujours de se produire. La rencontre entre notre monde et leur monde ne se faisait pas complètement. Nous vivions dans des mondes parallèles. Cela était moins vrai certainement dans toutes les cultures africaines ou de tradition chamanique. Quelques efforts avaient aussi été tentés de notre côté, dans notre civilisation occidentale moderne, mais plutôt pour constater les difficultés.

En 1963, un numéro de l'encyclopédie *Planète* était consacré à « La pensée non humaine ». En fait, il ne s'agissait encore que des essais entrepris, avec une patience infinie, pour apprendre à certains singes à reconnaître quelques-uns de nos mots ; ou de dauphins parvenant, malgré des différences anatomiques importantes, à imiter certains sons du lan-

---

1. Ernest Bozzano, *Les Manifestations métapsychiques des animaux*, JMG, 2002.
2. Jean Prieur, *L'Âme des animaux*, Robert Laffont, 1986.

gage humain; on commençait à repérer les signes par lesquels les animaux communiquaient entre eux, comme la danse des abeilles... Ce sont surtout les éthologues comme Konrad Lorenz, Karl von Frisch ou Rémy Chauvin, pour ne citer que les plus connus, qui avaient commencé à nous faire entrevoir toute une structure sociale et donc une hiérarchie avec des rapports complexes et toute une psychologie dans le monde animal. Mais c'était encore observer le monde animal de l'extérieur.

Il y avait déjà, depuis longtemps, beaucoup plus : certains médiums avaient fréquemment des communications télépathiques avec les animaux, vivant sur terre ou vivant dans l'au-delà.

Reynald Roussel raconte :

« Lors d'un dîner, j'ai eu un contact avec un chat qui était vivant. Ce chat venait me dire de rappeler à sa maîtresse que la date de son vaccin était imminente et qu'elle n'avait pas encore pris rendez-vous chez le vétérinaire... Après vérification, le message s'est avéré exact. Depuis, cette femme a considéré son chat autrement. »

Voici maintenant un autre cas où il s'agit d'une communication avec un animal décédé. Un homme avait vécu avec son chien, Jack, pendant dix-huit ans. Après la mort de celui-ci, il alla consulter Reynald Roussel :

« Apparaît soudain pendant la visite, raconte le médium, un très bel épagneul qui me donne le message suivant : "Dites à mon maître que je le remercie d'avoir abrégé mes souffrances en me donnant la mort." Je transmets le message à mon visiteur qui me répond aussitôt : "Merci, monsieur, de me dire cela car j'ai donné la mort à Jack avec une balle de revolver ; il souffrait trop. Merci, merci. Je suis soulagé…" »[1]

Le Père Jean Martin raconte aussi comment, lors de la mort de son chien Kim chez un vétérinaire, une amie tentait une communication, par TCI, avec l'au-delà, pour avoir des nouvelles de Kim. Sur la cassette, il y avait plusieurs voix qui parlaient presque en même temps. L'une s'adressait au chien : « Kim, viens ! C'est mieux pour toi ! » Une autre s'adressait au Père Martin : « Jean, c'est une peine pour toi ! » Enfin, une troisième semblait commenter la scène : « Pour le chien, c'est tout de même bien mieux ! »[2]

Mais, aujourd'hui on peut aller encore beaucoup plus loin. En quelques années, les choses ont bien changé. De nouvelles voies de communication se sont ouvertes.

La plus connue, bien qu'elle le soit encore beaucoup trop peu, nous vient d'Amérique. Il s'agit d'une sorte de communication télépathique entre nous et les animaux, « domestiques » ou « sauvages ». Précisons qu'il s'agit bien de télépathie, c'est-à-dire que la présence de l'animal n'est même pas nécessaire. Nous nous retrouvons donc là dans les mêmes conditions que Stead communiquant avec son amie dans le train ou Anne-Marguerite Vexiau tapant sur son organiseur les messages de différentes personnes à distance.

1. Reynald Roussel, *Mon aventure avec le monde invisible*, édité par l'auteur, p. 39 et 85.
2. Père Jean Martin, « Le prêtre, la médium et le chien, dialogues avec nos animaux décédés », Éditions JMG, 2003, p. 137.

Plusieurs ouvrages existent, expliquant la méthode ;
des sites Internet se sont multipliés, des stages, des séminaires sont organisés pour permettre, sous contrôle, de
s'entraîner. La réaction devant tout cela est d'abord
naturellement sceptique. Comme pour tous les phénomènes d'écriture « intuitive » ou « inspirée », on peut
se demander si ce n'est pas nous-même qui faisons à
la fois les demandes et les réponses. Dans ce domaine,
il n'y a pas l'équivalent de l'écriture « automatique ».
Les chiens et les chats ne dirigent jamais le stylo de
leur maître.

Mais, comme pour les communications paranormales entre humains, vivant sur terre, ou entre vivants
et décédés, c'est par le contenu des messages que l'on
est amené à reconnaître, dans certains cas, de façon
incontestable, qu'une authentique communication a
bien eu lieu. Je me contenterai ici d'en rapporter très
brièvement quelques exemples, renvoyant le lecteur
intéressé aux auteurs compétents. Bien entendu, les
auteurs auxquels j'emprunte ces exemples les ont personnellement vérifiés et s'en portent garants.

Un caniche est saisi de tremblements dont le vétérinaire ne comprend pas la cause et qu'il n'arrive pas
à enrayer. Un « interprète animalier » est appelé en
renfort et le chien lui explique qu'à son dernier toilet-
tage on a oublié de lui couper les ongles et que l'un
d'eux s'est retourné et lui a pénétré dans les chairs, le
faisant horriblement souffrir. On le soigne aussitôt et
tout rentre dans l'ordre.

Un mari, doutant des prétentions de sa femme à dialoguer avec les animaux, selon cette méthode, la met
à l'épreuve. Resté seul avec leur chatte tout l'après-
midi, quand sa femme rentre à la maison, il lui suggère
de demander à leur chatte ce qu'elle a fait pendant
ce temps-là. La chatte explique alors, par télépathie,

qu'elle était restée perchée sur la clôture au fond du jardin, à observer un petit écureuil. Stupéfaction du mari ! C'était exact.

« Sept chats avaient été les cibles d'un tireur anonyme en trois semaines. » L'un des chats avait été tué, un autre blessé. C'est alors qu'une chatte du quartier raconta à une « interprète animalière » ce qu'elle avait vu : « Elle décrivit un jeune homme qui portait une casquette de base-ball sur des cheveux coupés court, la visière tournée vers l'arrière. Elle précisa qu'il avait une cicatrice sur le visage et portait un pantalon ample. Il était vêtu d'un T-shirt blanc et tenait un sac de grande taille. » Le jeune homme fut retrouvé[1].

Mais, vous demandez-vous, comment est-il possible que les animaux nous transmettent des détails aussi précis ? Les chats savent donc ce qu'est un écureuil, une casquette et une visière ?

Voici donc pour vous répondre, au moins partiellement, ce que, d'après les meilleurs spécialistes, les animaux peuvent nous faire parvenir :

« Il peut s'agir d'un mot, d'un groupe de mots, d'une phrase, dont vous pourrez avoir l'impression qu'elle vous est chuchotée à l'oreille. Ce peut être un son perçu clairement dans votre tête, une image mentale, ou une séquence d'éléments visuels, parfois extrêmement fugitifs. Mais il est également possible que ce soit une saveur ou un parfum. Vous pourrez avoir l'impression qu'on touche une partie de votre corps pour appeler votre attention sur cette zone du corps chez l'animal, ou vous pourrez soudainement avoir

---

1. Ces histoires, empruntées à différents auteurs, sont rapportées dans l'ouvrage de Jean-Luc Janiszewski, *L'Effet Mowgli ou comment dialoguer avec les animaux*, Éditions JMG, 2005, p. 17-18, 45-46, et 51-52.

l'impression de savoir exactement ce que ressent l'animal à un moment précis. Il arrive aussi que la réponse consiste en une sorte de vidéo-clip mental extrêmement court où se mêlent de l'image, du son, des senteurs, des impressions, etc.[1] »

Vous voyez donc que, comme pour toute communication médiumnique, une assez large part est laissée à l'interprétation de l'interprète animalier avec toute la marge d'erreur que ce mécanisme, inévitablement, comporte.

Le plus dur à admettre ce sont certainement les mots. Que les animaux puissent nous envoyer des images, des sons, des sensations, même des sentiments, on peut encore le comprendre. Mais des mots! Les animaux penseraient-ils donc avec des mots et, qui plus est, avec les mots de nos propres langues? Nous allons voir qu'il y a plusieurs hypothèses possibles. Mais je voudrais auparavant vous signaler une autre méthode de communication possible avec nos animaux, car cette autre méthode nous aidera déjà à y voir un peu plus clair sur ce point précis.

Cette autre méthode ne nous vient pas d'Amérique.

Elle est pratiquée par diverses personnes en Europe, dont une en particulier, que je connais bien et en qui j'ai toute confiance.

Il s'agit du Père Jean Martin auquel nous devons plusieurs livres merveilleux, non seulement pour leur rigueur mais pour leur spiritualité. Or, outre la télépathie qu'il utilise, sans avoir suivi aucun séminaire particulier en Californie ou en Floride, il utilise aussi tout bonnement le magnétophone; il pratique la TCI, avec les ani-

---

1. *Ibid.*, p. 127.

maux comme avec les humains. Il n'y a pas de doute, les réponses sont là. Il ne s'agit pas de réponses que seul « l'interprète animalier » patenté peut entendre, mais de réponses enregistrées sur la bande magnétique de l'appareil et que chacun peut entendre et réentendre à loisir.

Mais évidemment, le Père Martin, lui aussi, a dû se former lentement et patiemment avant d'obtenir de tels résultats, d'abord avec les humains décédés, comme la plupart des transcommunicateurs, puis avec les animaux, vivants encore en ce monde ou déjà en l'autre. Voici quelques exemples, résumés, de ces contacts.

Filou est un chien qui a été recueilli dans une famille qui venait d'en perdre un autre, particulièrement aimé de la petite fille de la maison. Le Père Martin tente le contact avec Filou pour savoir comment il vit la situation. Le résultat est immédiat :

« J'accepte, je peux converser… C'est moi, je te parle… Je te remercie. » Puis, vient l'essentiel. « Filou… Il faut bien m'aimer ! »

Leila est un berger allemand. Elle a été agressée, ce qui a changé complètement son comportement. Elle voit mal, entend mal et se montre très craintive. Un scanner permet de repérer les dégâts et d'y porter remède. Le Père Martin établit le contact :

« Oui ! Je viens, Jean !… Oui ! J'ai eu peur. »

Elle livre ensuite clairement le nom de son agresseur[1].

1. Jean Martin, *Nul n'est une île, essai sur le langage universel*, Éditions JMG, 2005, p. 82-83 et 85-86.

Je vous laisse découvrir d'autres histoires semblables dans le même livre. Le Père Martin, en plus de ses propres expériences, cite de nombreux ouvrages. Peut-être ne le suivrez-vous pas toujours. Lui-même trouve que parfois d'autres auteurs vont tout de même un peu trop loin dans l'anthropomorphisme. La limite n'est pas toujours facile à trouver, surtout dans un domaine qui est encore si nouveau. Mais cela ne remet pas en cause l'essentiel.

Donc, les animaux peuvent vraiment communiquer avec nous, aussi par des mots ! Reste maintenant à comprendre comment un tel phénomène est possible.

On sait déjà aujourd'hui que certains singes, bien entraînés, arrivent à comprendre une grande partie de notre langage. Ils obéissent aux commandements et on peut leur faire faire ainsi certaines tâches ménagères ou se faire servir à table. Mais ils ne parlent pas, ou quelques mots seulement. Ces recherches-là sont menées dans les pays anglo-saxons. Les perroquets et les perruches semblent beaucoup plus doués. Non seulement ils comprennent, mais ils répondent. Et, là-aussi, bien entraînés, leurs réponses sont tout à fait pertinentes. Ils ne font pas que répéter « bêtement » ou dire n'importe quoi. Un véritable dialogue est possible.

Il s'agit cette fois de recherches réalisées en Allemagne[1]. On avait d'ailleurs eu un cas, assez différent, mais néanmoins fort intéressant, d'une perruche utilisée par quelque trépassé pour transmettre sur terre ses messages. Mais, dans ce cas, la perruche n'était probablement pas consciente de ce que le trépassé lui faisait dire. Une étude bien documentée avait été

---

1. Je dois ces renseignements à mon ami Rémy Chauvin.

publiée sur ce cas par l'un des grands pionniers de la TCI[1].

Mais il s'agit, dans les exemples évoqués plus haut, d'un phénomène encore plus troublant. On pourrait évidemment penser que les animaux ne font qu'envoyer des images, des sons, etc., et que c'est « l'interprète animalier » qui, d'après l'image reçue, a reconnu un écureuil, une casquette et sa visière. Mais les experts nous disent bien qu'ils peuvent aussi percevoir des mots, comme « chuchotés » à leur oreille. Et le Père Martin a enregistré vraiment des mots. Alors ?

Une première hypothèse, très simple, c'est qu'en réalité quelqu'un d'autre, dans l'au-delà, parle pour eux. Ce qui pourrait conforter cette explication, c'est que souvent les « interprètes animaliers » eux-mêmes ont l'impression de s'adresser, non pas à l'animal lui-même, mais à un esprit-guide de l'animal, ou même à leur propre esprit-guide, ce qui correspond tout à fait à l'expérience de nombreux médiums cherchant à communiquer avec nos morts. Il n'y a alors plus rien d'étonnant à ce que nous recevions des mots comme « écureuil » ou « casquette » et « visière ».

Une deuxième hypothèse est un peu plus complexe. Nous avons déjà vu l'importance de la psychophanie développée par Anne-Marguerite Vexiau et son extension à des communications à distance, c'est-à-dire, en fait, par télépathie. Une étape nouvelle fut franchie, lorsque A.-M. Vexiau fit taper sur son organiseur de petits enfants israéliens qui ne savaient pas un mot de français. Leurs messages arrivaient quand même en

---

1. Konstantin Raudive, *Der Fall Wellensittich*, Der Leuchter, Otto Reichl Verlag, Remagen, 1976.

français et pourtant c'étaient bien eux qui tapaient les textes. Il ne s'agissait pas, dans ce cas, de « psychophanie à distance ». Les enfants eux-mêmes avaient compris le mécanisme : pour exprimer leurs émotions et leurs pensées, ils se branchaient sur le cerveau de Mme Vexiau et puisaient en elle les mots qui convenaient. Ils disaient des choses sur leurs familles, leur religion, que Mme Vexiau n'aurait jamais pu savoir ni oser dire.

Ce que les enfants, eux-mêmes, avaient compris, le professeur allemand Haffelder le confirma, sans le savoir. Il eut l'idée de poser des électrodes sur le crâne de Mme Vexiau et sur celui d'un enfant qu'elle était précisément en train d'aider à s'exprimer par l'organiseur. Il fut alors très surpris de constater que l'hémisphère gauche chez l'enfant était presque neutralisé, seul l'hémisphère droit, celui des émotions fonctionnait, alors que chez Mme Vexiau c'était son hémisphère gauche, celui du langage, qui était en pleine activité, le droit semblant relativement en sommeil. S'il vous en souvient, nous avions vu quelque chose d'un peu similaire dans les expériences de Jean Decety avec les imitateurs et les imités.

Ceci peut nous permettre, peut-être, d'avancer une deuxième hypothèse pour expliquer que les animaux puissent communiquer avec nous, même par des mots, et des mots de nos propres langues. Ce seraient peut-être leurs émotions qui seraient perçues par le cerveau de « l'interprète animalier » ou par celui du Père Martin. Le cerveau, habitué, si l'on peut dire, à traduire automatiquement nos émotions en mots, ferait, automatiquement, le même travail et ce sont les mots produits par nos cerveaux humains qui résonneraient dans la tête de « l'interprète animalier » ou s'imprimeraient sur la bande magnétique. On sait qu'en effet nos pensées peuvent parfois s'imprimer sur cette bande, par un effort volontaire ou même spontanément[1]. Mais peut-être aussi tout ce processus n'est-il possible que grâce à une certaine aide de l'au-delà.

À quel niveau, de quelle façon ? Nul, évidemment, ne peut le dire.

Il est intéressant de noter que le phénomène semble continuer dans l'au-delà lui-même. Nevill Randall rapporte le cas d'un trépassé, ahuri de se faire interpeller par un chat, également décédé, pour lui demander comment il allait[2].

D'autres chercheurs ont commencé à sonder le mystère des plantes. Jean-Marie Pelt se plaît à raconter inlassablement, pour la plus grande joie de ses auditeurs, la façon dont les plantes communiquent entre elles et s'avertissent, à distance, de l'arrivée d'un prédateur. Il y a là déjà un vrai sujet d'émerveillement. Il est intarissable aussi lorsqu'il raconte les rapports tellement riches et complexes entre les insectes et les plantes[3].

Peter Tomkins et Christopher Bird rapportent des expériences étonnantes sur la sensibilité des plantes. Peut-être faudrait-il employer un autre mot. Mais nous n'avons de mots que pour désigner notre monde humain. Il faut donc bien, faute de mieux, parler d'une certaine « sensibilité » des plantes. Jugez-en par vous-même :

Cleve Backster a été agent de renseignement. Il s'était spécialisé dans la détection des mensonges, grâce au « polygraphe » ou « détecteur de mensonges ». Cet appa-

---

1. Rémy Chauvin et François Brune, *À l'écoute de l'au-delà*, *op. cit.*, 2003, p. 180-181.

2. Nevill Randall, *La mort ouvre sur la vie*, *op. cit.*, p. 109.

3. Jean-Marie Pelt, *Mes plus belles histoires de plantes*, Arthème Fayard, 1986.

reil est constitué essentiellement d'électrodes que l'on place sur différentes parties du corps pour enregistrer les moindres modifications qui peuvent s'y produire, selon l'émotion provoquée par les questions de l'enquêteur.

C'est en 1966 qu'il eut l'idée d'utiliser cet appareil avec des plantes. Les résultats furent étonnants ! Il commença, évidemment, par vérifier que son appareil fonctionnait normalement, qu'il n'était pas déréglé, victime de parasites ; mais il dut se rendre à l'évidence. Les plantes avaient des réactions correspondant à ce que l'on appellerait chez nous des « émotions ».

Voici, par exemple, l'une des expériences qu'il mena :

Il demanda à six de ses étudiants, dont quelques anciens policiers, de bien vouloir lui prêter leur concours. Chacun de ces volontaires, les yeux bandés, devait d'abord retirer d'un chapeau un papier plié en quatre. Puis, chacun ouvrait son papier et le lisait sans rien dire aux autres. Sur l'un de ces papiers, l'étudiant qui l'avait tiré recevait ses instructions. Il devait, à un moment ou l'autre et à l'insu de tous les autres, pénétrer dans une pièce où se trouvaient deux plantes. Sa mission consistait à déraciner l'une d'elles, à la piétiner, à la détruire complètement par tous les moyens. Ni Backster, ni aucun des étudiants ne devait savoir qui avait commis le massacre. C'est alors que la plante survivante fut équipée d'électrodes. Les étudiants furent invités à défiler devant elle. À l'approche de l'un d'eux, et de lui seul, le traceur se mit à s'agiter frénétiquement. La plante avait reconnu l'assassin de sa compagne[1] !

1. Peter Tompkins et Christopher Bird, *La Vie secrète des plantes*, Éditions Presses Pocket, p. 40.

Mais s'agit-il pour autant d'une véritable réaction affective ? Ne risque-t-on pas d'interpréter comme des sentiments ce qui n'est peut-être que pure réaction chimique à des traces volatiles ou à un certain rayonnement magnétique émanant du criminel ?

De nombreuses autres expériences ont évidemment suivi, pendant des années. D'autres chercheurs ont exploré la même piste, en différents pays. Plusieurs en sont même arrivés à penser, comme Cleve Backster, que les plantes finissent par s'habituer à ceux qui les soignent, comme si une véritable relation affective s'établissait entre eux. Faudrait-il alors prendre le problème à l'inverse ? Reconnaître que les sentiments sont précisément une certaine force, que l'amour comme la haine ont un véritable rayonnement à effets physiques ? Nos amis de l'au-delà l'ont souvent affirmé[1].

Pour un de nos plus grands physiciens une telle affirmation n'aurait sûrement rien de choquant. « Je suis à présent convaincu, a-t-il écrit, que l'Univers décrit par les théories de la relativité et des quanta n'est pas du tout « la chose existant par elle-même là-dehors » qu'on avait cru.

J'y vois plutôt un télégraphe universel corrélant entre eux « nous autres individus », y compris nos « frères inférieurs » les animaux, et pourquoi pas aussi les végétaux[2] ? »

Sans aller jusqu'à la symbiose entre nous et les animaux ou les plantes, il y aurait donc une certaine « corrélation » entre nous tous, pour reprendre le terme du professeur de Beauregard. De telles perspectives

---

1. Voir *Les morts nous parlent*, tome I, p. 331-340.
2. Olivier Costa de Beauregard, « Rationalité du paranormal » dans l'ouvrage collectif publié sous la direction de Patrick Sbalchiero, *Dictionnaire des miracles et de l'extraordinaire chrétiens, op. cit.*, p. 659.

devraient évidemment changer notre attitude envers les uns et les autres !

Rappelez-vous ce que disait Vicki Umipeg, aveugle de naissance, lorsqu'elle parvint, au cours de son EFM, dans la lumière de l'au-delà :

> « Ce que la lumière transmettait, c'était de l'amour. L'amour était partout. L'amour semblait provenir de l'herbe, des oiseaux, des arbres. »

Les animaux et les plantes de l'autre monde ont-ils plus d'amour que ceux de notre monde ou ne serait-ce pas plutôt nous qui ne savons pas percevoir l'amour qui rayonne déjà d'eux ?

Sans doute faudrait-il, pour être complet, évoquer aussi des formes de communication possibles avec les pierres, puisque tout est vie, à commencer, selon certains scientifiques, par les particules élémentaires qui auraient déjà comme un début de conscience et de liberté.

Il faudrait aussi scruter le fond de l'espace et les mondes parallèles pour évoquer les extraterrestres. Mais ce serait un autre livre et je le laisse, du moins pour le moment, à plus compétent que moi.

Ce qu'il faudrait surtout, c'est comprendre que toute la Création n'est qu'une immense œuvre d'amour et que tous nos égoïsmes et nos haines la blessent à un niveau profond qui échappe à nos sens comme à nos instruments, mais que c'est de cette blessure que surgissent tous les dérèglements du monde, même au niveau physique. Chacune de nos vies est prise dans l'histoire de l'univers, plus ou moins « corrélée », au-delà du temps et de l'espace avec l'ensemble de la Création. Chacune de nos petites histoires personnelles a beaucoup plus d'importance que nous ne le soupçonnons nous-même. Chacune de nos vies est un profond mystère où se joue, dans le secret, tout le destin du monde. Celui qui pèse le plus sur ce destin est celui qui aime le plus et, au milieu de tous, Dieu fait homme, le Christ.

BIBLIOGRAPHIE

Dans chacun des domaines évoqués, les publications se sont tellement multipliées que je ne donnerai ici, sauf rares exceptions, que la bibliographie en français. Les ouvrages que j'ai cités, mais qui n'entrent dans le cadre d'aucun de ces domaines, ne sont pas repris ici.

OUVRAGES GÉNÉRAUX

BOZZANO E., *Phénomènes psychiques au moment de la mort*, Éditions JMG., 1998 ; *Les Phénomènes de hantise*, Éditions Exergue, 2000. *Manifestations métapsychiques des animaux*, Éditions JMG.

FLAMMARION C., *La Mort et son mystère*, 3 volumes, 1920-1922 ; édition abrégée en 2 volumes : J'ai lu, A 310 et A 311. *Les Maisons hantées*, 1924 ; *Fantômes et sciences d'observation* ; inédit publié par JMG, 2005 : L'œuvre de précurseur d'un grand savant qui recueillit plus de 5 600 témoignages de survivance.

GIOVETTI P., *Messages d'espérance*, Robert Laffont, 1992. Témoignages de parents qui avaient « perdu » leurs enfants sur terre mais ont reçu d'eux d'innombrables signes de leur survie dans l'au-delà.

PRIEUR J., *Les Témoins de l'invisible*, 1981-1986 ; *Cet au-delà qui nous attend*, 1974-1979 ; *Les Tablettes d'or*, 1979-1986 ; *L'Aura et le corps immortel,* 1983 ; *Les morts ont donné signe de vie*, 1984 ; Éd. F. Lanore et F. Sorlot ; *Le Livre des morts des Occidentaux*, Robert Laffont, 1981 ; *La nuit devient lumière*, Astra 1986 ; *La Mémoire des choses*, Arista, 1989 ; *L'Âme des animaux*, Robert Laffont, 1986 ; *Le Mystère des retours éternels*, Robert Laffont ; *Les Mondes subtils et la résurrection immédiate* ; *Le Pays d'après*. Tels sont les principaux ouvrages de notre grand pionnier en langue française sur toutes les preuves de survie et les communications avec l'au-delà.

Citons encore le dernier : *Histoire surnaturelle des animaux*, en collaboration avec Marie Turquois, JMG, 2005.

RANDALL N., *La mort s'ouvre sur la vie*, Éditions JMG, 2003. Un ensemble d'informations complet par des voies exceptionnelles.

RENARD H., *L'Après-Vie, croyances et recherches sur la vie après la mort*, Philippe Lebaud, 1985.

SCHIEBELER W., *La Vie après la mort terrestre*, Robert Laffont, 1992. *Ainsi vivent les morts*, Éd. Exergue, 1998. Ce dernier ouvrage ne concerne que les âmes en difficulté dans l'au-delà. Ces deux ouvrages sont l'œuvre d'un scientifique rigoureux.

VICTOR C., *Le Cœur d'un couple*, Robert Laffont, 1998. Témoignage magnifique !

WICKLAND C., *Trente ans parmi les morts*, Éd. Exergue, 1997. L'œuvre d'un psychiatre.

Revues

« Le Messager », bulletin de l'association INFINI-TUDE, Le Mesnil des Frétils, 27250 Les Bottereaux.

« Parasciences et transcommunication », 8 rue de la Mare, Agnières, 80290 Poix de Picardie.

« La Revue de l'Au-delà », Menssana – courrier lecteurs – Quartier Cabrières – RN7, 13410 Lambesc.

« La Revue spirite », revue créée en 1858 par Allan Kardec, USFF, BP 27 07 – 37027 Tours Cedex 01.

EFM
(Expériences aux frontières de la mort)

AMBRE A., *Qui dit que la mort est une fin ?* Éditions Clair de terre, 1999.

ATWATER P.M.H., *Retour de l'après-vie*, Éditions du Rocher, 1993.

BARBARIN G., *Le Livre de la mort douce*, Dangles, 1984.

BOURDIOL R.J., *Les Voiles de l'au-delà*, Éditions du Rocher, 1992.

BRINKLEY D., *Sauvé par les anges*, Robert Laffont, 1995.

BROMBERGER D., *Un aller-retour*, Robert Laffont, 2004.

DOUGHERTY N., *Voie express pour le Paradis*, Le Jardin des Livres, 2004.

DUTHEIL R. et B., *L'Homme superlumineux*, Sand, 1990.

EADIE B.J., *Dans les bras de la lumière*, Filipacchi, 1994.

EERSEL van P., *La Source noire,* Grasset, 1986; *Réapprivoiser la mort*, Albin Michel, 1997.

ELSAESSER-VALARINO E., *D'une vie à l'autre*, Dervy, 1999.

FENIMORE A., *Au-delà des ténèbres*, Filipacchi, 1996.

GROF S. et HALIFAX J., *La Rencontre de l'homme avec la mort*, Éd. du Rocher, 1982.

HARDY C., *L'après-vie à l'épreuve de la science*, Éd. du Rocher, 1986.

IANDS-FRANCE : *La Mort transfigurée*, Belfond et l'Âge du Verseau, 1992.

JANKOVICH S., *La Mort, ma plus belle expérience*, Le Signal, Lausanne, 1988.

KÜBLER-ROSS E., *Vivre avec la mort et les mourants, La mort, dernière étape de la croissance; La mort est un nouveau soleil*, Le Rocher, 1988; *La Mort et l'Enfant*, Éditions du Tricorne, 1986.

LE BLE A., *De la vie à l'après-vie*, Michel Lafon, 2001.

LEON L., *Ma mort et puis après*, Philippe Lebaud, 1990.

LIEGIBEL J.-P., *Quelques pas dans l'au-delà*, Renaudot et Cie, 1990.

LIGNON Y. er BENHEDI L., *La Vie derrière la Vie*, Michel Lafon, 1998.

LORIMER D., *L'Énigme de la survie*, Robert Laffont, 1987; *La Mort, l'autre visage de la vie*, Éd. du Rocher/ L'Âge du Verseau, 1995.

MAURER D., *La Vie à corps perdu*, Les Éditions des 3 Monts, 2001.

MERCIER E.S. et VIVIAN M., *Le Voyage interdit*, Belfond, 1995.

MORSE M. et PERRY P., *Les Enfants dans la Lumière de l'au-delà*, Robert Laffont, 1992.

Morse M., *La Divine Connexion*, 2002 ; *Le Contact divin*, 2005, Le Jardin des Livres.

Moody R., *La Vie après la vie*, 1977 ; *Lumières nouvelles sur la vie après la vie*, 1978 ; *La Lumière de l'au-delà*, 1988, Robert Laffont.

Osis K. et Haraldsson E., *Ce qu'ils ont vu... au seuil de la mort*, Éd. du Rocher, 1982.

Renard H., *L'Après-Vie*, Philippe Lebaud, 1985.

Ring K., *Sur la frontière de la vie*, 1982 ; *En route vers oméga*, 1990, Robert Laffont.

Ritchie G., *Retour de l'au-delà*, Robert Laffont, 1986.

Sabom M., *Souvenirs de la mort*, Robert Laffont, 1983.

Vermeulen D., *Récits de l'entre-deux vies*, Albiana, 2002.

Wilson I., *Enquête aux frontières de la mort*, Éditions Exergue, 1998.

TCM
(TransCommunication Mentale)

Six grands textes ont pour moi une importance particulière :

Mallasz G., *Dialogues avec l'Ange*, Aubier-Montaigne, 1976 ; le texte principal est suivi de plusieurs ouvrages de commentaires : *Les Dialogues, tels que je les ai vécus ;* Aubier, 1984 ; *Les Dialogues, ou l'Enfant né sans parents*, Aubier, 1986 ; *Les Dialogues, ou le Saut dans l'inconnu*, Aubier, 1989 ; *Petits dialogues d'hier et d'aujourd'hui*, Aubier, 1991. Plus qu'un texte, il s'agit d'un événement majeur pour notre temps.

MONNIER P., *Lettres de Pierre*, 7 volumes réédités par F. Lanore et F. Sorlot. Une somme d'une très grande élévation spirituelle.

JOUVENEL R. de, 6 volumes de petit format : *Au diapason du Ciel ; Quand les sources chantent* ; *Au seuil du Royaume* ; *En absolue fidélité* ; *Comme un secret, comme une flamme* ; *La seconde vie*, réédités chez F. Lanore et F. Sorlot. Ces textes rejoignent très vite le niveau des très grands mystiques, chrétiens et non-chrétiens.

Le Christ en vous, Éd. Astra, 1978. Messages reçus par Miss Mortley d'une certaine Bertha. Texte dense et profond, véritable synthèse théologique. La traduction française est du pasteur Grosjean.

PAQUI, *Entretiens célestes*, F. Lanore et F. Sorlot, 1984. Le style peut paraître un peu mièvre, surtout au début, mais il faut savoir dépasser ce détail. Beaux textes sur la souffrance.

GOURVENNEC A., *Vers le soleil de Dieu*, 4 volumes parus, F. Lanore.

On peut ajouter à cette liste :

LEKIEN B., *Comme des papillons*, Éditions du Roseau, (Canada), 2001. Il s'agit d'une anthologie de messages de l'au-delà, parmi les meilleurs.

Compléments précieux :

ALBERTINI L., *L'Au-delà existe*, Filipacchi, 1991 ; *Au-delà de la foi*, Filipacchi, 1992.

BELLINE, *La Troisième Oreille*, Robert Laffont, 1972. *Anthologie de l'au-delà*, 2 volumes, Robert Laffont, 1978 et 1981.

BORGIA A., *Ma vie au paradis*, Dervy Livres, 1970 ; nouvelle édition : Éd. du Roseau, Montréal, 1989.

BROWN R.-M., *En communication avec l'au-delà*, N.O.E., 1971 ; J'ai lu A 293.

CONAN DOYLE A., *Révélations d'Arthur Conan Doyle*, réunies par Yvan Cooke, Éditions Partage, 1985.

GUILLO A., *Un grain dans la machine,* Robert Laffont, 1989 ; *A l'adresse de ceux qui cherchent*, Robert Laffont, 1991.

MISRAKI P., *L'Expérience de l'après-vie*, Robert Laffont, 1974.

MORTON M.-L., *Où et comment retrouverons-nous nos disparus ?*, Astra, 1981.

PAUCHARD A., *L'Autre Monde, ses possibilités infinies, ses sphères de beauté et de joie*, Amour et Vie, 1979

PIKE J. et KENNEDY D., *Dialogues avec l'au-delà*, Robert Laffont, 1970.

RAGUENEAU P., *L'Autre Côté de la vie*, Éd. du Rocher, 1995.

SCHAKINA A., *Entretiens avec l'ami*, réédité chez Partage, Dourdan.

TRISTRAM R.M., *Lettres de Christopher*, La Colombe et Le Courrier du Livre, 1954.

ZIMMER P., *Dialogue avec mes parents disparus*, Filipacchi, 1997.

Il existe quantité d'autres recueils de messages. Ils sont même déjà innombrables, mais de valeur très inégale. Mon choix est forcément subjectif et certainement pas infaillible.

TCI
(TransCommunication Instrumentale)

Certains des ouvrages suivants ne comportent qu'un passage concernant vraiment la TCI et certains de leurs auteurs ont parfois écrit d'autres ouvrages qui ne figurent pas ici.

BEAUVILLIERS de A., *Communiquez avec l'au-delà!*, Éditions Alain Labussière, 2000.

BLANC-GARIN J. et LAAGE M., *En communion avec nos défunts*, Éd. du Rocher, 2002.

CHAUVIN R. et BRUNE F., *A l'écoute de l'au-delà*, Oxus, 2003.

DRAY Y. et M., *Karine après la vie*, Albin Michel, 2002.

ESTEP S.W., *La Communication avec les morts*, Éd. du Rocher, 1994.

GRANDSIRE J.-M., *Contacts avec l'au-delà*, Éd. du Rocher, 1995.

HALCZOK C. et V., *Nos retrouvailles guidées par l'Au-delà*, nouvelle édition JMG.

KISACANIN C., *Dialogues avec les morts*, Éd. du Rocher, 1994.

MARCADET P., *Au-delà de toute espérance*, JMG., 2002.

MARTIN J., *Des signes par milliers*, Éditions Laurens, 1998, nouvelle édition JMG. ; *Pour que danse une étoile*, Éd. Scaillet, 1999 ; *Le Prêtre, la Médium et le Chien*, JMG., 2003 ; *Nul n'est une île*, JMG., 2005.

RIOTTE J., *Ces voix venues de l'au-delà*, Albin Michel, 2001.

RUTHER R., *L'Invisible au quotidien*, Guy Trédaniel, 1996 ; *Initiation à la transcommunication instrumentale*, Éd. Exergue, 2000.

SCHÄFER H., *Théorie et pratique de la Trans-communication*, Robert Laffont, 1992.

SIMONET M., *À l'écoute de l'invisible*, F. Sorlot, 1988 ; *Images et messages de l'au-delà*, Éd. du Rocher,

1991; *Porte ouverte sur l'éternité*, Éd. du Rocher, 1993; *Réalité de l'au-delà et transcommunication*, Éd. du Rocher, 1994; *Les Chants de l'amour éternel*, JMG., 2000; *Et l'ange leva le voile*, Éditions du Rocher.

Ouvrage collectif : *La Transcommunication*, JMG., 1998 (reprise d'articles parus dans « Parasciences »).

Le grand ouvrage de référence reste celui du professeur **Ernst** SENKOWSKI : *Instrumentelle Transkommunikation*, Fischer Verlag, 1995.

Sites Internet :
www.infinitude.asso.fr (site de l'association INFINITUDE)
www.karine-tci.com (c'est le site d'Yvon et Maryvonne Dray, qui donne à son tour accès à de nombreux autres sites)
986313268@terra.es (site d'Anabela Cardoso)
www.rait.airclima.ru (site russe, en russe)
www.ifres.org (site de l'Institut Français de Recherche et d'Expérimentation Spirite)
www.transcommunication.org/fr.

Les sciences cognitives

Il ne s'agit là que d'une toute petite anthologie parmi beaucoup d'autres ouvrages possibles.

DAMASIO A., *L'Erreur de Descartes*, Odile Jacob, 2001.

DORTIER J.-F., ouvrage collectif publié sous sa direction : *Le Cerveau et la Pensée*, Éditions Sciences Humaines, 1998.

ECCLES J., *Évolution du cerveau et création de la conscience*, Flammarion, 1994.

JEANNEROD M., *Le Cerveau intime*, Odile Jacob, 2002.

NEWBERG A. et d'AQUILI E., *Pourquoi « Dieu » ne disparaîtra pas*, Éditions Sully, 2003.

RAMACHANDRAN V., *Le Cerveau, cet artiste*, Eyrolles, 2005.

SEARLE J., *Le Mystère de la conscience*, Odile Jacob, 1999.

SI AHMED D., *Parapsychologie et psychanalyse*, Dunod, 1990.

VARELA F., *Quel savoir pour l'éthique ?*, Éditions La Découverte, 1996, 2004 ;

VARELA F., THOMPSON E. et ROSCH E., *L'Inscription corporelle de l'esprit*, Le Seuil, 1993.

VINCENT J.-D., *Biologie des passions*, Odile Jacob, 1999.

Le transgénérationnel

Il ne s'agit là que d'une toute petite anthologie parmi beaucoup d'autres ouvrages possibles.

BERTHOZ A. et JORLAND G., *L'Empathie*, Odile Jacob, 2004.

DUMAS D., *L'Ange et le Fantôme*, Les Éditions de Minuit, 1985.

EERSEL van P. et MAILLARD C., *J'ai mal à mes ancêtres*, Albin Michel, 2002.

HOROWITZ E., *Se libérer du destin familial*, Dervy, 2000 ; *Les fantômes du passé*, Éd. Dervy, 2005.

MIJOLLA de A., *Les Visiteurs du moi*, Les Belles Lettres, 2003.

Rodet C., ouvrage collectif publié sous sa direction : *La Transmission dans la famille : secrets, fictions et idéaux*, L'Harmattan, 2003.

Schützenberger A.A., *Aïe, mes aïeux,* La Méridienne/Desclée de Brouwer, 1993.

Infestation ou réincarnation

Dans ce domaine plus que dans tous les autres les ouvrages fantaisistes pullulent. J'ai préféré m'en tenir à l'essentiel.

David-Neel A., *Immortalité et réincarnation*, Plon, 1961, Éd. du Rocher, 1987.

Detre, J.-M., *La Réincarnation et l'Occident*, Éditions Triages, tome I, de Platon à Origène, 2003 ; tome II, d'Origène à Lessing, 2005.

Guillo A., *À l'adresse de ceux qui cherchent*, Robert Laffont, 1991.

Guyenot L., *Les Avatars de la réincarnation*, Éditions Exergue, 2001 ; *Lumières nouvelles sur la réincarnation*, Éditions Exergue, 2003 ; les deux sont diffusés par Le Courrier du Livre. Certainement la meilleure étude sur le sujet, par un spécialiste d'histoire des religions. Documentation sérieuse et rigueur de la réflexion.

Kardec A., *Le Livre des esprits*, Dervy-Livres, 1972. L'ouvrage fondateur, par excellence, de la théorie moderne de la réincarnation en Occident.

Prieur J., *Le Mystère des retours éternels*, Robert Laffont, 1994.

Stanley M.-P., Christianisme et réincarnation, vers la réconciliation, L'Or du temps, 1989. Le meilleur essai de conciliation que je connaisse.

Stevenson I., *Vingt cas suggérant le phénomène de réincarnation*, Sand, *1985*. *Réincarnation et biologie*, Dervy, 2002. Le grand défenseur classique de la doctrine de la réincarnation.

Wilson I., *Expériences vécues de la survie après la mort*, L'Âge du Verseau/Belfond, 1988.

 **www.livredepoche.com**

- le **catalogue** en ligne et les dernières parutions
- des **suggestions de lecture** par des libraires
- une **actualité éditoriale permanente** : interviews d'auteurs, extraits audio et vidéo, dépêches…
- **votre carnet de lecture** personnalisable
- des **espaces professionnels** dédiés aux journalistes, aux enseignants et aux documentalistes

Composition réalisée par Asiatype

Achevé d'imprimer en février 2009, en France sur Presse Offset par
Maury-Imprimeur - 45330 Malesherbes
N° d'imprimeur : 144426
Dépôt légal 1ʳᵉ publication : mars 2009
LIBRAIRIE GÉNÉRALE FRANÇAISE - 31, rue de Fleurus - 75278 Paris Cedex 06